Annego in te

★
a BLEEDING STARS *novel*
★ ★

A.L. JACKSON

A.L. Jackson
www.aljacksonauthor.com
Cover Design by RBA Designs
Photo by Wander Aguiar Photography
Editing by AW Editing and Story Girl Editing
Formatting by Mesquite Business Services

Print ISBN: 978-1-946420-30-5
eBook ISBN: 978-1-946420-08-4

Annego in te

Bleeding Stars

Un sasso nell' oceano
Annego in te
Come un fulmine a ciel sereno
Aspettami
Resta
Per sempre al tuo fianco

Prologo

SHEA

Piansi verso il cielo.

Sanguinando.

Sgretolandomi.

Andando in frantumi.

«No... Kallie... Kallie!»

Le braccia di Sebastian si strinsero intorno a me mentre la pioggia cominciava a cadere copiosa dal cielo.

Un torrente di dolore mi trafisse il petto, come se mi stesse spezzando le costole, e ogni speranza che mi ero concessa svanì nel nulla.

Il vento frustava intorno a noi, come un'assurda pazzia che soffiava sul terreno, inseguendo i fanalini di coda che lampeggiavano in fondo alla strada.

Agonia.

Agonia.

Agonia.

«No... ti prego... come ho potuto permettere che accadesse questo? Ti prego... Kallie. La mia bambina. La mia piccolina. Non può prendersela. Non gli permetterò di averla.»

«Shh...» Sentii il respiro di Sebastian nei miei capelli, il tenero bacio che posò sulla mia testa. «Ce la riprenderemo... Te lo prometto. La riporterò da noi, fosse l'ultima cosa che faccio.»

«Non c'è più» gemetti.

Quando quella straziante consapevolezza penetrò nelle mie ossa, mi accasciai tra le braccia di Baz.

Non c'è più.

Questa... era la mia penitenza. Il pagamento per i miei peccati.

La punizione per ogni ingenua scelta che avevo fatto.

Per ogni inganno che mi ero bevuta ciecamente.

Per ogni bugia che era uscita dalle mie labbra.

Ma ognuna di esse l'avevo detta per lei.

Per tenerla al sicuro.

Per permetterci di vivere una vita che lui non ci avrebbe mai concesso di vivere.

Ma per quanto forte e veloce possiamo correre, fino a mettere a tacere il nostro passato, esso ci raggiunge sempre.

Adesso il mio ci aveva in pugno.

1

SEBASTIAN

*U*n fulmine lampeggiò nel cielo, e la volta celeste pianse il proprio tormento. Una furiosa cascata di pioggia si abbatté sul mio corpo mentre violente raffiche di vento soffiavano attraverso l'acquazzone.

La terra, il vento e il cielo erano impazziti.

Tutto il mio essere si sforzò di resistere a quell'assalto. Serrai la mascella quando grossi rivoli d'acqua mi inzupparono i capelli e scivolarono lungo il mio petto nudo, fino a impregnarmi i jeans.

Shea era in piedi pochi passi più avanti, con la schiena rivolta a me, la testa abbassata e le spalle tremanti. La mia ragazza era piegata, spezzata in due dal dolore. La sua chioma bionda era bagnata fradicia, simile a un fiume in piena traboccante di dolore.

Intorno a noi, il caos ululava come un demonio.

Un uragano.

Una fottuta e devastante tempesta.

Oscurità.

Oscurità

Oscurità.

Per la prima volta, non intravedevo neanche un barlume della sua luce.

La rabbia mi ustionava la pelle. Il dolore e la paura che provavo per Kallie mi mangiavano vivo. Quella stessa rabbia si spostò al centro del mio petto, contorcendosi nel mio stomaco, aizzando il fuoco del tradimento che pulsava dentro di me.

«Chi cazzo sei?» Le parole uscirono dalle mie labbra in tono basso, amaro e confuso, graffiandomi la gola.

Sembrò passare un'eternità prima che Shea si girasse lentamente verso di me. Quel volto. Quel meraviglioso volto che non riuscivo a cancellare dalla mente mi guardò con espressione tormentata, ed ebbi l'impressione che il mio petto si spezzasse.

«Sono soltanto Shea» rispose con voce strozzata, avvolgendo le braccia intorno a sé, ripetendo la stessa cosa che mi aveva detto sulla spiaggia due giorni prima. *Sono soltanto Shea.* Tre paroline che non avrebbero dovuto significare niente. Ma quando le aveva pronunciate, ero stato percorso da un brivido di allarme. Il mio istinto mi aveva detto che qualsiasi cosa l'avesse turbata era stata causata dallo stronzo che aveva generato Kallie.

Naturalmente, a quel tempo, ero erroneamente convinto che fosse morto – chiunque fosse il pezzo di merda che lei aveva scelto di tenere segreto.

Adesso, desideravo davvero che lo fosse.

Martin Jennings.

Mi formicolò la pelle e digrignai i denti. «Mi hai mentito» l'accusai.

Un singhiozzo le sfuggì dalle labbra, e quel suono straziante mi lacerò le viscere. «Sì.»

Aprii la bocca per rivolgerle altre accuse, quando percepii una presenza alle mie spalle.

«Shea» gemette la sua migliore amica al di sopra della pioggia scrosciante. April scese lentamente il primo gradino del portico, reggendosi alla ringhiera di legno come se temesse di cadere in ginocchio.

Altro dolore attraversò il viso di Shea. «L'ha presa.»

Ogni paura che Shea avesse mai avuto era racchiusa in quell'affermazione. La udii. La *percepii*, cazzo.

«L'ha presa» ripeté, stavolta in tono supplichevole, guardando April come se avesse il potere di cancellare l'accaduto.

Merda.

April sapeva.

Certo che lo sapeva.

Mi sentii come un idiota preso a pugni.

Perché era esattamente ciò che ero.

Un idiota.

Uno stupido, perché mi ero lasciato andare... avevo rinunciato a tutto il mio controllo e l'avevo dato a questa ragazza.

La ragazza a cui avevo affidato la mia maledetta vita perché avevo voluto donarle anche quella.

Mi sentivo la vittima di uno scherzo crudele e perverso. Un estraneo che assisteva al piccolo e sporco segreto di Shea. Un segreto tenutomi nascosto quando ero io colui che avrebbe dovuto custodire tutte le sue verità.

Ma questa ragazza mi aveva solo raccontato bugie.

«Noi... ce la riprenderemo» sussurrò April in tono quasi isterico, i suoi occhi marrone scuro sgranati e impauriti.

«L'ha presa.» Stavolta le parole pronunciate da Shea suonarono estranee. Distanti. Vidi il momento in cui la realtà si abbatté su di lei e le sue ginocchia divennero deboli.

Mi fiondai in avanti e la presi tra le braccia un attimo prima che crollasse a terra. Non potei fare a meno di stringerla a me. Di abbracciarla. Non potei trattenermi dall'affondare il naso nei suoi capelli, né di premere la bocca sulla sua tempia. «Ti proteggo io.»

Ti proteggo io.

Era davvero così?

Shea seppellì il viso nel mio petto e serrò le braccia intorno al mio collo come se fossi la sua roccia. «L'ha presa, Sebastian. *L'ha presa.*»

Il suo respiro mi avvolse completamente. Supplica dopo supplica. Come se mi stesse chiedendo di sistemare le cose.

5

Di far parte della sua verità ora.

Mi sentivo lacerato da un turbinio di emozioni. Dilaniato. Il mio amore per questa ragazza, la devozione che pompava nelle mie vene ad ogni battito violento del mio cuore, era in contrasto con la voce che continuava a sussurrarmi che non la conoscevo affatto.

Quasi sotto shock, percorsi il vialetto con Shea tra le braccia e salii i gradini del portico. Girai intorno ad April che era ancora aggrappata alla ringhiera. Sembrava pietrificata dallo shock.

Il legno scricchiolò sotto i miei piedi nudi quando attraversai la veranda. Una volta in casa, non mi fermai e andai dritto verso le scale.

Inspirai bruscamente quando fui travolto dalle immagini dell'incubo che aveva avuto luogo qui poco fa. Visualizzai la bambina in piedi in cima alle scale che chiamava la sua mamma, ignara che il suo mondo stesse per essere distrutto.

Appena raggiunsi il punto esatto dove si era fermata sua figlia, Shea gemette come se soffrisse fisicamente.

«Kallie» rantolò con voce impregnata di dolore.

Digrignai i denti e la strinsi maggiormente a me. «Lo so, piccola, lo so.»

La camera di Shea era buia come lo era stata dieci minuti prima, le lenzuola ancora sgualcite e l'aria intrisa dell'odore di sesso. Come se fossimo ancora sospesi in quel momento in cui le stavo confessando cose che credevo non avrei mai provato in vita mia.

Amore per una donna che non avrei mai pensato di meritare.

Amore per una bambina che mi aveva catturato in un vortice di risate argentine, sorrisi sgargianti e in un mondo prezioso e perfetto pieno di farfalle.

Cazzo. Lo volevo.

Lo volevo con tutto me stesso, ma al momento ero terribilmente confuso. Non sapevo più chi fossi o a quale luogo appartenessi.

Con attenzione, posai Shea, fradicia e tremante, sul bordo

del letto. Lei si piegò in avanti e si avvolse le braccia intorno al petto, come se cercasse un modo per non andare in pezzi.

«Non muoverti.» Andai nel bagno annesso e afferrai un paio di asciugamani dall'armadietto. Ritornai in stanza e ne avvolsi uno intorno alle sue spalle, dopodiché cominciai ad asciugarle i lunghi capelli con l'altro.

Lentamente, con cautela, abbassai lo sguardo su di lei e incrociai i suoi occhi. Il suo viso era bagnato di pioggia, ma era impossibile fraintendere le lacrime incessanti che le scorrevano lungo le guance.

I suoi occhi color caramello si fissarono nei miei, e in essi scorsi un bruciante caos di rimorso, vergogna e assoluta paura. Sollevò un braccio e avvolse la sua mano delicata intorno al mio polso. Una scossa elettrica mi percorse la spina dorsale. Una scarica di luce, calore e agonia. I fili di quel legame sconosciuto che ci univa si tesero delicatamente, costantemente, quasi con insistenza.

Interruppi i miei movimenti, soggiogato dal suo attacco silenzioso.

Non importava che non avessi la minima idea di chi fosse realmente. Shea aveva ancora il potere di controllare tutti i miei sensi.

Il suo labbro inferiore tremò. «Non volevo che lo scoprissi in questo modo.»

Feci due passi indietro e lasciai cadere a terra l'asciugamano.

Il mio tono di voce suonò sia duro che ferito quando parlai. «Oppure volevi che non lo scoprissi affatto.»

La mia non era una domanda ma solo un'altra accusa che mi rendeva uno stronzo di prima categoria, perché non avevo dubbi che Shea stesse soffrendo.

Però, merda... chi poteva biasimarmi?

Scossi bruscamente la testa, incazzato con me stesso.

Quante volte avevo desiderato sguazzare nella sua oscurità? Attirato da essa come se potesse essere il mio respiro salvifico.

Ed ora eccomi qui, ad annegare nella sua oscurità.

Quasi accettasse la mia rabbia, o se l'aspettasse, Shea abbassò lo sguardo sulle dita bianche delle sue mani che si contorceva in grembo. «Non volevo che lo scoprissi in questo modo» giurò a bassa voce. «Questo è quello che stavo cercando di dirti quando l'assistente sociale ha suonato il campanello.»

Deglutii forte e socchiusi gli occhi, inchiodandola sul posto con l'intensità del mio sguardo, esigendo delle risposte. Perché nonostante sapessi già la verità, avevo bisogno di sentire Shea ammetterla ad alta voce. «Martin Jennings è il padre di Kallie.»

Lei sussultò come se fosse stata colpita, e l'orrore contorse i lineamenti del suo volto.

Terrore.

Dolore.

Rimpianto.

Tutte quelle emozioni mi fecero girare la testa con la stessa forza con cui mi doleva il cuore.

La tristezza mi serrò il petto.

Cazzo, lo odiavo. Odiavo Jennings sin dall'istante in cui l'avevo visto uscire dal pullman della band la notte in cui avevo trovato Austin disteso a faccia in giù sul pavimento, in preda a un'overdose provocata da qualsiasi roba il bastardo gli aveva dato.

Lasciandolo lì a morire.

Non che avessi avuto un'alta opinione di lui prima di allora. Lo stronzo trasudava lurida presunzione e avida arroganza da tutti pori. Da serpente qual era, ogni mossa strategica che aveva fatto era servita ad avvicinarlo a qualsiasi infido obbiettivo che aveva puntato.

Denaro.

Potere.

Insaziabile ingordigia.

Ma quella notte era stata la prima volta che il nome di Martin Jennings era diventato sinonimo di distruzione. Incarnando la più pericolosa delle minacce.

Dondolando avanti e indietro, Shea strinse le braccia intorno a sé con forza. «Biologicamente, sì. Ma sotto ogni altro aspetto, no» ammise in un sussurro, con la testa abbassata verso il proprio grembo.

Battei rapidamente le palpebre e cominciai a camminare per

la stanza, passandomi le mani tra i capelli bagnati fradici mentre cercavo di elaborare il casino che aveva scombussolato la mia vita. Un disastro dopo l'altro.

Problema.

L'avevo capito la prima volta che l'avevo vista. Ma c'era qualcosa in lei che mi aveva attirato inesorabilmente a sé. Qualcosa di profondo e misterioso. Buffo come avessi sentito comunque il bisogno di proteggerla dalla depravazione che sembrava definire *chi ero.*

Ed eccola qui, a rivelare un'altra sfaccettatura di sé.

Suppongo avessi ragione. I problemi mi trovavano ovunque andassi.

Voltandomi di nuovo verso Shea, la fissai dritto negli occhi, incapace di contenere completamente la rabbia che si agitava dentro di me. «Mi hai mentito? Dopo tutto questo tempo... dopo tutto quello che abbiamo passato, mi hai lasciato credere che Kallie non avesse un padre?»

«Infatti *non ce l'ha*. Lui non è *mai* stato suo padre.»

Proruppi in una risata amara e cominciai a girare per la stanza con passo furioso, mentre immagini orrende di quello schifoso bastardo di Jennings che toccava la mia ragazza vorticavano nella mia mente in maniera insostenibile.

Mi voltai di scatto e mi avvicinai a lei con la testa abbassata e piegata di lato. Forse se l'avessi osservata con attenzione, sarei riuscito a vedere tutto ciò che mi nascondeva. «Pensavo che avessimo finito con tutte le cazzate e le bugie. Credevo di *conoscerti.*»

Improvvisamente, il mio viso si contorse dal dolore che Shea mi aveva inflitto. Perché era la verità. Mi aveva devastato. Mi ero fidato di lei, ed eccomi qui, incerto se fossi stato la pedina in una sorta di gioco contorto.

Tutti volevano un pezzo di Sebastian Stone.

Adesso non potevo fare a meno di chiedermi se fossi stato preso in giro.

I miei occhi si fissarono su di lei, fragile e delicata, e vidi barlumi della sua luce lottare per tornare in superficie.

Santo cielo, come potevo pensare anche solo per un secondo che quello che c'era tra di noi non fosse *reale*?

Mi portai la mano chiusa a pugno contro il petto, donandole la cruda onestà. «Ti ho dato il mio cuore, Shea. Ogni parte di esso, cazzo. Volevo reclamare Kallie come mia. Volevo condividere tutto con te, e adesso scopro di non conoscerti *affatto*.»

Shea pronunciò la sua verità con voce incrinata dalle lacrime. «Pensi davvero di non conoscermi, Sebastian? Credi davvero di non conoscere ogni singola cosa che conta per me? Questa stanza... questa casa... il mio ruolo come madre di Kallie... il mio *amore* per te» disse, enfatizzando l'ultima frase che mi colpì nel profondo.

Questa sera era stata la prima volta che avevo davvero accettato che lei potesse amarmi. Che forse ero degno di ricambiare il suo amore.

Le rughe agli angoli dei suoi occhi si intensificarono. «Queste sono le uniche cose che contano nella mia vita.»

La paura crebbe insieme alla frustrazione, e strinsi i pugni lungo i fianchi. «Pensi che non conti il fatto che quel coglione di Jennings avesse il potere di venire qui e sottrarci Kallie?»

Feci un passo avanti e abbassai la voce. «Pensi che ciò non abbia importanza? E vuoi sapere qual è la cosa più assurda, Shea? L'unica cosa che voglio in questo momento è confortarti, maledizione. Alleviare il tuo dolore. *Sistemare tutto*. E non so neppure che cazzo io debba aggiustare. Mi hai mentito... per mesi. Non sono nemmeno più sicuro di conoscerti.»

«Mi conosci, invece» dichiarò con voce supplichevole. Altre lacrime le corsero lungo le guance, tirò sul col naso e inspirò a fondo, poi sollevò lo sguardo verso il mio. Qualcosa di impetuoso si agitò nelle profondità dei suoi occhi.

La sua voce era un sussurro quando ricominciò a parlare, ma era impossibile fraintendere la forza che si celava nel suo tono. «Sì, ti ho mentito. Ma è una bugia che ho raccontato a tutti, incluso me stessa. Era l'unico modo che conoscevo per sopravvivere. L'unico modo in cui io e Kallie potevamo condurre una vita normale. Non hai idea di cosa sia capace quell'uomo, e se mentire sulla sua esistenza è servito a tenere al sicuro mia figlia, allora lo rifarei un milione di volte.»

Deglutii rumorosamente. Sarei stato un vero ipocrita se le avessi detto che non capivo. Quanti segreti avevo tenuto nascosti, rifiutandomi di rivelarli per proteggere la mia famiglia? Mio fratello? La band?

Cioè, l'intera relazione fra me e Shea era stata costruita sulle menzogne, cazzo. Io ero stato il primo a tenere nascosta la mia identità. Adesso capivo bene cosa si provava ad essere ingannati.

Tuttavia, una cosa era che lei fosse Delaney Rhoads e desiderasse lasciarsi alle spalle una vita che non voleva, e tutt'altra cosa che Martin Jennings fosse il padre di Kallie.

Aveva la minima idea di quanto fossi aggrovigliato nella rete distruttiva di Jennings?

«È qui che ti sbagli. So esattamente di cosa è capace quello stronzo. Questa è la cosa che mi spaventa di più» dissi con voce tesa.

Shea fu percorsa dai brividi e annuì, come se cercasse di dare un senso alle proprie domande. «Non posso credere che tu lo conosca.»

Una risata mordace mi sfuggì dalle labbra prima che riuscissi a fermarla, benché fui travolto da un'altra ondata di dubbi. «Ma non lo sapevi già, Shea?»

Dio, ero così combattuto. Passavo dal provare compassione e preoccupazione al domandarmi se lei fosse una talpa insinuatasi nella mia vita con il solo scopo di farla a brandelli.

«Non te l'avrei *mai* tenuto nascosto per tutto questo tempo se lo avessi saputo» disse, il mento tremante.

«Allora perché?»

Shea scrollò una spalla, impotente. «Non lo so. Perché sei venuto a Savannah, Sebastian? Sei stato tu a piombare nella mia vita. Non avevo idea che Martin facesse parte della tua.» Chiuse gli occhi con forza, come se non volesse pormi la domanda che le premeva di più, ma poi li riaprì e incrociò il mio sguardo. «Devo sapere come lo conosci.»

Emisi un'altra risata amara e ripresi a camminare avanti e indietro per la stanza, passandomi il dorso della mano sulle labbra, quasi potessi cancellare il sapore acido che avevo in bocca.

Riportai l'attenzione su di lei. «Ti ho detto che rischio ancora di andare in prigione, Shea. Come mi muovo, faccio qualcosa che minaccia la mia libertà, ecco perché ti ho detto che non vado bene per te. E adesso la mia libertà è minacciata a causa sua... perché ha dato al mio fratellino delle pastiglie e poi è andato via, lasciandolo da solo a morire.»

Shea proruppe in un singhiozzo scioccato e si coprì la bocca con una mano. «Oh mio Dio. No.»

Sbatté ripetutamente le palpebre e sembrò chiudersi in se stessa, quasi volesse rannicchiarsi nel suo letto e scomparire.

La consapevolezza si abbatté su di me con forza e velocità, e mi precipitai verso di lei, prendendole il viso tra le mani mentre venivo invaso anch'io dal terrore. Vidi chiaramente la verità di Shea. «Che cosa ti ha fatto?»

Lei serrò gli occhi, ritraendosi maggiormente in se stessa.

Aumentai la presa sul suo volto. «Dimmelo» dissi in tono esigente.

Shea scosse la testa. «Non posso.»

«Non puoi o non vuoi?»

«Non posso.»

Fu come se la sua affermazione mi bruciasse.

Ansimò quando la lasciai andare improvvisamente. La osservai con gli occhi socchiusi e carichi di rammarico. Sembrava così piccola seduta sul bordo del letto, così dannatamente afflitta, eppure rimaneva la cosa più bella che avessi mai visto. Tutti i suoi colori meravigliosamente vividi. Tutto quel bianco e nero, il rosso più intenso e il buio più scuro, fiducia e luce. E il tutto era distorto da una paura accecante.

Come se mi stesse supplicando di vedere dentro di lei e allo stesso tempo mi stesse tagliando fuori.

Il mio cellulare squillò nella tasca dei miei jeans, e la mia attenzione ritornò su ciò che era più importante al momento: la bambina che era stata strappata via dalla sua casa.

«È Anthony» dissi, quando vidi il suo nome sullo schermo.

La speranza balenò sul viso di Shea.

Mi portai il cellulare all'orecchio. «Anthony, dimmi che hai delle novità.»

Il suo sospiro pesante si udì attraverso la linea telefonica. Ebbi un brutto presentimento e tirai un respiro profondo.

«Ce le ho. Mi dispiace solo che non siano il tipo di novità che vuoi sentire, Baz. Mi hanno riferito che Martin Jennings ha rilasciato una dichiarazione pubblica un'ora fa. Sta giocando la carta del padre preoccupato. Dice che appena ha scoperto che tu e Shea vi stavate frequentando ha capito di dover intervenire. Sta usando l'aggressione contro di lui e i tuoi precedenti penali per possesso di droga e furto come argomenti a suo favore. Afferma che stai con Shea solo per vendicarti di lui e che stai usando sua figlia come pedina.»

Il bastardo stava dicendo che ero pericoloso.

Il che era vero quando si trattava di Martin Jennings. Ero una fottuta mina vagante. Istintivamente sapevo che il coinvolgimento di quello stronzo con Mark e mio fratello era molto più profondo di quanto immaginassimo.

E adesso aveva tirato in mezzo anche Shea e Kallie.

Il volto di Shea si tinse di terrore quando vide la mia espressione incupirsi e le voltai le spalle, incapace di guardarla mentre Anthony confermava la mia più grande paura.

Il casino che stava succedendo nella mia vita avrebbe distrutto Shea.

L'istante in cui avevo visto Jennings scendere da quell'auto, avevo capito che era qui per me.

Ti avevo avvisato di non rompermi i coglioni.

L'aveva detto chiaro e tondo e con un sorrisetto subdolo sul viso. Lo stesso avvertimento che mi aveva dato durante quel dannato incontro di mediazione.

Passandomi una mano lungo i muscoli tesi della nuca, osservai i miei piedi mentre percorrevo il pavimento avanti e indietro.

Fin dall'inizio avevo saputo che non andavo bene per lei. *Fin dall'inizio.* Non c'era nulla di buono nella mia vita, perciò come potevo andare *bene* per lei? Ma avevo finto per così tanto tempo che sarei potuto essere il ragazzo giusto per lei che avevo cominciato a crederci davvero. Ci avevo creduto quando

Shea mi aveva riaccettato nella sua vita dopo che aveva scoperto chi ero, perché vedeva l'uomo nascosto sotto la superficie. Si era insinuata dentro di me abbastanza profondamente da raggiungerlo e riportarlo in vita attraverso la sua bellezza e la sua luce.

L'uomo che voleva qualcosa di più. Che voleva essere una persona migliore.

L'avevo desiderato così ardentemente che mi ero dimenticato di tutta la merda che continuava a perseguitarmi.

Mi ero dimenticato che sarei tornato in galera o in tournée. Invece, avevo portato avanti la relazione con Shea come se fossi sempre rimasto qui, desiderando reclamare lei e Kallie come mie quando io stesso ero soggiogato dal marciume presente nella *mia vita*.

Adesso che Kallie e Shea erano legate a Jennings?

Non avevo idea di come sistemare le cose.

Anthony si schiarì la gola. «So che sei già ben consapevole di questo, ma non c'è dubbio che Jennings sia assetato di sangue, e tu sei diventato il suo obbiettivo. Non fingerò di conoscere Shea o la sua bambina, ma il fatto che lui sia disposto a usare la propria figlia come esca mostra quanto sia spietato.»

«Non è sua figlia» sbottai senza pensarci, come se avessi il fottuto diritto di affermare una cosa simile.

«No? Non è quello che dicono i documenti.» Il suo tono era intriso di esasperazione, ma poi si ammorbidì. «Sono sempre stato dalla tua parte, Baz, e lo sarò sempre. Meriti la felicità più di chiunque altro io conosca. Ma devi domandarti se in questo caso valga la pena sporcarti le mani più di quanto non lo siano già.»

Se ne valesse la pena?

Anthony non aveva idea che Shea e Kallie valessero *più di qualsiasi cosa*.

Avrei rinunciato a tutto per proteggerle.

Anche se significava che avrei dovuto rinunciare a loro.

Non gli diedi una risposta diretta. Al contrario, digrignai i denti e mi costrinsi a pronunciare le parole: «Voglio che ti preoccupi soltanto di riportare quella bambina al luogo a cui appartiene.»

Anthony emise un sospiro stanco. «D'accordo. Prendo un volo notturno. Parto fra due ore. Continueremo la discussione quando arriverò lì. Ma qualunque cosa tu decida, ti sosterrò fino alla fine.»

Certo che l'avrebbe fatto. Non mi aveva mai abbandonato finora.

La sua voce assunse un tono professionale. «Ho chiamato Kenny. È riuscito a mettersi in contatto con un avvocato familiarista di Savannah. Dovrebbe essere bravo. Uno molto in gamba. Ha fissato un incontro per Shea domani mattina presto. Ti darò tutti i dettagli una volta giunto lì.»

«Grazie» borbottai bruscamente.

Detestavo il modo freddo in cui aveva parlato, ignaro di quanto *profondamente* fossi coinvolto. Eppure, non riuscivo ad essere incazzato con il mio amico.

Non sapeva quanto fosse diventata importante Shea. Che cosa significasse per me.

O quanto mi sarebbe costato amarla.

Suppongo che anch'io non l'avessi capito.

Terminai la chiamata, ancora riluttante a guardare Shea.

Quando infine lo feci, vidi che stava tremando. Teneva le mani congiunte davanti a sé come se stesse pregando. «Che cosa ha detto?»

«Quello che già sapevo. La mia presenza nella tua vita farà solo soffrire te e Kallie. E per nulla al mondo permetterò che a causa mia tu non riabbia tua figlia indietro.»

Afferrai la mia maglietta da terra e me la infilai dalla testa. Il tessuto si appiccicò alla mia pelle umida. Dopodiché, mi infilai gli stivali. Per tutto il tempo, Shea mi osservò come se non riuscisse a comprendere cosa stesse succedendo più di quanto ci riuscissi io.

Poi si alzò di scatto in piedi. L'asciugamano le scivolò via dalle spalle quando fece un passo verso di me, l'espressione angosciata. «Non ti azzardare a lasciarmi, Sebastian Stone.»

I pantaloncini del suo pigiama rosa erano ancora bagnati, mettendo in evidenza le sue lunghe e toniche gambe atteggiate in una postura di sfida, e la camicetta aderiva alla sua morbidissima pelle.

Così perfetta.

Così meravigliosa.

Shea rappresentava tutto quello che non avevo mai saputo di volere.

«Mi dispiace» sussurrai sottovoce. Era la verità. Ero dannatamente desolato. Mi dispiaceva che non fossi diverso. Che non fossi un uomo migliore. Che lei non fosse stata più onesta. Ero addolorato che i nostri mondi si fossero scontrati in un modo in cui non avrebbero mai dovuto scontrarsi.

«Noi due insieme?» Scossi la testa. «Forse non siamo fatti l'uno per l'altra, dopotutto.»

Non eravamo altro che dinamite, combustibile e benzina a contatto con un fiammifero acceso.

Feci un passo verso la porta. Soffrivo così tanto che la mia voce suonò inespressiva quando parlai. «Farò tutto il possibile per aiutarti a riprenderti Kallie. Il mio avvocato ha contattato qualcuno che ti può aiutare. Non mi importa quanto mi costerà, pagherò qualsiasi somma. Non mi fermerò finché la situazione non sarà risolta.»

Mi voltai e uscii in corridoio, lo sguardo fisso in avanti.

Shea mi seguì di corsa, il respiro rapido e ansante. «Sebastian... non andartene.»

Scesi tre scalini.

«Guardami» mi supplicò.

I miei passi vacillarono. Non riuscii a resistere. Mi voltai a guardarla. E mi trovai di fronte l'incarnazione della bellezza. Teneva entrambe le mani chiuse a pugno in mezzo ai seni, proprio sopra al suo cuore, che ero certo di poter sentire battere al di sopra del ruggito nelle mie orecchie. Il suo dolce e innocente spirito mi chiamava a sé, sovrastando il gemito di dolore che scaturiva dal profondo di me.

Il petto mi faceva un male cane.

Lentamente, Shea scosse la testa. «Non azzardarti, Sebastian. Non so che cosa ti abbia detto al telefono, ma questo non cambia nulla.»

«No, hai ragione, Shea. Non cambia nulla.»

Era solo un crudele promemoria.

Il pericolo di fingere è che la finzione diventi realtà.

«È sempre stato così» dissi, serrando la mascella quando fui travolto da un'altra ondata di dolore. «Ho sempre saputo che non sarei mai stato abbastanza degno di te. Ti avevo avvertito che ti avrei fatto soffrire. Eppure, non sono riuscito a stare alla larga da te. Tutto questo *è colpa mia.*»

La sua tempesta acquistò forza. Potevo percepire quel tumulto di energia riempire l'intera stanza.

Buio.

Luce.

Intensità.

Fragilità.

Volevo sprofondare in quella tempesta e scomparire.

Questa volta per sempre, perché non volevo dimenticare, non volevo più risalire a galla per respirare. Ma non sarei stato quello che si sarebbe messo tra lei e Kallie.

Buffo come non mi fosse fregato un cazzo di quanto male potesse farmi Jennings. La sua minaccia di sbattermi in galera. La perdita di denaro. Perfino la perdita della mia vita. Nessuna di queste cose aveva importanza se ciò significava proteggere mio fratello. La mia famiglia.

Ma adesso il bastardo aveva cambiato tutte le regole.

Shea fece un passo avanti, agitata. «No. Sai che non è solo colpa tua. Si è creata la tempesta perfetta.»

Trattenni una risata amara.

Tempesta.

Forse era la sua, la forza di quell'uragano che istigava una guerra. Fomentandola. Mettendo due nemici faccia a faccia.

Ma ogni battaglia aveva le sue vittime, e mi rifiutavo di lasciare che Kallie fosse una di esse.

Shea incespicò nel pronunciare le parole successive, che vennero fuori in una confessione che non avevo idea potesse ferirmi così tanto.

«Non l'ho più visto dal giorno in cui è nata Kallie... ma si è assicurato che non scordassi che prima o poi sarebbe venuto a cercarmi. Non mi ha mai permesso di dimenticare che ero in debito con lui e che sarebbe tornato a riscuotere.»

Fui invaso dalla rabbia. Ogni muscolo del mio corpo si irrigidì per il bisogno di vendetta. Per il desiderio di inseguire, trovare e uccidere quello stronzo di Jennings che aveva causato quell'espressione sul suo viso.

Non mi ero mai sentito così in trappola. Nessuna delle soluzioni che trovavo mi dava il risultato che volevo.

Ciò che desideravo di più – quello che ogni parte di me reclamava a gran voce – era restare qui con Shea. Anche se una parte di me si sentiva tradita, sapevo di *conoscerla*. Nel profondo di me, in quel luogo che solo lei era in grado di vedere, la conoscevo. Sapevo, senza ombra di dubbio, che aveva bisogno di essere amata nel modo in cui desideravo amarla.

Doveva essere sostenuta, incoraggiata e protetta.

Ma questo significava che Jennings avrebbe continuato a usarmi contro di lei.

Potevo cedere alla violenza. Al desiderio animalesco di eliminare Martin Jennings, il che sarebbe stata la mia fine.

O potevo andarmene. Fare l'impossibile per risolve la situazione da lontano. Usare tutti i miei soldi per distruggerlo e farlo scomparire... legalmente. Certo, in questo caso sarei stato fregato e avrei portato alla luce prove che avrebbero condannato tutta la mia famiglia.

Ma sapevo, senza il minimo dubbio, che per Shea sarei stato disposto a farlo.

Perché, da qualche parte lungo la via, lei era diventata la *mia famiglia*.

Shea fece un passo in avanti, l'espressione sul suo viso supplichevole come le parole che fuoriscirono dalla sua dolcissima bocca. «Ci ha tenute d'occhio per tutto questo tempo. Aspettando il momento giusto per tornare e rendere la nostra vita un inferno. Ne ero *ben consapevole*, anche se per anni ho finto che fosse morto.»

Scesi un altro gradino, e Shea fece un passo incerto in avanti. Una spiegazione uscì dalle sue labbra in una sorta di preghiera. «Il giorno in cui nacque Kallie... lui... si presentò all'ospedale. Mi costrinse ad aggiungere il suo nome sul certificato di nascita. Mi disse che se non l'avessi fatto, avrebbe combattuto per ottenere la custodia. Nulla al mondo mi sembrava peggiore di lasciare che quel mostro portasse via la mia bambina, perciò cedetti. Avevo diciotto anni, Sebastian. *Solo diciotto anni*, ed ero terrorizzata dall'uomo che aveva cercato di controllare la mia vita.»

Terrorizzata.

Mostro.

Quelle parole turbinarono intorno a me come un vortice avvelenato.

La rabbia ribollì sotto la mia pelle, simile a frecce che mi trafiggevano fin nel profondo.

No, non avevo idea di che cosa avesse passato. Ma l'espressione che adombrava il suo viso mi garantiva che era peggio di quanto potessi immaginare.

Serrai le mani a pugno.

Shea continuò a farfugliare la sua confessione. «All'epoca, pensavo che fosse la scelta migliore. *L'unica* che potessi fare. Non guardò neppure Kallie. Si voltò e andò via. Ma non prima di fermarsi sulla soglia e dirmi che non mi sarei mai allontanata abbastanza da essere irraggiungibile per lui.»

Proprio come aveva promesso a me.

Orgoglio.

Orgoglio.

Orgoglio.

Che schifo che l'orgoglio per lui valesse più di ogni altra cosa.

«Avrebbe trovato un modo per ferirmi con o senza il tuo coinvolgimento» disse implorante, scrutandomi in volto e facendo un altro passo verso di me.

Forse Jennings stava solo aspettando il suo momento. Ma io gli avevo servito l'occasione perfetta su un piatto d'argento.

Afferrai la ringhiera di legno liscio. «Vuoi sapere cosa mi ha detto Anthony poco fa, Shea? Perché il Servizio Tutela dei Minori si è presentato qui e l'ha portata via? Per colpa *mia*. Perché credono che io sia pericoloso, e per questo motivo Kallie non è

19

al sicuro.»

«Non le faresti mai del male.»

Mi sfuggì una risata aspra, perché aveva ragione, non l'avrei mai ferita intenzionalmente. Mai. Ma questo non significava che la mia sola presenza non portasse guai. Caos, distruzione e violenza erano legati al mio nome.

«Guardami, Shea.» Allargai le braccia, quasi in segno di offerta.

Shea sapeva cosa c'era sotto la superficie. Tutte le cicatrici e il fisico temprato dalle difficoltà che derivano dal vivere una vita dura.

Era la realtà di chi ero veramente.

«Guardami» ripetei, le mie parole colme di sconfitta.

Le lacrime che Shea non era stata in grado di fermare per tutta la sera scesero più velocemente lungo il suo viso angelico.

Il fatto che ebbi l'impulso di precipitarmi verso di lei mi rendeva un lurido bastardo? Spingerla contro il muro e baciarla appassionatamente finché entrambi non avessimo dimenticato che le nostre vite erano appena andate a puttane? Perdermi nelle sue dolci carezze e nella sua tenera seduzione?

Ma forse era giunto il momento che tutt'e due cominciassimo ad affrontare la nostra realtà.

Shea mi colse di sorpresa quando percepii la delusione nella sua voce. «Pensi che non ti veda?» Scosse lentamente la testa. «Vuoi sapere cosa vedo quando ti guardo, Sebastian? Vedo qualcuno che si mette il peso del mondo intero sulle proprie spalle perché per qualche motivo è convinto che meriti di portare quel peso. Qualcuno che sopporterebbe qualsiasi cosa se ciò volesse dire far soffrire un po' di meno quelli che ama. Vedo un uomo che ha commesso errori proprio come tutti noi. Proprio come me. Vedo qualcuno che magari all'apparenza sembra un po' spaventoso. Ma quello che mi terrorizza di più sono le intense emozioni che mi fa provare.»

Si portò una mano al petto. «Vedo un uomo leale. Devoto. Uno che ha aperto il proprio cuore abbastanza da amare una bambina che non è nemmeno sua. Vedo un uomo che mi ha fatto innamorare così perdutamente che non so neanche come sia accaduto. Vedo un uomo di cui avevo un bisogno disperato, benché non me ne fossi neppure resa conto finché non mi ha mostrato che cosa mi stessi perdendo. Vedo l'uomo che *amo*.»

Le sue parole mi aggredirono, mi colpirono con la fiducia e la luce eterna che Shea aveva dentro di sé. Come se mi stesse innalzando al di sopra dell'oscurità in cui minacciava di farmi annegare.

Questa ragazza, che non ero più sicuro di conoscere, era un enigma. La mia salvezza. La mia rovina.

Non si fermò. Continuò a parlare senza sosta.

«Vedo l'unica persona con cui voglio affrontare tutto *questo*. Ho paura che Jennings ti stia usando per portarmi via Kallie? Sì. Sono terrorizzata per lei. Ma so pure che lui avrebbe trovato un altro modo, ed è ora che io affronti la situazione, e la voglio affrontare con te al mio fianco. Non mi interessa cosa vede il resto del mondo. L'unica cosa che mi importa è quello che tu significhi per me.»

Provai una fitta al petto, che si gonfiò di emozione. Perché anch'io volevo crederci, cazzo.

«E se nulla di tutto questo fosse sufficiente?»

«E se lo fosse?»

Scossi la testa, cercando di ignorare le sue parole.

No.

Santo cielo, lei mi rendeva così debole.

La mia voce si fece sommessa. «Come potrei mettere a rischio il futuro di Kallie sapendo ciò che ho fatto? Sono colpevole, Shea. Tutte quelle accuse... sono vere, e non c'è nulla che io possa fare per contestarle.»

I miei crimini erano perfino maggiori di quelli riportati nei registri dei tribunali. Tutti i casini in cui mi ero cacciato quando non ero altro che un teppistello in cerca di successo, quando io e il resto della band cercavamo di conquistare il mondo facendo un fottuto sbaglio dopo l'altro.

La parte peggiore?

Jennings sapeva. Non importava che fosse il farabutto più schifoso che esistesse. Aveva lui tutte le carte in mano.

Semplicemente, non avevo idea di quanto fossero vincenti

fino a stasera.

«Non ha importanza» sussurrò Shea, la voce intrisa di fede e speranza.

Guardai la splendida ragazza che mi soggiogava con un solo sguardo.

Che mi annientava con un solo tocco.

Colei a cui avrei donato tutto. La mia vita, il mio cuore e il mio futuro. Ma ero disposto a spezzare il mio maledetto cuore se fosse servito a farle riavere indietro la sua bambina.

Mi costrinsi a scendere le scale, voltandomi indietro giusto in tempo per vedere l'ennesima sofferenza che inflissi a Shea. L'avevo sempre saputo che l'avrei ferita. La delusione e il dolore amplificarono la sua paura. Desideravo cancellare il suo dolore con tutto me stesso.

Volevo rivelare la sua bellezza e il suo animo fiducioso.

Vivere in esso.

Ma non potevo rimanere.

Le cose erano precipitate dal momento fatidico in cui Kallie era quasi annegata due giorni prima. Sembrava trascorsa un'eternità, un susseguirsi di giorni logoranti sparsi in un arco di tempo troppo lungo.

Questa dannata e perpetua tragedia che non aveva mai fine.

Mi girai di nuovo.

«Sebastian... non lasciarmi. Me l'hai promesso... mi hai promesso che non mi avresti abbandonata mai più.» Udii i suoi passi disperati sui gradini dietro di me. «Ti prego... guardami.»

Non potevo. Se mi fossi voltato ancora una volta, avrei ceduto. Mi sarei arreso, perché ero già sul punto di farlo.

«Guardami!» implorò alle mie spalle. Le sue dita mi graffiarono la schiena nel tentativo di afferrarmi.

Dolore.

Strinsi le mani a pugno, cercando di tirare un fottuto respiro, di incanalare aria nei miei polmoni brucianti.

April era seduta sul divano con il viso sepolto tra le mani, piangendo. Balzò in piedi quando spalancai la porta d'ingresso. Il suo viso scialbo era bagnato di lacrime, i suoi occhi marroni tristi e spenti. Come se anche lei capisse perché non potevo restare e ferire Shea più di quanto non avessi già fatto.

«Sebastian... *guardami!*» Quel grido tormentato che eruppe dalla bocca di Shea mi fece quasi crollare in ginocchio. Sbattei la porta dietro di me e uscii di corsa nella tempesta che stava scemando.

Il cielo era scuro e minaccioso.

Sembrava un presagio di quello che doveva succedere.

2

SHEA

Il dolore mi travolse. Si abbatté su di me da ogni lato, percuotendomi, picchiandomi e schiacciandomi finché non fui spazzata via dalla violenta risacca.

Cercai di respirare nonostante la disperazione, e mi sorressi alla ringhiera delle scale nel tentativo di rimanere in piedi quando il mio corpo fu sul punto di cedere.

Kallie.

Kallie.

Kallie.

Mi sentivo come se stessi andando in frantumi. In mille pezzi. La mia anima si stava sgretolando, mentre piangeva per i pezzi che le erano stati strappati via.

Kallie.

Ero consumata dalla paura.

Cosa voleva Martin da lei?

Perché proprio ora, dopo tutto questo tempo?

E Sebastian.

Senza di lui, non sapevo più come respirare.

April mi guardò con circospezione mentre mi reggevo alla

ringhiera in fondo alle scale. I suoi occhi, sgranati e spaventati, erano arrossati, le guance bagnate di tristezza.

«Non riesco a credere che stia succedendo» bisbigliò, come se non volesse pronunciare le parole, perché se l'avesse fatto, sarebbero diventate realtà.

Ma io potevo. L'avevo sempre saputo. Nessun tipo di bugia, nascondiglio o finzione avrebbe potuto evitare l'avverarsi di questo giorno.

Martin Jennings si era preso il suo tempo, in attesa dell'opportunità perfetta per colpire. Il momento esatto per piombare nella mia vita e fare a brandelli il mio mondo. Le circostanze non contavano. Martin mi aveva promesso che avrebbe trovato un modo per farmela pagare.

E adesso stavo pagando il prezzo più alto.

Mi girava la testa, il mio corpo ancora in balia delle conseguenze di tutto ciò che lui minacciava di portarmi via.

Kallie. La mia bambina.

Sebastian.

Martin non mi aveva già sottratto abbastanza?

«Non mi avrebbe mai lasciata andare» dissi con voce roca, e le parole mi graffiarono la gola dolente come rasoi.

«Cosa facciamo?» chiese April con voce flebile e impaurita, identica alla mia.

Una scarica di adrenalina mi percorse da capo a piedi. Una frenesia alimentata dalla paura e dalla determinazione di fare qualsiasi cosa fosse necessaria – proprio come avevo fatto in passato. Sollevai il mento. «Combattiamo.»

April si asciugò gli occhi ed emise una debole risata priva di umorismo. «Non posso credere di essermi quasi dimenticata di lui. Ho finto per così tanto tempo che non esistesse... da convincermene davvero.»

«Lo so.»

Ed ero io da biasimare. Fingere era molto più facile che vivere costantemente con l'ansia. Molto più facile che aspettare che terminasse il conto alla rovescia, che accadesse il peggio, che il mio mondo scoppiasse come era successo stasera.

Avevo lasciato credere a Sebastian che non c'era nessuno

che potesse rivendicare Kallie. Nessun padre che la amasse, la proteggesse o che stesse al suo fianco. Invece c'era. Ma Martin non avrebbe mai fatto nessuna di quelle cose. No. Lui non era capace di amare. Lui usava, manipolava e abusava.

Fui invasa da un'ondata di nausea quando la mia mente visualizzò il visino fiducioso di Kallie. Solo che stavolta il suo viso era dipinto di terrore, confusione e desolazione.

La nausea si contorse nel mio stomaco come una vipera al pensiero che Kallie fosse alla sua mercé. Perché la pietà era qualcosa che Martin Jennings non concedeva. Non avevo dubbi che non provasse un briciolo di affetto per lei. La vedeva come un ostacolo che non poteva superare, nonostante avesse fatto l'impossibile per liberarsi di lei.

Adesso mia figlia era in balia della sua volontà maligna.

L'angoscia mi stritolò il petto.

Odiavo aver ferito Sebastian.

Odiavo averglielo tenuto nascosto per tanto tempo.

Soprattutto, odiavo aver permesso a quel mostro di avermi sottratto la mia bambina.

April mi rivolse un sorriso tristissimo, poi distolse lo sguardo. «So di non poterti aiutare molto, ma sarò qui a combattere al tuo fianco, Shea, finché non la riporteremo a casa.»

Le lacrime corsero lungo le mie guance. «Non dirlo nemmeno per scherzo. Sei sempre stata essenziale, sostenendo me e Kallie in ogni modo. Non sono sicura che ce l'avrei fatta senza di te.»

Lei scosse la testa e fissò la parete, gli occhi lucidi e desolati. «Per tutto il tempo che ho vissuto qui con te e Kallie, ho sperato che tu trovassi un ragazzo che si innamorasse follemente di te. Di entrambe. Qualcuno gentile, eppure forte. Qualcuno che sarebbe sempre stato al tuo fianco e che avrebbe fatto qualsiasi cosa per renderti felice.»

Si succhiò il labbro inferiore tra i denti, lo sguardo ancora fisso nel vuoto.

«Quando ho trovato Sebastian in cucina quella mattina... l'ho detestato da subito. Non mi fidavo di lui. Ero certa che avrebbe portato solo guai.» Scosse la testa con veemenza, piena di rammarico. «Istintivamente, *sapevo* che ti avrebbe fatto soffrire. Ero spaventata perché vedevo il modo in cui lo guardavi. Credevo che fosse soltanto un donnaiolo in cerca di divertimento mentre trascorreva un po' di tempo a Savannah.»

April mi guardò dritto negli occhi. «Mi sbagliavo. Vorrei biasimarlo per tutto questo... ma non posso. Sono piuttosto sicura che farebbe *qualsiasi cosa* per assicurarsi che tu sia felice.»

Semplici, semplici sogni.

Gemettero dal profondo di me.

Una ragazza semplice che amava un ragazzo semplice.

Buffo come l'unica cosa che avessi mai sperato di avere con lui mi venisse sventolata davanti.

Una famiglia.

Ma sia la mia situazione che quella di Sebastian erano ben lungi dall'essere *semplici*.

April lanciò un'occhiata verso la porta da cui Sebastian era sparito. «Perché non gliel'hai detto?»

Deglutii il groppo di emozione che avevo in gola. «Intendevo farlo... la notte in cui ho scoperto chi era. Quando ho finalmente ammesso di amarlo. Ero pronta a dirgli tutto. Pronta a *fidarmi* di lui.»

Era la prima persona di cui mi *fidavo* ciecamente.

La tristezza curvò un angolo della mia bocca. «Per quanto la sua vera identità mi spaventasse, avevo la sensazione che fossimo destinati a stare insieme. Come se nessuno potesse capirci nello stesso modo in cui ci capivamo l'un l'altro.»

Scrollai le spalle, impotente. «Mi ha lasciata prima che avessi la possibilità di dirgli la verità. Poi, quando è tornato, è successo tutto così in fretta. Kallie ha quasi rischiato di annegare... i paparazzi... le foto. Ho provato a dirglielo di nuovo stasera.»

Un attimo prima che l'assistente sociale si presentasse alla mia porta.

Ma adesso che ero al corrente del suo rapporto con Martin, non potevo rivelargli tutte le cose che chiaramente esigeva di sapere. Baz credeva che non mi fidassi di lui. Il che era lontano anni luce dalla verità.

Ero terrorizzata per lui.

Conoscevo Sebastian. Così come sapevo le cose di cui Martin era capace. Le cattiverie che aveva fatto. Perlomeno, alcune di esse. Di sicuro la mia conoscenza affondava a malapena il dito in un barile di malvagità senza fondo.

Anche se non era stata trovata alcuna prova, non mi facevo illusioni. Martin era il responsabile di quello che mi era accaduto. Ogni mio istinto di autoconservazione ne era certo. E sapevo che se Sebastian avesse scoperto ciò che Martin mi aveva fatto, questo avrebbe distrutto l'ultimo brandello del suo flebile autocontrollo. Nel suo incontenibile bisogno di proteggere e difendere, Baz avrebbe distrutto tutto ciò che era importante per entrambi. E non potevo correre un tale rischio. Né per lui né per me.

Proprio come Sebastian aveva detto, nutrivo molta speranza nel fatto che quello che c'era tra di noi fosse più grande di tutto il resto e che insieme avremmo *risolto* la situazione.

Lentamente, April piegò la testa di lato con espressione significativa, confortante. «È scioccato... spaventato. Ma l'unica cosa chiara in questa terribile situazione è che quell'uomo ti ama.»

«Già» concordai a bassa voce, perché neanch'io lo mettevo in dubbio. Speravo solo di non averlo ferito così profondamente da averglielo fatto dimenticare.

3

SEBASTIAN

In lontananza, i fulmini lampeggiavano nel cielo mentre la tempesta si spostava verso nord, lontano da Savannah. Le strade erano bagnate e i lampioni brillavano nella nebulosa foschia. I fari della mia auto luccicavano nella nebbia, creando l'illusione di stelle deformi che mi accecavano gli occhi.

Rabbrividii, ancora bagnato fradicio, le mie viscere gelate come la mia pelle.

Mi strofinai il viso con una mano, cercando di concentrarmi.

Il lungofiume era quasi deserto e piuttosto tranquillo a quell'ora di domenica sera.

Sembrava ridicolo che il mio primo maledetto istinto fosse di andare al *Charlie's* per cercare il sollievo offerto da quelle vecchie mura. Ma anch'esso era chiuso. La facciata del locale era completamente buia, come se anche la speranza che avevo trovato lì fosse stata spenta.

Senza nessun altro posto dove andare, tornai a Tybee Island. Venti minuti dopo, mi fermai nel vialetto di fronte alla casa vacanza sulla spiaggia di Anthony.

Sospirando, spensi il motore e uscii nella notte. I miei stivali scricchiolarono sulla ghiaia e produssero un rumore sordo quando salii i sette gradini che conducevano all'ampio portico. Aprii la porta d'ingresso ed entrai, senza avere la minima idea di cosa fare, perché Dio sapeva che questo non era il posto dove volevo essere.

All'interno, finestre alte dal pavimento al soffitto occupavano l'intera parete rivolta a est, dove la tempesta oscurava le stelle nel cielo. Il salone si apriva sulla sontuosa cucina dove Ash, Lyrik e Zee erano in piedi intorno all'isola centrale a girarsi i pollici dato che non c'era nulla da fare in questa cittadina virtualmente blindata la domenica sera. I sorrisi sui loro volti scomparvero quando videro la mia espressione.

Ash corrugò la fronte. «Già di ritorno?»

L'ultima cosa che sapevano era che le foto su internet erano state tolte e che stavo tornando da Shea con il cuore in mano. Domandandomi se mi avrebbe mandato via a calci una volta resasi conto che stare con qualcuno come me era troppo impegnativo, con i paparazzi che ci perseguitavano costantemente, inventando bugie per saziare la loro sete per le sceneggiate.

Non potevamo immaginare che qualcosa di *peggio* fosse in agguato, pronto a metterci in ginocchio.

Mi passai le mani tra i capelli, agitato.

«... ebbene?» mi sollecitò Ash.

«A quanto pare, non so un cazzo di Shea.»

Perplesso, Ash posò la birra sul bancone, mentre Zee e Lyrik raddrizzarono la schiena quando colsero il mio nervosismo.

Espirai rumorosamente, trovando difficile parlare. «Stasera... il Servizio Tutela dei Minori si è presentato a casa di Shea per portare via Kallie... Apparentemente, quell'articolo pieno di fesserie e foto è stato sufficiente a mettere in discussione le sue capacità di madre.»

«Stronzate!» sibilò Lyrik. Sia Ash che Zee sbiancarono.

Stronzate belle e buone.

Mi morsi il labbro inferiore, facendo del mio meglio per contenere la rabbia che voleva erompere da me. «L'assistente sociale è entrata in casa, ha preso Kallie e l'ha portata via, dicendo che l'avrebbero affidata al parente più prossimo.»

Fui di nuovo trafitto dal dolore. Il ricordo del terrore sul viso di Kallie simile a un pugno nello stomaco.

«L'abbiamo seguita fuori, cercando di capire cosa diavolo stesse succedendo...» Mandai giù la bile che avevo in gola. «Martin Jennings stava aspettando sul marciapiede.» Mi afferrai i capelli, e le parole sgorgarono dalle mie labbra come se volessi liberarmi della loro verità. «Lui è suo padre. Shea mi ha mentito. Mi aveva detto che il padre di Kallie era morto. Lei è *Delaney Rhoads*.»

«Non ci credo, cazzo!» esclamò Ash, fissandomi con occhi sgranati.

«Chi è Delaney Rhoads?» chiese Zee, confuso.

Ash proruppe in una risata sbalordita. «Una stella del country... popolare sei o sette anni fa. È scomparsa all'improvviso con un mucchio di scandali che circondavano il suo nome.» Ash ebbe la faccia tosta di sorridere. «Caspita... Shea è Delaney Rhoads. È fighissimo. Non riesco a credere di non averla riconosciuta, ma diamine, è passato un sacco di tempo.»

«Non cominciare nemmeno, Ash» lo avvertii. Non ero proprio dell'umore giusto per affrontare il fatto che fosse tutto un gioco per lui.

«Che c'è?» rispose, facendo spallucce. «Non dirmi che non pensi che sia la donna più sexy ad aver incrociato la tua strada. Shea è fottutamente magnifica... dalle un microfono e una chitarra.» I suoi occhi azzurri luccicarono. «Cazzo, sì!»

Non avevo neppure permesso alla mia mente di vagare in quella direzione. Ero troppo preso dal fatto che lei mi avesse mentito e che Jennings fosse una figura cruciale nelle nostre vite. Che Kallie non fosse più con noi.

«Martin Jennings ha preso Kallie?» disse Zee con voce tremante, strofinandosi una mano sul viso, turbato.

Finalmente qualcuno aveva compreso le fottute conseguenze della situazione.

«Sì.»

Sbigottito, Zee abbassò lo sguardo e imprecò.

Ash cominciò a muoversi elettrizzato. Se possibile, il suo atteggiamento divenne più spavaldo del solito. «Allora andiamo a riprendercela. Spacchiamo la faccia a qualcuno. Sistemiamo le cose. Neanche per sogno lasceremo quella piccina nelle mani di quel pezzo di merda.»

Ash lo faceva sembrare così semplice. *Allettante.* Perché non c'era nulla che desiderassi di più.

Lyrik fu percorso da un fremito di aggressività. Potevo percepirlo nutrirsi della mia rabbia, dell'intenso bisogno che sentivo di rintracciare quello stronzo bastardo di Jennings e rimediare finalmente ai suoi errori.

Lyrik era proprio come me. Quando venivamo spinti contro un muro, contrattaccavamo di rimando, con pugni, rabbia e incontrollabile ferocia. Se a questo aggiungevamo Ash che dava fiato alla bocca ovunque andassimo? Tutti e tre ci cacciavamo nei guai e poi li prendevamo a calci in culo.

Ma se stavolta avessimo ceduto a quella voglia disperata, avremmo solo peggiorato la situazione.

«Anthony sta arrivando. Ha preso appuntamento con un avvocato. Metteremo le cose a posto.»

«Allora?» chiese Ash, portandosi le mani sui fianchi e fissandomi attentamente.

«Allora cosa?»

«Che diavolo ci fai qui?»

Scappo.

Scossi bruscamente la testa. «Martin sta usando la mia aggressione contro di lui per danneggiare Shea. Non c'è dubbio che sia stato lo stronzo a coinvolgere il tribunale. E non ho intenzione di essere un ostacolo.»

Proprio come Shea aveva detto, Jennings stava aspettando il momento giusto per colpire. Ero pronto a scommettere che quel depravato ci avesse tenuto d'occhio negli ultimi mesi.

Due piccioni con una fava.

Lyrik imprecò, mentre Ash divenne livido di rabbia. «Mi prendi per il culo, Baz? Ti ha chiesto lei di andartene?»

Non risposi.

«Assurdo» sbottò, il viso rivolto verso il pavimento.

Già. Lo era. Tutto quanto.

«Sei un idiota» continuò Ash, da coglione qual era.

Non avevo la forza di confrontarmi con lui, né di discutere su ciò che era *giusto* quando ogni maledetta cosa era sbagliata.

Sentendomi sul punto di esplodere, voltai le spalle alla delusione che scaturiva dai miei tre amici, perché *non avevano la minima idea* di quanto stessi male o fino a che punto mi sarei spinto per proteggere Shea e Kallie.

Sgattaiolai fuori attraverso la porta finestra che conduceva sul patio.

L'aria della notte era densa, e l'umidità aleggiava nel cielo sulla scia della tempesta che si allontanava come la marea che si ritira, lasciandosi dietro una leggera e gelida brezza che penetrò fin nelle mie ossa.

I miei stivali batterono sulle tavole di legno mentre mi dirigevo verso il mare.

Attirato da esso.

Le luci provenienti dalle finestre dietro di me emanavano un intenso bagliore, facendo apparire la casa a due piani simile a una torcia e gettando la spiaggia nell'oscurità.

Camminai verso la sabbia liscia, dove la marea si era ritirata. Volevo gridare, sbraitare e urlare a squarciagola quanto fosse dannatamente ingiusto questo mondo.

Sempre pronto a rubare ciò che c'era di *buono*.

A offuscare la bellezza e la luce mentre permetteva alla crudeltà di dilagare.

Allargai le braccia e lasciai che la *sua* presenza scivolasse su di me.

Julian.

Era sempre lì, ad aspettarmi.

Chiusi gli occhi e lasciai che l'eterno rimpianto mi consumasse.

Mi pietrificai quando percepii una presenza dietro di me. Lentamente, mi voltai e trovai una figura solitaria rannicchiata su se stessa, le ginocchia strette contro il petto. Era seduto alla base di una duna di sabbia, lontano dal bagliore delle luci provenienti dalla casa.

Perso nel buio.

«Austin» sussurrai. Il suono della mia voce fu inghiottito dal vento. Mi avvicinai piano a lui, quasi con cautela, odiando il fatto che avessi avuto poco tempo per prendermi cura del mio fratellino negli ultimi due giorni.

Nei messaggi che ci eravamo scambiati dopo quello che era successo con i paparazzi e quelle rivoltanti fotografie, Lyrik mi aveva assicurato che andava tutto bene, che si stavano occupando loro di Austin.

Sì, i ragazzi erano la nostra famiglia.

Ma non ero sicuro che questo potesse compensare la mia assenza.

Solo io potevo capire che colpo brutale fosse stato per Austin l'incidente di Kallie sulla spiaggia.

I ricordi che aveva evocato.

Era tornato a coprirsi la testa con quel maledetto cappuccio.

Cazzo, odiavo il fatto che continuasse a nascondersi dal passato, permettendogli di divorarlo vivo.

Ebbi l'impulso di scuoterlo.

Di dirgli per l'ennesima volta che *non era colpa sua*.

Ma non lo feci. Invece, mi accasciai al suo fianco, emisi un respiro profondo e mi sfregai una mano sul viso.

«Cosa ci fai qui?» mi chiese, affondando le dita nella sabbia.

Fissai l'oceano. «Hai presente quando pensi che le cose stiano finalmente andando per il verso giusto... che infine hai trovato qualcosa di buono? Fa molto più male quando ti viene strappato via dalle mani.»

Sentii lo sguardo intenso di mio fratello su di me.

«Sapevo che l'avrei distrutta, Austin. Sai cos'ho pensato la prima sera che l'ho vista?»

Il battito del mio cuore accelerò a quel ricordo: l'energia che l'aveva circondata, il bisogno di perdermi nella sua dolcezza e gentilezza sufficiente a farmi uscire fuori di testa.

Austin si limitò a guardarmi, in attesa che continuassi.

«Ho pensato che fosse la ragazza più splendida che avessi mai visto. C'era qualcosa in lei che non riuscivo a togliermi dalla mente... e non c'era una sola maledetta cosa che potessi fare per starle alla larga, anche se sapevo che se fossi tornato in quel bar avrei finito col ferirla.»

«Credevo che aveste risolto tutto. È per questo che siamo tornati qui, no?» disse Austin in tono confuso.

Mi strofinai la bocca con il dorso della mano, incapace di contenere oltre l'amarezza. «Mi sono illuso che fosse possibile. Da quando siamo tornati da Los Angeles, ho pensato che se avessi abbattuto le mie mura... e l'avessi lasciata entrare... tutto sarebbe andato bene. Che in qualche modo ce la saremmo cavata nonostante la mia vita non fosse altro che un disastro. Ma questi ultimi due giorni? Sono stati una sorta di avvertimento per dirmi che non potevo continuare con questa farsa e che tutto sarebbe andato a rotoli. Che stavo ancora *fingendo*.»

Emisi un sospiro stanco verso il cielo, prima di riportare l'attenzione sul mio fratellino. «Mi ha mentito, Austin. Il padre di Kallie non è morto. Martin Jennings è suo padre.»

Rapidamente, lo aggiornai sugli eventi della serata. A ogni dolorosa parola che uscì dalla mia bocca, l'angoscia di Austin sembrò aumentare. Balzò in piedi e si afferrò i capelli castani e spettinati tra le mani. «Cosa!? Shea è Delaney Rhoads?»

Rimasi sorpreso che conoscesse quel nome, considerando che doveva aver avuto solo tredici anni quando Kallie era nata.

Camminò avanti e indietro sulla sabbia davanti a me, come un compagno del vento. Più sconvolto di quanto mi aspettassi.

Austin riportò i suoi occhi grigi su di me, il viso contorto dalla confusione. Da altra delusione. «Quindi sei andato via? L'hai lasciata lì ad affrontare tutto questo casino da sola?»

«Il casino che ho causato *io*, Austin. Non si troverebbe in questa situazione se non fosse per me.»

«Il casino che hai causato tu?» Sbuffò, incredulo. «Tutto quello che fai è tirare gli altri fuori dai guai. Se c'è un colpevole, sono io.»

«Non è colpa tua» dissi a denti stretti.

Glielo avevo ripetuto un milione di volte.

Quando avrebbe cominciato a crederci?

«Sai una cosa, Baz? Ti comporti come se fossi l'unica persona qui abbastanza forte da accollarsi qualsiasi biasimo. Vai in giro proteggendo, proteggendo e proteggendo finché non diventa soffocante. Non mi permetti neppure di prendermi la responsabilità di ciò che *io* ho fatto.» Si batté il pugno sul petto due volte per enfatizzare il suo discorso.

Sussultai alle sue parole pungenti.

Poi il suo tono si ammorbidì, tingendosi di rimorso. «Sai quanto significhi per me tutto quello che hai fatto. Quello a cui hai rinunciato. Sei diventato tutto il mio mondo. Mia madre, mio padre, mio fratello e il mio *migliore amico*. Ti sei assicurato che mangiassi quando mamma non aveva la forza di scendere dal letto, ti sei frapposto tra me e papà per proteggermi. Mi hai portato in giro con te quando ero solo un ragazzino che si sentiva al settimo cielo perché suo fratello maggiore gli permetteva di seguirlo ovunque.»

«Quello è stato l'errore peggiore che abbia mai fatto.» La mia voce roca si scontrò con l'aria della notte. «Trascinarti in tutta quella merda.»

«Davvero? Dove pensi che sarei adesso se non mi avessi portato via da quella casa? Sono piuttosto sicuro che oggi non sarei ancora vivo.»

Il dolore mi serrò il cuore. «Ho sbagliato tutto.»

«Anche tu eri solo un ragazzino. Pensi che non sappia che stessi facendo del tuo meglio?» Scosse la testa, disgustato. «Sono successe un sacco di cose brutte nella nostra vita.»

Le sue parole echeggiarono le mie. *C'è tanta merda nella mia vita, Shea.*

«E adesso, finalmente, hai trovato qualcosa di *buono*. Non mi interessa chi lei sia o quali bugie ti abbia detto. Non significa che quello che ti ha ricondotto qui in primo luogo conti di meno. Shea ha *bisogno* di te. Cazzo... ha *bisogno* di te, Baz.»

La disperazione mi attanagliò, sventrandomi. Digrignai i denti.

Austin inclinò la testa di lato e mi guardò, trafiggendomi nell'ombra con i suoi occhi perspicaci. Era più maturo di quanto avessi mai pensato.

Sempre attento a ciò che lo circondava.

«Il modo in cui Shea ti guarda? Un giorno... un giorno voglio che qualcuno mi guardi così. E sai una cosa? Tu la guardi nello stesso identico modo. Hai davvero intenzione di rinunciare a *quello* per colpa di uno stronzo come Jennings? Per tutta la tua vita hai lottato per chiunque, e adesso vuoi rinunciare – tirarti indietro – quando hai finalmente trovato qualcuno per cui vale la pena battersi? Combatti per *lei*.»

«Austin.» Volevo implorarlo di smetterla.

Lui continuò imperterrito. «Ti ho sempre ammirato. Pensavo che tu *sapessi* tutto. Anche quando *io* mi arrendevo, sapevo che tu saresti stato lì a salvarmi. Ma se credi che rinunciare a quella ragazza sia la cosa giusta da fare, allora sei un idiota.»

Austin riportò lo sguardo sull'oceano, le cui dolci onde lambivano la riva. Il banco di nuvole aveva cominciato a dissiparsi, rivelando una spruzzata di stelle.

Sollevò il viso verso il cielo, poi mi guardò da sopra la spalla. «Ho visto qualcosa di meglio in te.»

Dopodiché, si voltò e se ne andò, lasciandomi lì da solo.

Seppellii il viso tra le mani, sfregandomi i palmi sopra la testa. Troppe voci strepitavano nella mia mente.

Ho visto qualcosa di meglio in te.

Ho visto qualcosa di meglio in te.

Ho visto... te...

Ti vedo.

Ti vedo.

Ti vedo.

Shea aveva visto in me più di quanto avessi mai potuto immaginare. Una persona migliore di quanto potessi mai sperare di essere.

E quel pensiero mi travolse.

Quella dolce, tenera ragazza.

Perché la verità era che...

Anch'io la vedevo.

4

SEBASTIAN

Il cuore mi batteva forte nel petto e la mia vista era focalizzata su un unico obbiettivo.

Lei.

Sembrai impiegare un'eternità ad arrivare a casa sua, e non c'era niente che potesse fermarmi ora. Aprii la porta d'ingresso e mi fiondai su per le scale. Senza fermarmi a bussare, spalancai la porta della sua camera da letto. Dovevo assolutamente stare accanto a lei.

Shea era rannicchiata al centro del letto con un cuscino stretto al petto, la schiena rivolta a me. Sussultò alla mia improvvisa intrusione e si mise a sedere di scatto. Sbatté le palpebre nella luce fioca, guardandomi con i suoi occhi color caramello pieni di confusione, dolore e tristezza.

Rimasi immobile sulla soglia mentre il silenzio aleggiava sulle nostre incertezze.

Sulle nostre domande.

Ma Shea aveva ragione.

Tutto il resto non contava.

E *questo* era sufficiente.

«Shea» sussurrai con voce incrinata.

Feci un passo nella stanza e chiusi la porta a chiave dietro di me.

Il mento di Shea tremò, e lei lo sollevò con decisione, perché sapevo che voleva essere coraggiosa. Sapevo che stava immaginando un milione di scenari diversi. Visualizzando mentalmente tutti i modi in cui l'avrei abbandonata, in cui l'avrei delusa. Sapevo quali parole si aspettava uscissero dalla mia bocca, perché ero stato un codardo e uno sciocco per troppo tempo, convinto che il sacrificio fosse l'unico modo per sistemare le cose.

Perché ogni volta che mi voltavo, perdevo qualcuno che amavo.

Non stavolta.

Deglutii rumorosamente. «Vuoi sapere cosa vedo quando ti guardo?»

Appena l'intensità contenuta nella mia voce la colpì, Shea emise un piccolo singhiozzo.

Avanzai di un altro passo e continuai a parlare. «Vedo una donna talmente dolce e gentile che ogni volta che la guardo mi sento mancare la terra sotto i piedi, perché sono successe così tante cose brutte nella mia vita che non so come comportarmi in sua presenza. Vedo una donna che so di non meritare, perciò ogni volta che mi giro, corro via spaventato perché sono terrorizzato di rovinare tutto ciò che lei è.»

Lentamente, mi avvicinai a Shea, che mi osservava nella penombra, le mani tremanti posate in grembo.

«Vedo una donna che merita tantissima felicità.»

Feci un altro passo in avanti, e Shea scivolò verso il lato del letto. Sollevò una gamba contro il petto, aggrappandosi ad essa come se potesse proteggerla da altro dolore. Tutte le sue emozioni, desideri e paure erano evidenti nell'espressione sul suo viso.

Mi fermai al bordo del letto e mi misi in ginocchio.

Un gridolino le sfuggì dalla bocca.

Allungai le braccia e le presi il volto tra le mani, affondando le dita nei suoi morbidissimi capelli.

«Vedo una donna che desidero con tutto me stesso, anche se so benissimo che non sarò mai abbastanza degno di averla... abbastanza degno di abbracciarla. Vedo una donna che voglio proteggere e amare, una per cui vale la pena combattere.»

Le lacrime cominciarono a scorrere lungo le guance di Shea, che fece scivolare le gambe oltre il bordo del letto.

Mi sistemai tra le sue ginocchia e incrociai il suo sguardo tempestoso.

«Vedo bellezza e luce.»

I suoi occhi lampeggiarono, e l'emozione mi stritolò le costole. Questa ragazza mi scombussolava in ogni modo possibile.

Shea ansimò quando l'afferrai per la vita e l'attirai a me. Cambiai posizione, così da mettermi seduto sul pavimento con la schiena appoggiata contro il letto, mentre lei era a cavalcioni sul mio grembo.

Fui avvolto dal calore. Il suo cuore batteva all'impazzata contro il mio petto, esattamente il posto a cui lei apparteneva.

La sua pelle era così morbida che la mia prese fuoco.

Shea mi scrutò in viso e continuai a parlare.

«Vedo la ragazza più spettacolare su cui abbia mai avuto il piacere di posare gli occhi.» Abbassai il tono della voce e mi sporsi in avanti così da poterle sfiorare l'orecchio con la bocca. «Che abbia mai avuto il piacere di *carezzare*.»

Il suo corpo fu percorso da un brivido, e le presi una mano nella mia, intrecciando le nostre dita, fissandole mentre mi sforzavo di trovare le parole.

Sollevai lo sguardo e parlai con più onestà di quanto avessi mai fatto.

«Quando ti guardo, vedo un futuro che non avrei mai pensato possibile, Shea.»

Le mie parole divennero solenni, e le aprii il mio cuore e la mia mente. «Vedo mia *moglie*. Vedo la madre dei miei figli. Vedo tutte le cose che non avevo mai desiderato finché non ti ho incontrata. Vedo tutto quello che credevo impossibile.»

L'angolo della sua bocca perfetta tremò, e lei mi guardò con speranza. Quella stessa speranza che fino a questo momento avevo cercato ripetutamente di annientare.

Ma Shea continuava a riportarla in vita, imperterrita.

Rifiutandosi di lasciarla andare.

Le sue dita erano ancora intrecciate alle mie, e mi portai il dorso della sua mano alla bocca, come se potessi sigillare la mia dichiarazione con un bacio.

Una promessa.

Shea si sollevò sulle ginocchia e infilò le mani nei miei capelli, passando delicatamente le dita fra le ciocche.

Era così maledettamente bello che volevo gemere di piacere.

Reclinai la testa all'indietro, perdendomi nel suo viso, facendo scorrere le mani su e giù lungo i suoi fianchi. «Mi hai cambiato, Shea.»

Una lieve e triste risata scaturì dalle sue labbra, e mi guardò con attenzione. «Tu hai cambiato ogni cosa di me, Baz. Hai cambiato tutto ciò che volevo, perché l'unica cosa che adesso voglio sei tu. Tu e Kallie. Siete tutto quello di cui ho bisogno.»

Raddrizzai la schiena e catturai la sua bocca. Affondai le mani nei suoi capelli, stringendola maggiormente a me. Shea schiuse le labbra come se avesse appena ritrovato la sua riserva di ossigeno e stesse tirando un respiro salvifico.

Era quello che volevo.

Essere il suo respiro.

Shea si premette con più forza contro il mio corpo, ondeggiando sopra di me e aumentando la stretta nei miei capelli. «Non lasciarmi, Sebastian. Non lasciarmi» mormorò tra un bacio e l'altro contro le mie labbra, graffiandomi con i denti mentre i suoi baci diventavano sempre più frenetici.

«Ti ho appena ritrovato e non sopravviverei se ti perdessi di nuovo. Promettimi che lo combatteremo insieme... perché mi ami e vuoi stare al mio fianco per sempre.»

Affondai le dita nelle sue cosce e strinsi. «Sì» promisi in un sussurro.

Agguantandole il sedere, non potei fare a meno di sfregarla contro il mio membro eretto che premeva contro i jeans.

Non avrei dovuto essere eccitato. La nostra bambina era

stata portata via.

Ma la lussuria si contorse nel mio stomaco e la bramosia si impossessò dei miei baci.

Quando lei mugolò contro la mia bocca, ne approfittai per divorare la sua dolce piccola lingua.

Perché, *sì*, avevo bisogno di questo.

Sì, Shea aveva bisogno di questo.

Forse era indecente.

Ma nessuno di noi poteva fermarsi.

Stavamo annegando nella disperazione.

Morendo di desiderio.

Morendo d'amore.

In cerca di una tregua da tutta la tristezza e il dolore.

Volevo disperatamente mostrarle che non l'avrei più lasciata. Mai più.

Shea indossava ancora il pigiama di raso, e velocemente le slacciai i bottoni della camicetta a maniche lunghe. Scostai il tessuto dalle sue spalle delicate e carezzai la sua morbida pelle mentre facevo scivolare l'indumento giù per la sua schiena.

I suoi capelli erano aggrovigliati e selvaggi, la sua espressione disperata come il calore delle sue mani che mi strattonarono la maglietta e me la sfilarono dalla testa.

Premette i suoi palmi bollenti sul mio petto nudo.

«Sei splendido, Sebastian.» Mi carezzò le spalle. «Il mio bellissimo, bellissimo uomo.»

«Piccola» sussurrai, baciandola con più ardore. Le catturai il labbro inferiore tra i denti, poi lo lasciai andare con un piccolo schiocco, prima di baciarla con forza a un angolo della bocca. Senza fermarmi, spostai le labbra sul suo mento, costringendola a sollevarlo per sfiorare il suo collo delicato.

Shea conficcò le dita nelle mie spalle e inarcò la schiena, reggendosi a me mentre tracciavo una scia di baci lungo il suo petto che si alzava e si abbassava ad ogni battito erratico del suo cuore.

Le sue tette perfette, dalle punte rosa e turgide, supplicavano la mia attenzione.

Lambii un capezzolo con la lingua.

Dolcissimo.

Lo succhiai nella mia bocca.

«Sebastian.»

Posai una mano sulla sua nuca, costringendola a guardarmi.

«Tesoro, mi prenderò cura di te.»

In ogni modo possibile.

«Alzati» le ordinai. Continuando a reggersi con le mani sulle mie spalle, Shea si sollevò lentamente in piedi, il busto piegato in avanti e il viso a trenta centimetri dal mio.

Il filo invisibile che ci legava era teso al massimo.

Senza fretta, le abbassai i pantaloncini e le mutandine di pizzo lungo le gambe lunghissime.

«Cazzo» sibilai, osservando gli indumenti scivolare verso il basso mentre rivelavo ogni centimetro del suo delizioso corpo.

Shea era una visione.

Una salvezza.

Una liberazione dal mio inferno personale.

Fuoco e luce.

Si sfilò il pigiama e gli slip dai piedi, e io li gettai da parte. Senza lasciare andare le mie spalle, tenne lo sguardo abbassato su di me, che avevo la testa reclinata contro il bordo del letto.

Mi sbottonai rapidamente la patta dei pantaloni, poi mi tolsi gli stivali e mi abbassai i boxer, liberando il mio pene, prima di sfilarmi completamente i jeans dalle gambe.

Quella solita energia ardeva luminosa. Questa ragazza aveva il controllo su ogni mio senso.

«Mi fai impazzire, piccola.»

Lentamente, Shea si abbassò di nuovo sulle ginocchia, senza mai lasciare andare la presa sulle mie spalle. Ondeggiò in avanti e l'interno delle sue cosce mi sfiorò le costole.

Sussultai.

«Ho bisogno di te» disse.

Lo comprendevo benissimo, cazzo. Perché anch'io avevo bisogno di lei.

«Sono tuo.»

Shea si umettò il labbro inferiore con la lingua e tirò un respiro tremante, poi arretrò di pochi centimetri e avvolse la mano intorno al mio uccello.

I nostri occhi si incrociarono mentre si abbassava piano sulla mia erezione.

Cazzo.

Per un secondo, seppellii il volto nel suo collo per smorzare il mio gemito.

Un tocco.

Un solo tocco e il mio *corpo* tremava come quello di un adolescente. Ma la mia anima era arrivata in un luogo molto più lontano, in un futuro che non avevo mai immaginato.

Dove questa ragazza sarebbe appartenuta per sempre a me.

La afferrai per i fianchi.

Guidandola mentre cominciava a muoversi, scivolando su e giù lungo il mio membro.

Un gemito le sfuggì dalle labbra quando si reclinò all'indietro, ed entrambi puntammo lo sguardo sul punto in cui eravamo uniti.

Il mio pene era bagnato dei suoi umori.

Pelle contro pelle.

La sua figa perfetta.

Mi prese completamente dentro di sé, più e più volte.

«Shea.» Affondai una mano nella sua chioma e tirai con forza, mordicchiandole il mento.

Lei ricambiò il gesto, strattonandomi i capelli con entrambe le mani. Il mio cuoio capelluto fu percorso da piccole fitte di squisito dolore che scivolarono lungo la mia schiena, fino al mio inguine, dove il piacere crebbe in fretta.

Con un rapido movimento, cambiai posizione, sentendo il bisogno di avere il controllo. Avvolsi un braccio intorno alla sua vita e mi spostai, mettendomi sulle ginocchia e portando Shea con me.

La distesi sul tappeto e mi ritrovai circondato dalle sue lunghissime gambe perfette quando lei le avvolse intorno alla mia vita, conficcando le dita nella mia schiena.

Sollevandomi su una mano, abbassai lo sguardo sulla ragazza che aveva disintegrato il mio mondo. Fissai i suoi occhi color caramello, scuri e profondi, e così maledettamente dolci.

«Reggiti forte» la avvertii con voce roca. Mi ritrassi, finché solo la punta del mio membro rimase dentro di lei, poi affondai di nuovo nel suo calore.

Shea gridò, mentre le pareti intime del suo sesso si serravano intorno a me con forza.

«Cazzo... piccola.»

Tirai un respiro profondo, cercando di mantenere la calma. Un furore di energia si sollevò verso l'alto, poi scese in picchiata, imperlando di sudore la nostra pelle. Pulsando e premendo, una forza a cui nessuno di noi poteva resistere.

Sapevo che se l'avessi persa, non sarei stato in grado di sopravvivere.

Mi mossi dentro di lei.

Con lei.

Nessuno di noi due fu gentile.

Ogni nostra carezza brusca, ogni affondo e movimento dei nostri corpi duro e possente.

Infilai una mano tra di noi e le stuzzicai il clitoride.

Percepii il modo in cui ogni centimetro di lei si tese, accendendosi di piacere.

Il calore ci avviluppò e fummo percorsi da scariche di energia.

Shea era una tempesta estiva.

Violenta, turbolenta e bellissima.

«Vieni, tesoro» sussurrai quando la sentii sull'orlo del precipizio, come se non sapesse come lasciarsi andare. Aumentai la pressione sul suo clitoride e il ritmo delle mie spinte.

I suoi occhi erano fissi nei miei quando raggiunse l'orgasmo.

Andando in mille pezzi.

Il suo sguardo si annebbiò, come se stesse fluttuando tra le stelle.

E mi portò dritto con sé.

Rimanemmo lì per un tempo infinito.

Elevati.

Assenti.

Presenti solo l'uno per l'altra.

Infine, crollai su di lei. Mi sostenni sulle ginocchia e su un gomito per non schiacciarla con il mio peso. Le scostai le ciocche arruffate dei capelli dal viso, sentendo il bisogno di vederla.

Questa ragazza che era così meravigliosa, ferita e spaventata.

La donna che era diventata una mia responsabilità.

Il mio futuro.

Perché non avevo alcuna intenzione di rimanere prigioniero del mio passato.

Un passato da cui non sarei mai più fuggito.

Amavo Shea Bentley e lei amava me.

Qui era dove cominciava e finiva tutto.

Il passato, il futuro e il presente non contavano nulla.

«Pensi che questo sia sbagliato?» La voce sommessa di Shea ruppe il silenzio.

Eravamo distesi sul letto sotto le coperte. Quando l'attirai più vicina a me, lei si accoccolò con la schiena contro il mio petto. «Cosa?» chiesi.

La casa era silenziosa e l'ora tarda. L'oscurità avvolgeva gran parte della camera da letto. Solo pochi raggi di luna filtravano attraverso la finestra.

«Che io sia qui a trovare conforto tra le tue braccia mentre Kallie è sola.»

Emisi un profondo sospiro, che fece svolazzare i capelli sopra la sua spalla. Capivo il suo senso di colpa, ma non volevo che lo provasse. «Lascia che ti chieda una cosa. Se potessi fare qualsiasi cosa in questo momento per riavere Kallie a casa il prima possibile, la faresti?»

«Certo» rispose senza esitazione.

Le premetti un tenero bacio dietro l'orecchio. «Allora credo che tu conosca già la risposta alla tua domanda.»

Shea tirò un respiro tremante. «Detesto che Kallie sia con

lui e che non abbia idea di cosa stia succedendo.» Il fiato le si mozzò in gola. «Odio non sapere cosa stia passando, cosa possa succederle. Odio stare qui distesa e non poter fare nulla per aiutarla, di non essere capace di proteggerla come avevo promesso di fare sempre.»

Shea rabbrividì e l'abbracciai forte.

«Kallie non ha idea di chi sia, Sebastian. Non sa nulla di lui. L'unica cosa che le ho detto è che non aveva un papà. Che eravamo solo io e lei e che sarebbe sempre stato così.» La sua voce si incrinò. «Dev'essere tanto spaventata.»

«Lo so» mormorai.

Immaginai cosa stesse passando Kallie in quel momento. Il silenzioso terrore che doveva provare. Lasciai che quel pensiero mi distruggesse un po' di più, consapevole che Shea stava immaginando la stessa cosa.

Giocherellai con una lunga ciocca dei suoi capelli. «Ho fiducia nel mio team, Shea. Anthony e Kenny ci sono sempre stati per me, e sono certo che troveranno un modo per risolvere questa situazione. Non mi hanno mai deluso finora e so che faranno tutto ciò che è in loro potere per sistemare le cose. Ed io sarò al tuo fianco dall'inizio alla fine. Combattendo, dando tutto me stesso finché tua figlia non sarà di nuovo fra le tue braccia. Capisci quello che ti sto dicendo?»

Significava che non avrei chiuso occhio, non avrei mangiato finché Kallie non fosse stata al sicuro.

Shea emise un singulto. «E se le facesse del male? Se non arrivassimo in tempo?»

«No... non lo farà. Non è così stupido.»

Nonostante la mia promessa, la rabbia ribollì sotto la mia pelle. Pronta a scatenarsi. Perché se Jennings le avesse fatto del male, quella rabbia mi avrebbe trasformato in un distruttore.

Shea si rannicchiò maggiormente contro di me, e parlò con voce singhiozzante. «È una sensazione orribile essere tanto grata di non dover affrontare tutto questo da sola pur sapendo che per Kallie non è così.»

«No, non è sola, tesoro. Lei ti sente, proprio qui» dissi, poggiando una mano sul suo cuore.

Lentamente, Shea si voltò verso di me. «Prima... hai detto che volevi reclamare Kallie come tua.» Il suo tono divenne quasi urgente. «Cosa intendevi?»

Un sorriso sognante mi curvò la bocca. Reclinai la testa all'indietro quel tanto da permettere al chiaro di luna di illuminare il suo viso. «Ti ho detto cosa vedo quando ti guardo. Vedo una famiglia. Ho sempre pensato che per me avrebbe rappresentato qualcosa di incasinato e doloroso... composta solo da me, i ragazzi e Austin. Ma adesso voglio che la mia famiglia includa anche te e Kallie. Voglio essere al suo fianco quando è triste o impaurita, o quando ha semplicemente bisogno di sentirsi dire che è amata.»

Un'espressione gioiosa e luminosa attraversò il viso di Shea, e capii che stava vedendo quello che vedevo io. In qualche modo, ero stato abbastanza fortunato che anche lei desiderasse la stessa cosa. Tuttavia, entrambi ci stavamo chiedendo come cazzo l'avremmo ottenuta.

«Sai...» cominciai con voce roca. «Stasera non ho usato il preservativo.» Corrugai la fronte. «Sono già due volte, in verità. Vuoi sapere cosa ho pensato? Speravo che forse... tu e io insieme stessimo creando qualcosa di bello.»

Shea sussultò lievemente. Lo stupore balenò sul suo viso. «Lo vorresti?»

«Non lo so... probabilmente sarebbe una pessima idea in questo momento, ma magari un giorno, sì.»

Un'emozione intensa illuminò i suoi occhi. «Sin dalla prima notte che siamo usciti insieme, non ho potuto fare a meno di pensare di voler sperimentare quelle cose con te, Sebastian. Una vita e una casa. Una famiglia per Kallie.» Un lieve sorriso le curvò la bocca. «Mi sorprendi in modi meravigliosi.»

«Suppongo che ultimamente abbia sorpreso me stesso parecchio.» Sorridendo dolcemente, le carezzai la mascella col pollice. «Credo che c'entri questa fantastica ragazza che ho incontrato. Da quando è entrata nella mia vita, non mi riconosco più.»

Shea mi posò una mano sulla guancia. Teneramente. L'espressione sul suo viso era colma di adorazione e di tutto l'amore che non pensavo di meritare. Mi guardò in quel modo per un tempo lunghissimo, come se fossi importante, *vedendomi* come solo lei era capace di fare.

«Prendo la pillola» disse infine, sentendo chiaramente il bisogno di chiarire la cosa.

Feci un lieve cenno d'assenso col capo. «L'avevo immaginato. Ma questo non significa che non ci abbia pensato.»

Che non l'abbia desiderato.

«Tuttavia, avrei dovuto chiedertelo.» Scossi la testa con rammarico. «Avrei dovuto prima parlarne con te, e mi dispiace di essermi lasciato trasportare dal momento.»

Chiusi il palmo intorno al polso della mano che aveva sul mio viso, poi mi sporsi in avanti e premetti un bacio nell'incavo del suo gomito.

«Sai che non ti metterei mai in pericolo di proposito» mormorai contro la sua morbida pelle, avvolgendomi il suo braccio intorno al collo così da avvicinarmi maggiormente a lei.

Avevo permesso ai miei bisogni e ai miei desideri di oscurare tutte le possibili conseguenze e situazioni. Ma immaginavo che non avessi pensato alla possibilità di concepire un figlio come a una *conseguenza*. Piuttosto a qualcosa di buono e puro – una sorta di dono che non avevo mai pensato di volere finché non mi era balenato per la mente – qualcosa di profondo dentro di me che desiderava essere riempito con ogni parte di Shea.

«Ti avrei fermato se fossi stata preoccupata. Se non mi fidassi di te» sussurrò. «So che non mi faresti mai del male.»

«Riponi così tanta fiducia in me.»

«Sì» disse lei semplicemente.

Un'ondata d'affetto mi inondò il petto.

«Risolveremo questa situazione» le promisi. «Spediremo Jennings dritto all'inferno, e poi porterò te e Kallie in giro per il mondo. Le mostreremo ogni angolo del pianeta, e noi due faremo l'amore in ogni paese in cui metteremo piede. E di notte? Canterò del nostro amore... delle sensazioni che susciti in me e di come mi fai sentire.»

Sapevo che stavo sognando a occhi aperti, che stavo facendo di tutto per riempire Shea di speranza e fornirle una via di fuga da questo inferno.

Lei si schiarì la voce per sciogliere il nodo di emozione che aveva in gola, gli occhi luccicanti. Tuttavia, stette al gioco. «Pare che io e Kallie rischiamo di rovinare il tuo stile.»

Le rivolsi un ampio sorriso, sentendo il bisogno di risollevare il suo umore. I nostri menti si sfiorarono mentre sorridevo alla mia ragazza. «Ho già un nuovo stile, piccola.»

Shea mi abbracciò con più forza. «Ah, davvero? E cosa dirà il mondo quando canterai di me?»

«Sono sicuro che diranno ogni genere di cose. Ma non me ne frega un cazzo, Shea.» Il mio tono si fece serio. «Domani tutti sapranno cosa significate tu e Kallie per me. Sapranno che combatterò per entrambe e che non mi arrenderò.»

«Sono così spaventata, Baz» ammise Shea sommessamente con bocca tremante, la voce colma di dolore.

«Lo so, tesoro. Anch'io ho paura.»

Sì, volevo infondere speranza in Shea. Ma supponevo che anche l'onestà fosse importante.

«Non riesco a credere che ce l'abbia lui.» Parlò con voce così bassa che la udii a malapena. La tristezza sembrò mozzarle il fiato. «Che razza di mostro strapperebbe una bambina da casa sua? Penso che nel profondo di me avessi sperato che fosse cambiato.»

Tutte le domande che volevo fare a Shea sul suo legame con Martin Jennings riaffiorarono in superficie, sospinte dalla fremente rabbia che bruciava nelle mie vene al pensiero di loro due insieme.

Cominciai piano, le mie parole intrise di un leggero stupore. «Sei Delaney Rhoads.»

«No» negò con veemenza. «Delaney Rhoads è opera di Martin Jennings. Non ho mai voluto essere lei, Sebastian. Sì, amo cantare... amo suonare... ma non se il costo da pagare è essere *lei*. Ho trascorso così tanto tempo a fingere che Delaney Rhoads non esistesse. Ti prego, credimi. Non ho mai voluto ferirti. Ma non ne ho mai parlato con *nessuno*. Charlie e April sono gli unici a saperlo perché mi hanno aiutato durante quel periodo. Tutti e tre abbiamo finto che lei non esistesse... che Martin non esistesse... sin da quando sono tornata a Savannah.»

Shea esitò, poi continuò. «Ora puoi immaginare perché scoprire la tua identità mi abbia sconvolto tanto. Avevo sperimentato quello stile di vita e volevo starne alla larga il più possibile. Ma alla fine, quello che volevo davvero eri tu.»

Mi rivolse un sorriso debole. «Volevo che tu mi amassi e mi tenessi stretta a te. D'un tratto, tutto il resto non contava più. L'unica cosa che importava eri tu. Ero pronta ad aprirti il mio cuore. Eri la prima persona a cui volevo raccontare la verità. La prima persona di cui mi *fidavo*. Volevo che tu conoscessi il mio passato... che lo condividessi con me... che capissi, perché ero piuttosto sicura che non esistesse un'altra persona al mondo capace di comprendermi meglio di te.»

Il suo viso si adombrò. «Ma tu sei scappato... e... e mi hai spezzato il cuore. Non ho mai sofferto così tanto come quella notte, fino a...»

La sua voce si affievolì. Fu come se potessi sentire i suoi pensieri. La dolce voce di sua figlia echeggiò nella mia mente, mescolandosi con la brutale agonia delle sue grida mentre supplicava di restare con sua mamma quando Jennings l'aveva strappata via con tanta violenza.

Implorando che qualcuno la salvasse. E noi eravamo stati completamente impotenti. Con le mani legate. Consapevoli che usarle avrebbe solo peggiorato le cose.

«Fino a questa sera» conclusi al suo posto.

«Fino a questa sera» concordò lei. «Sapevo che dovevi conoscere la verità prima che annunciassi pubblicamente la nostra relazione, ed ero pronta a rivelartela. Ciò che abbiamo condiviso stasera...»

Incrociando i miei occhi, Shea allungò la mano e mi sfiorò la mascella con dita tremanti. Abbassai le palpebre, crogiolandomi nella promessa della sua carezza.

La sua voce divenne un roco sussurro. «Sapevo che mi avresti perdonato per avertelo tenuto nascosto. Ero certa che mi avresti accettata perché sapevo che mi avevi sempre vista nello stesso modo in cui ti vedo io. Noi vediamo *questo*.» Scostandosi leggermente, si portò una mano sul cuore, come se mi stesse pregando di capire che i nostri cuori erano le uniche cose che contavano.

Misi un dito sotto il suo mento e le sollevai il viso verso di me. Le parole che pronunciai mi graffiarono la gola. «Com'è possibile amare qualcuno così follemente e non sapere nulla del suo passato?»

Senza dubbio la mia domanda suonava come una sconfitta. Una resa.

Perché nessuno di noi due era immune a *questa strana connessione* che ci univa, al sentimento che ci legava, nonostante entrambi non conoscessimo i sentieri che ci avevano condotto a questo luogo.

Un luogo dove eravamo *noi stessi*.

«Ricordi quando ti ho detto che nonostante non ti conoscessi affatto, avevo la sensazione che fossi una delle persone più importanti ad essere entrate nella mia vita?» chiese.

«Sì.»

«Forse c'era una ragione per cui nessuno di noi due riusciva a lasciar perdere.»

Avvolsi il suo tenero viso tra le mani. «Farei qualsiasi cosa per te, Shea. Rinuncerei a tutto...» Aumentai la presa sul suo volto per dare enfasi alle mie parole. «A *ogni cosa*, pur di riavere indietro la tua bambina.»

Alla fine, le porsi una delle domande che mi premeva di più. «Perché hai smesso di cantare?»

Shea impallidì e parlò con voce sommessa. Triste. «Ho trascorso tutta la mia infanzia preparandomi per un unico obbiettivo. I miei giorni erano un susseguirsi di lezioni infinite e innumerevoli audizioni. Mia mamma intendeva farmi diventare una *star*.» Pronunciò l'ultima parola con una buona dose di sarcasmo.

«Era l'unica cosa che voleva. L'unica cosa che riusciva a vedere. Ad un certo punto, ho capito che non le interessava come avrebbe raggiunto il suo scopo, fintantoché ci fosse riuscita. Per tutti quegli anni, mia madre ha fatto magie con le sue parole manipolatorie, facendomi esibire davanti a qualsiasi persona dell'industria musicale disposta a concedermi un po' del proprio tempo.» Fece una smorfia. «Quando Martin è entrato nella nostra vita, lei gli ha permesso di avere il comando su tutto. Incluso me. Lui... lui...»

Se possibile, la sua voce divenne ancora più roca, carica di paura. «Lui controllava ogni cosa.» Esitò, come se stesse decidendo quanto rivelarmi. Quanto potessi tollerare. «Diciamo solo che Kallie non faceva parte dei suoi piani. Perciò sono fuggita.»

A quanto pareva, Shea sapeva che non potevo tollerare molto. Solo conoscere quella piccola parte del suo passato bastò a risvegliare in me la voglia di balzare giù dal letto e dare la caccia a quello stronzo. Quel desiderio era quasi irrefrenabile.

Shea scosse la testa, come se stesse scacciando via i ricordi, poi sollevò il mento e puntò lo sguardo su di me. «Come sei rimasto invischiato nei suoi casini?»

Scoppiai quasi a ridere. Era decisamente un *casino*.

Giocherellai con alcune ciocche dei suoi capelli. «Ho capito che Martin Jennings non era altro che un serpente l'istante in cui l'ho conosciuto, ma all'epoca non importava a nessuno di noi. L'unica cosa che contava per me e i ragazzi era che i *Sunder* sfondassero. Non ce ne fregava un cazzo di come ci saremmo riusciti. Anthony è stato il nostro aggancio, gli ha chiesto di venire a vederci in un locale dove stavamo suonando. Jennings ci ha fatto grandi promesse a cui ci siamo subito aggrappati. Tuttavia, è diventato presto chiaro che il tizio aveva le mani in pasta in un mucchio di attività illecite...»

Quando pronunciai le ultime parole, il labbro inferiore di Shea tremò. Ulteriore preoccupazione si aggiunse al mio insopportabile tormento. Le carezzai le labbra col pollice. Detestavo raccontarle tutto questo e affondare maggiormente il dito nelle sue ferite. Ma non avevamo tante altre opzioni.

Non se volevamo cominciare ad essere onesti l'uno con l'altra.

Senza più segreti e bugie.

«Ma non era molto lontano da quello in cui i miei amici erano invischiati, perciò non pensavo che avessimo il diritto di giudicarlo. Anche se io mi ero ripulito, non significava che l'avessero fatto anche il resto dei ragazzi. Sai cosa intendo?»

Shea annuì, addolorata.

«La situazione è precipitata pochi mesi fa, quando Austin è andato in overdose. Non avevo alcun dubbio che Jennings c'entrasse qualcosa. L'ho visto uscire dal pullman della band quella notte. Ma Austin non ha voluto confessare, perciò sono andato a casa di Jennings per affrontarlo. Benché non abbia mai ammesso il suo coinvolgimento, mi ha praticamente detto che mio fratello non era altro che un teppista e che il mondo sarebbe stato un posto migliore senza di lui. A quel punto non ci ho visto più, Shea. Ho perso completamente il controllo, e adesso lui passa per un brav'uomo che è stato attaccato da un delinquente fuori di testa assetato di sangue.»

Continuai con la mia spiegazione, facendo del mio meglio per non parlare in tono rabbioso. «Saremmo dovuti arrivare ad una sorta di accordo del cazzo. I miei avvocati pensavano che avrei potuto pagare lo stronzo in modo da fargli ritirare le accuse, e io avrei avuto una sentenza meno severa... una multa, un periodo di servizio civile o cazzate simili. Ma il bastardo mi odia tanto quanto io odio lui. La situazione è degenerata durante l'incontro di mediazione della scorsa settimana e non sono riuscito a trattenermi dal mettergli le mani addosso. Mi ha avvertito che avrei rimpianto di avergli rotto i coglioni.»

In quell'occasione, avevo desiderato ridergli in faccia e sfidarlo a farsi sotto, al diavolo le conseguenze. Le avrei pagate volentieri.

Ora sapevo che quel debito era troppo salato.

Non se Kallie era il prezzo da pagare.

Avevo pensato di non poter odiare quello stronzo presuntuoso più di quanto facessi, finché non l'avevo visto andare via con lei.

Portarla via da sua madre.

Dalla sua casa.

Da me.

«Stasera voleva vendicarsi» confessai con voce incrinata che vibrò nel mio petto.

«Di entrambi» disse Shea.

«Quel pezzo di merda non è altro che un narcisista. Non posso credere che usi una bambina per attuare la sua vendetta. Fottuto bastardo» dissi a denti stretti, la mia rabbia che minacciava di prendere il sopravvento.

Shea sbatté lentamente le palpebre. «È un sociopatico» disse, come se non volesse pronunciare quelle parole. «Uno psicopatico» aggiunse piano, in tono disperato.

Mi sollevai su un gomito in modo da poterla vedere meglio. Lei rotolò sulla schiena, il viso contorto dal dolore, quasi stesse combattendo qualsiasi emozione provasse dentro di sé.

«Dimmi cosa ti ha fatto.» Non potei fare a meno di farle di nuovo quella richiesta.

«Non sono pronta.»

Questo era ciò che mi tormentava più di ogni altra cosa. Quello che era scritto chiaramente sul suo viso. La sua palese paura verso l'uomo che odiavo di più al mondo e le possibili motivazioni di ciò che l'aveva provocata.

«So che mi hai detto di non essere pronta a rivelarmi i dettagli, ma, tesoro... dimmi solo una cosa. Ti ha fatto del male?»

Ogni parte di me tremò: il mio spirito, il mio corpo e la mia voce.

Shea chiuse gli occhi con forza. Un milione di ombre attraversarono i suoi lineamenti. Un susseguirsi di ricordi terribili. Un incubo che era stato il suo passato.

Vidi tutto quel dolore deturpare il suo splendido viso.

La rabbia, che avevo combattuto finora, ebbe la meglio su di me.

Strinsi le mani a pugno quando vidi le lacrime sgorgare dagli angoli dei suoi occhi e scorrere nei suoi capelli.

Shea annui con un rapido cenno del capo, quasi potesse cancellare quello che non avrebbe mai dovuto essere ricordato.

O forse stava semplicemente passando i ricordi a me. Perché la mia mente ribolliva di essi. Delle immagini di Jennings che faceva del male alla mia ragazza.

L'avevo vista.

Ne ero stato testimone.

Della malvagità nei suoi occhi.

Dell'avidità alimentata da qualcosa di vile.

Una furia sconosciuta si abbatté su di me.

L'avrei ucciso. Se avesse fatto di nuovo del male a una di loro due, l'avrei ucciso. Stavolta nessuno sarebbe riuscito a fermarmi.

Lentamente, Shea si aprì a me e incrociò il mio sguardo. Mi sentivo come se stessi impazzendo, andando in frantumi, combattuto tra il desiderio di balzare giù dal letto per dare la caccia a Jennings e il bisogno di stare qui con lei avvolta tra le mie braccia.

Sapevo che se avessi ceduto al primo istinto, sarebbe stata la fine di me e Shea. L'avrei persa per sempre, perché non esistevano abbastanza soldi al mondo per impedire che mi sbattessero in galera e gettassero via la maledetta chiave.

Ogni parte di me rifiutava quell'idea e contemporaneamente sapeva che tenere lei e Kallie al sicuro sarebbe valso ogni sacrificio.

Shea sfiorò con la punta delle dita la profonda cicatrice che avevo sulle costole.

Un'altra battaglia che avevo combattuto per la mia famiglia.

Una cinghiata che ero stato felice di prendere.

Ebbi la sensazione che Shea si stesse legando a me con il suo tocco. Chiedendomi di restare. Lei riusciva a vedere nel profondo di me, dove regnava la verità di chi ero realmente. Sapeva cosa ero disposto a fare.

Di cosa ero capace.

Mi teneva all'oscuro di qualcosa non perché volesse nascondermelo. Ma perché desiderava proteggermi.

I suoi occhi penetranti scrutarono i miei con speranza e terrore mentre spostava le dita verso il basso, dove il ricordo di Julian era stato inciso permanentemente sul mio fianco.

«Siamo così simili, Sebastian. Tu porti tutte le tue cicatrici qui. All'esterno.»

Fremetti, sentendomi dannatamente vulnerabile sotto il peso del suo sguardo.

Shea afferrò la mia mano e la posò sul battito accelerato del suo cuore. «Mentre io porto le mie qui.»

La mia anima andò in pezzi. Chinai la testa e sussurrai a un soffio dalla sua morbida bocca. «Un giorno, ho bisogno che tu me le mostri. Tutte quante.»

«Lo so» sussurrò.

Lentamente, Shea rotolò su un fianco e io mi accoccolai contro la sua schiena. Poggiò la testa nell'incavo della mia spalla e io la strinsi tra le braccia. Coprendola. Proteggendola.

«Tieniti stretta a me» le dissi.

«Non lasciarmi andare.»

«Mai.»

Il silenzio ci avvolse, l'oscurità brulicante del nostro turbamento.

Nessuno di noi due avrebbe dormito stanotte.

Quando Shea cominciò a cantare sottovoce, la strinsi forte a me.

Mi sforzai di comprendere le parole che uscivano languidamente dalle sue labbra, solleticandomi le orecchie con una melodia simile al paradiso, al miele e a ogni cosa dolce.

Così dolce.

Provai una fitta al cuore mentre galleggiavo nel potere di quelle parole.

Stava cantando *Lullaby* delle Dixie Chicks.

La conoscevo soltanto perché mia mamma aveva amato il disco su cui era incisa. L'aveva ascoltato continuamente prima che andasse tutto a rotoli. Prima che la mia famiglia perdesse tutto.

Mentre abbracciavo Shea e l'ascoltavo intonare le parole della canzone nella notte – come un lamento, una lode – ebbi il forte impulso di piangere.

Invece, soppressi quell'emozione con la rabbia, mettendola da parte, aggiungendola al debito che Martin Jennings avrebbe pagato.

Ma Shea?

Shea pianse.

Pianse come avevo sentito solo mia madre fare quando il mare si era portato via Julian.

Il dolore di una madre.

Un tormento che avevo pregato di non dover sentire mai più.

La tenni stretta a me. L'abbracciai forte e, silenziosamente, promisi che non l'avrei mai lasciata andare.

«Cantavo questa canzone a Kallie ogni singola notte. Non voglio smettere mai di farlo» sussurrò infine, prima di ricadere nel silenzio.

Per parecchi istanti si udì solo il suono dei nostri respiri, poi le premetti un bacio rassicurante sulla testa. «Raccontami una storia, Shea di Savannah.»

Emise una risata intrisa di lacrime e avvolse le mie braccia intorno a sé con più forza. «Che tipo di storia vuoi sentire, Sebastian dalla California?»

«Voglio sapere chi ti ha insegnato a cantare.»

5

SHEA ~ SEI ANNI

Il caldo permeava la piccola chiesa colma di gente. Shea era vestita di tutto punto, con indosso un abito bianco merlettato e scarpe bianche di vernice, mentre un fiocco dello stesso colore era legato nei suoi capelli ricci. Piccole goccioline di sudore le imperlavano la nuca.

Ma a Shea non importava.

Sua nonna, in piedi accanto a lei, le strinse la mano, e Shea cominciò a cantare insieme al coro.

Meravigliosa Grazia
Qual dolce suono
Che ha salvato un miserabile come me

Sua nonna le aveva insegnato come suonarla al pianoforte, le aveva insegnato tutte le parole, e adesso sembrava essere diventata la *loro* canzone. In qualche modo, cantarla in chiesa al fianco di sua nonna, diede a Shea la sensazione che stesse facendo qualcosa di davvero, davvero importante.

Un tempo ero perso, ma ora mi sono ritrovato
Ero cieco
Ma ora vedo

Shea fu pervasa da un senso d'orgoglio mentre pronunciava quelle parole.

Lasciandole librare alte verso il cielo.

Proprio come sua nonna le aveva insegnato di fare.

Le diceva sempre che aveva la voce più bella che avesse mai udito. Identica a quella di un usignolo. Le diceva che era un dono di Dio, e nulla recava più piacere al Signore che sentirla usare per lodare il Suo nome.

Perciò Shea cantò la sua lode, ringraziando Dio di essere lì, perché i suoi posti preferiti erano quelli dove poteva stare con sua nonna.

Quando finirono di cantare, il pastore pronunciò una preghiera prima di terminare la funzione.

Shea era certa che sua nonna doveva conoscere quasi tutti gli abitanti di Savannah, perché innumerevoli persone le fermarono per salutarle mentre si dirigevano verso l'uscita della chiesa affollata.

«Che bambina incantevole» disse un'amica di sua nonna. «Potevo sentirti cantare fino all'altra parte della navata. Sembravi proprio un angelo.»

Shea sentì le sue guance avvampare. Dondolò lievemente sui piedi mentre stringeva la mano raggrinzita di sua nonna. «Grazie, signora» mormorò, perché sua nonna le aveva insegnato anche le buone maniere.

«È meglio che ti accompagni a casa» disse sua nonna, congedandosi dal piccolo gruppo riunitosi intorno a loro. Aiutò Shea a salire sul sedile posteriore di pelle consunta della sua auto, le premette un bacio sulla fronte mentre l'aiutava ad allacciare la cintura e poi le sorrise.

Le rughe che solcavano il suo viso divennero più pronunciate quando il suo sorriso si allargò, e Shea sorrise di rimando.

Una mappa.

Tutte quelle linee sul volto di Kalliana Whitmore rappresentavano la mappa della vita che sua nonna aveva vissuto.

Almeno, questo era quello che l'anziana donna le aveva detto.

Shea non era sicura di cosa significasse, ma certe volte, quando tracciava quelle linee sul suo viso poco prima di addormentarsi – nei giorni in cui trascorreva la notte a casa di sua nonna – quest'ultima le raccontava storie bellissime su come si era guadagnata quelle rughe. Quelle storie la facevano ridere e sorridere. A volte la rendevano anche triste, ma nonostante ciò, restavano le sue preferite.

Sua nonna le aveva promesso che un giorno anche il suo viso sarebbe stato rigato da storie tutte sue. Quella era la parte migliore.

Shea non vedeva l'ora.

Sua nonna salì sul sedile del conducente e avviò il motore.

«Portami a casa tua, nonna» la pregò con un sorriso smagliante. Quello era il suo posto preferito al mondo.

«Non oggi, tesoro. Devo riportarti a casa. Tua madre ha grandi piani per te questa settimana.»

Shea corrugò la fronte, ma non disse nulla mentre sua nonna guidava per le strade della città, per poi fermarsi davanti alla casetta azzurra dove Shea viveva con la sua mamma e il suo papà.

Tuttavia, per qualche ragione, suo padre era spesso assente ultimamente.

Sua nonna spense il motore, uscì dall'auto e andò ad aprirle la portiera. Appena Shea scese dal veicolo, corse lungo il vialetto e su per i due gradini di cemento, sperando che sua madre fosse di buonumore oggi.

Sperando di vederla sorridere.

Sua mamma era così bella. Shea sarebbe diventata come lei un giorno.

Spalancò la porta d'ingresso e si fiondò in casa. «Sono tornata!» gridò.

Sua nonna la seguì dentro e le porse la piccola borsa che Shea preparava quando trascorreva la notte da lei. «Porta le tue cose in camera tua.»

«Okay.» Shea sorrise e corse lungo il corridoio, gettò la borsa sul pavimento e si precipitò di nuovo fuori.

Tuttavia, rallentò quando udì le voci provenienti dalla cucina.

Quelle voci erano agitate e sommesse.

Shea attraversò di soppiatto il soggiorno e premette la schiena contro la parete adiacente alla cucina, domandandosi perché sua nonna e sua madre fossero così arrabbiate.

«Non puoi mettere i tuoi sogni sulle spalle di tua figlia. È troppo giovane per far parte di quell'ambiente sporco.»

Sua madre sbuffò, e Shea udì il suono di oggetti che venivano sbatacchiati in cucina, come se sua mamma fosse furiosa e sentisse il bisogno di lanciare qualcosa.

«È lei che ha *rovinato* quei sogni.»

«Hai intenzione di biasimare una bambina per il tuo insuccesso? Questa dev'essere la cosa più egoistica che sia mai uscita dalla sua bocca, Chloe Lynn. Non è colpa sua se sei rimasta incinta mentre facevi qualunque cosa pur di sfondare.»

La voce di sua madre divenne un sussurro furioso. Furioso. Furioso. «Non azzardarti» sibilò.

Shea si premette le mani sulle orecchie e desiderò non sentire nulla.

Ma le loro parole erano ancora udibili.

«Allora, tu non osare trattare quella bambina con meno considerazione di quanto meriti. Forse Dio l'ha donata a te per impedirti di continuare a percorrere la via distruttiva che segui da troppi anni. Forse è il momento che tu cominci ad *ascoltare*.»

«Non sono più una ragazzina e di sicuro non ho bisogno di ascoltare le tue continue lamentele. È mia figlia, e farò di lei quello che cavolo mi pare.»

Seguì un breve silenzio, durante il quale il pancino di Shea si contorse amaramente.

Poi sua nonna parlò con voce calma. «Farai di lei quello che ti pare? Shea non è una tua proprietà.»

Sua mamma scoppiò a ridere, ma non era un suono piacevole. «Davvero? Appartiene a *me*, quindi direi che è praticamente la stessa cosa.»

Shea si schiacciò maggiormente contro il muro, desiderando di poter scomparire. Voleva rendere sua madre orgogliosa, ma nell'ultimo periodo sembrava sempre così arrabbiata.

Sua madre diceva che era colpa del papà.

Shea tirò un respiro profondo e chiuse gli occhi con forza appena udì dei passi percorrere il pavimento della cucina. Li riaprì quando percepì qualcuno vicino a lei, e trovò sua nonna inginocchiata davanti a sé.

Sua nonna aveva un'espressione triste, piegò la testa di lato e parlò con voce tenera.

«Voglio che tu ricordi quello che sto per dirti, tesoro mio. Canta solo quando lo senti qui dentro» disse, posando una mano sul cuore martellante di Shea. «Quando senti che è giusto e quando ti rende felice. Non cantare per nessun altro motivo, mai.»

Poi si alzò e andò via.

6

SEBASTIAN

Al piano inferiore, la porta d'ingresso sbatacchiò, risvegliandomi dal sonno leggero in cui ero scivolato. Non ero riuscito ad addormentarmi del tutto, rimanendo in bilico tra sogno e realtà. Un sogno in cui ero stato tormentato da una bambina con una chioma di biondi capelli selvaggi e la voce di un angelo.

Non riuscivo a comprendere se si trattasse di Kallie che mi stava gridando di aiutarla o se la piccola bambina che mi inseguiva in quei sogni fosse la donna che adesso era al sicuro tra le mie braccia.

Ancora accoccolato vicino a Shea, sbattei le palpebre e cercai di orientarmi nella luce soffusa del mattino. Ieri notte, nessuno di noi due era riuscito ad addormentarsi, perciò avevo infilato alcune cose di Shea in un borsone e l'avevo portata qui a Tybee Island. Le avevo detto che sarebbe arrivato Anthony e che sarebbe stato meglio se fossimo stati qui di primo mattino così da poterci mettere subito all'opera per riprenderci Kallie.

Ma la verità era che sapevo che Shea non poteva restare nella casa di sua nonna senza Kallie. Tra quelle mura, la sua assenza si sentiva in modo opprimente.

Tirando un respiro profondo, cercai di schiarirmi la mente e di cancellare il dolore che mi schiacciava il petto.

Ogni parte di me esigeva che combattessi per loro.

Che le difendessi.

Era giunto il momento.

Attento a non svegliarla, mi districai da Shea e scivolai giù dal letto, sistemandole le coperte sopra le spalle.

Raccolsi i jeans che avevo gettato sul pavimento e li indossai. In punta di piedi, uscii dalla stanza e chiusi silenziosamente la porta dietro di me.

Un'esplosione di rossi e arancioni illuminava l'orizzonte nel punto in cui il sole sorgeva all'estremità dell'oceano, e i raggi del giorno nascente filtravano attraverso la parete di finestre che occupava la facciata posteriore della casa sulla spiaggia di Anthony.

Non avevo dubbi che fosse stato l'arrivo di quest'ultimo ad avermi strappato dal mio sonno leggero.

Scesi piano le scale, strofinandomi gli occhi per scacciare via parte della stanchezza. Raggiunsi il piano terra e attraversai il soggiorno fino alla cucina open space.

Anthony, in giacca e cravatta, era in piedi accanto al bancone con la schiena rivolta verso di me, armeggiando con i tasti della macchina da caffè come se la sua vita dipendesse da quella bevanda.

Inspirando profondamente, premetti le mani sulla superficie dell'isola cucina che ci separava.

Non avevo idea di cosa aspettarmi dal mio agente e amico.

Senza dubbio, doveva essersi stufato dei miei casini.

Di salvarmi il culo da ogni disastro in cui mi cacciavo.

Di volare all'altro lato del paese nel cuore della notte.

Eppure, continuava a farlo.

Quando percepì la mia presenza, Anthony si lanciò un'occhiata oltre la spalla. «Baz.»

Il suo tono era stanco, proprio come l'espressione sul suo viso.

Mi costrinsi a sorridere, sentendo il bisogno di smorzare

parte della tensione che aleggiava nell'aria. «Hai un aspetto orribile, amico.»

Lui mi lanciò un sorrisetto, si voltò e si appoggiò contro il bancone. «Mi domando come mai» disse con voce strascicata e incredula.

Con le mani ancora schiacciate sul bancone, scrollai le spalle. «Non saprei. Forse ha qualcosa a che fare con il fatto che uno dei tuoi stupidi clienti si è cacciato nei guai per l'ennesima volta e tu hai dovuto fare i bagagli in quattro e quattr'otto e correre all'altro capo del paese per tirarlo fuori dai casini.»

Anche se stavolta...

Forse stavolta trovarmi in questa situazione era esattamente dove dovevo essere.

Anthony emise una breve risatina. «Sì, può darsi» rispose, poi sospirò come se fosse giunto il momento di mettere da parte le battute spensierate, perché cazzeggiare non ci avrebbe aiutato a riavere indietro Kallie. Si concentrò sul versare una quantità enorme di zucchero nel caffè e di correggerlo con la panna.

«Grazie per essere qui» mormorai con sincerità.

«È il mio lavoro» disse, come se non avesse molte altre opzioni, ma poi mi guardò con espressione seria, prendendo un piccolo sorso di caffè. Il suo tono di voce cambiò. «Inoltre, lo faccio con piacere. Sai che non potrei mai piantarti in asso nel mezzo di questo casino.»

«Lo so. E tu sai quanto io apprezzi che tu sia qui, vero? Non *pretendo* che tu mi aiuti.»

Eppure, lo faceva sempre volentieri.

Mi sosteneva come un vero amico.

«Certo che lo so.» Fece un sospiro teso e mise il caffè da parte. «È una situazione ingarbugliata, Baz.»

«Pensi che non lo sappia?» dissi con tono più amaro di quanto intendessi.

Ma cazzo, era un vero disastro.

Quasi stesse cercando una risposta o di mantenere la calma, Anthony alzò lo sguardo sul soffitto, prima di riportare l'attenzione su di me, fissandomi con occhi penetranti.

«Devi essere onesto con me, Baz. Sapevi che Jennings era il padre di Kallie? La stampa non parla d'altro questa mattina.»

Il solo pensiero che Kallie appartenesse a quel pezzo di merda fece accelerare il mio battito cardiaco.

«No. Non finché ieri sera il Servizio Tutela dei Minori si è presentato a casa di Shea e ha consegnato la bambina a lui.»

Anthony abbassò lo sguardo sui propri piedi e scosse la testa, parlando con tono pieno di incredulità. «Praticamente, mi stai dicendo che frequenti questa ragazza da... quasi due mesi... e non hai mai pensato di chiederle chi fosse il padre di sua figlia?»

Iniziò a camminare avanti e indietro per la cucina, senza smettere di parlare, come se ogni passo potesse aiutarlo a mettere insieme tutti i pezzi di questa situazione incasinata.

«Un attimo prima mi dici che torni in California per restarci in modo permanente perché non puoi rimanere a Savannah un secondo di più... senza contare che durante quel tempo ti comporti come un fottuto orso perché sei terribilmente infelice. E un attimo dopo, tu e la band fate i bagagli e ritornate qui per via di una ragazza di cui non so niente.»

Si fermò e mi inchiodò con lo sguardo. «Il che mi sta bene. Ti ho già detto chiaramente che voglio la tua felicità. Ma non sapevo che fosse coinvolta anche una bambina finché ieri il mio telefono non ha cominciato a squillare ininterrottamente alle quattro del mattino per informarmi delle foto scattate sulla spiaggia apparse sui tabloid. Poi ieri sera?» Emise un sospiro frustrato. «Ogni volta che mi giro, vengo colto alla sprovvista da qualcos'altro in cui sei coinvolto, Baz. Non riesco a tenere il passo. Come posso proteggere te e la band se non ho la più pallida idea di cosa stia succedendo?»

Era impossibile fraintendere il tono amareggiato delle sue parole.

Anthony non sapeva quasi nulla di Shea. E non c'era da sorprendersi, considerando che io e lei avevamo cominciato ad abbattere le mura che ci tenevano separati solo da poco.

Mettendoci a nudo.

Anche se Shea aveva ragione.

Sapevamo tutto ciò che contava di più.

Deglutii con difficoltà. Ero consapevole di come sarebbero suonate le mie parole successive. Anthony non capiva Shea nel modo in cui la capivo io, e sapevo che quello che stavo per dire sarebbe sembrato *orribile*, ma mi costrinsi a farlo. «Mi aveva detto che il padre di Kallie era morto.»

Anthony sbatté le palpebre e mi guardò come se lo stessi prendendo in giro.

Inspirai a fondo, facendo del mio meglio per non incazzarmi con lui, perché nessun aspetto di questa maledetta situazione era colpa sua.

«Ascolta... le cose erano complicate tra me e Shea. Nessuno di noi era in cerca di una relazione.»

Spostai la mano tra me e il soffitto. «Non ci aspettavamo che nascesse qualcosa di profondo tra di noi, e siamo entrambi partiti con il piede sbagliato, pensando che il nostro rapporto fosse temporaneo, perciò non siamo entrati nei dettagli delle nostre vite complicate.»

Eravamo stati entrambi disperati di provare qualcosa di bello.

Avevo creduto che l'unica cosa che volessi fosse che quella splendida ragazza mi facesse dimenticare... anche solo per un po'.

Non potevamo immaginare che le nostre vite sarebbero state fatte a pezzi e poi rimodellate.

«Sia io che lei abbiamo tenuto nascosti abbastanza segreti da affondare una nave. Siamo colpevoli entrambi. Shea ha scoperto la mia vera identità solo due settimane fa, la notte prima che tornassi in California...»

Sapevamo tutti com'era andata a finire.

Quando rammentai il colpo che avevo ricevuto ieri, mi si serrò la gola. «Soltanto ieri sera ho scoperto che era Delaney Rhoads.» La mia fronte si corrugò per lo sforzo di ammetterlo a voce alta. «Nello stesso dannato istante in cui ho scoperto che Jennings era il padre di Kallie.»

«Santo cielo» sussurrò lui, strofinandosi il labbro inferiore con l'indice.

«Non puoi biasimarla, Anthony. Mi ha mentito perché voleva proteggere sua figlia. Stava cercando di sopravvivere e condurre una vita normale. Ti giuro che non c'era alcuna malizia dietro le sue bugie.»

Nella stanza cadde un silenzio carico di domande.

Una consapevolezza scioccante si fece strada nella mia mente, e mormorai: «Tutto questo non può essere una coincidenza.»

Anthony emise un profondo sospiro e si passò una mano tra i capelli, nervoso. «No, Baz, hai ragione. Non è una fottuta coincidenza.»

Fui travolto da un'ondata di nausea e strinsi i pugni sul bancone.

Aspettando.

Sentendolo arrivare... il bisogno di fare a pezzi qualcosa o qualcuno.

Anthony mi guardò dritto in faccia. «Non avevo idea di chi fosse la tua ragazza, Baz. Ma ieri mattina, quando ho visto le foto, non sono riuscito a scrollarmi di dosso la sensazione che avesse un viso familiare. Verso metà giornata, mi sono finalmente reso conto che era Delaney Rhoads. Mi sono tormentato, domandandomi se ti stesse prendendo in giro... se ti stesse usando per ritornare nell'ambiente musicale, e mi sono chiesto come diavolo avrei fatto a dirtelo, perché sapevo quanto fossi preso da lei.»

«Cosa?» Mi afferrai i capelli. «Cazzo... no, Anthony. Non è affatto così. Shea non vuole che nessuno sappia chi è.»

Il sollievo addolcì i suoi lineamenti, ma le sue parole erano intrise di congetture. «Sei sicuro di conoscere davvero questa ragazza? Ti fidi sul serio di lei?»

La rabbia ribollì dentro di me alla sua insinuazione, ma la tenni a freno. Anthony stava solo cercando di proteggere la band. Di proteggere me. Lo sapevo bene. Proprio come conoscevo bene Shea.

«Sì» risposi senza un briciolo di esitazione.

Anthony si morse il labbro.

«Sputa il rospo.» Lo conoscevo da abbastanza tempo da capire quando mi stava nascondendo qualcosa.

Il suo tono era pieno di rammarico quando cominciò a parlare. «Mi imbattei nel *Charlie's* anni fa, nello stesso periodo in cui io e Angie acquistammo questa casa. Charlie era un bravo ragazzo, inoltre all'epoca ero ancora in cerca di clienti, perciò presi l'abitudine di andare al suo locale ogni volta che sapevo che si sarebbe esibita una nuova band.»

Chiaramente a disagio, si schiarì la gola, suscitando un brivido di agitazione lungo il mio corpo. «C'era questa donna... sempre in compagnia delle band. Era splendida, ma dava l'impressione che stesse cercando qualcuno in cui affondare i suoi artigli. All'inizio, credevo che fosse una sorta di groupie. Sai, il tipo di donna disperata di attenzioni, di qualsiasi tipo di notorietà, anche se significava ottenerla dai piccoli e sconosciuti gruppi che suonavano lì. Penso che fosse la terza volta che la vedevo quando finalmente Charlie me la presentò come sua sorella.»

Merda.

Mi passai una mano sulle labbra, come se potessi cancellare il sapore amaro che avevo in bocca.

La mamma di Shea.

Qualcuno di cui non sapevo assolutamente nulla.

Shea non parlava mai di lei. Il mistero che la circondava era un altro fottuto segreto.

L'unica cosa che avevo erano le allusioni a cui Shea aveva accennato la scorsa notte, e questa storia non aiutava a placare le fiamme dell'odio che covavo per una donna che non avevo neppure mai incontrato.

Anthony proseguì. «Non sembrava correre buon sangue tra fratello e sorella, tuttavia chiacchierai con lei nelle due occasioni successive in cui la vidi, benché rimasi diffidente. Non volevo darle un'impressione sbagliata, perché non stavo assolutamente cercando una donna con cui tradire la mia Angie.»

Esitò, poi scosse la testa e abbassò la voce. «Non era in cerca di sesso, Baz. Cercava un modo per far sfondare sua figlia. Le prime volte che mi parlò di lei, l'assecondai. Risposi alle sue domande sull'industria musicale, ma non diedi molto peso alla cosa. Una sera mi convinse ad ascoltare una demo. La voce di sua figlia registrata su disco era... incredibile. Non c'è altro modo per descriverla. Me la sarei accaparrata in un battibaleno, ma Chloe le faceva già da agente.»

«Chloe?» chiesi.

«La sorella di Charlie.... la madre di Delaney Rhoads. La madre di Shea» si corresse con voce sommessa, come se stesse iniziando a comprendere quanto poco sapessi di Shea.

Trattenni la risata ostile che mi salì in gola.

Grandioso.

Erano abbastanza in confidenza da chiamarsi per nome.

Anthony scrollò le spalle, ma il gesto era carico di rimorso. «Pensai che non ci fosse nulla di male nell'aiutarla. Non ho mai voluto essere uno di quegli uomini che fanno le cose solo per trarre un vantaggio personale, perciò la mandai da Jennings. Era il periodo in cui avevo cominciato a lavorare con lui. Molto prima che scoprissi che pezzo di merda fosse.»

Emise un sospiro colmo di implicazioni. «Avvenne solo un anno prima che invitassi Jennings al locale dove tu e i ragazzi vi esibivate per darvi un'occhiata.»

Mi portai entrambe le mani alla nuca, cercando di scacciare via l'ansia che mi dilaniava le viscere.

Mangiandomi vivo.

Dio.

Anthony Di Pietro, il mio agente, ma soprattutto un amico, un uomo che consideravo membro onorario della mia famiglia scombussolata, era il legame.

Ovviamente, sapevo che era stato Anthony a chiedere a Jennings di vedere l'esibizione dei *Sunder* quella sera in cui suonavamo in Tennessee. Non era un segreto. Quante volte Anthony aveva espresso il suo rammarico, domandandosi se non fosse stato meglio se non avesse mai mandato Jennings sulla nostra strada?

Ma nessuno di noi poteva prevedere i guai che avrebbe portato.

«Si vociferava che Delaney Rhoads non riuscisse a reggere il peso della notorietà, perciò era tornata a casa con la coda tra le gambe. Certo, circolavano voci su una relazione tra Jennings e la stella emergente, ma nel nostro settore impariamo in fretta ad ignorare tutti i gossip, a meno che non riguardino direttamente uno dei nostri clienti. Gran parte delle volte sono tutte stronzate, comunque. Lo sai fin troppo bene, Baz. Non avevo neppure idea che Delaney Rhoads avesse una figlia. Scomparve dalla faccia della terra e venne dimenticata in pochi giorni. Non ho mai pensato di chiedere a Jennings cosa le fosse successo. Non ero il suo agente.»

Scosse la testa. «Diamine, non l'avevo neanche mai incontrata. All'inizio, lo feci pensando di fare un favore a Charlie. Ma tutte le volte che sono tornato nel suo locale nel corso degli anni, Charlie non ha mai menzionato che sua nipote si era trasferita di nuovo qui o che lavorava nel suo bar.» Fece spallucce. «Non mi è mai passato per la mente di chiedergli di lei.»

Ovvio che Charlie non avesse mai accennato di Shea.

Segreti.

Segreti.

Segreti.

I segreti erano intesi a proteggere e difendere, eppure adesso minacciavano di rovinare tutto.

«Mi dispiace, Baz. Quando ti ho suggerito di andare al *Charlie's*, non avrei mai immaginato che qualcosa che avevo messo in moto anni fa potesse ripercuotersi su di te ora.»

Sì, ero incazzato. Un dolore sconosciuto mi pervase quando compresi in che modo i fili di questa ragnatela erano stati intrecciati.

Legando inconsapevolmente me e Shea al bastardo che voleva distruggere entrambe le nostre vite.

Ma come potevo rammaricarmene?

Perché ciò avrebbe significato non perdere il controllo con Shea.

E non perdere il controllo con lei era un'opzione che non potevo prendere in considerazione.

Mi premetti i palmi delle mani sugli occhi. «Che diavolo facciamo adesso? Jennings è venuto qui per me, Anthony. Mi ha guardato dritto in faccia quando ha portato via Kallie, ricordandomi che avrei rimpianto di avergli rotto i coglioni.»

Fui travolto da un senso di impotenza, una sensazione che non accoglievo di buon grado. Come accidenti risolvevi qualcosa quando non avevi nemmeno idea di cosa fosse successo?

Anthony fece un rapido cenno col capo. «L'istante in cui hai fatto il suo nome quando mi hai chiamato, non ho avuto dubbi che lo stronzo avesse dei secondi fini.»

Jennings li aveva sempre.

Ma sapevo che la situazione era più complicata di così. Questo intricato labirinto non riguardava solo *me*. Jennings aveva ferito Shea, e chiaramente intendeva farlo di nuovo. Ma perché? Soltanto per vendicarsi di me? Non aveva senso, cazzo.

«Shea è terrorizzata per Kallie» dissi con voce incrinata dalla paura. Perché la verità era che anch'io ero terrorizzato. «Non possiamo lasciarla con lui.»

Gli occhi di Anthony si riempirono di compassione. «Lo so, Baz. Sai che morirei per i miei figli. Non conosco Shea, ma posso solo immaginare l'inferno che sta passando in questo momento. L'unica cosa positiva in tutta questa situazione è che non penso che Jennings sia abbastanza stupido da far del male a una bambina che gli è stata recentemente data in affidamento. È sempre meticoloso, pronto a pararsi il culo e a lasciare che siano gli altri a prendersi la colpa.»

Poggiai le mani sul bancone ed emisi un lungo sospiro. «Già... l'ho pensato anch'io. È infido, ma non sciocco.»

Il tono di Anthony divenne cauto. «Devi domandarti fin dove sei disposto a spingerti. Ogni volta che ci giriamo, questa faccenda diventa sempre più incasinata.»

Scossi il capo con decisione, mettendo fine a quelle stronzate. Sapevo che aveva buone intenzioni, le sue lo erano sempre. Anthony ci guardava le spalle, proteggendo me e i ragazzi.

Ma questa era una verità fondamentale che doveva capire. «Rinuncerei a tutto per loro due. A ogni cosa. A ogni centesimo che possiedo. Alla mia libertà. Alla mia vita, se necessario.»

Il silenzio aleggiò pesante nell'aria mentre mi fissava, cercando sul mio viso la sincerità delle mie parole. Poi un sorriso soddisfatto gli curvò la bocca. «Quindi è lei quella giusta.»

La sua affermazione mi colpì nel profondo.

Impossessandosi di me.

Riempiendomi completamente.

«Sì. È quella giusta» dissi con voce roca.

Lui annuì come se le regole del gioco fossero cambiate. «D'accordo, allora. Dovrai fare una dichiarazione. I paparazzi ti staranno addosso comunque, tanto vale chiarire le cose adesso e far sapere a tutti qual è la tua posizione.»

«Il mio posto è accanto a Shea.»

Un sorrisetto piegò un angolo della sua bocca. «Penso che tu l'abbia reso abbondantemente chiaro, amico mio.»

Cominciai a ridere, poi all'improvviso tutta l'aria venne risucchiata dalla stanza, che si riempì di intensità, fragilità e luce accecante.

La mia spina dorsale si irrigidì quando percepii la presenza di Shea, che mi rubò il respiro.

Sostituendolo col suo.

Mi voltai lentamente.

Shea era in piedi accanto alla parete, guardandoci con occhi colmi di paura, speranza e amore.

Era talmente meravigliosa che per l'ennesima volta minacciò di farmi cadere in ginocchio.

Inclinai la testa di lato e le feci cenno di avvicinarsi. «Vieni qui, piccola.»

Shea lanciò un'occhiata circospetta ad Anthony, e mi domandai quanto avesse colto della nostra conversazione, poi avanzò verso di me e si accoccolò al mio fianco. Avvolsi un braccio intorno alla sua vita e l'attirai il più vicino possibile a me.

Anthony spostò lo sguardo tra di noi.

«Anthony, ti presento la mia ragazza, Shea Bentley.»

Chinai il capo e le diedi un bacio sulla tempia, sussurrando contro la sua morbida pelle: «Tesoro, lui è Anthony Di Pietro, mio agente e mio amico. Ci aiuterà a riprenderci Kallie.»

Un'espressione di comprensione, priva di disapprovazione, attraversò il viso di Anthony. Come se negli occhi di Shea potesse leggere tutto il suo tormento.

Anthony girò intorno all'isola centrale e le porse la mano quando si avvicinò a noi. «Piacere di conoscerti, Shea. È un onore incontrare la donna che ha fatto capitolare questo ragazzo» disse, lanciandomi uno sguardo furbo, prima di sorriderle dolcemente. Le guance di Shea si tinsero di rosso, ma lui la mise subito a suo agio stringendole la mano.

«Anche per me è un piacere conoscerti, Anthony» rispose lei con genuina sincerità, ricambiando la sua stretta. «Grazie per tutto quello che hai fatto per aiutarci. Non puoi immaginare cosa significhi per me.»

L'espressione di Anthony si addolcì completamente, come se nel corso della loro breve interazione anche lui avesse visto in lei la bellezza e la vita. Qualcosa di puro che illuminava questo mondo malvagio.

«Figurati. È il minimo che possa fare.»

«Come stai stamattina?» le chiesi sottovoce.

Un debole sorriso curvò un angolo della sua bocca quando alzò lo sguardo su di me. «Non c'è male. Sono ansiosa di cominciare a fare i passi necessari per riavere indietro mia figlia» disse, la voce roca per le tante lacrime che aveva versato ieri notte.

Anthony annuì in modo rassicurante. «Abbiamo un incontro con l'avvocato alle nove. Kenny mi ha assicurato che è il miglior avvocato familiarista di Savannah. Questo sarà il nostro primo passo e non ci fermeremo finché Kallie non sarà di nuovo al sicuro fra le tue braccia.»

«Puoi scommetterci, cazzo.»

Sia io che Shea girammo la testa di scatto verso il proprietario della voce proveniente da dietro di noi.

Ash.

Quest'ultimo lanciò un sorriso impertinente in direzione di Shea, tutto fossette e capelli biondi arruffati.

Lyrik e Zee scesero le scale dietro di lui, il primo infilandosi una maglietta dalla testa e il secondo guardandoci con la tipica preoccupazione che lo seguiva ovunque andasse.

Non mi sfuggì che anche il mio fratellino si trascinò giù per le scale. Più lentamente degli altri. Indossando il solito maledetto cappuccio, quasi si illudesse di potersi nascondere.

Eppure, era qui. Presente.

Membro attivo della mia famiglia incasinata.

Anthony spalancò gli occhi, sbalordito. «Ehm, ragazzi, vi rendete conto che non sono nemmeno le sette del mattino, vero? Non credo di avervi mai visto svegli prima di mezzogiorno da quando vi conosco.»

Ash fece un largo sorriso. «Non ci pensiamo proprio di dormire tutto il giorno quando abbiamo affari di cui occuparci. E per affari intendo far abbassare la cresta a quel figlio di puttana di Jennings. Eravamo tutti lì e sappiamo esattamente cos'è successo quel giorno. Non tollereremo le sue stronzate.»

Zee avanzò e poggiò gli avambracci sul bancone. Congiunse le mani e ci guardò. «Esatto, amico. Sai che puoi contare su di noi per qualsiasi cosa. Sappiamo con chi è giusto che stia Kallie.»

Shea inspirò bruscamente, come se stesse traendo forza dal loro incoraggiamento e ogni parola stesse forgiando un'armatura di coraggio intorno a lei.

Lyrik indicò Ash e Zee con un cenno del mento mentre entrava in cucina per prendere una tazza di caffè. «Come hanno detto, qualunque cosa di cui hai bisogno, considerala fatta.»

Silenziosamente, anche Austin avanzò nella stanza, circondandoci come gli altri. Sembrava agitato, il che non era inusuale per lui. Tuttavia, mi guardò come se mi stesse dicendo che era un bene che fossi finalmente rinsavito.

Che mollare Shea non sarebbe mai stata la scelta più nobile.

Non quando aveva bisogno di me.

Ash avvolse un braccio intorno al collo di Shea e le posò un rapido bacio sulla testa. «Visto? Non devi preoccuparti di nulla, tesoro. Abbiamo tutto sotto controllo.»

«Grazie» rispose lei con voce spezzata dall'emozione.

«Attento, bello» lo avvisai, lasciandomi sfuggire una risatina. «È la mia ragazza quella che stai baciando.»

Ash sogghignò. «Ma come? I veri amici condividono tutto.»

Allungai il braccio oltre Shea e gli diedi un pugno sulla spalla. «Neanche per sogno, coglione.»

Una risatina imbarazzata, timida e perfetta sfuggì dalle labbra di Shea, che mi guardò con i suoi occhi espressivi colmi di fiducia, speranza e bellezza.

La mia vita.

Mi voltai e le presi il viso tra le mani, premendo un tenero bacio sulla sua morbida bocca.

Anthony si schiarì la gola. «Bene, allora siamo tutti d'accordo.» Puntò lo sguardo su Shea. «Riprendiamoci tua figlia.»

7

SHEA

Martin Jennings sedeva al banco dei testimoni. Mi fissava con i suoi occhi scuri, deciso a controllare il mio sguardo mentre lo fronteggiavo dal mio posto dietro al tavolo accanto al mio avvocato.

Nello stesso modo in cui aveva sempre cercato di controllarmi.

La sua espressione rifletteva ogni minaccia che mi aveva lanciato, e tutto questo con il pretesto di essere un genitore preoccupato.

«Sei mia adesso.»

«Ottengo sempre ciò che voglio, non importa i mezzi che devo usare per ottenerlo. Farai bene a non dimenticarlo.»

«Mi assicurerò il tuo silenzio.»

Un'ondata di paura mi attanagliò l'anima, e mi mossi a disagio sulla sedia dura. Mi contorsi le dita fino a farmi male, come se il gesto potesse infondermi coraggio. Mi sembrava di avere lo stomaco aggrovigliato in mille nodi mentre ascoltavo la falsa sincerità che trasudava dal suo tono di voce, e una parte di me voleva farsi piccola piccola e capitolare.

Ma quando si trattava di Kallie, non l'avevo mai fatto, e non avevo intenzione di cominciare ora.

Semmai, ero più forte di prima.

Inoltre, avevo Sebastian adesso. Non ero sola.

Quel pensiero mi diede forza, instillando nuova determinazione e coraggio dentro di me.

Martin stava spiegando perché doveva essergli concesso l'affidamento esclusivo a lungo termine della mia bambina.

Ogni parola che fuoriusciva dalla sua bocca mi rendeva solo più nauseata.

Mi affliggeva il pensiero che questo mostro potesse ancora una volta prendere il controllo.

Ma stavolta...

Stavolta mi rifiutavo di cedergliela.

«E perché solo ora è interessato a ottenere la custodia di sua figlia?» chiese il suo legale.

Facendo l'avvocato del diavolo.

Che ironia.

Tuttavia, stava chiedendo tutte le domande a cui io volevo risposta.

Pur sapendo che ogni singola risposta era una bugia.

L'avvocato, Mr. Carbellero, rappresentava lo stato, anche se divenne presto chiaro che era alle dipendenze di Martin Jennings, sollevando una questione che non sarebbe stata affatto un problema se Martin non l'avesse capeggiata in primo luogo.

«Non ho mai cercato di ottenere alcuna forma di custodia in passato perché rispettavo i desideri di Miss Bentley di stare lontana dai riflettori per crescere nostra figlia nella sua città natale. È una decisione che ho rimpianto spesso. Quando ho visto le foto dei paramedici che si prendevano cura di mia figlia sulla spiaggia, ho capito che non avevo altra scelta che farmi avanti e intervenire.» Puntò i suoi occhi senz'anima su di me. «Soprattutto quando ho scoperto che Shea stava permettendo alla mia bambina di entrare in contatto con qualcuno pericoloso come Sebastian Stone.»

Mia figlia!, volevo gridare. Come poteva starsene seduto lì e reclamarla come sua? Dopo ciò che aveva fatto? Quello che avevo detto a Sebastian era vero. Avevo scioccamente sperato che Martin fosse cambiato. Che un minimo di coscienza fosse cresciuta nei confini distorti del suo cuore malvagio.

Sebastian era seduto proprio dietro di me, e potevo sentire la rabbia scaturire da lui all'insinuazione di Martin – i suoi respiri pesanti e l'autocontrollo che irradiava dal suo corpo.

«E lei sa per esperienza quanto possa essere pericoloso Sebastian Stone?» Altra propaganda dell'avvocato di Martin.

«Ho un rapporto d'affari con Sebastian Stone da un po' di tempo ormai.» Martin continuò a mettere in cattiva luce Sebastian, dipingendolo come un tossicodipendente incline alla violenza. Una violenza rivolta contro di lui.

Martin si comportò proprio come il bugiardo e il manipolatore qual era. Dicendo qualsiasi cosa necessaria per ottenere ciò che voleva. Innalzando se stesso su un piedistallo e facendo a pezzi tutti coloro che lo circondavano.

Usandoli come gradini.

Il mio cuore perse un battito ai ricordi del passato.

Un masochista.

Un distruttore.

Martin interpretò il suo ruolo alla perfezione, fornendo dettagli sull'aggressione subita, come se non ci fosse stato alcun fattore scatenante. Insinuò che Sebastian l'avesse aggredito senza ragione. Recitò la parte dell'ignara vittima nel premeditato scatto d'ira di Sebastian.

Era proprio come Sebastian mi aveva avvertito. Martin aveva il coltello dalla parte del manico. La legge dalla sua parte. Lui e il suo avvocato rappresentarono le accuse di aggressione contro Sebastian come la macchia più orrenda, brutta quanto il tempo che aveva trascorso in carcere quattro anni prima.

Mi contorsi le dita con più forza e cercai di decifrare l'espressione del giudice mentre ascoltava la testimonianza di Martin. Sapevo che poteva facilmente vedere Sebastian sotto una luce negativa – come probabilmente vedeva il resto dei ragazzi della band – giudicando in base alle apparenze e alle ipotesi.

Mi rattristava il pensiero che pochi l'avrebbero biasimata.

Ma lei non conosceva Sebastian come me. Non vedeva ciò che brillava luminoso al di sotto dei suoi lineamenti duri e delle sue cicatrici.

Supponevo che il giudice fosse sotto la sessantina. Portava i capelli grigi in un caschetto elegante, era alta e magra. Eppure, tutto di lei emanava potere e forza.

Era imperturbabile.

Non lasciava trapelare nulla.

Dio, ero grata che non fosse il giudice che aveva emesso l'ingiunzione di emergenza.

Alle mie spalle, potevo quasi percepire le scuse di Baz. Potevo quasi sentire le parole di autoflagellazione agitarsi nella sua testa. Probabilmente mi stava supplicando di perdonarlo. Chiedendomi di dare ascolto ai tanti avvertimenti che mi aveva dato sul fatto che lui non sarebbe mai stato abbastanza, che mi avrebbe sempre trascinata a fondo e fatto il mio cuore a pezzi.

Ma non avrei dato ascolto a quelle parole. Soprattutto quando era stato l'unica cosa che mi aveva sostenuta negli ultimi due giorni.

Due giorni in cui ero stata senza mia figlia.

Due giorni di tormento.

Due giorni di agonia.

Due giorni senza sapere dove fosse. Se fosse spaventata o al sicuro. Se capisse che stavo combattendo per lei o se si domandasse se l'avessi abbandonata.

Due giorni in cui Sebastian mi aveva tenuta stretta.

Promettendomi che avrebbe *sistemato* tutto.

In qualche modo, conoscevo i suoi pensieri. L'energia che scorreva tra di noi era viva, e quegli angoli leali dentro di lui si accesero di dubbio. Baz credeva che mi avrebbe fatto un favore se fosse semplicemente scomparso dalla mia vita.

Ma in quei giorni, mentre mi aveva aiutata a non perdere il senno, mi aveva anche riempito di fede. E adesso, nel profondo del mio cuore, ne ero sicura: Kallie sarebbe tornata a casa oggi.

Ero certa che Sebastian era esattamente dove doveva essere.

Perché in qualche modo sapevo che aveva bisogno di me tanto disperatamente quanto io avevo bisogno di lui. Che il vuoto che aveva svelato dentro di me era stato creato con l'unico scopo di essere colmato da lui.

E sapevo...

Sapevo che c'era un vuoto identico dentro di lui.

Quando l'avvocato di Martin finì, Nigel, il nostro legale, si astenne dall'interrogare Martin Jennings. Prima di cominciare, mi aveva detto che il nostro compito non era di dimostrare che Martin era un padre inadeguato. A questo ci avremmo pensato più avanti nel caso in cui Martin avesse insistito a ottenere un qualsiasi tipo di affidamento in futuro.

Al contrario, il nostro obbiettivo era quello di confutare le fotografie, smascherandole per le bugie qual erano, e riportare Kallie a casa.

Come suo primo testimone, Nigel chiamò Lyrik. Quest'ultimo avanzò verso il banco dei testimoni con indosso un completo scuro fatto su misura, i tatuaggi che aveva sulle mani e sul collo in netto contrasto con i vestiti chiaramente costosi. Tutto di lui trasudava pericolo eppure sicurezza.

Il mio stomaco si contorse in preda al nervosismo.

Nigel gli chiese soltanto di raccontare cos'era successo quel giorno, dove mi trovavo, dov'era Sebastian, raccogliendo la sua testimonianza diretta.

«Ci stavamo preparando per grigliare alcune bistecche. Stavamo giocando sulla spiaggia dalla mattina, e Shea e Sebastian erano appena tornati da una passeggiata.»

Lyrik inarcò un sopracciglio nero. «Kallie era rimasta con noi durante quel tempo, giocando a seppellire Zee nella sabbia...» Con un gesto del mento, indicò Zee che sedeva dietro di me con il resto dei ragazzi.

Insieme a Charlie, Tamar e April.

Erano venuti tutti a sostenerci.

Per riportare Kallie a casa.

«Quando Sebastian e Shea sono tornati dalla loro passeggiata» continuò Lyrik, «Sebastian e suo fratello minore, Austin, hanno iniziato a lanciarsi la palla sulla spiaggia. Kallie era eccitatissima, saltellava su e giù supplicando sua mamma di portarla a giocare in acqua.»

Il suo tono divenne serio. «Ricordo di averle udite entrambe ridere mentre giocavano tra le onde, e poi improvvisamente, Shea ha iniziato a gridare di aver perso la presa su di lei. Kallie non è mai stata da sola in acqua. Mai. Nessuno di noi l'avrebbe permesso.»

«Cosa è successo dopo?» domandò Nigel.

«Sebastian è corso verso il mare e si è tuffato in acqua.» Lyrik deglutì rumorosamente. «Mi è sembrata un'eternità, ma dubito che fossero passati più di trenta secondi quando l'ha afferrata. L'ha tirata fuori dall'acqua e l'ha portata sulla spiaggia. A quel punto, avevo già chiamato il 911.»

«Grazie» disse Nigel senza aggiungere altro, prima di tornare a sedersi.

L'avvocato di Martin si avvicinò al banco dei testimoni e porse a Lyrik le stesse domande, ma con le sue insinuazioni, cercando di sollevare dubbi e di farlo cadere in contraddizione.

La storia di Lyrik rimase la stessa.

Nigel chiamò Ash, e poi Zee.

Austin non era presente.

Nigel ci aveva assicurato che non avevamo bisogno di lui, e Sebastian non voleva che suo fratello si trovasse nella stessa stanza con Martin a meno che non fosse strettamente necessario.

Non lo biasimavo. Dio solo sapeva che anch'io non volevo essere nelle sue vicinanze.

Ognuno di loro diede la propria testimonianza, affermando che ero stata in acqua con Kallie e che non l'avevo trascurata in alcun modo.

Ogni volta che Nigel terminava le sue domande, il legale di Martin si avvicinava al banco dei testimoni, facendo di tutto per screditarli, mettendo in discussione la loro testimonianza per via dei loro legami con la band.

Un patto basato sull'inganno.

Infine, venne chiamato Sebastian.

Il potere della sua presenza rubò l'aria dalla stanza mentre si avvicinava al banco dei testimoni. Riempiendola con qualcosa di unicamente suo.

Il peso del suo sguardo quasi mi schiacciò quando mi guardò. Ogni ammissione, apprensione *e* desiderio bruciava nei suoi occhi. Ogni ragione che mi aveva dato per andare via da me e tutto quello che l'aveva fatto tornare era evidente nelle profondità dei suoi occhi grigi tempestosi. Un fuoco che ardeva libero e intrepido.

Il mio cuore batteva freneticamente mentre raccontava l'episodio dal suo punto di vista. La paura che aveva provato era evidente. Era impossibile negare quanto tenesse a mia figlia.

La maggior parte delle domande che Nigel gli chiese erano le stesse che aveva fatto al resto dei ragazzi, ma con Sebastian scavò un po' più a fondo, estrapolando maggiori dettagli. Sembrava che Nigel avesse concluso il suo interrogatorio quando cominciò a tornare al tavolo dove io sedevo, ma poi si fermò e si voltò di nuovo verso Sebastian. «Cos'è esattamente Shea Bentley per lei, Mr. Stone?»

Sebastian mi guardò dritto negli occhi, e il suo sguardo severo si addolcì. «È la mia ragazza.»

La sua risposta era semplice, benché la sua espressione non lo fosse per niente.

Ieri Sebastian aveva rilasciato una dichiarazione pubblica.

Reclamando me.

Reclamando Kallie.

Aveva negato che la nostra relazione c'entrasse qualcosa con il fatto che il padre di Kallie era lo stesso uomo che Sebastian aveva aggredito e per cui era stato arrestato. Serenamente, aveva dichiarato che non c'era alcuna rilevanza o connessione tra le due cose, ed era stata solo una bizzarra coincidenza che ci aveva condotto lungo questo crudele ma squisito sentiero.

Loro due sono le donne più importanti della mia vita, e non appena risolveremo questo casino e Kallie ritornerà a casa sua, rimarrò al loro fianco per sempre.

Questo è ciò che aveva detto ai giornalisti prima di attirarmi più vicina a sé e posarmi un tenero bacio sulla testa. Dopodiché li aveva ringraziati per il tempo dedicatogli e ci aveva condotti via.

I giornalisti ci erano venuti dietro, rivolgendoci una domanda dopo l'altra.

Ma Anthony si era intromesso e li aveva tenuti a bada mentre Sebastian mi sospingeva in fretta nell'ufficio di Nigel, dicendo loro che non avremmo risposto a nessuna domanda e pregandoli di rispettare la nostra privacy in questo momento difficile.

Nigel annuì. «Un'ultima domanda, Mr. Stone. Quando è stata l'ultima volta che ha fatto uso di sostanze stupefacenti?»

Sebastian si passò una mano sul viso ed emise un profondo sospiro. «Sono pulito da quattro anni.»

«Grazie, è tutto.»

Nigel tornò a sedersi accanto a me, e il legale di Martin si avvicinò al banco dei testimoni. Era impossibile non notare il disagio di Sebastian, il modo in cui si sforzava di rimanere calmo, di mantenere il controllo, la sua rabbia a malapena contenuta quando l'avvocato non perse tempo nel cercare di pregiudicare la sua testimonianza.

Di sminuirlo come uomo.

Senza dubbio, il solo fatto di essere nella stessa stanza di Martin Jennings era quasi più di quanto Sebastian potesse sopportare. Costringerlo a subire questo attacco era una vera e propria crudeltà.

E non c'era alcun dubbio che fosse un attacco.

Mr. Carbellero fece le solite domande prevedibili, prima di cambiare tattica e lanciarsi nel suo subdolo interrogatorio.

«È vero che è venuto a Savannah sapendo che Martin Jennings aveva dei legami qui?»

«No.»

«È vero che ha cercato Shea Bentley per vendicarsi di Martin Jennings con il quale ha in corso una causa sia penale che civile?»

«No.» Stavolta il tono della sua risposta fu più duro.

Il giudice si intromise con un'alzata del mento. «Mr. Carbellero, la prego di mantenere le sue domande pertinenti all'episodio che ha avuto luogo domenica scorsa» lo ammonì.

L'avvocato strinse le labbra con irritazione, ma le rivolse un secco cenno d'assenso col capo.

Sebastian si mosse a disagio sulla sedia, chiaramente ostile, prima di essere congedato.

Al mio fianco, Nigel mi rivolse uno sguardo rassicurante, i suoi occhi colmi di sicurezza, e cercai di soffocare la schiacciante emozione che mi pizzicava gli occhi.

Sebastian scese dal banco dei testimoni e mi guardò con cautela quando mi passò accanto con lunghe falcate, attraversando il piccolo cancello e riprendendo il suo posto.

Un tumulto di emozioni rimbalzò tra di noi, la nostra speranza offuscata dalla paura e dall'incertezza.

Contrassi le dita e desiderai di poter andare da lui. Di confortarlo nello stesso modo in cui lui aveva confortato me.

Nigel si alzò in piedi e chiamò il mio nome.

Tirai un respiro profondo e mi trascinai verso il banco dei testimoni. Ero certa che le mie gambe avrebbero ceduto mentre avanzavo con il fiato corto e il cuore che batteva freneticamente nelle mie vene.

L'emozione mi strinse il petto con forza, e il viso della mia bambina mi attraversò la mente, la sua dolce voce un'eco nelle mie orecchie. Come se mi fosse vicina, il suo spirito volteggiò dentro di me con le sue piccole ali da farfalla, sfiorando quei posti vuoti della mia anima pur restando irraggiungibile.

Gridando il mio nome.

Mi sedetti in modo goffo sulla sedia.

Martin Jennings mi sorrise.

Amabilmente.

Come se avesse perfezionato la sua recita.

Come se tenesse il destino del mondo nelle sue mani altezzose.

Sul viso un'espressione placida che trasudava arroganza.

Un uomo vile e disgustoso.

L'odio si abbatté su di me come lo scoppio di un boato sonico.

Se solo tutti i presenti avessero saputo di cosa era realmente capace.

Che cosa aveva fatto.

No. Non avevo prove.

Ma conoscevo la sua colpa tanto bene quanto conoscevo il suo gioco.

Il mio istinto l'aveva urlato. L'aveva reclamato. Un'intuizione naturale che era sbocciata dall'interno. Un istinto che mi spronava a sopravvivere.

E per tanto tempo ci ero riuscita.

Ero sopravvissuta.

Dopo che giurai di dire la verità, Nigel Trondow mi fece le stesse domande che aveva fatto agli altri. Solo che con me, come aveva fatto con Sebastian, entrò più nei dettagli, partendo dal momento in cui io e Sebastian ci eravamo allontanati per fare una passeggiata sulla spiaggia.

«Per quanto riguarda le foto scattate presumibilmente mentre Kallie era rimasta sola, lei afferma che sono state immortalate più in là sulla spiaggia senza Kallie presente?»

«Esatto.»

Sapevo che quelle immagini gettavano una cattiva luce su di me. Sembravano sporche e oscene. Senza dubbio mettevano in discussione il mio ruolo di madre.

La mia voce si affievolì quando deglutii il groppo che avevo in gola, e la mia spiegazione venne fuori in tono tremante. «Pensavamo di essere completamente soli... non c'era nessuno in quella parte della spiaggia. Non ci saremmo mai comportati in quel modo davanti a mia figlia, o di fronte a chiunque altro, se è per questo.»

Mi rendevo conto che la mia affermazione sembrava una supplica.

Ma volevo che il giudice capisse che non avrei mai messo mia figlia in pericolo intenzionalmente.

Nigel tornò al tavolo e prese le fotografie che aveva scelto come prova quella mattina.

«Vostro Onore, queste sono le foto scattate all'insaputa di Miss Bentley e Mr. Stone domenica scorsa, su proprietà privata, oltretutto.»

Specificò la data in cui erano state fatte e le passò al giudice.

Erano le foto che ritraevano Sebastian che mi carezzava sotto il top del bikini, i nostri baci appassionati, quelle di Kallie con il viso sfocato e circondata dai paramedici.

Le porse altre fotografie. Ma queste... queste raffiguravano momenti diversi. Il paparazzo che aveva venduto le foto incriminanti aveva catturato momento dopo momento di quel pomeriggio. C'erano foto di me che giocavo in acqua con Kallie. Primi piani del suo visino sorridente. L'onda che ci aveva travolte. Io che gridavo dopo averla persa. Sebastian che accorreva a salvarla.

C'erano tutte.

Non ero del tutto certa di come l'avvocato avesse ottenuto questi scatti sbalorditivi.

Sebastian aveva detto che non avrebbe badato a spese e, chiaramente, Nigel aveva scavato finché non aveva trovato le prove che ci servivano.

«Dalle nostre immagini, potrà vedere che l'incontro intimo tra Miss Bentley e Mr. Stone sulla spiaggia non è avvenuto nello stesso posto dove Miss Bentley ha perso la presa su sua figlia sul retro della casa sul mare di Mr. Di Pietro.»

Non c'erano dubbi.

Erano due eventi distinti e separati.

Il giudice si sistemò gli occhiali da lettura sul ponte sottile del naso. Osservò le foto con attenzione, dicendo poco o niente. Rivolse qualche domanda a Nigel, chiedendo come e quando il secondo set di fotografie fosse stato ottenuto.

La bile mi risalì nello stomaco.

Perché non importava quante prove credessimo di avere, tutto si riduceva a una questione di prospettiva. Al modo in cui il giudice avrebbe visto, letto e interpretato gli eventi.

Quando terminò la sua ispezione, il giudice si tolse gli occhiali e Nigel riportò l'attenzione su di me. «Grazie per la sua collaborazione, Miss Bentley, non ho altre domande.»

Mr. Carbellero si alzò.

Non esitò ad avventarsi su di me.

Distorcendo le sue domande.

Lanciando allusioni.

Suggerendo negligenza, disattenzione e possibile abuso da parte mia.

Alla fine, non riuscii a sopportare oltre il suo assalto e non potei fare nulla per trattenere le lacrime. Scivolarono lungo le mie guance mentre pronunciavo con voce rotta la mia supplica. «Non metterei mai in pericolo mia figlia intenzionalmente. Lei è tutta la mia vita.»

Stavo singhiozzando quando fui congedata, incapace di reggere oltre la tensione, di affrontare la possibilità di perdere mia figlia.

Scoppiai a piangere di fronte a tutti.

Il giudice sospese l'udienza per un intervallo di quindici minuti.

Quei minuti furono una vera e propria tortura.

Dietro di me, Sebastian si alzò e mi massaggiò le spalle, dandomi teneri baci sulla testa mentre io mi sentivo come se fossi sull'orlo dell'eternità. Due sentieri intrecciati. Uno mi avrebbe condotto al tormento perpetuo, e l'altro direttamente alla salvezza.

Era sconfortante che una donna che avevo visto per la prima volta oggi tenesse il destino di mia figlia nelle sue mani.

Un'impareggiabile posizione di potere.

Se solo avesse potuto vedere gli anni che avevo dedicato a Kallie. Se solo fosse stata lì a vedere i miei sacrifici. Le ore che avevo speso ad amarla, proteggerla e crescerla.

Tenendola sempre al sicuro.

Allora saprebbe che non le farei mai dal male né la metterei in pericolo.

Ci alzammo tutti in piedi quando il giudice rientrò in aula, e ci sedemmo quando ci dissero di accomodarci.

Sembrava che l'intera stanza stesse trattenendo il fiato.

Il giudice guardò nella mia direzione. «Non trovo alcuna prova di negligenza da parte di Miss Bentley.»

Le sue parole vorticarono nella mia mente, tentando e stuzzicando la mia comprensione.

Spostò lo sguardo su Martin. «Mr. Jennings, se è realmente interessato ad instaurare un rapporto con sua figlia tramite la custodia congiunta, allora le suggerisco di farlo attraverso i mezzi normali e non con uno stratagemma come questo.»

Il giudice sollevò il martelletto. «Mi pronuncio a favore dell'imputata e annullo l'ingiunzione d'emergenza per la custodia di Kallie Marie Bentley. La bambina dev'essere immediatamente restituita alle cure di sua madre.»

Il suono del legno contro il legno rimbombò nell'aula di tribunale quando il giudice batté il martelletto, e fui attraversata da una violenta scarica di sollievo.

Che riverberò dentro di me.

Pulsando.

Prendendo piede.

Ansimai. Accasciai le spalle e seppellii il viso tra le mani. E piansi. Solo che stavolta... stavolta erano lacrime di gratitudine. Di gioia.

Semplici, semplici sogni.

Esultarono dal profondo di me.

Finalmente.

Finalmente.

Erano a portata di mano.

Una raffica di flash fotografici lampeggiarono l'istante in cui la porta si spalancò.

Clic.

Clic.

Clic.

Abbassai la testa e Sebastian mi strinse maggiormente contro il suo fianco. Percepii il modo in cui ogni centimetro del suo corpo si irrigidì in segno di difesa.

Risentimento e ostilità.

«Ignorali, Shea» sibilò Sebastian contro la mia testa mentre cercava di proteggermi dal violento attacco di domande dei paparazzi.

Spingevano e si accalcavano intorno a noi, facendo a gara per ottenere la posizione migliore, per essere i primi a catturare la nostra attenzione.

Mi girò la testa a quell'improvvisa intrusione. Quella sensazione era in netto contrasto con il resto del mio corpo che sembrava più leggero di quanto non fosse mai stato. Le mie gambe e braccia formicolavano, mentre il mio cuore correva all'impazzata verso il futuro, pensando all'istante in cui avrei riabbracciato la mia bambina.

Era come se stessi volando lì, disperata di raggiungere quel momento più di qualunque altro momento avessi vissuto in passato.

Negli ultimi due giorni, dopo che lo shock iniziale era scemato, la tristezza aveva preso il sopravvento. Non eravamo mai state separate, neppure per un giorno. Era stata un'assoluta agonia. Come se un groviglio di radici fosse spuntato nelle mie viscere.

Trafiggendomi.

Perforandomi.

Scavando dentro di me.

Lacerando muscoli, ossa e midollo.

Squarciandomi nel profondo.

Fino alla parte più vitale di me.

Dicono che i figli sono pezzi del nostro cuore. Essenziali alla nostra vita.

Non ce ne rendiamo pienamente conto finché non ci vengono strappati via, e adesso tutti quei posti dentro di me riecheggiano con il vuoto che solo la mia bambina può riempire.

Non vedevo l'ora che giungesse il momento in cui Kallie avrebbe riempito quel vuoto.

Ma dovevamo prima superare questa folla scatenata.

Una scarica di feroce energia attraversò il corpo di Sebastian. Il suo tono era duro quando parlò vicino al mio orecchio. «Questa è la stessa stronzata che fanno ogni volta, ma non devi affrontarli ora. Non hanno il diritto di essere qui.»

Eppure erano qui.

Perché questo faceva parte della vita di Sebastian.

Una parte che avevo accettato per stare con lui.

Benché quell'ossessione fosse rivolta anche a me ora.

Fummo tempestati di domande.

Molte delle quali intrise di supposizioni.

Bugie, dolore e intrighi morbosi.

Una verità contorta e deformata per alimentare la curiosità.

«Può dirci il verdetto dell'udienza per la custodia di sua figlia?»

Mi rannicchiai maggiormente contro Sebastian. Una parte di me desiderava gridare a squarciagola la mia vittoria e la mia felicità, mentre un'altra parte era determinata a tenere la bocca chiusa. Perché conoscevo quel gioco dal momento che ci ero già passata in precedenza.

«Mr. Stone, è vero che i *Sunder* stanno attualmente cercando un nuovo leader per sostituirla?»

«Sebastian Stone, la sua relazione con Hailey Marx è ufficialmente finita?»

Con un grugnito, Sebastian si fece largo tra la folla numerosa, soffocando a malapena la rabbia. Potevo percepire l'autocontrollo a cui si stava aggrappando sgretolarsi rapidamente quando mi strinse più vicina a sé.

«Miss Bentley, cosa ha da dire sulla violazione di contratto tra lei e Mr. Jennings?»

I miei occhi guizzarono subito in direzione del giornalista, e le mie sopracciglia si corrugarono alla domanda che mi aveva lanciato.

Violazione di contratto?

Non era mai stato asserito prima d'ora.

Adesso Martin stava affermando una cosa simile?

Una cacofonia di voci lottò per attirare la nostra attenzione.

«Ora che ha smesso di nascondersi, Delaney Rhoads ritornerà sulle scene?»

Volevo gridare, *Neanche per sogno*, invece mi morsi la lingua e lasciai che Sebastian ci conducesse via, facendosi largo tra la calca con il suo corpo possente come un ariete.

«Sebastian Stone, non è un segreto che lei e Martin Jennins siate ancora in disaccordo. Mi sembra ovvio che stia usando la sua relazione con Shea Bentley per vendicarsi di lui.»

«Vi abbiamo detto tutto quello che avevamo da dire ieri. Adesso levatevi dai piedi» ringhiò Sebastian.

La rabbia scaturì da ogni suo poro, e fu sufficiente a far arretrare in fretta e furia i fotografi più fifoni.

Ma alcuni rimasero audaci, e un microfono mi fu spinto sotto il naso. «È vero che ha tenuto nascosta la gravidanza a Martin Jennings e che adesso lui sta cercando di ottenere la custodia esclusiva?»

Provai un attacco di nausea.

Non avevano la minima idea dei segreti che mi ero tenuta dentro e del perché.

Nessuna idea degli sforzi che avevo fatto per proteggere mia figlia.

Un'altra voce vicino al mio orecchio disse: «Sua madre, che lei non vede da anni, ha dichiarato, "Non ho mai dovuto affrontare una delusione e uno sconforto maggiore del tradimento di mia figlia". Può rilasciare un commento al riguardo?»

Sussultai, come se avessi ricevuto un calcio nello stomaco, e lacrime cocenti mi pizzicarono gli occhi. Volevo inveire contro i paparazzi, proprio come aveva fatto Sebastian fuori all'ospedale domenica sera.

Perché *questo* faceva male.

Come riusciva mia madre a sconvolgermi ancora con i suoi commenti velenosi?

Non si rendevano conto di cosa avevamo già passato?

Del dolore?

Questa era la vita da cui ero fuggita.

Una vita che avevo tenuto nascosta per proteggere me stessa, ma soprattutto per proteggere mia figlia.

Seppellendo Delaney Rhoads.

Ma le tombe poco profonde erano facili da dissotterrare, e non ero sicura di essere pronta ad affrontare la sua risurrezione.

Finalmente ci aprimmo un varco tra i giornalisti e sfrecciammo verso il Suburban parcheggiato all'altro lato della strada. I fanali dell'auto lampeggiarono e le serrature si sbloccarono quando ci avvicinammo. Sebastian spalancò la portiera del passeggero e mi aiutò velocemente a salire.

Poi sbatté lo sportello dietro di me.

Lo osservai mentre girava davanti all'auto, facendosi di nuovo largo tra i paparazzi, stavolta in modo non tanto amichevole come quando ero stata al suo fianco. Tre secondi dopo, aprì la portiera del conducente e balzò dentro, prima di chiuderla in fretta alle sue spalle, attutendo la frenesia di voci.

Tirai respiri profondi nonostante mi sentissi stringere i polmoni e cercai di calmare il battito martellante del mio cuore.

Accanto a me, Sebastian mi scrutò in cerca di ferite che sapeva non erano visibili.

«Quei bastardi» disse con voce dura, e il suo viso stanco si contorse in una smorfia. Altro rammarico. «Questo è esattamente quello da cui ho cercato di proteggerti sin dall'inizio. Non ho mai voluto trascinare te e Kallie in questo tipo di vita. Non va bene, Shea. Non va affatto bene, cazzo.»

Lo fissai intensamente, piegando la testa di lato. La mia voce era sommessa ma carica di enfasi quando parlai. «La vita con te è bella, Sebastian. E lo sarà finché faremo in modo che resti tale. Non mi importa quali bugie dicano o cosa credano gli altri, a patto che io trascorra la mia vita con te.»

Lui emise un sospiro e scosse la testa, e l'accenno di un sorriso gli curvò un angolo della sua splendida bocca. «Da dove sei sbucata, piccola?»

«Sono sempre stata qui, in attesa di te.»

Fuori, eravamo circondati.

Ma qui?

Eravamo solo noi due.

Quella strana energia ancora intensa e profonda.

Ma diversa.

Forse dipendeva dal sollievo travolgente, dal peso che era stato tolto dalle nostre spalle, ma l'aria era cambiata. Un barlume di dolcezza. Un accenno di desiderio. Sebastian mi rivolse un sorriso sexy e civettuolo, guardandomi da capo a piedi con uno sguardo sfacciato mentre si aggiustava la cravatta. Il completo grigio che indossava accentuava la stazza della sua magnifica presenza.

Baz si piegò verso di me. «Sei dannatamente bella» mormorò vicino al mio viso. «Ancora non riesco a credere di poterti chiamare la mia ragazza.»

Un rossore mi risalì su per il collo, fino a imporporarmi le guance.

Dio.

Una cosa certa su Sebastian?

Riusciva sempre a trarre e infondere conforto attraverso le nostre carezze, e negli ultimi due giorni mi aveva cercata più e più volte. Possedendomi. Consolandomi. Conducendomi, per pochi beati istanti, in un luogo dove ero estraniata dal resto del mondo.

Tranne che da lui.

Un luogo dove esistevamo solo l'uno nelle braccia dell'altra.

Legati.

Incatenati.

Uniti.

Cuore, mente, corpo e anima.

Dopo tutto quello che era successo, sembrava impossibile che fossero passati solo quattro giorni da quando era tornato da me.

Da quando aveva abbattuto tutte quelle barriere e scelto di restare.

Anche se nel profondo di noi, in un angolo remoto che non volevamo accettare, sapevamo entrambi che prima o poi sarebbe dovuto andare via.

Questa vita l'avrebbe portato in luoghi dove non avrei potuto sempre seguirlo, o perché sarebbe finito dietro le sbarre per difendere suo fratello minore o perché il richiamo del suo spirito l'avrebbe ricondotto in giro per il mondo.

A quel pensiero, il mio cuore batté selvaggiamente in segno di ribellione, e sussultai mentre cercavo di non pensare all'ingiustizia di tutto questo.

Sebastian si accigliò quando notò il mio cambio d'umore e portò delicatamente il dito indice sotto il mio mento.

Una semplice promessa.

Mi appartieni.

Non importava dove la musica l'avrebbe condotto. Quanto tempo o distanza sarebbe esistita tra di noi. Nulla aveva il potere di cancellare il significato della sua promessa.

«Ce l'hai fatta» sussurrò infine Baz, poco più forte del suono dei nostri lenti respiri. Poi allungò la mano e la posò sulla mia guancia.

«Sta tornando davvero a casa.»

Ma quale sarebbe stata la prossima mossa di Martin?

Scacciai via con forza quel pensiero tetro.

«Sì, Shea, sta tornando davvero a casa.» Sebastian avviò il motore dell'auto e ingranò la marcia. «Credo che sia ora di andare a riprendercela.»

Quando si immise sulla strada, i paparazzi si sparpagliarono ovunque per schivare il lungo Suburban nero. Sebastian schiacciò l'acceleratore e svoltò sulla via a senso unico, allontanandosi dal tribunale.

Il mio cellulare squillò.

Frugai dentro la mia borsa e lo tirai fuori.

Nigel.

«Pronto?» risposi, la voce ancora un tantino tremante. Temevo che nei dieci minuti dall'ultima volta che avevo parlato con l'avvocato, qualcosa fosse andato storto. Che avessi frainteso o capito male.

Che la mia mente mi avesse giocato un bruttissimo scherzo.

«Puoi andare a prendere Kallie alle sedici e trenta.»

Emisi un sospiro di sollievo e lanciai un'occhiata al cruscotto.

Erano le quattro.

Il mio cuore palpitò.

Tra mezz'ora, Kallie sarebbe stata fra le mie braccia.

«Claribel Sanchez» continuò l'avvocato, «da responsabile del caso, ti incontrerà alla casa dove Martin Jennings alloggia con Kallie per sovrintendere allo scambio.»

Impallidii.

Sembrava che stessimo scambiando dei beni.

Mandai giù l'amarezza restante. Anche se detestavo che

questo fosse esattamente quello che Martin aveva fatto – usare una bambina innocente come strumento in un colpaccio fallito – ero soltanto grata che Kallie tornasse a casa con me.

Nigel mi disse l'indirizzo che io annotai in modo da poterlo inserire nel navigatore.

«Segnato» dissi.

Ovviamente, il mostro non solo l'aveva strappata via da casa sua, ma anche dalla sua città natale. L'aveva portata in un luogo a lei completamente estraneo a più di cinquanta chilometri di distanza.

Ogni parte di me pregò che stesse davvero bene.

Che si sarebbe ripresa e che questo trauma non le avrebbe lasciato cicatrici che non sarebbero mai guarite.

Io ne avevo abbastanza per entrambe.

La mia mente brulicava di domande.

Come l'aveva trattata? Cosa le aveva dato da mangiare? Come si era preso cura di una bambina che non conosceva nemmeno? Quali bugie le aveva propinato? Come avrei risposto alle tante e legittime domande di Kallie?

Un brivido mi corse lungo la spina dorsale.

Cosa avrei fatto se avessi scoperto che le aveva fatto del male?

Nigel sospirò, sollevato. L'atteggiamento pragmatico che solitamente assumeva, divenne più caloroso. «Congratulazioni, Shea. Ero sicuro che questo caso si sarebbe concluso in tuo favore, ma non riesco nemmeno a descrivere la soddisfazione che provo nell'essere riuscito a farti riavere la tua bambina. So che oggi il mio lavoro ha fatto la differenza, e voglio ringraziarti per aver riposto la tua fiducia in me.»

«Grazie a te per esserti impegnato al massimo. Ti sarò sempre debitrice.»

Terminai la chiamata, e Sebastian svoltò e si diresse a nord di Savannah.

Si immise sulla superstrada.

Gli alberi fiancheggiavano la via, inframezzati da edifici che cedevano il posto a piccoli paesini mentre il sole picchiava ad ovest. Continuammo silenziosamente verso la nostra destinazione. Durante l'intero tragitto, mi mossi nervosamente sul sedile, giocherellando con l'orlo della mia camicetta mentre controllavo di continuo l'orologio.

Sollecitando il tempo a scorrere più veloce.

Ancora dieci minuti.

Sebastian allungò il braccio oltre la console centrale e mi prese la mano. «Ci siamo quasi, piccola.»

Gli strinsi la mano e tentai di regolare il mio respiro, di calmare il battito accelerato del mio cuore. Invece aumentò con il passare dei secondi. «Non vedo l'ora di vederla.»

Ogni emozione che avevo provato negli ultimi mesi sembrò concentrarsi alla base della mia gola. Un groppo nato dall'accecante gioia che Sebastian aveva portato nella mia vita e dal dolore e dal tormento che erano seguiti, crescendo, intrecciandosi, spezzandosi e rafforzandosi fino a condurmi qui.

Sull'orlo di quello che rappresentava il mio futuro.

Un futuro con lei.

Un futuro con lui.

Un confuso cataclisma di incognite che avrebbe creato le nostre vite.

Incognite che non vedevo l'ora di sperimentare.

Sebastian uscì dalla superstrada e girò a destra, poi a sinistra.

Raddrizzai la schiena e gli strinsi la mano con forza.

Ero sopraffatta dal desiderio di rivedere mia figlia.

Il mio bellissimo e formidabile uomo mi rivolse un sorriso rassicurante mentre svoltava su una strada sulla destra, poi cominciò a rallentare man mano che ci avvicinavamo all'indirizzo.

Si fermò davanti a una casa ad un solo piano.

Il mio sguardo fu attirato subito dalle finestre incorniciate da persiane bianche, e mi domandai se Kallie stesse dietro a una di esse, sbirciando fuori, ansiosa di riabbracciarmi proprio come me.

Sapeva che stavo arrivando? Sapeva che sarei venuta a prenderla due giorni fa se fosse stato possibile?

Nonostante si trovasse in una zona rurale, la casa era bella. Un prato ben curato adornava il cortile. Due alberi rigogliosi e lussureggianti fiancheggiavano il viale che era costeggiato da fiori autunnali piantati di recente.

Tuttavia, non si avvicinava affatto alla stravaganza della residenza di Martin a Nashville.

Mi rendevo conto che questa casa era poco più che una cella. Un posto dove tenere Kallie, perché non gli era stato dato il permesso di portarla fuori dallo Stato finché non fossi stata davanti a un giudice.

Un'evidente scarica di agitazione attraversò Sebastian, che strinse con forza il volante, la sua attenzione, come la mia, rivolta alla facciata della casa in cui era tenuta mia figlia.

L'orologio segnava le sedici e ventotto quando un'auto blu, la stessa che era stata presente la notte in cui Kallie mi era stata portata via, accostò dietro il nostro Suburban mentre il sole scivolava lentamente verso l'orizzonte.

Sebastian si schiarì la gola, a disagio. «È meglio che io resti qui. L'ultima cosa di cui abbiamo bisogno è che io vi causi altri problemi. Ci è voluto tutto il mio autocontrollo per non spaccare la faccia a quel compiaciuto bastardo in tribunale. Non sono sicuro di cosa possa succedere senza un edificio pieno di poliziotti a scoraggiarmi.»

Annuii brevemente. «Okay.»

Sapevo che quella di Sebastian non era una minaccia a vuoto, e questo era il motivo per cui non avrei mai potuto dirgli quanto depravato fosse realmente Martin.

Mi rivolse un sorriso luminoso che squarciò la sua espressione intensa, rivelando qualcosa di bellissimo al di sotto delle sue cicatrici. «Va' a prendere la tua bambina.»

Attraverso lo specchietto retrovisore, osservai Claribel Sanchez scendere dalla sua auto. Feci lo stesso. Benché i miei movimenti fossero affrettati e malfermi, colmi di ansia, paura e sollievo.

Era giunto il momento.

Cercai di farmi coraggio all'idea di affrontare Martin in questo contesto. Senza la barriera protettiva di mediatori. Nessun avvocato, giudice o agente che facesse da cuscinetto. Solo questa donna che non sapeva nulla di Martin, e Sebastian che sapeva fin troppo.

Passai i palmi sul davanti della mia camicetta, lisciandola nervosamente, sentendo il bisogno di fare qualcosa con le mani.

L'assistente sociale mi si avvicinò con un sorriso cauto sul viso. «Miss Bentley.» La compassione attraversò i suoi lineamenti. «Sono contenta di poter essere qui ad aiutarla con la transizione.»

Nei suoi occhi vidi un'espressione dispiaciuta. Come se forse il suo istinto le avesse detto che stava facendo un errore la notte in cui aveva strappato mia figlia da casa nostra.

O meglio, il giudice aveva commesso un errore, perché era chiaro che Sanchez stava solo facendo quello che le era stato ordinato di fare. Le rughe che segnavano il viso della donna rivelavano chiaramente le infinite ore che dedicava al suo lavoro senza ricevere alcuna riconoscenza, ma piuttosto profondo dolore da tutti i casi di abusi e famiglie divise di cui si occupava.

Mi contorsi le mani e lanciai uno sguardo alla casa, cercando di controllare invano le lacrime che mi annebbiavano gli occhi. «Sono soltanto grata che questa transizione abbia luogo.»

Lei mi rivolse un sorriso d'intesa e indicò l'abitazione con un cenno del capo. «Se aspetta qui un attimo, vado dentro a prendere sua figlia per riportarla da lei.» Lanciò un'occhiata al Suburban. «E con i trascorsi tra Mr. Jennings e Mr. Stone, preferirei che quest'ultimo rimanesse in auto.»

A quanto pareva, Sebastian non era l'unico a considerarsi un pericolo.

«Certamente. La ringrazio» mi affrettai a dire.

«Prego.»

Percorse il vialetto fino alla porta d'ingresso e suonò il campanello. Una donna anziana, che non avevo mai visto prima, aprì la porta.

Non Martin.

Le alte difese che avevo innalzato intorno a me si abbassarono lievemente, e provai un attimo di sollievo nel sapere che non avrei dovuto affrontarlo. Odiavo profondamente il potere che aveva ancora su di me. L'intensa paura che provavo alla sola menzione del suo nome.

Anche se non avevo più timore solo per me stessa, ma anche per mia figlia.

La donna anziana annuì e spalancò la porta, invitando Claribel ad entrare. Poi la richiuse alle sue spalle.

Rimasi lì con il cuore in gola.

Agitata, mi costrinsi a rimanere immobile e aspettare, quando l'unica cosa al mondo che volevo era buttare giù quella porta e trovare mia figlia.

Cinque minuti dopo, la porta si aprì di nuovo.

Una bambina con una chioma di selvaggi riccioli biondi oltrepassò la soglia, e il mio cuore sembrò scoppiare. Il mio petto parve riempirsi di un balsamo che traboccò fin nelle mie vene. Carezzando, lenendo e stimolando ogni centimetro di me.

Deglutii con difficoltà e tremai maggiormente quando il mio sguardo incrociò quei dolci occhi marroni, ancora luccicanti di amore, fiducia e innocenza.

Senza neppure rendermene conto, mi mossi, facendo due passi esitanti in avanti, sapendo che sarei dovuta rimanere ferma.

Ad aspettare.

Mi misi a correre. Goffamente. I miei tacchi picchiettarono sul vialetto e il mio battito cardiaco martellò e sussultò. Ero preda di una frenesia che mi spingeva in avanti.

Claribel si fermò in fondo ai tre gradini che conducevano alla casa, la mano di Kallie ancora stretta nella sua.

A mezzo metro di distanza, inciampai e caddi in ginocchio. Il pavimento di cemento mi strappò le calze e mi graffiò la pelle.

Ma non feci caso a nulla di tutto questo.

L'unica cosa che sentivo era il disperato bisogno di abbracciare mia figlia.

Kallie.

Singhiozzai. Le lacrime scorsero libere e veloci, bagnandomi il viso.

Mi allungai verso di lei e la strinsi a me, schiacciando il suo corpicino caldo contro il mio petto. Affondai il viso nei suoi riccioli e inspirai il suo profumo. L'abbracciai forte e le sussurrai all'orecchio: «Mi sei mancata, Farfallina. Mi sei mancata tanto.»

Dio, mi era mancata così tanto da essere quasi spaventoso.

Terrificante.

Il mio corpo fremette quando tutto il dolore e il tormento che avevo dentro scomparvero violentemente con questo rimedio gradito.

Kallie avvolse con forza le sue piccole braccia intorno al mio collo. «Mamma» disse sommessamente. Quasi volesse accertarsi che fosse tutto vero, che fossi davvero lì. Poi emise un sospiro di sollievo, lasciando andare parte della sua paura e avvinghiandosi a me.

«Va tutto bene, tesoro. Sono qui ora. Sono qui.»

Mi alzai in piedi lentamente, sollevando Kallie tra le mie braccia.

Claribel Sanchez indicò la strada con un cenno del capo. «Dovremmo andare.»

Annuii e strinsi maggiormente il braccio intorno a Kallie, posando la mano libera sulla sua nuca. Lei seppellì il viso nel mio collo, e il suo cuoricino batté forte contro il mio. Le baciai freneticamente la testa. «Sono qui» mormorai di nuovo mentre seguivo l'assistente sociale lungo il vialetto.

Claribel Sanchez aprì la portiera posteriore del Suburban e mise dentro una borsa che fino a due giorni fa non era appartenuta a Kallie. Una parte di me voleva toglierla dall'auto. Gettarla a terra. Ridurla in polvere. Per cancellare ogni ricordo degli ultimi due giorni.

Sia per il bene di Kallie che per il mio.

Invece, girai intorno all'assistente sociale e, con riluttanza, sistemai Kallie sul seggiolino, nonostante odiassi separarmi da lei. Le allacciai la cintura di sicurezza e le diedi un bacio sulla fronte, poi sulla tempia e sul nasino.

Emettendo un lieve risolino, Kallie sollevò il suo viso colmo di fiducia verso di me e un sorriso curvò un angolo delle sue perfette labbra rosse.

Potevo percepire l'intensità dello sguardo di Sebastian, la

sua potente energia che crepitava nello spazio ristretto. Sollevai la testa e incrociai i suoi strani occhi grigi, e vidi il suo pomo d'Adamo muoversi su e giù quando spostò lo sguardo sulla mia bambina.

Affetto.

Amore.

Adorazione.

Mi girò la testa di fronte a quella profonda manifestazione di emozioni.

«Ciao, Baz.» La timida voce di Kallie spezzò l'aria carica di sentimenti, toccandomi nel profondo con la sua dolce cadenza strascicata. Un pizzico della sua infinita esuberanza trapelò dal suo saluto.

Un tenero sorriso piegò la bocca di Sebastian.

«Ehi, coccinella. Sei pronta a tornare a casa?»

Il sorriso di Kallie si allargò. «Sono prontissima» rispose, agitando i piedi.

«Andiamo via da qui» dissi. Incapace di trattenermi, le baciai di nuovo la fronte, prima di costringermi a fare un passo indietro e chiudere la portiera.

Claribel Sanchez, che era rimasta lì accanto ad aspettare, mi rivolse un lieve cenno del capo. «Verrò a controllare che vada tutto bene fra un paio di settimane. Si prenda cura di lei.»

«Sempre.»

Sanchez salì nella sua auto e andò via.

Iniziai ad aprire lo sportello anteriore dal lato del passeggero quando *sentii* la sua presenza dietro di me. Mi si seccò la gola, e mi pietrificai con la mano sulla maniglia.

Fui travolta da un senso di nausea.

Lui avanzò verso di me, e il mio istinto entrò in moto. Il mio corpo rabbrividì, i miei occhi si serrarono e i miei polmoni si compressero.

Mi feci piccola piccola.

Mi sentii sprofondare.

Odiavo il fatto che riuscisse ancora a suscitare questa reazione in me.

Avidità, arroganza e cattiveria mi offuscarono i sensi, e i

miei polmoni bruciarono per la mancanza di ossigeno finché non fui costretta a tirare un respiro profondo.

Quel profumo.

Non sarei mai riuscita a cancellarlo dalla mia mente.

Un odore nocivo che in qualsiasi altra circostanza sarebbe stato piacevole. Ma dal momento che era legato a qualcosa di vile, al ricordo del suo corpo che dominava il mio, impregnandomi le narici e soffocandomi con il suo profumo, fu come se all'improvviso fossi di nuovo una diciottenne. Una ragazzina impaurita con una voce che tutti dichiaravano di adorare... eppure che nessuno ascoltava mai veramente.

Il rammarico mi attanagliò lo stomaco, provocandomi la nausea, e Martin Jennings emise una risata bassa e maligna.

Mi rifiutavo di piegarmi a lui. Lentamente, mi voltai e sollevai il mento, e guardai con occhi socchiusi l'uomo che aveva cercato di portarmi via tutto.

Dilaniandomi.

Fin troppo felice di rovinarmi.

Nello stesso istante, udii la portiera dal lato del guidatore aprirsi.

Un lampo di violenza squarciò il cielo che andava imbrunendosi, e una scarica di aggressività fendette l'aria carica di tensione.

Alle mie spalle, potevo percepire ogni passo di Sebastian mentre si avvicinava con cautela, girando intorno al muso dell'auto.

Lentamente.

Con determinazione.

Pronto a proteggermi.

Mi aggrappai al suo disprezzo appena accennato, lasciando che si moltiplicasse – affinché fosse abbastanza per entrambi – e fissai il volto che desideravo poter dimenticare.

La mia voce vacillò quando parlai, ma tenni duro. «Se hai fatto del male a mia figlia... in qualsiasi modo... giuro su Dio che non mi fermerò finché non desidererai di essere morto.»

Martin Jennings schioccò la lingua con fare di scherno. «Come sei arrabbiata, Delaney. Che buffo. Ho sempre creduto che fossi una pappamolle.»

Il suo alito mi colpì in viso quando si avvicinò maggiormente a me. I suoi occhi, così scuri da essere quasi neri, luccicarono di disprezzo.

La sua bocca si curvò in un ghigno. «Sei sempre stata così ansiosa di compiacere gli altri, facendoti in quattro per ricevere qualche elogio. Mi sorprendi.»

Ogni cellula del mio corpo rabbrividì quando i ricordi degli errori che avevo commesso riaffiorarono alla mente.

Deridendomi.

Memorie di un passato che non avevo mai voluto vivere.

«Non sai niente di me» sibilai, senza arretrare di un centimetro, benché avessi l'impressione che la terra stesse per crollarmi sotto i piedi.

Fui travolta dai ricordi di quando ero un'adolescente. Crescendo, mia madre aveva tenuto le redini della mia vita. Guidandomi dove voleva lei. Mi ero sforzata di diventare la persona che voleva che io fossi, desiderosa di ottenere la sua attenzione. Ansiosa di renderla orgogliosa. Disperata di ricevere una dolce carezza o un tenero abbraccio o un qualsiasi gesto d'affetto, piuttosto che sopportare il peso della sua insoddisfazione carica di odio.

La tristezza mi avvolse.

Sia lei che Martin avevano usato quel mio punto debole a loro vantaggio.

Approfittandosi di me.

Mia madre gli aveva permesso di prendere il controllo di ogni aspetto della mia vita. Cambiando la mia immagine. Il mio nome. Le canzoni che cantavo. Non ero stata altro che la sua bella marionetta da usare a suo piacimento, e che in breve tempo aveva reclamato come sua.

Un ignaro agnellino condotto volentieri al macello. Talmente cieco da non vedere ciò che l'attendeva dietro l'angolo.

Finché non avevo scoperto cosa c'era in agguato dietro di esso.

Sentii Sebastian avanzare ulteriormente. La tensione era palpabile nella forza dei suoi respiri, e lo sguardo di Martin guizzò oltre la mia spalla verso di lui, prima di tornare su di me. Mi rivolse un sorrisetto beffardo.

«Vedo che hai scavato nella spazzatura per trovare un briciolo di quell'attenzione che hai sempre desiderato disperatamente» mi schernì con una risatina. «Che tristezza. Che *spreco*.»

L'ultima parola fu pronunciata con una punta di insulto, e percepii la rabbia di Sebastian pulsare alle mie spalle. Era chiaro che si stava sforzando di trattenersi dall'aggredirlo.

Martin emise uno sbuffo dal naso, e capii che anche lui se n'era accorto.

«Forza, Mr. Stone, attaccami. Non ci sarebbe modo migliore di terminare questa giornata che guardarti mentre vieni trascinato via in manette.»

«Sta' lontano da noi» lo avvertii in un sussurro appena udibile.

Martin scoppiò a ridere. «Pensi davvero di aver vinto oggi, Delaney? Pensi che sia finita?» La sua voce si abbassò. «L'hai dimenticato?»

Il terrore mi fece formicolare la pelle.

I suoi occhi scuri luccicarono di malevola soddisfazione e la sua bocca si contorse in un macabro ghigno, come se provasse gioia nel vedere la mia reazione. «Inoltre, ho appena cominciato a conoscere *mia figlia*.»

Le parole 'mia figlia' furono pronunciate in tono perverso e carico di disprezzo. Volevo vomitare.

«Cosa vuoi da noi?» La mia voce si ruppe. Sapevo che la mia domanda suonava come una supplica.

Sebastian mi avvolse un braccio intorno alla vita e premette la mano sulla mia pancia, attirandomi a sé. «Shea, no» mi esortò, cercando di tirarmi indietro e impedirmi di essere risucchiata dalla fogna che era Martin Jennings.

Quest'ultimo scrollò una spalla con noncuranza e ignorò Sebastian, il suo tono ingannevolmente dolce. «Suvvia, Delaney. Credevi davvero che non sarei tornato da te? Ho promesso che l'avrei fatto. E non infrango mai le mie promesse. Ricordi che cosa mi sei costata?»

Mi guardò in modo significativo. Rammentandomi il passato. Ma quello a cui alludeva non riguardava quanti soldi aveva perso a causa della mia fuga. Quanto piuttosto che cosa aveva avuto intenzione di fare con quei soldi. Soldi che mi erano stati praticamente rubati per colpa dei contratti che ero stata persuasa a firmare. Contratti in cui veniva detto che tutte le royalties andavano a Martin e a mia madre. L'ingenuità dei miei diciotto anni aveva avuto di nuovo la meglio su di me.

Lester Ford era un nome che avevo voluto dimenticare. Per anni ci ero quasi riuscita. Ma sentir pronunciare il suo nome al notiziario circa un anno fa aveva riacceso tutte le mie paure. L'annuncio che il magnate del Tennessee si era candidato per concorrere alla carica di governatore mi aveva mandato nel pallone.

Stupidamente, avevo ignorato l'importanza di quel fatto. Avevo continuato a fingere.

La rabbia mi attanagliò il petto. «Non ti devo nulla.»

Martin rise come se fossi una sciocca, poi lanciò un'occhiata al finestrino oscurato del Suburban. «Non dimenticare che è anche mia figlia.»

La sua affermazione venne fuori come un'altra minaccia. Quest'uomo rivoltante stava usando la mia bambina contro di me.

La considerava sacrificabile.

Un oggetto.

Una proprietà.

Proprio come mi aveva trattato mia madre quando mi aveva consegnata a lui.

O più propriamente, venduta.

Ero stata troppo accecata dal mio desiderio di compiacerla per vedere le cose per quello che erano veramente.

Ma non ero più quella ragazza spaventata.

Martin sollevò il mento verso Sebastian. «E non puoi immaginare il piacere che proverò nel distruggere in un colpo solo le due persone che sono in debito con me più di chiunque altro. Suppongo che dovrei ringraziarti per fartela con questo rifiuto umano, Delaney. Non potrei chiedere uno scenario migliore.» Si piegò in avanti e mormorò al mio orecchio. «Mi *assi-*

curerò il tuo silenzio.»

Sussultai e Sebastian ringhiò.

Quando Martin indietreggiò, il suo sorriso feroce, sfrontato e astuto mi rizzò i peli sulla nuca. Girò sui tacchi e si avviò verso la casa.

Senza dubbio, neppure lui aveva dimenticato la *mia* promessa.

La tremula e stupidamente audace promessa che avevo fatto quando era venuto in ospedale il giorno in cui era nata Kallie.

Quella con cui avevo dichiarato che avrei smascherato lui e Lester Ford se non avesse lasciato me e Kallie in pace, insinuando che avevo delle prove che l'avrebbero distrutto se mi fosse successo qualcosa.

Mi aveva risposto che non ero altro che una sciocca per pensare di avere un qualsiasi tipo di controllo, e che sarebbe venuto a cercarmi quando fosse arrivato il momento giusto.

Forse sapeva che avevo bluffato. Ricorrendo a ogni mezzo per proteggere mia figlia.

Ciononostante, ero certa che avevamo girato intorno a quelle minacce per anni. Ognuno di noi in balia del ricatto dell'altro.

Ma perché ora?

«Ti combatteremo» dichiarai in un grido spezzato.

Martin si fermò e, lentamente, si guardò oltre la spalla.

Feci l'impossibile per pronunciare le mie parole con voce ferma, per evitare di cedere e dargliela vinta come avevo sempre fatto. «E ti prometto che farò di tutto per assicurarmi che tu bruci all'inferno.»

Martin cominciò a voltarsi di nuovo, quando dissi: «E il mio nome non è Delaney. Lei è morta tanto tempo fa.»

Il sorriso sul suo viso parve soddisfatto, poi scosse la testa come se fosse contento. «Mi sorprendi di nuovo, Delaney Rhoads» mormorò, andando via.

8

SEBASTIAN

Il sole stava appena tramontando dietro gli alberi quando mi fermai davanti alla casa di Shea.

Kallie si era addormentata già da tempo.

Shea scese dall'auto e andò subito da sua figlia. Prendendola in braccio. Tenendola stretta. Proteggendola.

Io fui altrettanto rapido. Mi misi al suo fianco e le poggiai una mano alla base della schiena mentre percorrevamo il vialetto.

Un paio di paparazzi erano appostati in fondo alla strada a scattare foto, ma per fortuna furono abbastanza saggi da lasciarci in pace.

La porta d'ingresso si spalancò e April si precipitò fuori con le mani premute sulla bocca.

Sollievo.

Lo provavamo tutti.

Anche se mi prudevano le mani dalla voglia di fare Jennings a pezzi. Arto dopo arto. Lentamente. Meticolosamente. Permanentemente.

Quell'incontro mi aveva lasciato con una furiosa violenza

che richiedeva una valvola di sfogo e con un mucchio di nuove domande che esigevano risposta.

E presto.

Shea salì i tre gradini che conducevano al portico, e Kallie si destò e sollevò la testa. La confusione nei suoi occhi marroni si trasformò in comprensione, e il suo sguardo si illuminò di gioia, dolcezza e sollievo. Si rilassò subito nel rendersi conto di dove si trovava.

Shea le diede un bacio sulla tempia. «Sei a casa, Farfallina» sussurrò.

Kallie si aggrappò al collo di sua madre, stringendola con la stessa forza con cui il mio petto si strinse per tutte le emozioni che non avevo mai pensato di poter provare.

Una sensazione più intensa di quanto potessi sopportare.

Fottutamente troppo travolgente, troppo luminosa e pura. Accecante. Talmente bella da essere quasi schiacciante.

April carezzò il viso di Kallie quando Shea le passò accanto. La bambina alzò lo sguardo e le rivolse quel suo prezioso sorriso.

«Zia April.» La sua voce era flebile, ma l'amore che brillava nei suoi occhi era sufficiente.

«Kallie» disse April, singhiozzando.

Probabilmente, Kallie non era pronta a rispondere alle domande che dovevamo chiederle.

Era evidente dal modo in cui si aggrappava a sua mamma. Era silenziosa. Mogia.

Ancora in balia dell'ondata di sollievo.

Shea si sedette con lei sul divano e la cullò, mormorando mille rassicurazioni.

Sei al sicuro.

Ci sono io con te.

Non permetterò mai a nessuno di farti del male.

«Puoi chiedermi... dirmi tutto ciò che vuoi» disse Shea a bassa voce sulla sommità della sua testa. «Appena sei pronta.»

Dio, Shea era la mamma più incredibile che esistesse, e fui trafitto da una profonda consapevolezza mentre le guardavo.

Mie.

La vocina angelica di Kallie ruppe il silenzio carico di tensione. «Possiamo guardare Nemo?»

Shea non riuscì a trattenere la breve e piagnucolosa risata che le sfuggì dalla gola, perché la domanda di Kallie non si avvicinava neanche lontanamente a quello che lei aveva in mente.

Ma forse c'era un certo conforto anche in quello.

Nel fatto che Kallie desiderasse fare qualcosa di normale.

«Sì, tesoro, possiamo guardare Nemo» rispose Shea dolcemente, abbracciandola più forte.

Ci sedemmo tutti sul divano e abbassammo le luci. April salì silenziosamente al piano di sopra dopo aver dato un bacio a Kallie sulla fronte e poi uno a Shea, e dopo avermi lanciato uno sguardo circospetto ma carico di gratitudine. Nello stesso modo in cui mi guardava da quando ero tornato. Come se sapesse bene quanto me che avevo portato problemi nella vita di Shea.

Come se anche lei sapesse che Shea aveva bisogno di me.

Quasi disperatamente come io avevo bisogno di lei.

Shea si rannicchiò contro il mio fianco, le gambe sollevate sul divano e Kallie accoccolata tra le sue braccia con la schiena contro il suo petto.

Avvolsi un braccio intorno alle spalle di Shea e intrecciai le dita nei riccioli selvaggi di Kallie.

Credevo fosse impossibile, eppure in qualche modo questa bambina riuscì a rubare un altro pezzetto di me.

Non sapevo se dipendesse dal fatto che apparteneva a sua madre.

Che era parte di Shea.

La splendida ragazza che con un solo sguardo mi aveva fatto perdere la testa.

Nell'istante in cui l'avevo vista per la prima volta, avevo capito che la mia vita era cambiata per sempre.

Non avrei mai immaginato che mi sarei innamorato così perdutamente, al punto da non essere più lo stesso.

La televisione lampeggiava e baluginava, rischiarando la stanza buia mentre il film veniva riprodotto.

Il gioco di luci e ombre creato dallo schermo illuminava la

loro espressione.

Le mie ragazze.

Shea reclinò la testa all'indietro e mi guardò. La sua tempesta era viva, pacata eppure selvaggia.

Buio.

Luce.

Intensità.

Fragilità.

Provai una stretta al petto talmente forte che mi sembrò di non riuscire a respirare.

Come se fossi appena sotto la superficie.

E stessi annegando.

Ciononostante, ebbi l'impressione di galleggiare su tutto quel calore, su tutta quella luce ed energia.

L'amore era crudele.

Un mostro.

Un salvatore.

Sia angoscia che estasi.

Perché in quel momento mi resi conto che questa vita non valeva la pena di essere vissuta se non la vivevo per loro.

Nell'oscurità, la mia possessività crebbe.

E, simile a una coperta, avvolse entrambe con la mia promessa.

Le circostanze o le conseguenze non avevano importanza.

Il risultato era sempre lo stesso.

Avrei fatto di tutto, rinunciato a ogni cosa, fatto qualsiasi sacrificio per tenerle al sicuro.

Per renderle felici.

Per farle restare insieme.

A qualunque costo.

«Fa' attenzione, coccinella» dissi a Kallie alle mie spalle mentre riempivo d'acqua una grossa pentola sotto al rubinetto del lavello. Appollaiata sul bancone al centro della cucina in stile country, Kallie ballava al ritmo di *Brown Eyed Girl* di Van Morrison che risuonava dalla piccola radio situata accanto a lei, agitando le gambe e le braccia.

Nessuna canzone al mondo sembrava più appropriata.

«Non preoccuparti, Baz.» Pronunciò il mio nome come una ballata, con un suono sia acuto che grave. Un ampio sorriso le spuntò sul viso, mettendo in mostra i suoi dentini perfetti. «Sono tanto, tanto grande, sai. Fra sei mesi farò cinque anni. *E* sto super attenta.»

Okaaay, pensai tra me e me. La piccolina non era affatto timorosa di mettermi in riga.

Kallie non perse un battito e si lasciò trasportare di nuovo dalla canzone.

Il sole del pomeriggio filtrava attraverso le finestre, riversando i suoi raggi nella chioma selvaggia dei suoi riccioli. Illuminandola. Come se una sorta di aureola la seguisse ovunque andasse.

E accidenti, imparava davvero in fretta.

Era la seconda volta che ascoltava quella canzone?

Stava cantando il testo come se fosse nata per fare esattamente quello.

Dopo aver chiuso il rubinetto, andai ai fornelli, accessi il fuoco e vi posai sopra la pentola piena d'acqua. Mi voltai e mi misi accanto a Kallie, dove ripresi a spalmare il burro sulle due metà della baguette.

Già.

Apparentemente, ero diventato un uomo casalingo.

Lyrik e Ash si sarebbero scompisciati dalle risate.

Guardai Kallie e cercai di non sorridere quando mi rivolse un altro dei suoi larghi sorrisi e batté le mani. «Ah, mamma sarà tanto tanto felice quando tornerà a casa e vedrà che abbiamo preparato la cena.»

Agitò le mani per aria mentre parlava, il tono intriso di innocenza e di una lieve cadenza country.

Terribilmente carina.

Inarcai un sopracciglio. «Tu credi?»

«Mm hmm, ne sono certa. A mamma piacciono le sorprese. Quasi quanto a me.»

Ridacchiai, pensando che Shea sarebbe rimasta sorpresa di sicuro. Io e Kallie eravamo riusciti a mettere sottosopra la cucina in meno di cinque secondi. Kallie era un vero e proprio ciclone, ed io non ero esattamente un esperto in cucina.

Insieme formavamo una coppia formidabile.

«Sai che un giorno farò una festa a sorpresa?» continuò, spargendo un'enorme quantità di sale all'aglio sul pane che avevo appena finito di imburrare. «Metterò farfalle ovunque e avrò un vestito da farfalla e una torta a forma di farfalla. Ah! E ci pittureremo il viso da farfalla, proprio come alla festa di compleanno di Paige, perché era bellissimo e voglio che tutti alla mia festa somiglino a una principessa farfalla.»

Il sale all'aglio stava volando ovunque. L'attenzione di Kallie era rivolta più alla lontana fantasia che stava immaginando che al compito che dovevamo svolgere. Pronunciò la parola compleanno con una marcata cadenza del sud, e un'altra parte indurita del mio cuore si sciolse.

Quant'era vero Iddio, quella bambina aveva poteri simili a quelli di una magica principessa che spargeva ovunque la sua polvere fatata, lanciando un incantesimo per far cadere in ginocchio qualunque uomo incrociasse il suo cammino.

Sicuramente sua mamma possedeva lo stesso potere.

Ero in guai davvero grossi.

Un'altra risatina sfuggì dalle mie labbra, e diedi un colpetto sul naso a patata di Kallie. «Non sono sicuro che sia considerata una festa a sorpresa se la organizzi tu stessa, coccinella.»

Lei arricciò il suo prezioso nasino per la confusione, prima di essere colpita da un'idea. «Perché non ne organizzi una tu per me, Baz?» domandò. I suoi occhi color caramello si spalancarono in una speranzosa supplica.

Non c'era nessuna pretesa o arroganza nel suo sguardo, ma solo meraviglia, speranza e immaginazione.

Sì, ero completamente e totalmente fregato.

Stregato.

Speravo davvero che non avrei dovuto resistere a tutta

quella dolcezza, perché mi era impossibile. Immaginavo che ci fossero regole di ogni tipo sul non viziare un bambino, ma non c'era un briciolo di impertinenza in Kallie Marie Bentley.

Era un'indomita e infuocata sfera di pura dolcezza.

Innocente.

Genuina.

Sincera.

Supponevo che anche queste qualità le avesse prese da sua madre.

Come se dovessi pensarci su seriamente, contorsi il viso con fare meditabondo. «Mmm... non saprei.»

Kallie strinse le mani con trepidazione e se le portò sotto il mento, facendo un sorriso luminoso che mise in mostra i suoi dentini bianchi. «Oh, ti prego, ti prego. Farò la brava, brava e ascolterò tutto quello che tu e mamma mi direte!»

Le rivolsi un ampio sorriso. «In questo caso, penso che si possa organizzare qualcosa.»

«Sì!» esclamò, eccitata. Tutto il suo essere si illuminò come un'improvvisa esplosione solare.

Avvolgendomi con il suo calore.

Ero certo che sarebbe stata la miglior festa che questa città avesse mai visto.

Kallie si dimenò un altro po' sul bancone, ritornando a cantare la canzone e cospargendo il pane con così tanto sale all'aglio che ero sicuro che io e Shea ci saremmo strozzati nel mangiarlo.

Erano passate due settimane e mezzo da quando ci eravamo ripresi Kallie. Avevamo stabilito una routine, nella quale sostanzialmente io trascorrevo ogni momento possibile della giornata con loro. E anche ogni momento della notte. Rimpinzandomi del loro tempo, facendo scorta dei momenti passati insieme per quando la mia vita mi avrebbe condotto via da loro.

Ma stavolta?

Stavolta me ne sarei andato con la promessa di tornare, non importa quanto a lungo la merda nella mia vita le avesse tenute lontano da me.

Appena era tornata a casa, ci erano voluti un paio di giorni prima che Kallie iniziasse a rilassarsi e a comportarsi di nuovo come il suo solito. La prima settimana aveva avuto qualche incubo.

Cazzo, erano state tra le scene più strazianti che avessi mai visto.

Shea le aveva rivolto delle domande in modo gentile, senza farle pressione, ma sempre incoraggiandola ad aprirsi, a parlare e a cacciare tutto fuori piuttosto che tenersi dentro le sue paure. Promettendole che qualsiasi segreto avesse bisogno di rivelare, sarebbe stato al sicuro con loro.

Ero ancora sbalordito dal fatto che Shea si fidasse di me sotto tutti gli aspetti. Che mi reputasse capace di prendermi cura di sua figlia. Di darle l'affetto, l'attenzione e l'amore di cui aveva bisogno.

Di crescerla.

Nessuno di noi due l'aveva dichiarato o pronunciato ad alta voce, ma entrambi sapevamo bene che era quello che stava succedendo. Avevo assunto il ruolo di padre come se fossi stato destinato ad esserlo fin dal principio.

Accettando Kallie come mia figlia.

Mi preoccupavo ancora? Continuavo a chiedermi se far parte della loro vita le avrebbe solo trascinate a fondo? Se avrebbe causato loro altro dolore e altra sofferenza?

Cazzo, sì.

Ogni fottuto secondo.

Immagino che fossi più preoccupato di come sarebbe stata la loro vita senza di me.

O forse era solo il mio egoismo e la mia avidità che mi facevano restare qui e rifiutare di lasciarle andare.

Ma in momenti come questi? Quando ero con Kallie e la facevo sorridere? Quando ero insieme a Shea, pronto a darle supporto, a incoraggiarla e rassicurarla?

In momenti simili dovevo credere che avessi di più da offrire. Credere che tutto quello che Shea vedeva in me fosse reale. La persona che potevo essere realmente. Che magari avrei potuto essere migliore di tutta la merda a cui avevo permesso di gestire la mia vita per troppi anni.

Shea aveva ragione.

Si trattava di scegliere.

E io avevo scelto loro.

Una delle poche consolazioni che avevamo avuto nell'intera situazione, era che il bastardo di Jennings non era stato molto presente nel breve periodo in cui aveva tenuto Kallie in quella casa. Quando Kallie aveva iniziato a sentirsi abbastanza a proprio agio da raccontare delle storie, rivelando piccoli aneddoti su cos'era successo, fu chiaro che l'anziana donna che aveva aperto la porta d'ingresso era stata l'unica a prendersi cura di lei.

Lo stronzo non se ne fregava un cazzo di Kallie.

Non che fosse una sorpresa.

Non era stata altro che una pedina. Una tattica nel suo gioco ipocrita.

La parte peggiore? Eravamo ancora incerti se l'avesse fatto per divertimento o per un tornaconto personale.

Disposi le due metà della baguette su una teglia e la infilai nel forno. Inserii il timer e lanciai un'occhiata all'orologio.

Da un momento all'altro, Shea avrebbe varcato la soglia di casa.

Il mio battito cardiaco aumentò. Era ridicolo che fossi ansioso di rivederla dopo che era stata via solo per quattro ore?

Scossi la testa a quel pensiero.

Mai.

Le cose stavano andando alla grande. Ma questo non significava che non fossimo costantemente in ansia, aspettando che accadesse il peggio. Jennings non aveva insistito sulla questione della custodia dal giorno in cui Kallie era tornata a casa. Si poteva sperare che vi avesse rinunciato.

Ma io e Shea sapevamo che non era così. Stava solo aspettando il momento giusto.

Pronto a tendere un agguato.

Proprio come facevano tutti i predatori.

Kallie cantò a squarciagola l'ultimo ritornello di *Brown Eyed Girl*, deliziandomi le orecchie con la sua dolcissima voce. Fece un sorriso così ampio che mi scaldò il cuore.

«Questa canzone è la mia preferita, PREFERITA, Baz.»

Le scompigliai i capelli. «Molto bella, eh? Mi ricorda un paio di ragazze che conosco.»

«Chi?»

Proprio in quel momento, la porta sul retro si aprì e Shea entrò in cucina, con la sua delicata seduzione e un sorriso raggiante sul viso.

Assolutamente magnifica.

Mi si mozzò il fiato. Non cercai neppure di nascondere il modo in cui la mangiai con gli occhi, carezzandola da capo a piedi con il mio sguardo.

Un brivido di lussuria mi percorse il corpo nello stesso istante in cui una profonda calma si stabilì al centro del mio petto.

Caos e pace.

Shea entrò con passo leggiadro nella stanza, simile a una brezza estiva, tutta riccioli fluttuanti e sorriso gioioso. Quest'oggi la mia ragazza emanava unicamente luce.

Certe volte non sapevo cosa pensare di lei. Era come se dentro di lei infuriasse una guerra costante tra profonda oscurità e irresistibile luce brillante..

Kallie agitò le braccia. «Mamma... sorpresa! Io e Baz stiamo facendo gli spaghetti per cena. Saranno buoni, buoni, buoni! Ti conviene avere fame.»

Shea mi rivolse il sorriso più dolce e riconoscente di sempre, prima di voltarsi verso sua figlia con finto stupore. «Oh mio Dio, mi avete preparato la cena? Gli spaghetti sono il mio piatto preferito. Come facevi a sapere che per tutto il giorno al lavoro ho avuto una voglia pazzesca di mangiarli?»

Shea girò intorno all'isola centrale e posò un bacio sulla fronte di Kallie. Quest'ultima sollevò il viso e la guardò con adorazione e amore incondizionato. Quando Shea le solleticò il pancino, Kallie scoppiò a ridere e afferrò le mani di sua madre, sollevando le piccole spalle fino alle orecchie in preda alla gioia.

Queste due sarebbero state la mia rovina.

«Che sciocchina, mamma. Già lo so che gli spaghetti sono il

tuo piatto preferito. Sono anche il mio. Ricordi?» disse Kallie in tono di rimprovero.

Shea proruppe in una risata gutturale che mi spinse a mangiarla di nuovo con gli occhi. «Certo che mi ricordo. Pensi che dimenticherei una cosa importante come questa?»

«No» rispose Kallie, scuotendo la testa.

Dopo essersi presa un po' di tempo per stare con Kallie, Shea era tornata a lavorare una settimana fa. Aveva cominciato con qualche turno pomeridiano per riprendere il ritmo prima di tornare ai suoi orari regolari il prossimo martedì.

Fra tre giorni.

Avrei dovuto immaginare il putiferio che avrei scatenato quando le avevo detto che mi sarei preso cura di lei. Quando le avevo chiesto chiaro e tondo se volesse restare a casa e smettere di lavorare al *Charlie's*.

Shea non aveva voluto sentire ragioni. Per l'ennesima volta mi aveva detto che non stava con me per i miei soldi o per quello che potevo darle.

Ma il punto era proprio questo. Desideravo darle tutto ciò che avevo.

La cosa peggiore era che sapevo che i miei giorni qui stavano finendo. Una parte di me stava valutando ogni possibile scenario, cercando un modo per convincerla a venire con me. Allo stesso tempo, ero consapevole che non potevo semplicemente entrare nella sua vita e rimuovere lei e Kallie dalla loro casa.

Shea mi colse a fissarla. Deglutii rumorosamente quando i suoi occhi perspicaci incrociarono i miei. Stavolta fu il suo turno di squadrarmi dalla testa ai piedi. Il suo sguardo era pieno di lussuria, desiderio e apprezzamento.

Cazzo, questa ragazza sapeva esattamente come farmi capitolare.

Avanzò verso di me finché le sue tette non sfiorarono il mio petto, poi si sollevò in punta di piedi e mi rubò un bacio.

L'istante in cui la sua bocca si posò sulla mia, l'afferrai per i fianchi, ansioso di baciarla a mia volta. Le diedi un bacio dolce e lento, mantenendolo casto dato che avevamo una bambina come pubblico.

Eppure, Kallie ridacchiò come se fosse la cosa più scandalosa a cui avesse mai assistito. «Dai a mamma troppi baci.»

Mi scostai lievemente da Shea, ma continuai a tenere le mani sui suoi fianchi. «Cosa?» dissi in tono incredulo, prendendola in giro. «Non esiste una cosa come *troppi baci*.»

«Già, già» ribatté Kallie.

Lanciai un sorriso a Shea prima di lasciarla andare e fare due passi verso Kallie. «Intendi così?» Afferrai il suo visino angelico e lo tempestai di schioccanti baci.

Kallie strillò, poi agitò braccia e gambe e proruppe in una risatina stridula. «Basta, Baz! Questi baci mi fanno il solletico!»

«Non riesco... a fermarmi» dissi tra un bacio e l'altro, facendola squittire maggiormente.

Kallie contrattaccò, afferrandomi le orecchie con le sue piccole dita e tempestandomi le guance di baci rumorosi. Poi si piegò all'indietro e mi guardò con i suoi occhi birichini e colmi di gioia. «Ti ho preso!»

Ridendo sommessamente, le sollevai il mento con l'indice. «Mi hai preso.»

Catturato completamente.

Non sarei stato mai più lo stesso.

Riportai l'attenzione su Shea e rimasi spiazzato dall'adorazione che luccicava sul suo viso.

Ancora non capivo come fossi stato tanto fortunato da essere il destinatario di qualcosa di così bello.

Mi avvicinai a lei, le avvolsi un braccio intorno alla vita e l'attirai a me. «Com'è andata oggi?» le chiesi a bassa voce.

Shea mi guardò con un sorriso contento. Era stanca ma totalmente a suo agio. «È stata una giornata impegnativa ma piacevole.»

Posai qualche altro bacio sull'angolo della sua deliziosa bocca. «Bene.»

«Ehi» obbiettò Kallie con un sorriso enorme.

Continuando a sfiorare le labbra di Shea con le mie, borbottai: «Attenta a cosa dici, piccolina.»

«Coccinella» mi corresse Kallie, e accidenti, il mio cuore

batté all'impazzata.

Fuori controllo.

Non ero affatto abituato a tutta questa bontà dopo aver vissuto tanto a lungo nella malvagità.

Ridendo, Shea si districò dalla mia presa e si guardò intorno. Prese subito nota del disastro che c'era nella sua cucina. A parte Kallie, questa stanza era praticamente il suo orgoglio e la sua gioia più grande.

Mi guardò con un sopracciglio inarcato. «E com'è stata la tua giornata?» disse in tono scherzosamente accusatorio.

«Impegnativa ma piacevole» ribattei, infilando le dita nei passanti della sua cintura e dandole un bello strattone.

Lei sogghignò. «Sembra proprio di sì.»

Cominciò una nuova canzone e Shea lanciò un'occhiata alla radio. Ero piuttosto sicuro che quell'apparecchio elettronico avesse trasmesso solo vecchie canzoni country prima del mio arrivo.

Shea spostò l'attenzione su Kallie, che ricominciò a dimenarsi sul bancone. Poi riportò gli occhi su di me. Un'espressione di finto orrore le contorse il viso. «Che cavolo stai facendo ascoltare a mia figlia?»

Imitai la sua espressione inorridita, anche se probabilmente la mia non risultò altrettanto posticcia.

«Che c'è? Ho pensato di far conoscere a Kallie qualche classico.» Feci spallucce. «I Rolling Stones. Led Zeppelin. Sai, avvicinarla poco a poco alla musica. Poi magari passare a qualcosa di punk in vecchio stile, di prepararla prima di introdurla alla roba seria.»

Ebbene sì, pensavo che la bambina avesse bisogno di variare un po' i suoi gusti musicali.

Gli occhi di Shea si spalancarono per lo sgomento. «E la *roba seria* sarebbe?»

Aggrottai leggermente la fronte, prendendola in giro, stuzzicandola un po'. «Non so... Forse conosco un paio di gruppi che potrei farle conoscere.»

«Stai cercando di attirare la mia bambina verso il lato oscuro?» disse in tono civettuolo e scherzoso. Mi afferrò per la maglietta e mi strattonò, facendomi incespicare in avanti di qualche passo.

Non mi dispiacque neppure un po'. Poggiai una mano sulla sua nuca e inclinai la sua testa verso di me. Portai l'altra mano sul punto sensibile alla base della sua schiena e l'attirai a me. «Non me lo sognerei mai, piccola» sussurrai vicino al suo viso, le mie labbra a un centimetro dalle sue.

I suoi occhi incrociarono i miei, e quella solita energia divampò tra di noi. Era sempre così. Un solo tocco. Un unico sussurro.

E prendevamo fuoco.

La voce da campanellino di Kallie mi fece voltare la testa abbastanza da intravedere il largo sorriso che le illuminava il viso. «Quando sei andato a trovare tuo fratello, io e mamma ti abbiamo ascoltato cantare tutta la mattina, Baz. Mamma ha alzato il volume al massimo.»

Lentamente, riportai lo sguardo su Shea, che aveva ancora la schiena inarcata all'indietro, completamente arrendevole nella mia stretta. «È vero?» domandai.

Un intenso rossore le salì su per il collo e le imporporò le guance.

Probabilmente non avrei dovuto eccitarmi all'idea che la mia ragazza ascoltasse le mie canzoni mentre ero via.

Pazzesco che fino a poche settimane fa, il solo pensiero mi facesse star male. Non volevo che la mia dolce e sensibile ragazza assistesse al modo in cui i *Sunder* apparivano sul palco. Tutta quell'ostilità, asprezza e aggressività che vibrava nelle nostre canzoni.

Ma ora...

Ora volevo che lei facesse parte di quel mondo.

Di ogni suo aspetto.

Ogni sua sfaccettatura.

Perché Shea capiva che era una parte essenziale di me.

«Ti manco quando sono via?» Un sorriso curvò un angolo della mia bocca.

Shea si umettò le labbra. «Sempre» ammise con voce roca.

«Brava la mia ragazza.»

Lei si morse il labbro inferiore con tanta forza da sbiancarlo, e accidenti se non desiderai di trascinarla al piano di sopra, gettarla sul letto e sprofondare nel suo calore.

Assaporarla, stuzzicarla e scoparla.

Perdermi nel suo mare di luce e oscurità.

Solo per un po'.

Ma l'acqua sul fuoco stava cominciando a bollire e avevamo una piccina che ci guardava rapita e la cui innocenza doveva rimanere intatta.

Questo aveva la priorità su tutto il resto.

Posai un rapido bacio a timbro sulla bocca seducente di Shea, dopodiché la misi in posizione dritta e la lasciai andare. «Forza, finiamo di preparare la cena. Dobbiamo solo cuocere gli spaghetti e poi possiamo mangiare.»

Shea soffocò il desiderio che formicolava sulla sua pelle dorata. «Mi sembra un'ottima idea.»

Mi avvicinai a Kallie e la sollevai dal bancone. Lei emise un grido acuto e sollevò le braccia, sbattendole come una farfalla mentre la facevo volteggiare per aria.

Sprizzava felicità e serenità da tutti i pori.

Me la misi sulla schiena e l'aiutai a colare gli spaghetti nell'acqua che bolliva.

Era così che sarebbe sempre dovuto essere.

Così che saremmo dovuti essere.

Ci sedemmo tutti e tre al tavolo e condividemmo la cena.

Ed ero certo di non aver mai sperimentato nulla di meglio nella mia vita.

«Sei tutta sporca.» Shea strofinò il naso contro quello di sua figlia mentre la sollevava dalla sedia e la prendeva in braccio.

Kallie aveva il viso impiastricciato dal sugo degli spaghetti, e la maglietta e i capelli imbrattati di pezzetti di pasta. Sembrava che il cibo fosse finito più sul pavimento che nella sua bocca.

«È l'ora del bagnetto.»

Shea si sistemò Kallie su un fianco, poi avanzò con il suo corpo sinuoso verso di me, che ero ancora seduto al tavolo, si chinò in avanti e mi diede un bacio. «Grazie a entrambi per la cena» disse con dolcezza.

Gratitudine.

Sincerità.

Un impeto d'affetto mi attanagliò le costole.

«Quando vuoi» risposi, dicendo sul serio. «Va' a ripulire questa piccolina. Nel frattempo io metto in ordine la cucina.»

Poco dopo, sentii l'acqua scorrere al piano di sopra, così mi alzai e sparecchiai la tavola. Sciacquai velocemente la pila di piatti nel lavello e li caricai nella lavastoviglie. Strofinai i banconi, spazzai a terra e ripulii il casino che io e Kallie avevamo fatto prima, domandandomi per l'ennesima volta come fosse possibile che la mia vita fosse cambiata così drasticamente in pochi mesi.

I *Sunder* sarebbero dovuti essere in tournée per l'Europa a riempire teatri con la loro musica dark e chiassosa, scatenando l'inferno e trastullandosi nella dissolutezza e nel peccato. Invece eccomi qui, in questa cittadina pittoresca a rassettare la cucina della mia ragazza.

Che capovolgimento pazzesco.

Una volta terminato in cucina, attraversai la porta a vento e il soggiorno. Il legno scricchiolò sotto i miei piedi mentre salivo al piano di sopra. Il suono di risate proveniente dal bagno mi attirò verso quella direzione. Schiusi maggiormente la porta e mi appoggiai con la spalla contro lo stipite.

Kallie sguazzava nell'acqua piena di schiuma che le arrivava fino al petto. Shea sedeva sul bordo della vasca. Si era tolta il maglione e adesso indossava solo i jeans e un top aderente, la cui parte anteriore era impregnata d'acqua.

Dannazione.

Spostò lo sguardo su di me, che mi stavo godendo quella vista perfetta, e incrociò i miei occhi.

Calorosa.

Onesta.

Pura.

«Cosa succede qui?» chiesi, come se stessero combinando un sacco di guai, facendo ridacchiare Kallie. Avanzai nella stanza e in quel momento Kallie raccolse una grossa quantità di bolle di sapone tra le mani e le soffiò sulla faccia di Shea.

Quest'ultima strillò, poi scoppiò a ridere e si asciugò, anche se qualche batuffolo di schiuma le rimase appiccicato sul viso. «Penso di essere sotto attacco da parte del mostro di schiuma.»

«Il mostro di schiuma, eh?» domandai, guardando Kallie che cominciò a scuotere la testa con colpevole giocosità.

«No, no» disse con un largo sorriso. «Non sono un mostro.» Si mise un po' di schiuma sul mento. «Sono Babbo Natale.»

Shea sollevò lo sguardo su di me e l'espressione sul suo viso mi riscaldò il cuore.

Gioia.

Gioia.

Gioia.

Il cellulare di Shea squillò nella sua camera da letto. «Ti spiace se rispondo?»

«No, vai pure. Ci penso io a lei.»

Shea mi sfiorò la mano quando mi passò accanto, un semplice tocco che era tutt'altro che banale.

Significativo.

Questo era quello che c'era tra me e Shea, anche in momenti spensierati come questi.

Fiducia e certezza.

Presi il suo posto sul bordo della vasca. «Ehi, coccinella. Hai finito di lavarti?»

Kallie annuì e sollevò le mani che erano diventate raggrinzite. «Sì.»

Ridacchiando, afferrai un telo dal portasciugamani e infilai la mano nella vasca per rimuovere il tappo.

L'acqua turbinò quando cominciò a scivolare nello scarico.

Kallie si mise in piedi in maniera impacciata, la avvolsi nell'asciugamano e la sollevai per le ascelle, portando con noi una grossa quantità di schiuma. «Ecco qua.»

Quando mi alzai, la feci volteggiare. Ovviamente, ciò la fece ridere a crepapelle. Era la bambina più allegra che avessi mai conosciuto.

La sistemai sul ripiano del bagno, con i piedi nel lavandino, il corpicino avvolto nell'asciugamano, le braccia libere e strette lungo i fianchi e le spalle piegate in avanti.

Io ero in piedi dietro di lei per impedirle di cadere.

I suoi capelli erano grondanti d'acqua, così afferrai un altro asciugamano, immaginando che il disastro sulla sua testa avrebbe richiesto più attenzione di tutto il resto.

Cominciai a sfregare il telo sui suoi riccioli spettinati.

Dio, profumava di fragole e dell'odore tipico dei bambini, e quel luogo protettivo dentro di me si allargò.

Era lo stesso luogo che si preoccupava incessantemente per il mio fratellino.

Lo stesso posto che credevo si fosse riempito fino all'orlo già tanto tempo fa.

Rotto e difettoso, composto da senso di colpa e rammarico. Un vincolo distorto.

Ma quel luogo si era trasformato.

Si era allargato.

Ancora, ancora e ancora.

Le passai di nuovo l'asciugamano tra i capelli, afferrando la chioma e tirandole delicatamente la testa all'indietro mentre facevo un'ultima passata. Lei sollevò lo sguardo su di me e le premetti un bacio sulla fronte. «Ecco fatto.»

Presi una spazzola e la passai tra i capelli umidi di Kallie.

Potevo sentire i suoi occhi fissi su di me attraverso lo specchio mentre la spazzolavo.

Alzai lo sguardo su di lei e vidi la meraviglia sul suo viso, un luccichio particolare nei suoi occhi.

Si lavò i denti e, quando la misi giù, corse nella sua stanza ancora avvolta nell'asciugamano, trascinando l'orlo sul pavimento.

Fermandomi sulla soglia del bagno, ascoltai la voce serena e spensierata di Shea provenire dalla sua camera da letto. «Nessun problema, Charlie» disse, così proseguii verso la stanza di

Kallie.

Quando giunsi lì, quest'ultima aveva già frugato nel cassettone e indossato una camicia da notte.

Balzò subito sul letto.

Con una risatina, attraversai la stanza, mi inginocchiai accanto a lei e la aiutai a rimboccarsi le coperte. Kallie sollevò le spalle fino a toccarsi le guance ed emise una timida risatina. La sua espressione divenne identica a quella di quando mi aveva guardato attraverso lo specchio.

Tirò fuori un braccino da sotto le coperte e fece scorrere con esitazione i polpastrelli delle sue piccole dita lungo l'inchiostro inciso sul mio avambraccio sinistro. La mia anima dura, sfregiata e contaminata era in netto contrasto con la purezza di questa bambina. La sua pelle candida come la neve in contrapposizione con la mia oscurità.

«Voglio avere farfalle dipinte sulle mie braccia proprio come mamma le ha sul fianco» disse in un sussurro.

Immediatamente, immaginai questa bambina da adulta. Diciott'anni o di più. Bella quanto sua madre. Le braccia dipinte di luminosi e intricati tatuaggi.

Un pezzo dentro di me si ruppe nello stesso istante in cui si librò.

Sarei stato lì per assistere alla trasformazione di questa bambina in un'incredibile donna?

«Proprio come te, Baz» disse con la sua vocina dolce, il suo sorriso talmente luminoso da farmi sciogliere come un budino al centro del pavimento. «Ne voglio tante, tante.»

Una roca risatina rimbombò dal mio petto, e le tirai un ricciolo ribelle. «Cosa pensi che direbbe tua mamma di questo?»

«A mamma piacciono i tuoi disegni.»

Emisi un'altra risatina, stavolta più profonda. *Decisamente sì*, pensai.

«Posso farne uno adesso?»

«Ehm... no.» Cercai di contenere il mio divertimento. «Devi aspettare finché non sarai grande. Come la tua mamma.»

«E se glielo chiedessi per favore?»

«Sono piuttosto certo che la risposta sarebbe sempre un

grosso no.» Non c'era bisogno che le dicessi che non era affatto possibile.

«E se tu fossi il mio papà? Me lo permetteresti?»

Mi pietrificai e mi si seccò la bocca.

Deglutii l'enorme groppo che avevo in gola quando infine compresi.

Avevo visto le rotelline nella sua testa ruotare. Furba come pochi bambini della sua età, stava girando intorno a un argomento che avevamo evitato per settimane.

Dio, stavo percorrendo un campo minato. Camminando sul filo del rasoio.

Sapevo di essere a cinque secondi dal cadere.

Riflettei su cosa risponderle. «Se fossi tuo padre, ti direi anch'io no, perché alle bambine non è permesso avere tatuaggi. Poi, una volta diventata grande, ti incoraggerei a fare tutto quello che ti rende felice, purché non ferisca te o chi ti sta intorno. Purché sia qualcosa di buono, proprio come te.»

Kallie arrossì e fece un largo sorriso, poi strinse le coperte e se le portò fin sotto al mento. «Penso che mi piacerebbe.»

«Cosa?

«Se tu fossi il mio papà.»

Il mio cuore fece una capriola. Inciampai.

E precipitai.

Precipitai.

Precipitai.

Andando a fondo.

Sempre più a fondo.

Percepii la sua presenza dietro di me. La forza della sua tempesta. Una potente burrasca di energia che riempì la stanza. Attirato da essa, mi guardai alle spalle. I nostri occhi si incontrarono, e ci scambiammo un milione di parole con un solo sguardo. Ebbi la visione di un futuro che per tutta la vita mi sarei sforzato di meritare.

Shea sollevò il mento, dandomi il via libera. Trasmettendomi il suo supporto e la sua fiducia incondizionata. *In me.* La risposta che avrei dato dipendeva unicamente da me.

Ma era impossibile non notare l'intensità dietro il suo consenso. Il veemente zelo con cui proteggeva sua figlia.

Se mi donavo a loro, allora avrei dovuto donarmi con tutto me stesso.

Questo non era un fottuto gioco e non c'era spazio per i ripensamenti.

Lentamente, riportai l'attenzione sulla bambina che aveva cambiato ogni cosa.

Kallie sorrise ancora di più, come se fosse la cosa più naturale al mondo e non avesse appena spostato l'asse del mio universo.

Ma era proprio questo il punto. Era naturale. Era destino. Perché anche se le parole non erano mai state dette, eravamo diretti in questa direzione fin dal principio.

Questa era la strada che avevo iniziato a percorrere quando avevo cominciato il mio corteggiamento, anche se all'epoca non avevo idea della destinazione.

Perché Shea non aveva tempo per gli svaghi o le distrazioni.

Sia lei che Kallie meritavano il massimo. Qualcosa di solido. Permanente.

Fui percorso da un brivido, perché c'era ancora così tanta merda nella mia vita. Così tanti demoni, rimpianti e conseguenze da pagare.

Ma proprio come me, Shea c'era dentro fino al collo.

Conosceva già il tacito accordo.

Cosa avrei dovuto affrontare e dove sarei potuto finire.

E grazie a Dio, era disposta a starmi accanto nonostante tutto.

La mia voce suonò roca quando le parole uscirono dalla mia bocca. «Penso che piacerebbe anche a me.»

9

SHEA

Un bagliore sfocato ricopriva l'enorme stanza come un manto e un'atmosfera spensierata permeava il locale pieno di gente. Da anni, il *Charlie's* era il cuore di Savannah. Un luogo dove le persone convergevano per dimenticare le loro preoccupazioni e angosce. Per lasciarsi andare e sentirsi libere. Per mettersi alle spalle le tribolazioni della giornata. L'intera città sembrava radunarsi qui per avere un attimo di tregua. Si rilassavano tra queste vecchie e rustiche mura che sembravano custodire un milione di segreti. Era come se il legno echeggiasse delle loro confessioni, tenendole al sicuro e protette.

Il segreto mio e di Sebastian era cominciato qui.

Un'inarrestabile attrazione che si era trasformata in qualcosa di magnifico.

Sentii un sorriso spuntarmi sulla bocca, e cercai di concentrarmi sul mio lavoro piuttosto che sull'uomo che rifiutava di abbandonare la mia mente.

Era passata una settimana da quando ero tornata al mio orario regolare al *Charlie's*, facendo i turni serali così da poter stare con Kallie durante il giorno.

Ma le nostre vite non erano tornate affatto alla *normalità*, i nostri giorni erano ben lungi dall'essere ordinari o noiosi. La routine familiare a cui mi ero abituata – una in cui io e Kallie sopravvivevamo da sole – era stata sradicata. Sostituita da una passione che minacciava di consumarmi. Di bruciarmi viva con la sua vitalità e intensità.

Mordendomi il labbro inferiore, spinsi da parte quei pensieri e andai a consegnare le bevande ai tre uomini d'affari seduti al tavolo vicino al palco. Si erano tolti la giacca e arrotolati le maniche della camicia per rilassarsi alla fine di una lunga giornata.

Stasera suonavano due band, e in questo momento c'era un intervallo tra le loro esibizioni. Derrick, il nostro tecnico del suono, aveva messo su una di quelle nuove canzoni country ritmate che adesso risuonava dagli altoparlanti.

La pista da ballo ai piedi del palco era gremita di gente, di coppie che ballavano il two step, perdendosi nell'atmosfera allegra.

Consegnai i drink ad un altro paio di tavoli e poi mi fermai a prendere l'ordinazione di un gruppo di cinque ragazze a stento maggiorenni che avevano appena occupato un tavolo nella mia sezione. Erano qui per festeggiare il ventunesimo compleanno della più giovane di loro. Portavano abiti striminziti che mostravano un sacco di pelle nuda, i capelli acconciati in modo vistoso e un make up pesante. Erano chiaramente in cerca di attenzione.

Sapevo che era il compleanno della più piccola solo perché avevo controllato la sua carta d'identità cinque volte dato che sembrava non avere più di quindici anni.

Ognuna di loro ordinò un cocktail alla frutta. Ridacchiavano e sussurravano come ragazzine delle scuole medie. Rivolsi loro un breve sorrisetto. Anche se non riuscivo a immedesimarmi in loro, non ero tipo da giudicare le persone per il proprio modo di divertirsi. Annotai l'ordinazione e dissi: «Torno subito con i vostri drink.»

Mi feci largo tra la folla riunita intorno agli alti tavolini situati nello spazio aperto di fronte alla pista da ballo, e tornai allo sfarzoso bar che fluttuava come un'oasi al centro del *Charlie's*.

Mio zio Charlie era dietro al bancone.

Il suo perenne sorriso faceva capolino da sotto la sua barba incolta, e il mio cuore batté di piacere a quella vista. Stava miscelando dei drink in uno shaker mentre chiacchierava con un uomo anziano che sembrava impegnarsi al massimo per annegare i suoi dispiaceri. Conoscendo Charlie, stava facendo del suo meglio per risollevare il morale del poveretto.

Quello era il bello di Charlie.

Era un *brav'uomo*.

Tutto quello che faceva era a beneficio di qualcun altro.

Mio zio mi colse a guardarlo con un sorriso mentre mi avvicinavo e mi lanciò un occhiolino. «Ehi, Shea Bear. Tutto bene? Pare che stasera ci siano un po' di clienti selvaggi.»

Tamar si mise al suo fianco. I suoi lunghi capelli erano di un rosso vibrante e le sue labbra erano dipinte di un rosso ancora più acceso. Curvò la bocca in un sorriso sexy e strappò la bottiglia di vodka dalla mano di Charlie. «Tsk. Non sai neppure cosa voglia dire selvaggio, vecchietto.»

Scoppiai in una risata e scossi la testa mentre facevo scivolare sul bancone il tovagliolo su cui avevo scritto le bevande delle cinque ragazze.

«Che c'è? Savannah sta diventando troppo noiosa per il tuo sangue losangelino?» la presi in giro, guardandola con un sopracciglio inarcato. La mia amica Tamar spiccava in questo bar proprio come Sebastian la prima volta che l'avevo visto seduto sul divanetto appartato nell'angolo del locale.

«Mai» ribatté lei con un sorriso. «Mi piace la *noia*. Perché credi che sia rimasta qui finora?»

«Bé... sono certo che è per me, tesoro» disse Charlie, allargando le braccia come se lui fosse il dono evidente che si riceveva nel vivere a Savannah.

Senza dubbio, era un bonus.

Mio zio si prendeva cura di me e Tamar sin da quando avevamo oltrepassato la soglia del *Charlie's* anni fa per rifugiarci qui, ognuna di noi per ragioni diverse. Io ero scappata *a* casa mentre Tamar era scappata *da* casa.

Un'espressione ironica attraversò il viso di Tamar che versò la vodka in tre bicchierini. «Adesso chi è pieno di sé?»

Charlie non aveva smesso di punzecchiarla sin da quando aveva cominciato a lavorare qui, dicendole che si dava troppe arie. Nessuno di noi l'aveva mai vista con un capello fuori posto. Si truccava sempre in maniera vistosa ma impeccabile, indossava vestiti che sembravano essere usciti da una di quelle riviste di motociclismo e aveva la pelle ricoperta di tatuaggi.

Era una forza della natura.

Non si faceva mettere i piedi in testa da nessuno.

Sospettavo che fosse già stata maltrattata abbastanza.

Ma era una ragazza che accoglievi volentieri nella tua vita. Era orgogliosa eppure profondamente leale.

L'espressione di Charlie divenne maliziosa. «Sto solo dicendo la verità, dolcezza. E per la cronaca, il mio locale non è affatto noioso.»

Scossi la testa e risi.

Che presuntuoso.

Il suo sorriso svanì e mi guardò con serietà. «A parte gli scherzi, come va di là, orsacchiotta? Come stai stasera?»

Il sorriso che gli rivolsi era dolce e pieno di gratitudine, con solo un accenno di esasperazione perché il mio robusto e tenero zio aveva portato l'apprensione paterna che mostrava regolarmente nei miei confronti a un livello completamente nuovo.

Ma lo capivo bene. La sua preoccupazione non era solo per me. Era preoccupato anche per il benessere di Kallie, proprio come il resto di noi. Pensava al suo futuro e alla minaccia di quello che poteva succedere.

Il ritorno di Martin Jennings aleggiava in modo sinistro negli angoli della mia mente.

Le settimane erano passate senza ricevere una parola da parte sua. E questo mi faceva stare in uno stato di inquietudine. Costantemente in guardia. Ma mi rifiutavo di vivere la mia vita nella paura di qualcosa che al momento non potevo controllare.

Mi sarei goduta l'armonia di questo periodo e avrei assaporato l'amore che mi era stato donato.

No, non ero una stupida. C'era parecchio di cui preoccuparsi, su tutti i fronti. Ma un'altra cosa che mi aveva insegnato mia nonna era di prendere ciò che ti viene dato e di trarne il meglio. Di vivere la vita al massimo, anche quando sembra vuota. Di vivere come se non ci fossero barriere, anche quando ci sono mura che si ergono davanti a te. Di essere pronta a combattere, anche in tempi di pace. E di essere disposta a vivere in pace quando intorno a te infuriano delle guerre.

E Dio, questa sarebbe stata una guerra.

Me lo sentivo.

Lo sentivo nei recessi più profondi della mia anima. In quel luogo innato sbocciato dentro di me la prima volta che avevo tenuto mia figlia tra le braccia. La consapevolezza di una madre. Un istinto che mi sussurrava, mi avvisava e mi diceva di prepararmi.

Una parte di me era pronta da anni, perché sapevo che Martin non avrebbe mai scordato quello di cui ero a conoscenza.

Ma nel frattempo, mentre restavo in attesa, non sarei fuggita né mi sarei fatta intimorire. Mi rifiutavo di cedere alla tristezza che ribolliva come una minaccia nell'angolo più oscuro di me.

Per ora, sceglievo di vivere.

E quando questa vita mi avrebbe chiamato a combattere, l'avrei fatto.

«Sto benissimo, Charlie. Davvero» gli assicurai.

«Brava la mia ragazza.»

Tamar cominciò a preparare la mia ordinazione quando le doppie porte del locale si aprirono. Anche se stasera c'era stato un costante flusso di persone che entravano e uscivano, la mia attenzione fu immediatamente attratta in quella direzione. Come se non ci fosse nessun altro posto al mondo dove potessi guardare.

Trepidazione.

Un legame assoluto.

Una tensione che solo io potevo percepire.

Sebastian oltrepassò la soglia, con tutta la sua forza, il suo mistero e la sua bellezza deturpata. La lampada appesa alle travi sopra di lui metteva in risalto i lineamenti marcati e cesellati del suo viso. I suoi strani occhi grigi perlustrarono la stanza. In modo predatorio. Impiegarono pochi istanti a individuarmi.

Un brivido mi corse lungo la spina dorsale. Una moltitudine di farfalle sbocciarono nel mio stomaco, svolazzando appena sotto la superficie, provocandomi la pelle d'oca.

Non importava quante volte mi possedesse.

Mi teneva costantemente prigioniera.

Legata e intrappolata.

Senza neppure rendermene conto, andai verso di lui, così rapidamente che sembrò che i miei piedi non toccassero neppure il pavimento, e cancellai la distanza tra di noi.

Sebastian rimase lì immobile sotto il bagliore della luce fioca e soffusa, trasudando quella sua gloria mascolina e quasi spaventosa. Indossava una maglietta nera che aderiva al suo petto muscoloso e che rivelava l'intricato murale d'inchiostro dipinto sulle sue braccia. La storia scritta lì ondeggiava e si muoveva con il contrarsi dei suoi muscoli.

La sua espressione era sia crudele che colma d'affetto.

Devastante.

E pensai che avessi perso un pizzico della mia sanità mentale, un pezzo della mia anima, perché mi venne l'acquolina in bocca e il mio corpo fremette di un desiderio che sfiorava la follia.

Vivido.

Violento.

Pericoloso.

Non feci neppure caso al resto dei ragazzi che entrarono nel locale dopo di lui.

Invece, mi sollevai in punta di piedi e avvolsi le braccia intorno al suo collo, e nello stesso istante lui mi cinse la vita con le sue braccia.

Fui pervasa dal calore e dal sollievo.

La sua deliziosa bocca si avvicinò sempre di più fino a toccare la mia.

Il paradiso.

«Ciao» mormorò con un sorriso, senza interrompere il bacio.

Dio, adoravo quando lo sentivo sorridere contro le mie labbra.

«Ciao» risposi. Con riluttanza, mi staccai da lui. «Pensavo che voi ragazzi doveste provare stasera?»

Non che mi stessi lamentando.

«Abbiamo finito presto» rispose in fretta Sebastian. Sul suo viso selvaggio balenò qualcosa che mi fece sobbalzare il cuore per l'apprensione.

Mi rivolse un sorriso teso e spostai lo sguardo da lui ai ragazzi che riempivano la soglia del *Charlie's* con la loro presenza da rockettari scatenati.

Sembravano quasi agitati.

Ansiosi.

Feroci e ribelli, e palesemente fuori posto.

«Ehi, ragazzi.»

Lyrik si passò una mano tra i capelli neri e arruffati, e le sue dita tatuate risaltarono sotto la luce. Sollevò il mento verso di me in segno di saluto, guardandomi con i suoi occhi simili a carboni ardenti.

Zee si piegò in avanti e mi diede un rapido bacio sulla guancia. «Ciao, Shea» mormorò con dolcezza, lanciando una breve occhiata a Sebastian.

Con circospezione.

Un nodo di terrore mi si formò alla bocca dello stomaco.

Era successo qualcosa.

Distraendomi, Ash fece un passo in avanti e mi avvolse un braccio intorno al collo, mostrandomi il suo sorriso incorniciato da fossette. «Rimanere a casa durante un meraviglioso martedì sera con tutto quello che il *Charlie's* ha da offrire? Questo sì che è ridicolo. Quale uomo sano di mente rinuncerebbe a della buona musica, delle ottime bevande e splendide signore? Perciò, eccoci qui per approfittarne. Dovresti essere onorata della nostra presenza.»

Come al solito, Ash esagerava sempre con i complimenti.

Era un ragazzo fuori dall'ordinario, più arrogante di chiunque altro avessi mai conosciuto, ma anche io dovevo ammettere che questo faceva parte del suo fascino. Senza dubbio, si era lasciato dietro una scia di mutandine strappate in tutto il mondo.

Mi baciò sulla testa e si voltò a osservare l'interno del locale con un sorriso sul viso. «Dimmi che ci hai tenuto libero il nostro divanetto preferito.»

Il divanetto preferito di Ash?

Spostai lo sguardo sul divanetto nascosto nell'angolo più buio della sala. Il posto che nella mia mente sarebbe sempre appartenuto a Sebastian.

A noi.

Un posto che Ash, in tutta la sua grandiosa arroganza, aveva deciso di rivendicare come proprio.

Il lato coraggioso e audace di me voleva correggerlo. Fargli sapere esattamente cos'era avvenuto lì. Ma il lato timido di me si rifiutava *categoricamente*.

Sentii gli occhi di Sebastian su di me e, quando mi voltai verso di lui, vidi il suo sguardo bruciante, carico di malizia e desiderio. Mi morsi il labbro inferiore nel tentativo di soffocare la mia reazione, di nascondere l'imbarazzo e il calore che mi imporporò le guance.

Senza dubbio, la sua mente, proprio come la mia, era tornata alla notte in cui mi aveva spezzato il cuore.

In cui mi aveva marchiata.

Traviata.

Avevo creduto che fosse la fine, quando in realtà eravamo solo all'inizio.

Una coppia era rannicchiata sul nostro divanetto; la ragazza faceva la timida mentre il ragazzo sembrava essere sul punto di balzare su di lei e divorarla.

Apparentemente, quel divanetto era contagioso.

Riportai lo sguardo su Ash, che teneva ancora il braccio intorno alle mie spalle. «Ehm... no. Mi dispiace, ma non pensavo che sareste venuti. Dovrete accontentarvi di un tavolo davanti al palco. Vi va bene?»

Ash emise un finto sospiro scocciato. «D'accordo. Ma in cambio dovrai darci qualche drink gratis» disse, ammiccando.

«Come no! Te lo sogni, riccone. Solo per averlo proposto, annuncerò a tutto il locale che il prossimo giro lo offri tu.»

«Riccone?» Il suo viso si tinse di orrore. «Sei davvero senza cuore, Shea.»

Proruppi in una breve risata.

Non avevo mai incontrato un gruppo di ragazzi che si sentissero così mortificati per la loro ricchezza. Questa cosa era piuttosto dolce e accattivante, e mi faceva provare ancora più amore nei loro confronti.

Amore.

Era la verità.

Ormai consideravo la famiglia non convenzionale di Sebastian come parte della mia famiglia. Proprio come lui si era innamorato della mia bambina.

Udire Kallie chiamarlo *papà* era una delle cose più terrificanti e meravigliose che avessi mai sentito pronunciare dalla sua dolce bocca. Come la prima volta che aveva detto *mamma*. Un suono purissimo e carico di eterna fiducia.

Quei semplici, semplici sogni stavano facendo un valoroso tentativo per diventare la mia realtà.

Kallie continuava a ripetere *papà* per vedere come suonava sulla sua lingua, e ogni volta che lo faceva, Sebastian veniva sopraffatto dall'emozione.

Ci stavamo muovendo in fretta. Come se stessimo sfrecciando attraverso un tunnel luminoso. Catapultandoci verso il futuro alla velocità della luce.

Era sia esilarante che inquietante.

Perché nessuno di noi sapeva dove saremmo giunti. C'erano ancora tante domande rimaste senza riposta, ma era impossibile fermare quell'entusiasmo che ci aveva fatto volare in avanti.

Fui di nuovo travolta dalla sensazione che i miei piedi non toccassero terra. Come se fossi sospesa per aria e stessi fluttuando nel più sublime dei sogni.

Ash aumentò la stretta intorno alle mie spalle e si sporse in avanti per guardare Sebastian. «Dì alla tua donna che lavoriamo duro per guadagnarci i nostri soldi.»

Il viso di Sebastian si accese di divertimento e i suoi occhi caldi mi infiammarono.

Diedi ad Ash un colpetto con l'anca. «Oh, scommetto che lavori *duro* eccome.»

Ash ansimò, fingendo di essere scioccato. «La tua battuta è per caso a doppio senso, bellissima e innocente Shea? Credo che il nostro amico qui ti abbia corrotta. E adesso sono decisamente *duro*.»

Mi rivolse un sorrisetto scherzoso che divenne fin troppo compiaciuto quando si voltò verso Sebastian.

Il magnifico viso di quest'ultimo si adombrò in maniera minacciosa, e rimasi senza fiato.

Buon Dio, una simile bellezza sarebbe dovuta essere illegale. Suppongo facesse parte del pacchetto.

«Giù le mani dalla mia ragazza, stronzo, o non sarai più in grado di lavorare *duro* su nulla.»

La mia risata e quella di Ash riecheggiarono per il locale.

Liberandomi dalla presa di Ash, mi avvicinai a Sebastian con un gran sorriso sulle labbra e lasciai che mi circondasse tra le sue braccia.

E lì rimasi.

Le mie viscere si contrassero e si contorsero. Ero nervosa e irrequieta.

La sua mano forte scivolò in modo deliberato lungo la mia schiena fino ai jeans cortissimi che indossavo e mi afferrò saldamente il sedere.

Eccitata.

Già.

Non dimentichiamo che ero sempre, sempre eccitata.

Sebastian strofinò il naso contro la mia guancia, poi si spostò più su e mi carezzò l'orecchio. Inspirò ed espirò, e la sua energia mi travolse come una tempesta. «Mi sei mancata, piccola.»

«Anche tu mi sei mancato.»

Non importava che fossero passate poco più di otto ore

dall'ultima volta che l'avevo visto, era vero.

Quel fatto era un po' terrificante.

Ero profondamente coinvolta.

In un luogo senza fondo.

Insondabile.

Lyrik ci superò e ci lanciò un'occhiata da sopra la spalla mentre si dirigeva verso la marea di gente che affollava il bar. Alzò la voce così che potessimo sentirlo al di sopra del trambusto. «Beviamo o restiamo qui come un branco di cani in calore a guardare Baz che palpeggia la sua ragazza tutta la sera?»

Avanzò ulteriormente nella mischia, attraversando la folla come una forza minacciosa. Era così alto che potei vedere il movimento della sua testa quando si girò verso Tamar per consumarla con il suo sguardo ardente.

Lei praticamente gli ringhiò contro dalla sua postazione dietro il bancone.

La tensione tra di loro era palpabile. Forse Tamar si era abituata all'idea di me insieme a Sebastian, ma questo non valeva per il resto dei ragazzi.

Specialmente Lyrik.

Non riuscivo a capire che cosa desiderasse di più: spaccargli la faccia o strappargli i vestiti di dosso. Le avevo chiesto senza giri di parole se fosse successo qualcosa tra di loro, e lei si era limitata a borbottare qualcosa sugli *stronzi presuntuosi che pensano di potersi prendere tutto quello che vogliono* e quanto la renderebbe felice *tagliargli il pisello e ficcarglielo giù per la gola*.

Qualsiasi cosa ci fosse tra di loro, Tamar la stava combattendo con le unghie e con i denti.

Sebastian non si staccò da me mentre seguivamo Lyrik che, a quanto pareva, sapeva esattamente dove andare. Si stava già accomodando su uno sgabello ad uno degli alti tavoli vicino al palco.

«Fa' pure come se fossi a casa tua» lo canzonai.

Mi costrinsi a districarmi dall'abbraccio di Sebastian, che subito dopo si sedette su uno sgabello.

Devi lavorare, rammentai a me stessa, perché l'unica cosa che volevo fare in quel momento era scivolare sul suo grembo.

Annego in te

Lyrik inarcò un sopracciglio con fare altezzoso, l'espressione compiaciuta. Giuro, questi ragazzi erano ingestibili, e avevo un gran bel da fare ogni volta che venivano al *Charlie's*. «È esattamente ciò che ho fatto.»

Zee e Ash occuparono i restanti sgabelli.

Quest'ultimo emise un sospiro esagerato e si rilassò contro lo schienale, scrutando la folla con i suoi occhi azzurri. Calcolatori. Pronto a fare la sua mossa. Era chiaro ciò che aveva in mente.

Per quanto detestassi la mia reazione, non riuscii a soffocare la fitta di gelosia che provai.

Era impossibile non notare il modo in cui le donne sembravano irrefrenabilmente attratte da loro. La maniera in cui voltavano la testa per catturare la loro attenzione. Nessuna era immune all'aura che luccicava intorno a questi quattro ragazzi, un mix di sesso, pericolosa bellezza e lussuria.

Era così tutte le sere, e diventava sempre più ovvio che Sebastian era molto *desiderato*. Che era e sarebbe sempre stato il bersaglio di molte attenzioni femminili. Non potei fare a meno di chiedermi quante volte fosse stato in un locale come adesso, pianificando la sua mossa.

Il dolore mi pugnalò la pelle. Era assurdo che il pensiero di lui con un'altra donna mi facesse star male? Ma avevo l'impressione che avessi aspettato il suo arrivo tutta la mia vita. Non ero mai stata un tipo geloso, ma Sebastian aveva il potere di risvegliare in me le reazioni più stupide. Mi faceva provare cose che non avevo mai provato prima. Saggiare l'impossibile e patire la gioia più squisita.

Spinsi da parte quei pensieri inutili. «Allora, cosa bevete stasera?»

Il viso di Ash si illuminò. «Portaci i nostri soliti drink, tesoro. Ma falli doppi. Abbiamo qualcosa da festeggiare.»

Sebastian sussultò. Con la coda dell'occhio, colsi la sua espressione cupa, che rivelava chiaramente che era a due secondi dall'allungarsi sul tavolo per strappare la lingua ad Ash.

Provai di nuovo la sensazione di essere sospinta in avanti da un'impetuosa ondata di gioia, e allo stesso tempo di essere risucchiata da una risacca invisibile.

Che minacciava di spazzarmi via.

E annegarmi.

La voce di Sebastian era sommessa quando parlò. Quasi timorosa, mi voltai lentamente a guardarlo.

I suoi occhi grigi mi carezzarono dolcemente, come fece la sua voce. «Portaci il solito, piccola.»

«Okay.»

Mi allontanai, anche se potevo sentire l'intensità del suo sguardo a qualsiasi distanza mentre mi facevo strada a fatica tra la folla verso il bar. La seconda band aveva iniziato a suonare e la melodia, già di per sé rumorosa, era diventata man mano più assordante.

Tamar mi guardò accigliata mentre mi porgeva i drink delle cinque ragazze di cui mi ero completamente dimenticata. «Non sembri avere una bella cera» gridò al di sopra della musica.

«Sto bene.»

Lei emise una risatina scettica. «Bugiarda.»

Sistemai le bevande sul mio vassoio e feci una risata incredula. «Sono così trasparente?»

«Sì.» Con un gesto del mento, indicò verso il tavolo dei ragazzi. «Quando si tratta di lui, lo sei sempre stata. Sin dalla prima sera che è venuto qui.»

Scrollai una spalla. «Sul serio, non è nulla. Ho solo... uno strano presentimento.» Scossi la testa. «Per tanto tempo il mio unico obbiettivo è stato venire qui per guadagnare abbastanza soldi per mantenere me e mia figlia e poi tornare a casa da lei. È un po' sconcertante che la mia vita sia stata *scombussolata* in questo modo.»

Tamar sbuffò. «L'amore ha la capacità di *scombussolarti*. Stai solo attenta che non ti faccia perdere la ragione.»

Il suo avvertimento colpì nel segno, risvegliando quell'inquietante sensazione che cercava di prendere il sopravvento da settimane. Una sensazione che avevo represso ripetutamente, restia a dare voce o spazio alle mie paure perché tutto ciò che volevo era trascorrere *questo tempo* con lui.

Il problema era che non volevo che *questo tempo* giungesse

alla fine.

Tamar si era portata avanti con il lavoro e mi passò i drink dei ragazzi, sapendo già cosa avrebbero ordinato.

Sorrisi con gratitudine. «Sei una rock star.»

«Ah, ah. Non così tanto, ma hai un tavolo pieno di rockettari che ti stanno aspettando. Sbrigati, amica. Non puoi lasciarli da soli troppo a lungo o scateneranno un putiferio. Dio solo sa che a Charlie verrebbe un collasso.»

Scoppiai a ridere, perché non era così lontana dalla verità. I guai li seguivano ovunque andassero.

Ressi il vassoio con i drink per entrambi i tavoli, facendo attenzione a non far rovesciare nulla mentre mi destreggiavo tra la folla eccitata. Tutti avevano cominciato a muoversi al ritmo della musica allegra della band country, riempiendo il locale di vivace energia.

Quando superai un gruppo di avventori che bloccavano il mio cammino, vidi che le cinque ragazze festaiole si erano radunate intorno al tavolo di Baz.

E pendevano dalle labbra dei ragazzi.

Sorridendo e flirtando, e suscitando in me un'emozione che non conoscevo affatto.

Dio.

Questa non ero io.

Neanche lontanamente.

Ma ebbi l'irrefrenabile impulso di gettare il vassoio con le bevande in faccia alla tipa dai capelli rossi, perché si stava strusciando contro il mio uomo, sussurrandogli qualcosa all'orecchio, comportandosi in un modo fin troppo amichevole che mi fece venir voglia di staccarle le braccia.

Ma Sebastian...

Sebastian stava fissando me, carezzandomi con i suoi occhi intensi dalla testa ai piedi, come se non avesse mai smesso di farlo. L'accenno di un sorriso curvò un angolo della sua splendida bocca. Quasi riuscisse a leggere i miei pensieri come un libro aperto, una telecronaca della possessività che cresceva in me, onda dopo onda.

Ma sentii la sua promessa.

Ci sarei sempre stata solo io.

Reprimendo le mie insicurezze, avanzai verso di loro e inarcai un sopracciglio al suono delle voci chiassose dei membri della pseudo-famiglia di Sebastian. «Pare che abbiate trovato un po' di compagnia. Suppongo che stiate cercando di facilitarmi il lavoro, stasera. Poso qui tutti i drink?»

Ash lanciò uno sguardo di apprezzamento intorno al tavolo circondato da troppa pelle nuda. «Mi sembra un'idea dannatamente perfetta, bellissima Shea.»

Mi feci largo a spallate tra Lyrik e Baz e poggiai il vassoio sul tavolo. Forse non avrei dovuto sentirmi così compiaciuta quando spinsi la rossa verso Lyrik, ma accidenti, ero pur sempre umana.

Chi poteva biasimarmi?

Passai i cicchetti ai ragazzi e i cocktail fruttati alle ragazze, digrignando i denti per tutto il tempo e cercando di comportarmi con un po' di maturità dato che avevo superato da tempo l'età per fare dispetti. Il che era buffo considerando che mi sentivo come una quindicenne petulante il cui papà le aveva impedito di andare al ballo di fine anno e il ragazzo per cui aveva una cotta aveva invitato qualcun'altra.

Un braccio mi cinse la vita e una mano si posò sulla mia pancia, trascinandomi sul grembo su cui avevo desiderato sedermi appena pochi minuti prima.

Sebastian premette goffamente il mio corpo contro il suo, facendo aderire la mia schiena al suo petto e infilando un ginocchio tra le mie cosce per tenermi stretta a sé.

Un suono scioccato mi sfuggì dalle labbra e sentii il suo respiro sfiorarmi l'orecchio quando parlò con voce roca. «Hai idea di quanto sei sexy quando sei gelosa?»

Emisi un gridolino.

Beccata.

Colpevole.

Non avevo neppure la forza di sentirmi imbarazzata.

«Pensi che voglia quella ragazza?» continuò in tono quasi minaccioso. Fui attraversata da un brivido quando sentii il gemito che riverberò nel suo petto. La sua voce divenne più bassa. Più tenebrosa. «L'unica cosa che desidero in questo momento è trascinarti lungo il corridoio fino al bagno, sfilare questi pantaloncini dalle tue gambe fottutamente sexy e sprofondare in te da dietro. Non voglio altro che guardarti attraverso lo specchio mentre fremi di piacere.»

Fece vagare la mano più in basso e la posò sopra il mio sesso.

Gemetti, e ringraziai Dio che quello che Sebastian stava facendo fosse nascosto dall'alto tavolo e dalla lieve oscurità che ci circondava.

«Voglio guardarti mentre vieni» mormorò con voce roca.

Il mio sangue pulsò e corse più velocemente nelle mie vene, e un delicato rossore soffuse la mia pelle. Schiusi la bocca e voltai la testa di lato, il mio viso così vicino al suo che la sua barba mi sfregò la guancia.

Mi guardò con i suoi occhi intensi.

Desiderio.

Brama.

Lussuria.

Era impossibile fraintendere l'espressione del suo sguardo.

Impossibile da mascherare.

Suppongo che se ne fosse accorta pure la rossa perché intravidi il suo broncio prima che spostasse l'attenzione su Lyrik, che aveva già la festeggiata che gli si strusciava addosso.

Lui non sembrava affatto dispiaciuto, e solitamente avrei alzato gli occhi al cielo, perché non c'era nulla di più ridicolo e cliché di una rock star che si trastullava con due donne contemporaneamente.

Ma ero troppo impegnata a cercare di celare il modo in cui fremevo e rabbrividivo mentre Sebastian faceva scivolare le dita sotto l'orlo sfilacciato dei miei jeans cortissimi.

Santo cielo, era davvero audace. Fin troppo ansioso di cancellare le mie immotivate preoccupazioni con la sua sfacciata sicurezza.

«Capito?» Strofinò il pollice appena sotto il bordo delle mie mutandine. «Non costringermi a dimostrartelo.»

Diceva sul serio? Ero a cinque secondi dal supplicarlo di fare proprio quello.

Cercando di recuperare fiato, afferrai l'estremità del tavolo.

Mi stavo comportando in maniera davvero poco professionale. Accaldata ed eccitata, mi ero scordata di dove fossi perché Sebastian Stone aveva la capacità di farmi dimenticare tutto tranne lui.

Sollevandomi dal suo grembo, mi alzai in piedi. Speravo che non fosse troppo ovvio quanto fossi tremendamente eccitata.

Lyrik mi guardò con palese umorismo, mordendosi il labbro inferiore per soffocare il suo divertimento, mentre le due ragazze si rilassavano maggiormente contro di lui. Ash sorrise come un babbeo e Zee scosse la testa, un sorriso leggermente imbarazzato sulle labbra.

Ehm... ovvio. Decisamente troppo ovvio. Mi infilai una ciocca di capelli dietro l'orecchio in modo impacciato. «Vi porto qualcos'altro?»

Ash sollevò il suo bicchierino. «Rimani... sto per fare un brindisi.» Guardò il resto dei ragazzi. Prima Lyrik, che sollevò il mento e il suo cicchetto contemporaneamente, come se già sapesse cosa dovevano festeggiare. Poi spostò lo sguardo su Zee, che alzò il suo drink con un certo disagio. Infine, posò gli occhi su Baz, che affondò le dita nel mio fianco. Come se si stesse aggrappando alla vita con tutte le sue forze perché la sentiva scivolare via.

Perché sentiva *me* scivolare via.

Ash sollevò il suo bicchiere ancora più in alto. «A un futuro che si prospetta luminoso.»

Avrei dovuto provare conforto alle sue parole, perché Ash sprizzava gioia e incontenibile soddisfazione da tutti i pori.

Ma non era così, perché le dita sul mio fianco si serrarono ancora di più.

Quasi dolorosamente.

Rimpianto.

Rimpianto.

Rimpianto.

Turbinava intorno a noi.

Il gruppo di ragazze alzò i propri bicchieri, ignare di cosa stavano festeggiando, ma desiderose di partecipare al brindisi. «Al futuro!»

Come se qualcuna di loro ne avrebbe fatto parte.

La tensione che percepivo in Sebastian mi spinse a chiedermi se anch'io ne avrei fatto parte.

Feci del mio meglio per concentrarmi sul lavoro e non prestare attenzione al modo in cui Sebastian mi guardò per tutta la serata. Fu praticamente impossibile.

Il suo sguardo penetrante mi seguiva e mi cercava ovunque, trasformando e intensificando le mie sensazioni, rendendole quasi impossibili per me da sopportare.

Volevo supplicarlo di alleviare le mie preoccupazioni. Desideravo che la serata finisse in fretta così che lui potesse avvolgermi tra le sue braccia e rassicurarmi che le emozioni che provavo erano ingiustificate.

La seconda band era ancora sul palco e stava suonando l'ultimo pezzo. Una sfilza di facce indistinte passavano davanti ai miei occhi mentre mi muovevo per il locale, la mia concentrazione fissa sull'unico tavolo che rubava la scena. Predominante rispetto a tutti gli altri.

Quando emersi dalla cucina attraverso le porte a vento e tornai in sala, il mio sguardo si mise subito a cercarlo.

Solo che stavolta, lui non era più lì. Le cinque ragazze erano ancora radunate intorno al tavolo, Lyrik e Ash più che felici di intrattenerle, mentre Zee si teneva a bordocampo, come se non volesse prendere parte al loro gioco.

La sedia di Sebastian era vuota.

Il sangue pompò più velocemente nelle mie vene. Mi mossi nervosamente tra la folla e mi occupai dei clienti vicino alla pista da ballo davanti al palco, rivolgendo loro sorrisi posticci e scambiando falsi convenevoli.

Consegnai degli antipasti ad un tavolo e cominciai ad arretrare.

Fui attraversata da una scarica erotica quando un braccio si avvolse intorno alla mia vita da dietro.

Sebastian sbucò dalla massa di gente e mi attirò verso il centro della moltitudine di corpi che si dimenavano e ondeggiavano sulla pista da ballo al ritmo della musica.

I movimenti di Sebastian erano completamente in disaccordo con quella frenesia, ogni sua azione risoluta, salda e forte mentre mi voltava lentamente tra le sue braccia.

«Balla con me» sussurrò vicino al mio orecchio in modo che potessi sentirlo al di sopra del baccano.

Ed era così dolce, questa costante contraddizione con il suo spirito duro, sfrontato e sfregiato. Questo bellissimo uomo passionale mi avviluppò tra le sue vigorose braccia. Il suo cuore batteva forte, un bum bum bum che rivelava la sua inquietudine.

Completamente circondata da lui, premetti il viso contro la sua clavicola e inspirai il suo profumo. Strinsi disperatamente le dita nella sua maglietta. «Dimmi cosa succede.»

Il sospiro rassegnato che emise mi sfiorò la cima della testa, facendo svolazzare i miei capelli. Mi attirò maggiormente a sé. «Vogliono che torniamo in California questo giovedì.»

La disperazione divampò alla bocca del mio stomaco, espandendosi e toccandomi ovunque con le sue lingue di fuoco.

Mi aggrappai a lui con più forza, stringendo le mani a pugno nella sua maglietta mentre le sue potenti braccia mi abbracciavano, abbracciavano e abbracciavano.

Non riuscivo a respirare.

Sebastian parlò vicino alla mia tempia, e le sue parole riverberarono nelle mie ossa, non udite eppure comprese. «Kenny ha ottenuto una riduzione di pena per le accuse di aggressione.»

Il sollievo invase ogni cellula del mio corpo.

«Niente prigione» spiegò Sebastian. «Dovrò svolgere il servizio civile e pagare una fottuta multa salatissima, tutto qua. Dovrò comparire davanti al giudice per finalizzare i dettagli, ma l'accusa penale è caduta. Martin può ancora perseguirmi con una azione civile, ma non potrà portarmi via da te.»

Allora perché avevo l'impressione che lo stesse facendo comunque?

Il travolgente sollievo che provavo per la libertà di Sebastian era una strana sensazione. Sì, Martin poteva ancora cercare di esercitare il suo controllo su di me, ma non aveva più alcuna leva su di lui; la minaccia di mandarlo in galera per aver difeso suo fratello, per averlo protetto e salvaguardato, era sparita. Tuttavia quel sollievo si scontrava con la consapevolezza che la musica, la vocazione della vita di Sebastian, lo stava infine richiamando a sé.

Anche se sapevo che sarebbe giunto questo momento, trovavo ancora difficile accettare che Sebastian andasse via da me.

Gli stroboscopi lampeggiavano sopra il palco e un caotico anello di corpi ci circondava mentre Sebastian ci faceva ondeggiare lentamente, in netto contrasto con il ritmo incalzante della musica.

Si schiarì la gola e continuò. «La nostra etichetta vuole che torniamo a esibirci subito dopo la mia apparizione in tribunale. Stanno organizzando un breve tour, principalmente negli Stati occidentali. Vogliono che suoniamo in qualche città per creare un po' di fermento prima che torniamo nello studio di registrazione per incidere il nuovo album. I ragazzi sono fottutamente sollevati, piccola. Questa è la notizia che stavamo aspettando.»

Sebastian si ritrasse leggermente, prendendomi il viso tra le mani. La tristezza contorse i suoi lineamenti ben definiti e la sua mascella si serrò mentre faceva i conti con il groviglio di emozioni che si agitava in lui. Mi strofinò delicatamente i pollici sotto gli occhi e serrò le dita intorno alla mia nuca. «Cazzo... solo a guardarti mi si spezza il cuore. Tutto quello che sento in questo momento è scritto chiaramente sul tuo viso.»

Aumentò la stretta su di me per dare enfasi alle sue parole e mi scrutò, intrufolandosi dentro di me, sotto la mia pelle, ovunque.

Rubando un altro pezzo di me.

«Il... trasferimento lì... è permanente?» balbettai, perché questo... questo era ciò che avevamo eluso. Avevamo evitato di parlare dell'inevitabile, preferendo saltare su quel treno ad alta velocità.

Sebastian scosse la testa in un gesto veloce e incerto. Un ci-piglio curvò all'ingiù un angolo della sua bocca. «Non lo so.»

Mi prese la mano e intrecciò le nostre dita, poi sollevò le nostre mani unite e mi carezzò dolcemente le nocche con le labbra. Pronunciò la sua promessa con voce intensa. «Tutto quello che so è che *questo... questo* è permanente. Il resto della mia vita... non lo so. Non ho idea di cosa diavolo farò con mio fratello... con i ragazzi... quanto a lungo potrò continuare a condurre questo stile di vita. L'unica cosa di cui sono certo sei tu. Ma so anche che per adesso *non posso* cambiare questa situazione, Shea.»

«Ti ho detto che non ti avrei mai chiesto di rinunciarci. È parte di quello che sei. È ciò che ti rende meraviglioso e una delle poche cose che ti rendono davvero felice.»

Baz accostò il viso alla mia tempia e annuì, perché anche lui lo sapeva.

Un silenzio irreale ci avvolse in un bozzolo di apprensione, incognite e incertezze.

«Cosa significa questo per noi?» chiesi infine. Il suo cuore martellava sotto il tessuto sottile della sua maglietta.

Ritraendosi, mi inchiodò con il suo sguardo risoluto. «Quando finiamo il tour nella West Coast, voglio che tu venga in California.»

Il mio spirito si rianimò a quell'idea, prima che la realtà si abbattesse su di me. Perché proprio come lui, anch'io avevo le mie responsabilità. «Non posso andarmene da qui, Sebastian, e stravolgere la vita di Kallie. Questa è casa nostra.»

«Non ti sto chiedendo di impacchettare la tua roba e trasfe-rirti ora. Ti sto chiedendo di venire a Los Angel per un po' e dare un'occhiata alla città. Vedere dove vivo e che cosa faccio. Decideremo come procedere in seguito, giorno per giorno. Purché ognuno di quei giorni ti conduca sempre al mio fianco.»

Ancora avvinghiata a lui, scoppiai quasi a ridere. «Odio Los Angeles, ricordi?»

Baz sollevò il viso verso il soffitto e ridacchiò, poi mi rivolse il suo sorriso più brillante. «Non sei una ragazza da grandi città, eh?»

Stavolta non riuscii a trattenere la mia debole risata mentre entrambi ricordavamo la prima notte in cui mi aveva persuasa a salire sulla sua moto, quando mi aveva stuzzicata, infiammata ed eccitata contro il muro esterno di casa mia, tentandomi in tutti i modi in cui un uomo non era mai stato in grado di fare fino ad allora.

Quando avevo opposto resistenza, rifiutandomi di cedere, scioccamente convinta di poter sfuggire a quello che c'era tra di noi.

«Preferisco Savannah» dissi in tono leggero, ripetendo la stessa risposta che gli avevo dato quella volta. Abbassai la voce e mormorai con sincerità: «Ma solo quando ci sei tu.»

Adesso... adesso non ero tanto sicura di poter continuare a vedere questo posto nello stesso modo dopo che sarebbe partito.

Perché non ero più la stessa.

E quando si cambia, è impossibile rimanere nello stesso posto.

10

SEBASTIAN

Mi mossi a disagio sulla dura sedia di legno. Avevo i nervi a fior di pelle. Solo perché Kenny aveva risolto la questione e il patteggiamento era stato accettato da entrambe le parti, non significava che fossi rilassato. Anzi, il contrario.

Essere nella stessa stanza con Martin Jennings era una punizione in sé per sé.

Il mio ginocchio rimbalzava un milione di volte al minuto. Kenny mi lanciò uno sguardo. *Calmati.*

Non potevo.

Mi rendeva forse un uomo spietato il fatto che mi prudessero le mani dalla voglia di alzarmi in piedi nel bel mezzo dell'aula di tribunale e far fuori Jennings?

Quest'ultimo era seduto all'altro lato della stanza, anch'egli rivolto verso il giudice. Ciò non significava che la sua arroganza non riempisse l'intera aula, inquinando l'aria. Avevo la sensazione di soffocare.

Mi strattonai il colletto troppo stretto e armeggiai con la cravatta.

«Mr. Stone» disse il giudice, un uomo burbero e calvo. «È

d'accordo con il patteggiamento accettato dai procuratori legali?»

«Sì, signore» risposi con voce strozzata.

Lui annuì e guardò i fogli che aveva davanti attraverso gli occhiali da lettura dalla montatura in metallo. Non alzò lo sguardo su di me quando lesse i termini dell'accordo, la somma della multa e le condizioni del servizio sociale.

Sapevo che avrei dovuto ringraziare la mia buona stella che non mi sarei ritrovato col culo dietro le sbarre, ma diamine, questa situazione di merda mi rodeva. Quello stronzo di Jennings sedeva lì completamente calmo e rilassato, come se fosse un uomo irreprensibile e non il parassita qual era.

Da qualche parte lungo la via, queste ridicole accuse di aggressione erano andate in secondo piano rispetto a qualsiasi malevola intenzione avesse nei confronti di Shea e Kallie. Sì, volevo districarmi da questo casino legale. Soprattutto perché significava che sarei stato libero e meglio equipaggiato per prendermi cura delle mie ragazze.

Il giudice continuò a leggere. «L'imputato non potrà avvicinarsi a meno di cento metri dalla vittima...»

Giusto.

Mi stavano dicendo di stare alla larga da Jennings. Se solo questo l'avesse tenuto lontano da Shea e Kallie.

Il giudice concluse e si alzò in piedi, e noi facemmo altrettanto. Quando si ritirò nelle sue stanze, Kenny si voltò verso di me e mi diede una pacca sulla spalla. «Congratulazioni, Sebastian.» Socchiuse gli occhi in segno di avvertimento. «Tieniti fuori dalle aule di tribunale, intesi?»

Gli strinsi la mano. «Farò del mio meglio.»

Una risata asciutta scaturì dalle sue labbra. «Penso che dovrai *scavare a fondo* per trovare quel meglio.»

Mi conosceva bene.

Seguii Kenny oltre il cancelletto dove ci aspettava Anthony, facendo del mio meglio per non guardare nella direzione di Jennings. Probabilmente meritavo una pacca sulla schiena considerando che potevo percepire il suo sguardo pretenzioso perforarmi la nuca.

Anthony mi diede una stretta di mano. Aveva un sorriso soddisfatto sul viso. «Te l'avevo detto che non avremmo permesso che andassi in galera. Questa è una buona cosa, Baz. Davvero buona.»

«Non mi deludi mai.»

Il suo sorriso divenne caloroso.

Kenny ci condusse fuori dall'aula, lungo il corridoio e fuori dal tribunale.

Una sfilza di flash fotografici lampeggiarono.

Ciò non mi sorprese.

I paparazzi si fiondarono su di me l'istante in cui superai la porta.

«Mr. Stone, può dirci l'esito delle accuse per aggressione?»

«Poco tempo fa, ha rilasciato una dichiarazione pubblica confermando la sua relazione con Delaney Rhoads... o Shea Bentley, eppure lei è qui a Los Angeles mentre Miss Bentley è rimasta a Savannah. La vostra relazione è terminata?»

Sapevo che era una cattiva idea dar loro corda, ma non potevo tenere la bocca chiusa di fronte a quella domanda.

«Io e Miss Bentley stiamo ancora insieme.»

Anthony mi afferrò il braccio, come faceva sempre quando entrava in modalità professionale. «Mr. Stone non risponderà a nessun'altra domanda questo pomeriggio. Potete rivolgere le vostre domande al mio ufficio.»

Attraversammo la strada e ci dirigemmo verso il mio pick-up situato nel parcheggio adiacente.

Avevo lasciato sia la mia auto che il Suburban a Savannah con Shea. Non ero riuscito a trattenermi. Avevo voluto lasciarle qualcosa di mio, come una sorta di promessa che questo periodo in cui eravamo divisi non era davvero una separazione, che sarei tornato da lei e Kallie appena avrei potuto.

Erano passati solo cinque giorni e mi mancavano già da morire. Mi mancavano le loro risate e la loro gioia. La spensieratezza che provavo in casa loro e che ormai consideravo come mia.

Giunti al marciapiede, salutai Anthony, che salì sul sedile posteriore dell'auto che lo aspettava. Premetti il pulsante sulle chiavi e aprii lo sportello del mio pick-up.

Senti una presenza minacciosa, simile alla peste, avvicinarsi alle mie spalle.

Cazzo.

Mi passai una mano tra i capelli, restio a voltarmi, sapendo bene chi avrei trovato. Ma lo feci comunque, perché cos'altro diavolo avrei dovuto fare?

Martin Jennings era a circa quarantacinque metri di distanza, molto più vicino dei cento metri che il giudice aveva appena ordinato. Il bastardo mi stava provocando. Stava tentando di scatenare la rabbia che stavo facendo del mio meglio per tenere sotto controllo.

Qual era il protocollo in questi casi? La mia mente pullulava di domande. Non ero stato io a cercarlo, ma non avevo proprio idea di cosa comportasse l'ordinanza del tribunale. Sembrava che dovessi capirlo da solo.

Adesso.

Emisi una risatina amara mentre mi voltavo, rimanendo fermo vicino alla portiera aperta del mio veicolo. «A cosa devo questo *dis*piacere?»

«Pensi di averla fatta franca?»

«*Io* l'ho fatta franca?» Le mie parole erano intrise di sottintesi. Di tutte le porcherie che sapevo su di lui. Magari non tutte le avevo sperimentate in prima persona, ma Dio solo sapeva che il mio fratellino ne aveva patite parecchie.

Austin aveva ammesso abbastanza cose da farmi capire che erano stati gli uomini di Martin ad aver fornito la roba sia a lui che a Mark. Non mi fregava un cazzo se questo mi rendeva uno spione. Se fosse servito a tenere Kallie e Shea lontano dalle sue grinfie, mi sarei preso volentieri quel maledetto appellativo.

Sarei bruciato all'inferno.

Fintantoché significava che avrei potuto proteggere i membri della mia famiglia. Ognuno di loro era legato a questo pezzo di merda, in un modo o nell'altro.

«Ti avevo avvertito che avresti rimpianto di rompermi i coglioni, e io mantengo sempre le mie promesse.»

Serrai i pugni lungo i fianchi. «Ti piace incasinare la testa delle bambine? Spaventarle e farle chiedere cosa diavolo sta succedendo nella loro vita? Costringere Kallie a trascorrere due giorni in tua presenza è stato un pagamento più che sufficiente. Un solo secondo era già troppo.»

Un'ingiusta e crudele punizione.

Una tortura.

Per tutti noi.

Lui mi sbeffeggiò. «Quello è stato un semplice avvertimento.»

«Cosa vuoi?»

«Quello che Shea mi deve.» I suoi occhi scuri luccicarono di arroganza e disprezzo. «Tutto.»

Raddrizzò le spalle e sollevò quel suo mento sfregiato che avrei voluto deturpare un altro po'. «Come le ho detto, annientarti insieme a lei è solo un bonus.»

Mi fissò come se il mondo gli dovesse qualcosa e fosse venuto a riscuotere.

No, mi correggo.

Come se lui possedesse il mondo.

Intoccabile.

Il mio autocontrollo quasi si spezzò; un impeto di aggressività che minacciava di scatenarsi. «Shea non ti deve nulla» ringhiai.

«Penso che scoprirai che non è vero. Me l'ha assicurato quell'avida di denaro di sua madre con i contratti che desiderava così tanto che la figlia firmasse. Quando Shea li ha violati, ha consolidato il tutto, e quella bambina l'ha garantito.»

Kallie.

Kallie.

Kallie.

Inspirai bruscamente al suo tono di disprezzo perché *quella bambina* era diventata la *mia bambina*.

«Sta' lontano da loro. Sta' lontano dalla mia famiglia. Sta' lontano da me.» Le parole mi graffiarono la gola quando le pronunciai, e mi aggrappai agli ultimi brandelli del mio autocontrollo.

L'ultima cosa di cui avevo bisogno era cedere alle sue provocazioni. Sapevo che questo stronzo mi voleva in carcere. Fuori dai piedi.

Si trattava di questo?

Voleva liberarsi di me?

Jennings emise un sonoro sbuffo dal naso.

Incredulo.

Sprezzante.

«Shea aveva degli obblighi ed è venuta meno ad essi. Questo non significa che non mi aspetto un risarcimento. Proprio come Mark.» Pronunciò l'ultima frase come una minaccia.

Mark.

Mi afferrai la testa.

Dolore.

Terrore.

Domande.

Troppe.

Cercai di rimanere saldo di fronte a quel colpo, perché mi sembrava di essere sotto un potente attacco.

Shea.

Kallie.

Mark.

Austin.

Come poteva un solo uomo essere legato a tutte le persone più importanti della mia vita?

Cazzo.

Serrai la mano intorno alla maniglia della portiera del pick-up. Dio sapeva che ero a un passo dal perdere le staffe.

«Non azzardarti a toccarla» lo avvisai. «Se solo pensi di farle del male, puoi considerare la piccola festa che abbiamo avuto l'ultima volta che mi sono presentato a casa tua un preludio di quello che ti aspetta.»

I teppistelli come tuo fratello non ce la faranno mai.

Non avrei mai dimenticato quello che aveva detto.

Come se Austin non avesse alcun valore. Come se la sua vita fosse inutile. Avevo perso completamente la ragione, ogni freno. E adesso sembrava che mi stesse supplicando di fare la stessa cosa.

Jennings rise, gli occhi luccicanti di una gioia perversa. «Hai dimenticato chi sono, Sebastian Stone?»

Denaro.

Potere.

Avidità.

Arroganza.

Si aggiustò i polsini della giacca e abbassò la testa per osservare i suoi movimenti, e allo stesso tempo mi guardò con la coda dell'occhio da bastardo presuntuoso qual era.

«Mi prenderò tutto ciò che voglio. Shea è mia... lo è dall'istante in cui sua madre è venuta a strisciare ai miei piedi, disposta a vendere la propria anima e quella di sua figlia per un piccolo assaggio di celebrità.»

Shea aveva ragione. Jennings era un sociopatico. Uno psicopatico. Godeva nell'esercitare il suo potere e qualsiasi morboso controllo che aveva sulle persone intorno a lui.

Ero nauseato. Scalpitavo dalla voglia di mostrargli chi ero *io*.

«Ti sbagli. Lei è mia.»

Non avevo mai detto verità più vera nella mia vita.

«Lo vedremo.»

Rimasi immobile dov'ero, lanciandogli con lo sguardo pugnali che desideravo fossero veri mentre l'infame mi rivolgeva un'ultima occhiata da sopra la spalla prima di scomparire dietro un grosso SUV.

Salii sul mio pick-up e afferrai il volante con mani tremanti, cercando di calmare il mio respiro, che era rapido e pesante, alimentato da un odio puro e assoluto. Lo stronzo sapeva che avevo le mani legate da tutte queste cazzate legali. Entrambi sapevamo che se avessi ceduto all'impulso di massacrarlo, mi sarei ritrovato col culo dietro le sbarre in un batter d'occhio, senza neppure avere il tempo di dare un bacio d'addio a Shea.

Il mio istinto mi diceva che questo era esattamente ciò che Jennings voleva.

Girai la chiave di accensione e il motore si avviò con un profondo rombo, assordante quasi quanto le domande e la rabbia che mi scuotevano fin nelle ossa.

Il crepuscolo si stava già impossessando del cielo pieno di

smog di Los Angeles quando mi immisi sulla strada intasata. Quello che sembrava un interminabile treno di auto lottava per tornare a casa, ed io ero nel mezzo di quel caos, domandandomi dove fosse *casa mia*.

Quando raggiunsi la via che conduceva al luogo che condividevo con i ragazzi, il sole stava calando dietro l'orizzonte. L'imponente casa nelle Hills era nascosta dietro a folti, alti alberi e una vegetazione lussureggiante, con Hollywood che si stendeva più sotto. Un susseguirsi di auto costeggiavano la strada e riempivano il nostro viale.

Merda.

L'ultima cosa di cui avevo bisogno era una casa piena di gente che non volevo vedere. Tutto quello che desideravo era parlare con mio fratello e poi telefonare a Shea.

Ma oggi era il nostro ultimo giorno a Los Angeles prima di partire per il tour domani, perciò i ragazzi stavano approfittando di quest'ultima giornata per svagarsi e rilassarsi, un'ultima giornata di libertà prima di trascorrere le successive quattro settimane costantemente in viaggio, di città in città e sul palco.

Nessuno dei miei compagni era venuto alla mia udienza in tribunale perché si trattava di una semplice routine. Ma niente di quello che era successo questo pomeriggio sembrava una *semplice routine*. Mi sentivo agitato e scosso.

Odiavo Jennings.

Odiavo il fatto che stesse di nuovo sputando veleno su Mark e Austin.

Odiavo che le mie ragazze fossero a Savannah, da sole e vulnerabili.

Percorsi il vialetto ingombro e parcheggiai dove potei, dopodiché spensi il motore, scesi dall'auto e mi affrettai verso l'ingresso, dove spalancai le doppie porte.

All'interno, la casa era gremita di persone. C'erano un sacco di volti che conoscevo. Altri erano completi sconosciuti, senza dubbio una sfilza di amici di amici di amici. Ash e Lyrik si assicuravano sempre di dare il benvenuto a ogni idiota della città.

Amavano questi festini stracolmi di gente. Entrambi erano sempre in cerca di divertimento, e le ragazze svampite erano fin troppo ansiose di darglielo.

Mi rendeva un coglione il fatto che fino a poco tempo fa anch'io adoravo queste cazzate, mentre adesso volevo sbattere tutti fuori casa?

Non c'erano dubbi che volessi bene ai miei compagni. Erano miei fratelli. Al mio fianco in ogni circostanza. Cioè, con tutto il casino successo con Kallie, quel fasullo processo a cui avevano dovuto prendere parte, non avrei potuto ringraziarli abbastanza.

Si erano stretti intorno a me.

Mi avevano supportato nel momento in cui avevo avuto più bisogno di loro.

Facendosi avanti e comportandosi da uomini quando solitamente preferivano restare giovani canaglie. Non che io avessi il diritto di criticarli. Dio solo sapeva che ero altrettanto colpevole, pronto a cogliere ogni occasione per tuffarmi in acque torbide di peccato.

Ma non riuscivo a scrollarmi di dosso la sensazione che stessi superando *questa fase*.

Immagini di Shea e Kallie mi sfrecciarono per la mente.

Certe cose contavano di più.

Andando in cerca di Ash, mi feci strada attraverso i gruppetti radunati nell'enorme soggiorno che si affacciava sulla città sottostante, uno sfarfallio di luci che si estendeva a perdita d'occhio. Oltre le porte scorrevoli di vetro c'era la piscina, la cui acqua cambiava continuamente colore, andando dal blu al viola e al rosa. Donne fin troppo entusiaste si intrattenevano intorno ad essa con in mano dei cocktail che straboravano sulle loro dita, socializzando in quel modo spudorato che mi assicurò che il mio riflesso faringeo funzionava benissimo.

Ash stava bevendo un cicchetto proprio accanto alle porte scorrevoli. Katrina, una tipa che si era fatta tutti i membri della band più di una volta, era appiccicata al suo fianco come una ventosa.

«Ash» dissi, incapace di contenere l'irritazione che trapelò dal mio tono.

Lui non prestò alcuna attenzione al fatto che fossi seccato.

«Baz, era maledettamente ora che tornassi, amico. Karl Fi- tzgerald ti sta aspettando nel tuo ufficio da... circa trenta minu- ti. Si è presentato qui dicendo che voleva scambiare una "paro- la" con te» disse Ash, sollevando entrambe le mani per fare le virgolette, il bicchierino ancora stretto tra le dita. «Un vero guastafeste. Proprio mentre sto intrattenendo queste splendide signore.»

Spalancò le sue braccia tatuate come se, avendone la possi- bilità, si sarebbe fatto ognuna di loro. Probabilmente, il coglio- ne ne sarebbe stato davvero capace. Senza ombra di dubbio, le ragazze si sarebbero gettate a fiotti su di lui.

«Quando il campanello è suonato, ero convinto che avrei aperto la porta ad un'altra splendida ragazza, invece mi sono trovato davanti quel viscido bastardo che chiedeva di te. Gli ho quasi sbattuto la porta in faccia, ma non ero sicuro che l'avreb- be presa bene. Ho pensato che fosse meglio fare il bravo con il riccone. Lascio a te il compito di cacciarci nei guai.» Mi fece l'occhiolino e soffocai a stento una risata.

Santo cielo, Ash era davvero oltraggioso. Ma aveva assolu- tamente ragione, cazzo.

Il viscido bastardo voleva scambiare una *parola*.

L'amministratore delegato della Mylton Records agiva sem- pre in questo modo, presentandosi nei momenti in cui meno ce l'aspettavamo, pronto a imporre il suo controllo su di noi. A volte desideravo che ci avessero sciolti dal contratto quando mi erano state rivolte quelle accuse di aggressione.

Ma un pensiero simile era praticamente un tradimento nei confronti dei miei compagni. Una sorta di disprezzo verso il sangue e il sudore che avevamo versato e le difficoltà che ave- vamo affrontato per arrivare fin qui.

Una mancanza di rispetto verso Mark.

Dovevo a tutti loro la mia lealtà.

«Grazie, amico» risposi. «Vado a vedere cosa vuole.»

Ash mi fece il saluto militare. «Nessun problema.»

Mi voltai e mi feci di nuovo strada tra la folla. Alle mie spal- le, la voce divertita di Ash disse: «Baciagli il culo da parte mia.»

«Neanche per sogno» gridai di rimando, scuotendo la testa

mentre mi facevo largo a spallate tra la mischia. Salutai le persone che conoscevo ed evitai diligentemente coloro che non conoscevo, perché non ero dell'umore adatto per fare nuove amicizie. Soprattutto di genere femminile.

Cazzo, Shea era la migliore. Una ragazza diversa da tutte quelle che avevo conosciuto. Vero, un paio di volte aveva mostrato barlumi di gelosia, però il fatto che mi volesse tutto per sé era eccitante da morire. Ma cosa ancora più sexy era la sorprendente fiducia che riponeva in me, il modo in cui mi lasciava vivere la vita che amavo.

La musica.

Sapeva che quando cantavo mi sentivo libero. Che ero nato per fare questo.

Anche se lasciare lei e Kallie a Savannah era stata la cosa più difficile che avessi mai dovuto fare.

Dannazione, mi mancavano un casino.

Ero piuttosto sicuro che *questa* astinenza che provavo fosse più brutale di qualsiasi droga da cui avevo dovuto astenermi. Ogni notte, scivolavo nel letto da solo e mettevo in dubbio quella decisione, domandandomi ripetutamente quanto a lungo potessi continuare a vivere questa vita quando allo stesso tempo ero chiamato a viverne un'altra.

Mi avviai lungo il corridoio e oltrepassai il salottino che attualmente ospitava ogni forma di depravazione.

Sesso, droga e rock 'n' roll, baby.

Feci una smorfia, sforzandomi di ignorare quello spettacolo, ed entrai nell'ultima stanza.

Karl Fitzgerald sedeva dietro alla mia scrivania con la sua scarpa lucida poggiata su di essa.

Si mise dritto quando feci il mio ingresso e mi porse la sua mano avida. «Beh, Mr. Stone, a quanto pare le congratulazioni sono d'obbligo.»

Con riluttanza, gli strinsi la mano. «Suppongo di sì.»

«Hai fatto bene a far uscire Martin Jennings dalla tua vita.»

Trattenni una risata sarcastica. Giusto. Come se Jennings non avrebbe continuato a tormentarmi. A fare di tutto per rendere la vita di Shea un inferno. Potevo quasi percepirlo. Sentirlo arrivare da lontano. Una scarica di malvagità che sfrigolava nell'aria opprimente.

Dal momento che Fitzgerald occupava la mia sedia, mi accomodai su una delle poltroncine davanti alla scrivania e sollevai una caviglia sopra il ginocchio opposto, assumendo un atteggiamento sereno e ignorando il disagio che sentivo in sua presenza.

Chiaramente, quest'incontro non sarebbe durato poco.

Mi rilassai contro lo schienale.

E attesi.

Sfidandolo con lo sguardo.

Perché sentivo che aveva qualche altra cazzata da dirmi. Come se non avessi sopportato abbastanza stronzate per oggi.

«I *Sunder* sono pronti per questo tour e per entrare nello studio di registrazione fra quattro settimane come programmato?» Il tizio non si perse in chiacchiere.

«Sì, certo» risposi, con una disinvolta scrollata di spalle.

«Bene... bene.» Annuì e si raddrizzò la cravatta prima di sporgersi in avanti sulla scrivania. «Sai che abbiamo bisogno che voi ragazzi diate il meglio.»

Sollevai una mano per indicargli di continuare.

Dove vuoi andare a parare, stronzo?

Ero piuttosto sicuro di avere un'espressione di sfida sul viso.

«E *tu* sei sicuro di essere pronto?» proseguì, inarcando un sopracciglio con fare eloquente. «Non dobbiamo preoccuparci di questa donna per la quale hai fatto delle scenate negli ultimi due mesi?»

Scenate?

Il dissenso trapelava dalle sue parole.

«Cosa significa questo?»

«Significa che nell'ultimo periodo ti distrai facilmente.»

«Quello che faccio nella mia vita privata non vi riguarda.»

«Credo tu sappia che non è così.»

Balzai in avanti sulla sedia. La rabbia che ribolliva continuamente sotto la superficie minacciò di esplodere, e dopo il confronto che avevo avuto con Jennings questo pomeriggio, mi era rimasta poca pazienza. Soffocai parte della rabbia che provavo e cercai di dare un senso a quello che Fitzgerald stava insinuando.

Socchiusi gli occhi e parlai con voce tesa. «Prima volete che righi dritto e adesso non volete che metta la testa a posto. Che diavolo volete da me di preciso?»

La mia domanda era intrisa di amarezza, perché non c'era una singola parte di me che desiderava sapere la risposta.

Lui fece spallucce, come se avesse il diritto di pronunciare le successive parole che uscirono dalla sua avida bocca. «Vogliamo un marchio. La travagliata rockstar che abbiamo ingaggiato ma senza la galera. E certamente non vogliamo un papà.»

Scattai in piedi e sbattei i palmi sulla scrivania, fissandolo torvo.

«Non sono un fottuto marchio.»

La risatina che scaturì dalle sue labbra mi fece incazzare ancora di più.

I suoi occhi luccicarono. «Ah, eccolo qua. Il ragazzo che non può fare a meno di cacciarsi nei guai. È lui che vogliamo.»

Digrignai i denti e parlai in tono duro. «La mia relazione con Shea non è affar vostro, né lo sarà mai. Volete i *Sunder*? Bene. Ci avete. Ma quando scendo dal palco, non avete alcuna voce in capitolo nella mia vita.»

Mi allontanai dalla scrivania e mi diressi con decisione verso la porta. Quello che Fitzgerald disse un attimo dopo mi fece esitare sulla soglia, ma mi rifiutavo di mostrargli la cortesia di girarmi verso di lui.

«Se decidi di formare una famiglia con lei, distruggerai la band. Lo sai, vero?»

Un'emozione feroce si agitò dentro di me. Fui travolto dalla sensazione di essere lacerato in due, strappato e fatto a pezzi.

Dio, era impossibile cancellare il mio disperato desiderio di suonare, creare, quella sensazione di completa libertà che provavo sul palco quando ero circondato dai miei compagni. Dalla folla. Da quell'energia che mi inondava di pace sfrenata.

Ma tutto questo era in conflitto con Shea.

Shea.

Shea.

Shea.

La sua energia era ancora più luminosa.

Più intensa.

Una forza prorompente.

Uscii dalla stanza e percorsi a lunghe falcate il corridoio.

Imprecai quando il mio cellulare cominciò a squillare nella mia tasca. Lo tirai fuori e quasi lo stritolai nella mano quando vidi chi era.

Un'altra fottuta sanguisuga.

Quel pezzo di merda di mio padre che senza dubbio stava chiamando per chiedermi altri soldi.

Un parassita simile a Karl Fitzgerald.

Simile ai numerosi stronzi che attualmente occupavano casa mia.

Tutti volevano un pezzo di Sebastian Stone.

Ero stufo.

Rifiutando la chiamata, uscii dal corridoio e camminai lungo il perimetro del soggiorno, schivando quante più persone possibili e ignorando coloro che mi lanciavano occhiate provocanti. Attraversai l'enorme cucina affollata da altri volti insipidi che pensavano di conoscermi quando in realtà non era affatto così.

Apparenza.

Ecco che cosa volevano.

Desideravano solo l'esteriorità.

La finzione.

Un marchio.

Vaffanculo.

Uscii dalla porta sul retro che mi condusse fuori sul patio. Qui la vegetazione era rigogliosa e fitta. Un isolamento istantaneo. Nascosta dietro a dei cespugli, c'era una stretta scala a chiocciola in ferro battuto. Mi fiondai verso di essa, salii due piani e mi ritrovai sul tetto svettante.

Da sotto proveniva il frastuono della festa. Ma quassù sembrava di essere in un altro mondo.

Una fuga dalla realtà.

Suppongo che non avrei dovuto essere sorpreso di trovare

anche Austin qui, a nascondersi come me, seduto vicino al bordo del tetto con il cappuccio scuro tirato sopra la testa a fissare la grande città sottostante. Uno sbuffo di fumo aleggiò intorno a lui quando espulse l'aria dai polmoni, poi si apprestò a fare un altro tiro dalla canna che teneva tra le dita.

Cazzo.

Mi sfregai una mano sul viso per calmarmi, prima di avanzare con cautela verso di lui. La sua schiena si irrigidì appena sentì i miei passi. Nessuno di noi disse nulla quando mi sedetti al suo fianco.

Le luci si estendevano a perdita d'occhio, una bellissima città caotica e una sorprendente moltitudine di anime.

Austin si portò la canna alle labbra, fece un tiro e trattenne il fiato prima di sollevare la testa verso il cielo ed espirare lentamente. Poi riportò l'attenzione sul mare urbano davanti a noi.

«Mi stavo domandando dove fossi» dissi infine.

Per un lunghissimo momento, la mia affermazione rimase senza risposta. Percepii la sua esitazione prima che parlò. «Ti chiedi mai se c'è qualcuno là fuori incasinato quanto noi?»

Emisi uno sbuffo dal naso e risposi in tono sommesso. «Non lo so, Austin. A volte penso che sia impossibile, ma immagino che ci siano un botto di persone là fuori molto più inguaiate di noi. Persone completamente sole. Respinte. Non credo ci sia molta gente che ha la fortuna di avere quello che abbiamo noi.»

Non mi riferivo alle cose materiali.

Sapevo molto bene che non contavano nulla.

«Sai» disse, la voce pensierosa e ruvida. «Tu non mi fai mancare nulla.» Agitò per aria la mano con cui reggeva la canna. «Mi dai tutto quello che potrei desiderare. E nulla di tutto ciò è mai abbastanza perché non ho idea di cosa io voglia veramente.» Proruppe in una risata incredula. «Ci sono un sacco di persone laggiù, eppure non mi sono mai sentito più solo di così.»

«È perché non appartieni a questo luogo.»

Rise di nuovo, stavolta in tono aspro, poi prese un altro tiro dallo spinello nel tentativo di calmare il subbuglio interiore che lo tormentava da tutta la vita. Ogni volta che eravamo a Los Angeles, quel tumulto si intensificava sempre. Impaziente di catturarlo tra le sue sordide grinfie e trascinarlo a fondo.

«E dov'è che appartengo?»

«Austin» dissi in tono di supplica.

Lui scosse la testa. «So che muori dalla voglia di lanciarti in una delle tue solite prediche, Baz.» Si rigirò la canna tra le dita per attirare la mia attenzione. «Dimmi pure che non dovrei essere quassù a fumare. Ma poco fa mi sono imbattuto in tre ragazze che stavano sniffando cocaina l'una dal corpo dell'altra.» Ridacchiò cupamente, suscitandomi brividi di paura. «Ero certo che saresti stato d'accordo con me che questa era l'alternativa migliore.»

Vaffanculo ad Ash.

Questo schifo doveva finire. Facevo del mio meglio per tenere Austin lontano dalla droga, lontano da tutta la merda che ci circondava, ma era impossibile farlo quando veniva gettato dritto nel mezzo.

Tutti noi avremmo dovuto starne alla larga.

Sopratutto dopo l'overdose di Austin.

Dopo la morte di Mark.

Questo non era altro che un insulto.

Una mancanza di rispetto.

Purtroppo non eravamo noi ad andarcela a cercare. Faceva parte dell'ambiente in cui lavoravamo.

Il lato negativo e depravato di questa vita che non sapevo più come gestire.

Accasciai le spalle. «Li manderò fuori a calci. Mi sbarazzerò di tutti quanti. Non devi fare i conti con queste porcherie.»

«Ma è proprio questo il punto. Devo *fare i conti* con qualcosa, Baz. Non capisci. Non puoi continuare a proteggermi. Devo risolvere i miei problemi da solo o non ce la farò mai.»

Portai una mano dietro al suo collo e gli diedi una lieve stretta. «Ce la farai, invece. Non lascerò che tu fallisca.»

Austin girò il viso verso di me e mi fissò con i suoi occhi grigi.

Intensi.

Schietti.

Era speranzoso ma rassegnato a quello che non sapeva come controllare.

Il mio fratellino non sembrava più un ragazzino ormai.

Parlò con voce rotta dall'emozione. «Devo essere io il responsabile dei miei successi, Baz. Ho deluso tutti. Julian. Mamma e papà. Te. *Mark*.» Deglutì rumorosamente. «Se devo continuare a vivere, allora devo trovare da solo un modo per non fallire. Non puoi continuare a salvarmi.»

Mark.

Fui di nuovo trafitto dalla paura e strinsi la presa sul collo di mio fratello. «Dopo l'udienza in tribunale di questo pomeriggio, Jennings mi ha seguito fuori fino al mio pick-up. Ha cominciato a sparare un sacco di fesserie su Shea... su Mark.»

Pronunciai le mie parole in tono di domanda. *Che cazzo succede? Tu lo sai?*

Dio, cosa avrei dato per sapere perché Jennings si trovava sul nostro pullman quella sera. Ma Austin aveva giurato di non averne idea, che aveva inviato un messaggio per ottenere delle pastiglie e si era presentato Jennings invece di una delle fecce che lo stronzo solitamente usava per i suoi lavoretti. Poi si era svegliato direttamente in ospedale il giorno successivo.

Ogni muscolo del suo corpo si irrigidì. Spostò l'attenzione sul gioco di ombre che i rami degli alberi proiettavano sul tetto, prima di riportare lo sguardo su di me. «È finita, vero? Hai firmato il patteggiamento?»

«Sì. È tutto finito.»

Austin annuì bruscamente. «Bene. Sta lontano da lui, Baz. Prendi Shea e Kallie e portale il più lontano che puoi. Buttati tutto alle spalle.»

Il risentimento trasudava da ogni mio poro. «Non credo sia possibile.»

Sapevamo tutti che non ci eravamo liberati di Jennings.

Austin si premette i palmi delle mani sugli occhi e cominciò a dondolare avanti e indietro. Impaurito. «Se potessi tornare indietro e cancellare tutto, sai che lo farei, vero, Baz?» disse in tono supplichevole.

«Cancellare cosa?»

«Tutto quanto... Vorrei tornare al giorno in cui ho rovinato le nostre vite e cancellare ogni sbaglio che ho commesso dal quel momento in poi. Ho fatto un sacco di cazzate terribili.»

Gli strinsi di nuovo il collo, nel tentativo di farlo voltare verso di me. «Non hai rovinato le nostre vite, Austin.»

«Piantala di trovare scuse per me. Ho tolto la vita a Julian e da allora non ho fatto altro che rovinare un'esistenza dopo l'altra.»

Santo cielo, quando avrebbe capito che non era stato lui? Ma *io*. Ero io l'unico responsabile. Avrei dovuto tenerli d'occhio invece di cazzeggiare con una ragazza.

La colpa era mia.

Ma Austin ancora non riusciva a comprenderlo.

Il cellulare riprese a squillare nella mia tasca. Il battito del mio cuore accelerò al pensiero che fosse Shea, ma poi si arrestò quando sullo schermo comparve di nuovo il numero di nostro padre.

Dannazione.

Austin lo vide prima che avessi il tempo di nasconderlo.

La sua espressione si tinse di dolore e una risata autodenigratoria sfuggì dalle sue labbra. «Capisci cosa intendo? Continuo a rovinare tutto. Che cosa vuole? Altri soldi? Ricattarti con qualcosa che non hai fatto tu?» Scosse la testa e spense nervosamente lo spinello, prima di balzare in piedi. «Fanculo lui e tutto il resto. Vado a letto.»

Serrando la mascella, rifiutai la chiamata e ascoltai lo scroscio di risate che provenivano dal piano di sotto e i passi di Austin che si allontanava.

Fui di nuovo travolto dalla sensazione di essere lacerato in due, ed ebbi il brutto presentimento che il mio mondo stesse per crollare a pezzi.

Dopo un po', mi alzai in piedi e tornai in casa. Non presi neppure in considerazione l'idea di unirmi alla festa. Mi diressi direttamente di sopra verso la mia stanza.

Lyrik stava iniziando a scendere le scale quando raggiunsi il pianerottolo. Mi rivolse un sorrisetto. «Adesso ti nascondi, eh?»

«Come l'hai intuito?» dissi, con un sorriso colpevole.

Lui rise e si sfregò il mento con le dita tatuate. «Perché ti *conosco*. Praticamente, ti conosco da tutta la vita. Hai sempre dato l'anima per ottenere quello che volevi.» Inclinò la testa verso il fondo delle scale. «E so che *quello* non lo vuoi più. Non è così difficile da capire.»

Spostai il peso da un piede all'altro a disagio e distolsi lo sguardo prima di racimolare il coraggio per guardarlo di nuovo negli occhi.

«Tranquillo, amico» disse Lyrik. «Forse non lo sapevi, ma sei sempre stato alla ricerca di qualcosa. E l'hai trovato in Shea.»

Fissai uno dei miei più vecchi amici, consapevole che mi conosceva bene. Che, proprio come il resto dei ragazzi, si sarebbe sempre schierato dalla mia parte, indipendentemente da quello che gli avessi chiesto.

Proprio come io dovevo fare per loro.

Lyrik sollevò il mento in segno di commiato e scese al piano di sotto.

Sentendomi emotivamente esausto, mi trascinai fino alla fine del corridoio e oltrepassai le doppie porte situate di fronte alla camera di Austin e che conducevano nella suite padronale. All'interno, la stanza era buia e silenziosa, e il baccano proveniente dalla festa al piano di sotto non fece altro che accentuare questi aspetti.

Grazie a Dio era lunedì e Shea aveva il giorno libero. Mi accasciai al centro del letto e tirai fuori il cellulare dalla tasca dei jeans. Digitai il numero della mia ragazza.

Rispose dopo un paio di squilli. «Sebastian.»

Fui travolto dal sollievo quando udii la sua voce dolce e seduttiva. Il mio spirito si alleggerì e il mio corpo fu percorso da un fremito che scaturì dall'interno.

«Shea, piccola, mi manchi tantissimo.»

Una lieve risatina uscì dalle sue labbra. «Credo che questi siano stati i cinque giorni più lunghi della mia vita.» La sua voce si affievolì. «Ed è solo l'inizio.»

Aveva ragione. Le prossime quattro settimane sarebbero

state strazianti.

«Il tempo passerà in un lampo» le promisi.

«Disse il ragazzo che si esibirà di fronte alle sue fan sera dopo sera e che parteciperà a infinite feste mentre la sua ragazza è da sola a casa ad annoiarsi all'altra parte del paese.»

Le sue parole di lamentela erano intrise di bonaria ironia. Potevo immaginare le sue labbra carnose arricciarsi in un broncio sensuale, e cercai di evitare che i miei pensieri andassero verso il basso, insieme al mio sangue.

Risi sommessamente e mi girai su un fianco. «Figuriamoci! Dopo che sarò stato su quel pullman per qualche giorno, probabilmente tornerò da te in autostop. Mi farò dare un passaggio da un camionista e gli racconterò la triste storia di come ho abbandonato la mia ragazza e di come devo assolutamente tornare da lei.»

«Mmm... mi piace quest'idea. Sta' attento ai maniaci, però.»

Una risata calorosa fuoriuscì dalle mie labbra. «Non hai nulla di cui preoccuparti, tesoro. Pensi che non possa prendermi cura di me stesso?»

Shea ridacchiò. «Oh, sono sicura che puoi. Ti ho già visto in azione. A meno che qualcuno non abbia il desiderio di morire, nessuno si metterà sulla tua strada.» Potei quasi vederla sollevare gli occhi al cielo. Un attimo dopo, la sua voce si fece seria. «Allora... com'è andata oggi? È tutto sistemato?»

«Sì.» Cercai di rispondere in tono leggero, ma sapevo che aveva notato la punta di rabbia che era trapelata dalla mia risposta.

Shea esitò prima di sussurrare: «Martin era lì?»

Emisi un sospiro teso. «Sì, era lì.»

«E...?» mi incitò quando non aggiunsi altri dettagli.

Mi sfregai una mano sul viso, restio ad affrontare quell'argomento, desiderando di poter cancellare la conversazione con Jennings dalla mia testa. Anzi, desideravo poterla cancellare dalla mia realtà. «Ed è ancora uno stronzo. Mi ha seguito fino alla mia auto e ha cominciato a sparare cazzate su te e la mia famiglia. Fondamentalmente, ha detto che ha appena cominciato.»

Nonostante la distanza, potevo quasi vedere l'espressione sul viso della mia ragazza. La paura e la preoccupazione che provava ogni volta che veniva nominato Jennings. Percepire il suo medesimo desiderio di poterlo cancellare dalla sua vita.

«Mi dispiace, piccola» mormorai.

«No, non dirlo. Non hai nulla di cui scusarti. Questo... stiamo facendo questo insieme, indipendentemente dal risultato. Fino ad allora, non possiamo concedergli nessuna parte di noi. Né il nostro tempo o i nostri pensieri o la nostra energia. Mi rifiuto di dargli più di quello che già gli abbiamo dato.»

Dio, Shea era un vero e proprio miracolo. Una luce positiva che brillava luminosa, luminosa, luminosa.

Rotolai sulla schiena e fissai il soffitto. Quello che Jennings aveva detto su sua madre mi tormentava. Ogni parte di me voleva saperne di più. Premetti il telefono il più vicino possibile all'orecchio, desiderando che ci fosse un modo per potermi avvicinare maggiormente a lei. La mia voce si addolcì, perché questa ragazza annullava tutta la mia amarezza, cazzo.

«Raccontami una storia, Shea di Savannah.»

11

SHEA ~ DODICI ANNI

Le sue scarpe nere di vernice ticchettavano sul pavimento in legno del palcoscenico, scuro quasi quanto le sue scarpe tranne che per i punti graffiati dove Shea immaginava fossero stati trascinati i bauli degli strumenti musicali o dove avessero sfregato le calzature dei ballerini.

Sapeva che avrebbe dovuto tenere la testa alta invece di studiare il pavimento, ma oggi le farfalle che solitamente sentiva nello stomaco erano più simili a uno sciame di api. Il nervosismo le faceva ronzare le orecchie e contorcere la pancia.

Desiderava solo rendere orgogliosa sua mamma.

Fermandosi nella parte anteriore del palco dove una striscia di scotch puntava verso il microfono, Shea si costrinse ad alzare finalmente lo sguardo.

Poteva farcela. Aveva preso abbastanza lezioni e fatto sufficienti audizioni da sapere che cosa ci si aspettava da lei.

Un riflettore in alto l'accecò. Strizzò gli occhi e cercò di distinguere i volti delle poche persone sedute nella prima fila del teatro quasi vuoto. Era impossibile riuscirci, ma sapeva che erano lì.

Pronti a criticare, giudicare e valutare.

Ormai ci era abituata.

Beh.

Quasi.

Non era sicura che si sarebbe mai abituata a sentire alcune delle cose crudeli che le persone dicevano.

Il rifiuto.

Ma era la delusione sul volto di sua mamma che l'angustiava più di ogni altra cosa.

E questo provino era importante.

Durante l'intero tragitto in auto da Savannah fin qui a Memphis, sua madre glielo aveva ripetuto all'infinito. *Questa è una grossa occasione, tesoro. Conquistali e siamo a posto. Devi dare il massimo e niente di meno.*

Sua mamma le aveva comprato un vestito nuovo di zecca per quest'audizione. L'abito in pizzo calzava stretto intorno al collo e ai polsi e le arrivava sotto le ginocchia.

Sua mamma aveva detto che era sobrio ed elegante. Proprio quello che cercavano.

Shea si grattò il tessuto pruriginoso quando le api nel suo stomaco si agitarono ancora di più, e spostò il peso da un piede all'altro, sentendosi sul punto di vomitare mentre aspettava istruzioni.

Una voce profonda provenne dalla nebbia opalescente. «Puoi dirci il tuo nome, per favore?»

«Shea Bentley» rispose timidamente al microfono, costretta a sollevarsi in punta di piedi per raggiungerlo.

«Okay, Shea Bentley, puoi cominciare.»

Dalla sua postazione al pianoforte, sua madre la guardò da sopra la spalla e suonò una singola nota. Un segnale d'inizio accompagnato dal suo sguardo severo.

Concentrati.

E Shea lo fece.

Quando sua madre si lanciò nella musica, lei scavò nel profondo di sé e trovò quel luogo al centro del suo cuore dove si sentiva a suo agio.

Proprio come sua nonna le aveva detto di fare.

Anche se certe volte non le sembrava giusto – e in molte occasioni aveva voglia di piangere invece di sorridere perché aveva l'impressione di rovinare sempre tutto – lì in piedi, mentre cantava quella canzone, Shea si sentì bene con se stessa.

Diede tutto ciò che aveva. Immaginò di essere in chiesa accanto a sua nonna, che le stringeva la mano in segno di incoraggiamento.

E cantò. Allargò i polmoni nello stesso modo in cui spalancò la bocca.

Era un momento bellissimo e importante.

Significativo.

Il suono del pianoforte cessò alla fine della canzone. Shea continuò la melodia con la sua voce, non avendo bisogno dell'accompagnamento musicale per raggiungere la nota più alta.

Quando terminò, Shea dovette riorientarsi, essendosi completamente dimenticata di dove fosse. Venne invasa dall'imbarazzo mentre fissava i volti davanti a lei, ancora incapace di distinguerli a causa della luce che continuava ad accecarla.

«Magnifica. Semplicemente magnifica» disse lo stesso uomo al di là della nebbia opalescente.

Improvvisamente, sua mamma fu al suo fianco e la spinse in avanti, offrendola come un premio.

Ma il tono di voce dell'uomo cambiò quando disse: «Sfortunatamente, stiamo cercando qualcuno un po' più grande, un po' più maturo. Non ho dubbi che questa giovane signorina abbia un futuro luminoso davanti a sé.»

Accanto a lei, sua madre si irrigidì, e Shea provò quella solita brutta sensazione alla bocca dello stomaco.

«Grazie per il vostro tempo» rispose sua madre bruscamente, prima di trascinarla via dal palco per il braccio. Ficcò le cose di Shea in una borsa e poi l'afferrò di nuovo per il braccio, costringendola a correre per tenere il passo. Quando sua mamma spalancò la porta dell'uscita posteriore, Shea strizzò gli occhi alla luce accecante del sole del pomeriggio e cercò di abituare la vista.

Sembrava che Shea non riuscisse mai a stare al passo.

Sua madre strinse la presa sul suo avambraccio e pronunciò parole graffianti mentre percorreva furiosa il parcheggio. «Non riesci a fare nulla come si deve? Devi sempre rovinare tutto, eh? Ogni singola volta. Proprio come quel fannullone di tuo padre. Inutile. Sai quanti soldi e quanto tempo ho investito su di te, Shea?»

Shea sussultò quando sentì le unghie di sua madre conficcarsi nella sua pelle. Le lacrime le pizzicarono gli occhi e si sforzò di trattenerle.

«Ci ho provato, mamma.» Le parole sommesse uscirono in tono tremante dalla sua gola dolorante.

Sua madre gettò la borsa sul sedile posteriore della sua vecchia auto mentre Shea prendeva posto sul sedile anteriore e si allacciava la cintura di sicurezza, desiderando di potersi nascondere.

Sua mamma avviò il motore e uscì a tutto gas dal parcheggio. Shea abbassò la testa per l'imbarazzo e la vergogna, e girò il viso per guardare gli edifici che sfrecciavano oltre il finestrino mentre sua madre indirizzava la sua rabbia verso la strada.

Le lacrime che aveva cercato di trattenere alla fine caddero. Le fecero bruciare gli occhi e stringere la gola. L'unica cosa che voleva era tornare a casa. Andare da sua nonna dove si sentiva al sicuro.

Fece l'impossibile per soffocarlo, ma un singhiozzo sfuggì comunque dalle sue labbra e un brivido le scosse le spalle. Cercò di sprofondare nella portiera e scomparire.

Sua madre emise un'imprecazione smorzata, prima di cominciare a parlare rapidamente. «Mi dispiace, tesoro. È stata colpa di quel dannato vestito. Sembravi una bambina. Avrei dovuto prenderti qualcosa di più maturo.»

Shea sentì le dita di sua madre, le stesse che poco prima si erano conficcate nel suo braccio, toccarle delicatamente la spalla. «Troveremo qualcosa di meglio per la prossima volta... ti acconceremo i capelli in modo davvero carino e ti faremo sembrare bella come sei. Scommetto che potresti passare per quindicenne. Che te ne pare?»

Con esitazione, Shea si voltò verso di lei. Si asciugò le lacrime con la manica ruvida del vestito e annuì, speranzosa. «Okay, mamma.»

Sua madre sorrise. Era così bella quando sorrideva.

«Brava la mia stella splendente.»

12

SHEA

«Va', prima che sia costretta a trascinare il tuo culo rinsecchito su quell'aereo io stessa.» Tamar mi afferrò per le spalle e mi diede una lieve scrollata, con un pizzico di irritazione e una tonnellata di bonaria malizia negli occhi azzurri.

Abbassai lo sguardo su Kallie, che mi sorrise piena di gioia mentre dondolava sulla punta dei piedi, stringendosi al petto la farfalla di peluche.

Il nervosismo mi assalì di nuovo.

Le uniche notti che avevo trascorso lontano da mia figlia erano stati i due giorni in cui Martin l'aveva tenuta tra le sue grinfie. Il solo pensiero di lasciare di nuovo la mia bambina mi terrorizzava. Qualcosa di innato dentro di me mi avvertiva che Martin era ancora lì fuori, in attesa della prossima occasione per colpire.

Ma anche senza quella minaccia, mi sarei preoccupata lo stesso.

Si trattava di mia figlia, dopotutto.

April incrociò le braccia e sbuffò.

Charlie ridacchiò.

«Starà bene, Shea Bear» mi tranquillizzò mio zio, le mani infilate nelle tasche dei pantaloni. Lanciò un sorrisetto in direzione di mia figlia. «Pensi davvero che lasceremmo che succeda qualcosa a questa piccolina mentre è sotto le nostre cure? Nemmeno per sogno. Ora va'. Divertiti. Goditi un po' la vita. Comportati come una ragazza della tua età. Las Vegas ti chiama.»

Non era Las Vegas che mi stava chiamando.

Era Sebastian Stone.

I miei occhi ritornarono su mia figlia.

L'esitazione mi serrò il petto.

Kallie mi rivolse un ampio sorriso, mettendo in mostra una fila di dentini perfetti. «Mamma... devi andare o il mio papà sarà tanto, tanto, TANTO triste se non riceve la sua sorpresa di compleanno. E poi devi dargli il mio regalo.»

Parlò con la sua tipica cadenza strascicata del sud e voce da bambina, le parole cariche di eccitazione.

Fece un passo in avanti e spinse la smilza scimmietta di peluche marrone nella mia direzione.

L'aveva vista nella vetrina di un negozio vicino casa nostra e aveva insistito nel dire che Baz l'avrebbe adorata, dichiarando che le scimmie erano i suoi animali preferiti dato che ne aveva una verde tatuata sul fianco. Naturalmente, la mia dolce figlia non aveva idea del significato dell'inchiostro che Sebastian si era inciso permanentemente sulla pelle, in ricordo di una vita che non avrebbe mai dimenticato, dell'amore di un fratello che aveva perso troppo presto.

Presi il peluche dalle mani di Kallie e me lo strinsi al petto. «Adorerà il tuo regalo, Farfallina.»

Lo avrebbe apprezzato davvero. Ne ero certa. Semplicemente perché era un gesto scaturito dal suo cuore puro e innocente.

Il sorriso di Kallie si allargò e una risatina proruppe dalle sue labbra mentre ondeggiava più velocemente sulle gambe.

«Pensiamo noi a lei» promise April, posando una mano sulla testa di Kallie.

«Esatto» confermò Tamar, facendo un occhiolino d'intesa a

mia figlia. «Abbiamo in programma un sacco di divertimento per questa piccina. Ce la spasseremo un mondo, faremo la manicure, la pedicure e un pigiama party, vero, Kallie?»

Quest'ultima saltellò di qua e di là. «Sì! Sì! Sì! Non vedo l'ora. Ci divertiremo tanto, tanto! Resterò sveglia tutta la notte finché non comparirà il sole. E mangerò popcorn e guarderò tutti i miei film preferiti. E anche zia April e zia Tamar resteranno sveglie tutta la notte.»

Trattenni una risata. Qualcuno era un tantino eccitato.

«Non divertitevi troppo senza di me» le dissi giocosamente, carezzandole la morbida guancia con il dorso delle dita.

«Oh, sono sicura che ti divertirai abbastanza per tutte noi.» Stavolta, Tamar rivolse a me un occhiolino, il suo sguardo carico di sottintesi.

Provai una stretta allo stomaco per la trepidazione. La verità era che non vedevo l'ora di rivedere Sebastian. Stare lontano da lui stava diventando sempre più difficile col passare dei giorni.

April scoppiò a ridere. «Oh, su questo non c'è dubbio.»

Sollevai Kallie e l'abbracciai forte. «Ci vediamo tra due giorni» sussurrai al suo orecchio. «Fa' la brava bambina mentre mamma è via, d'accordo? Ti penserò ogni secondo. Ti voglio tanto bene.»

«Lo so, mamma. Anch'io ti voglio un mondo intero di bene.» Strinse forte le braccia intorno al mio collo, schiacciandomi la farfalla di peluche in faccia. Ero eccitata al pensiero di partire ma, allo stesso tempo, preoccupata all'idea di affidare Kallie alle cure di qualcun altro.

La misi giù e baciai velocemente ogni membro della mia insolita famiglia che, per l'ennesima volta, mi aveva sostenuta, aiutandomi a fare una sorpresa a Baz il giorno del suo compleanno mentre la band teneva un concerto a Las Vegas. Erano passate più di due settimane dall'inizio della breve tournée di un mese, ed io e Sebastian ci eravamo messi d'accordo che sarei andata in California con Kallie appena fosse terminata.

Ma non potevo aspettare così a lungo.

Tutti i ragazzi della band sapevano della mia sorpresa.

Era il suo compleanno, dopotutto, e volevo essere lì a festeggiarlo con lui, per quanto difficile fosse lasciare a casa mia figlia, anche se solo per breve tempo. Ma Charlie mi aveva convinto che non era sbagliato. Che non la stavo ferendo o trascurando, al contrario le stavo dando la possibilità di imparare a cavarsela da sola, l'abilità di essere lontana da me senza soffrire di ansia.

Buffo che fossi io quella in preda all'ansia.

Naturalmente, era l'onnipresente preoccupazione per il pericolo rappresentato da Martin che rendeva il pensiero di lasciarla ancora più insopportabile. Che rendeva più difficile soffocare l'innato bisogno di avvolgerla tra le mie braccia protettive e non lasciarla più andare.

Ma non la stavo lasciando andare.

Stavo investendo nel futuro che avevamo con Sebastian.

Posai un ultimo bacio sulla fronte di mia figlia e mi diressi verso il controllo bagagli. Mi girai e sollevai la mano in un breve saluto.

La mia eccitazione aumentò quando salii in aereo e mi allacciai la cintura di sicurezza. Inviai a Lyrik, Ash e Zee un messaggio di gruppo. «Sto arrivando.»

Mi accomodai meglio sul sedile, reclinai la testa all'indietro e chiusi gli occhi, tirando un respiro profondo.

Sto arrivando.

I clacson strombazzavano nell'intenso traffico del venerdì pomeriggio. Una fiumana di gente camminava lungo i marciapiedi della movimentata Strip di Las Vegas. Gruppi di persone si spostavano da un hotel stravagante all'altro, stringendo tra le mani alti bicchieri colmi di bibite ghiacciate, barcollando e scherzando mentre si muovevano da un'attrazione all'altra. Perfino dall'interno del taxi potevo sentire il tumulto di voci, l'eccitazione che aleggiava densa nell'aria mentre le persone affluivano nella città del peccato per abbandonarsi proprio ad esso.

Si poteva percepire chiaramente; un brivido di lussuria e un desiderio di lasciarsi andare, di gettare al vento ogni preoccupazione e abbandonarsi al piacere.

Spericolato, avventato e selvaggio.

Il taxi svoltò sulla destra e si fermò davanti all'entrata del lussuoso hotel, le cui torri si innalzavano verso il cielo e si affacciavano sulle fontane del Bellagio e sulla stupefacente replica della Torre Eiffel – un pezzetto di Parigi portato nel nell'arido deserto del Nevada.

Quando scesi dall'auto, la trepidazione mi serrò lo stomaco e un brivido di ansiosa impazienza mi percorse le terminazioni nervose, facendo accelerare il battito del mio cuore.

Il mio telefono suonò. Con mani tremanti, cliccai il messaggio in cui Lyrik mi diceva dove trovarli. *Atrio, lato nord.*

Lasciai la mia valigia ad un fattorino. Tirai un respiro profondo ed entrai nella sensuale oasi di vetro, luci e sagome nude che lampeggiavano dietro un vetro satinato. L'intero hotel di lusso era un sovraccarico sensoriale di allusioni e sesso.

I miei piedi si mossero lungo il pavimento lucido in direzione di Baz, mentre il mio battito accelerava ad ogni passo. Quando girai l'angolo, ogni centimetro di me tremava dal bisogno di vedere il suo viso. Di sentire la sua pelle e crogiolarmi nel calore della sua presenza.

Un gruppo di cameramen e di persone entusiaste era riunito intorno ai *Sunder*, che stavano rispondendo a domande sul concerto di stasera e sul loro prossimo album.

Ero arrivata giusto in tempo per assistere agli ultimi minuti della conferenza stampa prevista per oggi. L'atmosfera era rilassata mentre i quattro musicisti si mettevano in posa per le foto e rispondevano apertamente alle domande. Dietro ai giornalisti si era riunito un gruppetto di spettatori che scattavano una foto dopo l'altra con i propri cellulari. Alcuni gridavano i loro nomi, cercando di catturare l'attenzione dei membri della band che spiccavano anche nel caos di questa landa erotica, ognuno di loro trasudante sesso, tumulto e un pizzico di deliziosa malizia.

Sebastian era come un faro in mezzo a tutto quel caos. La

luce più luminosa e, allo stesso tempo, l'oscurità più buia.

Teneva entrambe le mani nelle tasche dei jeans e ondeggiava all'indietro sui talloni, come faceva sempre quando non sapeva cosa fare, la testa piegata di lato e la splendida bocca che si muoveva mentre parlava.

Fremiti di piacere mi percorsero dalla testa ai piedi.

Rimasi in disparte, lontano dalla folla, in modo da poterlo guardare inosservata, e lo scrutai con gli occhi carichi di desiderio e lussuria.

Era l'uomo più bello che avessi mai visto, così perfettamente imperfetto mentre esibiva un sorriso accattivante a beneficio delle telecamere. Tutto di lui era intrigante, misterioso e un tantino spaventoso.

Lo osservai mentre interagiva con la stampa e con i suoi fan, partecipe eppure riservato, dando loro quello che si aspettavano, ovvero l'apparenza, lo show.

Ma io vedevo al di là della sua facciata.

A metà frase, Baz smise di parlare e si pietrificò per un istante. Poi sollevò i suoi occhi grigi e perlustrò la sala.

Come se sentisse l'intensità del mio sguardo su di lui, proprio come io sentivo sempre il suo.

Quando i suoi occhi si posarono su di me, tremai letteralmente da capo a piedi. La sua strana energia riempì la stanza, travolgendomi, onda dopo onda.

Rimanemmo immobili a fissarci.

La sua espressione si tinse di stupore e confusione.

Vidi l'istante in cui si rese conto che ero davvero lì, perché fu travolto dal sollievo e dimenticò tutto ciò che stava succedendo intorno a lui.

Tutto tranne me.

Abbandonando il suo piccolo cerchio di ammiratori, si fece largo tra la folla, ignorando tutti quelli che cercavano di ottenere la sua attenzione.

Ad ogni passo deciso che Baz faceva nella mia direzione, il mio cuore prese a martellare più forte e il mio respiro divenne più corto e affannoso finché non scomparve del tutto.

E rimasi senza fiato.

Un attimo dopo, fui tra le sue braccia.

Mi sollevò da terra e mi fece volteggiare una volta, prima di infilare una mano tra i miei capelli e avvolgere l'altro braccio intorno alla mia vita per tenermi stretta a sé.

Mi aggrappai alle sue spalle mentre ogni cellula del mio corpo prendeva vita.

Poi la sua splendida bocca si impossessò della mia. Questo magnifico uomo mi divorò con le sue tenere labbra e bramose intenzioni.

«Shea... piccola... Shea. Cazzo... mi sei mancata... mi sei mancata un casino» sussurrò tra un bacio e l'altro.

Gli avvolsi il viso tra le mani. «Anche tu mi sei mancato... più di quanto tu possa immaginare.»

Mi fece scivolare lungo il suo corpo muscoloso, ma non mi lasciò andare. Al contrario, aumentò la stretta su di me quando i miei vecchi stivali rossi da cowgirl toccarono il pavimento, anche se stavo ancora fluttuando tra le nuvole.

Sebastian premette la fronte sulla mia e inspirò il mio profumo. «Finalmente capisco il significato di quel vecchio modo di dire, "una gioia per gli occhi".»

Una risatina sfuggì dalle mie labbra, che erano ancora a un soffio dalle sue. L'aria tra di noi era carica di energia. «Buon compleanno.»

Lui grugnì e affondò le dita nei miei fianchi. «È il miglior compleanno che abbia mai avuto.»

«Davvero?»

«Accidenti, sì. Quanto a lungo ti tratterrai?»

«Fino a domenica.»

Mi ritrassi leggermente per guardare il suo splendido volto dai lineamenti duri, dalla mascella definita e dalle labbra carnose.

Dio. Com'era possibile che quest'uomo fosse mio?

Mi mordicchiai il labbro inferiore e lo stuzzicai. «Non sei arrabbiato che mi sia presentata qui senza preavviso per imbucarmi alla tua festa? In alcuni circoli, questo potrebbe essere considerato scortese.»

Baz scoppiò in una risata incredula. «Ehm... no. Sono assolutamente certo che hai reso questo giorno il più bello dell'anno. Stavo per perdere la testa senza di te.»

Mi abbracciò di nuovo e sospirò di sollievo, facendomi ondeggiare delicatamente in una lenta danza nel bel mezzo di una raffica di flash fotografici, sussurri sommessi e qualche fischio che proveniva niente po' po' di meno che da Ash in persona.

Improvvisamente, Sebastian si ritrasse e si guardò intorno. «Dov'è Kallie?»

«A casa.»

Si accigliò.

«Charlie mi ha assicurato di potersi occupare da solo del bar mentre ero via, e Tamar si è presa il week-end libero per aiutare April ad occuparsi di Kallie.» Inarcai un sopracciglio. «Ho pensato che portare una bambina di quattro anni a Las Vegas per festeggiare il compleanno di una rockstar non fosse la scelta migliore che un genitore potesse prendere.»

Baz finse un sussulto scioccato. «Hai lasciato mia figlia nelle mani di Tamar? La donna che sembra voler tagliare le palle ad ogni ragazzo per il semplice fatto di essere un uomo? Non so se mi piaccia l'idea.»

Mia figlia.

Era la prima volta che lo sentivo riferirsi a lei in quel modo. Sentire Kallie chiamarlo *papà* era già sufficiente a colmarmi di speranza, sogni e amore.

Ma questo? Questo era travolgente e puro, offerto senza pensarci due volte. Sebastian Stone rubò un altro pezzo della mia anima.

Sua.

Non c'erano dubbi al riguardo.

Gli rivolsi un sorriso civettuolo e lasciai vagare la mia mano sulle sue ampie spalle coperte dalla maglietta aderente, e poi più giù, sopra il suo petto scolpito, dove il mio palmo si fermò sul battito forte del suo cuore. «Stai diventando protettivo, eh?»

Baz ridacchiò e mi rivolse un sorriso che gli sollevò l'angolo sghembo della bocca. «Solo un pochino.» Poi quel sorriso giocoso assunse una sfumatura malinconica. «Non riesco a credere quanto dannatamente mi manchi.»

«Lo so.» Frugai nella borsa e tirai fuori il regalo che Kallie aveva scelto per lui. Con esitazione, glielo porsi. «Anche tu le manchi.»

Sebastian si immobilizzò e indugiò mentre la sua attenzione si spostava tra me e l'animaletto di peluche, i suoi occhi colmi sia di confusione che comprensione.

«Appena l'ha visto, ha insistito che tu l'avessi. Mi ha ripetuto all'infinito di assicurarmi che tu sapessi che è solo da parte sua per il tuo compleanno.» Abbassai la voce in un sussurro speranzoso, facendo scivolare le dita lungo il suo fianco, fino al punto in cui la scimmietta verde era nascosta sotto la maglietta. «Pensa che le scimmie siano i tuoi animali preferiti.»

La sua mano tremò quando accettò il regalo, poi se lo portò al naso e chiuse gli occhi, inspirando il suo odore, quasi come se quel gesto potesse avvicinarlo maggiormente a Kallie.

«Dio, posso quasi sentire il suo profumo. Mi manca da morire, Shea.»

Lentamente, Sebastian si aprì a me, parlando con voce profonda e sincera. «È una bambina fantastica. Dopo tutte le stronzate che ho fatto, non so come abbia avuto una simile fortuna. Sei entrata nella mia vita... portando con te quella bambina.»

Già. Il mio uomo, duro e sfregiato, era così dolce e tenero. Lo percepivo, lo vedevo chiaramente al di là delle sue cicatrici e del suo atteggiamento oscuro e aggressivo.

La risata di Ash risuonò alle nostre spalle, spezzando l'atmosfera intensa che si era creata tra noi.

«Bellissima Shea! Come va, tesoro? Sei splendida come sempre.»

Mi voltai giusto in tempo per vederlo piombare su di me, tutto fossette, bicipiti muscolosi e tatuati, e un sorriso da cardiopalma. Ansimai quando mi sollevò per aria, facendomi volteggiare come una bambola di pezza. Proruppi in una risata e mi aggrappai alle sue spalle, certa che questo pazzoide mi avrebbe fatta cadere a terra nella sua esuberanza.

«Oh mio Dio, Ash! Mettimi giù.»

«Neanche per sogno, tesoro. Mi sei mancata un casino.»

«Davvero» disse Sebastian, quasi in tono di avvertimento, guadagnandosi un sorrisetto da Ash e una risatina da Lyrik, che intervenne per salvarmi. Mi strinse in un rapido abbraccio e mormorò al mio orecchio: «Meno male che sei qui. Gli sei mancata tantissimo.»

Annuii in segno di riconoscenza e lanciai un'occhiata a Sebastian, che ci guardava con un pizzico di curiosità e un bel po' di felicità.

Anche Zee si avvicinò e mi avvolse in un breve abbraccio.

Sembrava un tantino assurdo quanto mi fossero mancati tutti loro, come questo gruppo di ragazzi fosse diventato un pilastro importante della mia vita.

Sebastian scosse la testa, gli occhi luccicanti. «Avrei dovuto immaginare che voi coglioni steste tramando qualcosa. Vi siete comportati in modo strano e sospetto tutta la mattinata. Avreste potuto risparmiarmi un sacco di sofferenza se mi aveste detto che la mia ragazza stava arrivando.»

«E rovinare così tutto l'impegno che Shea ha messo nell'organizzare questa sorpresa? Manco per sogno, amico. Ingoia il rospo e sii grato che lei sia qui.»

Sebastian avvolse un braccio intorno alla mia vita e mi attirò a sé, schiacciandomi contro il suo petto, i nostri cuori che palpitavano ancora all'unisono. Affondò il naso nei miei capelli.

La sua risposta sussurrata contro il mio orecchio mi provocò un brivido lungo la nuca. «Oh, credimi, sono grato eccome. Ti mostrerò quanto sono *riconoscente* durante tutto il week-end.»

La lussuria mi attraversò il corpo, concentrandosi nel basso ventre e accendendo quel soffuso desiderio che provavo da settimane.

Una bassa risatina rimbombò nel petto di Sebastian, fin troppo infervorato e intuitivo, ma per nulla imbarazzato di premersi maggiormente contro di me per mostrarmi la prova di quanto anch'io gli fossi mancata. «Non vedo l'ora di stare da solo con te» mormorò con la bocca contro il mio orecchio.

Lyrik si strofinò il mento con una mano tatuata. «Detesto interrompere il felice ricongiungimento, ma fra mezz'ora dobbiamo andare via. Dobbiamo stare al luogo del concerto per le cinque.»

Sebastian gemette, ma sollevò il mento verso Lyrik in segno di assenso, dopodiché riportò l'attenzione su di me e intrecciò le dita alle mie. «Dove sono le tue cose?»

«Le ho lasciate al fattorino.»

Strinse gli occhi e si morse il labbro inferiore, poi annuì bruscamente, come se fosse giunto a una decisione.

«Perfetto.» Si portò le nostre mani intrecciate alla bocca e mi baciò le nocche, prima di iniziare a muoversi e trascinarmi con sé.

Non riuscii a trattenere il lieve gridolino che mi sfuggì dalla gola quando un frenetico sciame di farfalle prese d'assalto il mio stomaco. Era un momento così spensierato, tutti i nostri problemi, le nostre preoccupazioni e paure messe da parte.

Charlie aveva ragione.

Avevo bisogno di questo.

Noi avevamo bisogno di questo.

Mi aggrappai al suo polso con la mano libera, facendo del mio meglio per tenere il passo mentre mi tirava in direzione della reception e dritto verso la sezione VIP.

Ma non mi permise di rimanere dietro di lui.

No.

Al contrario, mi spinse in avanti e mi fece voltare in un unico fluido movimento. Il marmo liscio e freddo del bancone premette contro la mia schiena quando Baz mi inchiodò contro di esso, controllando ogni mio gesto con la sua audacia.

Non esitò a infilare un ginocchio tra le mie cosce mentre distendeva le braccia a entrambi i lati del mio corpo, tenendomi prigioniera tra lui e il banco di registrazione.

Ero in trappola.

E non c'era una singola parte di me che volesse essere liberata.

Le farfalle nel mio stomaco impazzirono, tramutandosi in una frenesia di lussuria e desiderio che crebbe a dismisura come questo folle e sorprendente amore.

Sapevo che le emozioni che Baz mi faceva provare erano

un vero e proprio dono.

Torreggiando su di me con il suo grosso corpo, Sebastian si allungò oltre la mia spalla e parlò con la receptionist mentre io sbirciavo la folla di persone che ci fissava con sguardi curiosi e occhiate gelose.

«Voglio cambiare stanza» disse Baz.

La receptionist digitò sulla tastiera. «Il numero della sua attuale stanza?»

«1653.»

«Ha delle preferenze per la nuova camera, signore?»

«Voglio la migliore suite che avete per me e la mia ragazza» rispose, sfregando il naso contro il mio collo.

«Sebastian» sibilai, cercando di impedirgli di fare un gesto così esagerato, perché non avevo mai avuto intenzione che spendesse un occhio della testa per me.

Un semplice letto andava benissimo.

«Morditi la lingua, donna» sibilò di rimando, anche se in tono del tutto giocoso. «So esattamente cosa vuoi dirmi, e la risposta è no. È il mio compleanno, e questo è ciò che *io* voglio. Intesi?»

«Stai cercando di ottenere quello che vuoi facendomi sentire in colpa?» ribattei con un sorriso, sollevandomi in punta di piedi per dargli un bacetto sul mento.

Lui fece un sorrisetto furbo. «Sono disposto a usare qualunque mezzo.»

L'addetta alla reception lavorò in fretta e, pochi secondi dopo, spinse verso di noi una piccola busta contenente le chiavi elettroniche. «È tutto sistemato.»

«Può far portare i miei bagagli e quelli di Miss Bentley nella nuova stanza?» aggiunse Sebastian.

«Nessun problema. Godetevi il soggiorno.»

«Ne ho tutte le intenzioni» rispose Baz con voce simile a un ringhio, ma l'intensità delle sue parole era rivolta unicamente a me.

Oddio.

Ero nei guai.

Nel miglior tipo di guai.

Detto ciò, Sebastian mi trascinò in gran fretta verso gli ascensori all'altro lato della lobby. Schiacciò il pulsante di chiamata, impaziente. Quando la porta si aprì con un tintinnio, Sebastian farfugliò il numero della stanza all'addetto all'ascensore nello stesso istante in cui mi spinse contro la parete in fondo.

Inchiodandomi di nuovo.

Portò le sue calde mani ai lati del mio collo e chinò la testa per baciarmi con ardore.

Cedetti brevemente al suo assalto, prima di ridacchiare e ritrarmi, consapevole che c'erano altre quindici persone ammassate nell'ascensore insieme a noi.

«Ehm... non vedi che abbiamo degli spettatori?» mormorai contro il suo viso, illuminato da un sorriso che sembrava stampato in modo indelebile sulla sua bocca.

«Riesco a vedere solo una cosa, piccola.»

Ero troppo grande per svenire?

Apparentemente no, perché le mie ginocchia tremarono, le mie viscere fremettero e un'ondata di vertigini mi travolse i sensi.

Luce.

Luce.

Luce.

Sebastian mi inondava di luce quando avrei dovuto annegare nell'oscurità, preda della paura che il mio passato mi raggiungesse. Invece quest'uomo miracoloso mi teneva stretta a sé, reggendomi saldamente per evitare che mi schiantassi a terra.

L'ascensore si fermò a sette piani diversi prima di arrivare finalmente all'ultimo piano.

Sì, avevo tenuto il conto.

Sebastian rivolse un cenno del capo all'addetto all'ascensore, dopodiché mi trascinò con sé nel breve corridoio fino alle doppie porte della suite. Con la stessa mano con cui reggeva la scimmietta di Kallie, armeggiò con la chiave elettronica, dal momento che si rifiutava di lasciarmi andare la mano. Riuscì a strisciare la carta e a sbloccare la serratura. Una delle due porte si spalancò e Sebastian si voltò di scatto verso di me, catturando di nuovo la mia bocca e trascinandomi nella stanza immacolata.

Anche se mi stava baciando con fervore, non riuscii a trattenermi dall'aprire un occhio e sbirciare l'opulenza che ci circondava. «Oh, wow» mormorai, mentre Baz mi trascinava al centro della zona living. «Penso che questo posto sia più grande di casa mia.»

E casa mia non era esattamente piccola.

O modesta.

Ma questa suite la faceva sembrare una discarica.

Sebastian si ritrasse quel tanto da guardarsi intorno.

Il lussuoso soggiorno era decorato in bianco e nero. Tocchi di blu reale erano sparsi qua e là, donando una spruzzata di colore. Un grande divano a forma di U era situato al centro della sala, circondato da morbide poltroncine rivolte verso un televisore che occupava gran parte di una parete, mentre un tavolo da pranzo formale per otto persone era situato in fondo alla zona living. C'era un bar piuttosto grande e una zona ufficio. Un'intera parete era occupata da finestre alte due piani che si affacciavano sulla Strip, regalando una vista mozzafiato della città e del cielo.

La nostra attenzione fu attirata da una scala a chiocciola che conduceva al piano superiore, a quella che immaginavo fosse la camera da letto.

L'atteggiamento di Baz divenne predatorio, i suoi occhi grigi luccicarono e il suo corpo si contrasse. Allungò la mano e mi carezzò il viso. «Ti scoperò ovunque in questa suite. Su ogni superficie. In ogni stanza.» Avvicinò il viso al mio e il suo alito mi sfiorò il viso. «E poi ricomincerò daccapo.»

Mise da parte la scimmietta di peluche e le chiavi elettroniche, poi mi sollevò tra le braccia, costringendomi ad avvolgere le gambe intorno alla sua vita.

Indossavo un paio di pantaloncini cortissimi e i miei soliti stivali.

Sì.

Li avevo indossati appositamente per lui.

Sapevo che gli piaceva quando portavo i pantaloncini e gli stivali, ed io adoravo il modo in cui il suo sguardo percorreva le mie gambe ogni volta che li indossavo.

Sebastian attraversò la stanza e mi posò sul bordo del tavolo in vetro, poi fece vagare le mani su e giù lungo le mie cosce mentre posizionava il suo turgido membro contro il mio sesso.

Mugolai di piacere quando mi avvolse il collo con entrambe le mani e mi baciò lentamente.

«È passato troppo tempo, piccola. Muoio dalla voglia di sprofondare dentro di te. Stanotte divorerò ogni centimetro del tuo corpo delizioso.»

«Come se non l'avessi già fatto» dissi, mordicchiandogli le labbra. Mi sentii sciogliere dentro a contatto con le sue dita di fuoco.

Avevo fatto cose con Sebastian che non mi ero mai sognata di fare con un altro uomo. Gli avevo permesso di riempirmi, esplorarmi e scoparmi in qualsiasi maniera. Gli avevo consentito di toccarmi in modi che avevo creduto fossero oscuri, brutti e depravati.

Invece no.

Era un piacere puro e sfrenato.

Una fiducia sincera.

Una bellezza trovata nell'asprezza, un legame scoperto nella vulnerabilità.

«Come se potessi mai averne abbastanza di te» mormorò lui di rimando con voce ruvida, attirandomi ulteriormente a sé con un gesto brusco delle mani.

Qualcuno bussò alla porta.

Sebastian alzò gli occhi verso l'alto soffitto ed emise un gemito strozzato. «Merda.»

Ridendo, lo spinsi via. «Dobbiamo comunque andare. Non voglio che tu faccia tardi per colpa mia.»

Mi premette un bacio a timbro sulle labbra.

«*Più tardi*» promise.

«Sì, ti prego» dissi, afferrandolo avidamente per la maglietta nello stesso istante in cui lui cominciò ad arretrare.

«Donna» ringhiò Baz in tono di avvertimento, abbassando

la testa per un altro rapido bacio. Scoppiai di nuovo a ridere e balzai giù dal tavolo mentre lui andava ad aprire la porta.

Un fattorino entrò nella suite con le nostre cose, posando una custodia per chitarra acustica contro il muro e portando il resto dei bagagli nella camera da letto al piano di sopra.

Quando l'uomo ritornò giù, Sebastian estrasse il portafoglio dalla tasca dei pantaloni e gli porse una grossa banconota come mancia. Era sempre così generoso, in netto contrasto con il suo aspetto minaccioso.

Il fattorino uscì dalla stanza, chiudendosi la porta alle spalle.

«Devo cambiarmi» dicemmo io e Baz allo stesso tempo, con la stessa riluttanza. Rimanemmo entrambi immobili a fissarci perché eravamo in perfetta sintonia. Poi Sebastian emise una risata affettuosa.

«Coraggio, usciamo in fretta da qui o non ce la faremo mai.» Mi prese per mano e mi condusse velocemente al piano di sopra. Cominciò a togliersi i vestiti e a frugare nella sua valigia, proprio come feci io.

«Dannazione» imprecai, rovistando dappertutto e maledicendomi di nuovo.

«Che c'è?»

Alzai lo sguardo e lo vidi in mutande, e i miei occhi rimasero lì un po' più a lungo del necessario.

Il mio bellissimo uomo si chinò in avanti per sfilarsi dal piede la seconda gamba dei pantaloni, poi afferrò un nuovo paio di jeans. Un brivido mi percorse dalla testa ai piedi quando fui colpita dalla migliore e dalla peggiore delle tentazioni.

Un solo scorcio del suo splendido corpo bastava a farmi perdere di vista il compito più urgente, e *quella* era l'unica cosa che i ragazzi avevano messo in chiaro quando avevamo organizzato questa sorpresa per il compleanno di Sebastian.

Avevano un concerto da fare.

E il concerto veniva prima di tutto.

In nessun caso dovevo fargli fare tardi.

Per essere un gruppo di rockettari scapestrati, avevano tirato fuori un sacco di *regole*.

Li comprendevo pienamente. Ma c'era una parte bisognosa

e disperata di me che voleva ignorare tutti gli obblighi, che desiderava chiuderci in questa stanza e lasciare che lui cominciasse a divorarmi come aveva promesso di fare.

Cogliendo il mio sguardo libidinoso, perché quant'era vero Iddio mi era impossibile celarlo, Sebastian mi rivolse un sorriso impertinente e con la bocca mimò: «Più tardi». Poi, con un cenno del capo, indicò il disastro che stavo combinando nella mia valigia.

«Dannazione, cosa? Pare che sia stata Kallie a preparare la tua valigia. Quella bambina è un vero e proprio uragano.»

Una lieve risatina mi sfuggì dalle labbra quando visualizzai la mia dolce bambina in tutta la sua energia e vitalità, poi scossi la testa. «Non posso crederci... Ho dimenticato il mio beauty case.»

«Non hai bisogno del trucco.» Un sorriso ironico curvò un angolo della sua bocca seducente e la sua voce si abbassò fino a diventare un roco sussurro. «O di vestiti, se è per questo.»

Non riuscii a trattenermi dall'alzare scherzosamente gli occhi al cielo. «Non eccitarti troppo... Ho abbastanza vestiti da durarmi per giorni. È tutto il resto che mi manca. Ogni cosa era in quella borsetta... il trucco, lo spazzolino da denti, l'arricciacapelli, le pillole anticoncezionali.»

Impotente, frugai di nuovo nella valigia, in cerca di qualcosa che sapevo non essere lì. D'un tratto, la mia mente visualizzò chiaramente il beauty case sulla toletta nella mia stanza.

«Merda... merda... merda» borbottai.

Sebastian avanzò verso di me a piedi nudi con indosso un paio di morbidi e consunti jeans. Era l'uomo più sexy che avessi mai visto.

Mi premette un tenero bacio sulla tempia. «Non preoccuparti. Chiamerò la reception e farò mandare su un po' di roba. Va bene?»

Gli rivolsi un sorriso rassegnato. Ormai non c'era nulla che potessi fare. «Sì, sarebbe fantastico.»

Sebastian finì di cambiarsi e scese al piano di sotto, dove telefonò alla reception per farmi portare un po' di cose. Nel frattempo, io indossai in fretta il completo che Tamar mi aveva aiutato a scegliere per stasera; un altro paio di pantaloncini corti e strappati abbinati ad un top largo color crema con bordi merlettati e un paio di stivali marroni scamosciati dal tacco vertiginoso che facevano apparire le mie gambe lunghe, sexy e sinuose.

Country chic.

«Non cambiare la strada vecchia per quella nuova» mi aveva detto Tamar, scrollando i suoi capelli rossi, mentre facevamo shopping, dicendomi che avevo già perfezionato quel look perciò avrei dovuto optare per esso.

Entrai nel sontuoso bagno annesso alla camera da letto, dove il tema sfarzoso della suite raggiungeva i massimi livelli. Afferrai un fazzolettino ed emisi un altro grugnito irritato per aver dimenticato i miei effetti personali, poi avvicinai il viso allo specchio e mi tamponai gli occhi per eliminare il make up accumulatosi nelle pieghe e rimuovere il residuo in eccesso.

Almeno, nella borsa avevo la cipria e un lucidalabbra trasparente.

Dovevo farmeli bastare.

Sebastian comparve sulla soglia e appoggiò le mani su entrambi i lati della porta, mettendo così in mostra le sue braccia tatuate e togliendomi di nuovo il fiato. «Ho appena ricevuto un messaggio. I ragazzi sono di sotto. Dobbiamo sbrigarci.»

«Sono pronta.» Lo seguii in camera, afferrai la borsetta dal letto e me la misi a tracolla. «Viene anche Austin?»

«No... Rimane sempre in hotel. I concerti non sono l'ambiente migliore per lui» disse con una punta di rimpianto, poi scrollò una spalla. «Tuttavia sembra contento, quindi suppongo vada bene così.»

«Va bene così» gli assicurai, ben consapevole di quanto si preoccupasse per suo fratello minore. Desideravo sapere di più sul loro passato così da poterli aiutare meglio. Ma capivo anche che c'erano cose che condividevano solo tra loro due.

Scendemmo in ascensore e attraversammo l'atrio dell'hotel mano nella mano fino all'entrata posteriore dove ci aspettavano i ragazzi.

L'espressione spavalda di Lyrik scomparve appena ci vide.

«Non ci posso credere!»

Zee proruppe in una sorta di ribelle celebrazione. «Paga, stronzo.»

Lyrik gli sferrò un pugno ma Zee lo schivò con un balzo, scoppiando a ridere. «Che c'è? Non ti va a genio quando qualcuno con la metà dei tuoi anni ti soffia un altro po' di grana? Stai perdendo il tuo tocco, vecchio.»

«Detto dal moccioso che è a malapena maggiorenne per giocare ai casinò? Non costringermi a darti una lezione, ragazzino» lo punzecchiò Lyrik a sua volta.

Sebastian guardò Lyrik a occhi socchiusi mentre apriva la portiera posteriore dell'auto. «Non sembri molto felice di vedermi, coglione» disse con un sopracciglio inarcato.

Lyrik estrasse una banconota da cento dollari dal portafoglio e la sbatté sulla mano tesa di Zee, che gongolava compiaciuto. L'irritazione sul suo viso lasciava intendere chiaramente che avrebbe preferito sbattergliela in faccia.

Ash e Zee, quest'ultimo ancora piegato in due dalle risate, salirono sulla lunga Escalade nera, accomodandosi sulla terza fila, mentre Lyrik balzò sul sedile anteriore del passeggero. Sebastian mi sospinse nella fila centrale e salì dietro di me.

Lyrik girò la testa e si guardò alle spalle. I suoi occhi scuri luccicavano di divertita incredulità. «Questo perché vedere il tuo culo uscire dall'hotel meno di mezz'ora dopo mi è costato un bigliettone da cento, Baz Boy.»

«Adesso scommetti contro di me?»

Ash si sporse in avanti e avvolse le braccia intorno al mio poggiatesta. «Non essere tanto sorpreso, amico. Se avessi una ragazza come Shea...» Emise un basso fischio e fece vagare lo sguardo lungo le mie gambe. «Potresti scommettere fino al tuo ultimo dollaro che farei tardi.»

Ehm. Wow.

Sentii il rossore risalirmi su per il collo e un sorriso spuntarmi sul viso. Erano ragazzi unici, straordinari, perfetti. In qualche modo, questa famiglia fuori dall'ordinario di Sebastian era diventata anche la mia.

«Ehi, ehi!» esclamò Zee. «Non sminuite la fiducia che ripongo nel mio caro amico. Sapevo che non avrebbe deluso la band. Ti copro io le spalle, Baz.»

Mi sfuggì un gridolino sciocciato quando improvvisamente Sebastian mi trascinò sul suo grembo. Sfregò il naso lungo il mio collo e posò la mano sulla mia coscia nuda, dandomi una stretta non tanto delicata.

«O forse ho solo intenzione di prendermi il mio tempo per farmi la mia ragazza come si deve. Ma questo non ha nulla a che fare con nessuno di voi stronzi.»

Oddio.

Il rossore mi imporporò le guance. Il desiderio che Sebastian aveva acceso nella suite si era appena attenuato, e ora lui lo riaccendeva di nuovo, provocandomi un fremito lungo il corpo con la promessa intrisa nelle sue parole.

«Questa conversazione non è affatto imbarazzante» dissi in tono ironico. Guardai con occhi sgranati ognuno dei ragazzi, che fissavano me e Sebastian senza alcun ritegno, come se fossimo il miglior tipo di intrattenimento.

Considerando che avevano scommesso su di noi, lo eravamo.

Ash rise fragorosamente e sbatté la mano sul mio sedile, adesso vacante, mentre l'autista si immetteva nel traffico intenso che intasava la Strip.

«Suvvia, dolce e innocente Shea. Ormai fai parte della band, piccola. Non ci sono segreti tra di noi e nessun argomento è off-limits. Puoi sopportarlo?»

Mi stava prendendo in giro, ma potevo percepire l'avvertimento celato nelle sue parole. Ash era sempre così impudente e compiaciuto di sé, ma c'era anche un'indiscutibile vena di lealtà in lui. Proprio come Sebastian, si nascondeva del buono dietro tutta la sua sfrontatezza. Sapevo che mi stava mettendo in guardia sul futuro che ci attendeva, domandandosi se fossi in grado di affrontare lo stile di vita che vivevano, le tante forze esterne da cui Sebastian mi aveva voluto proteggere e difendere.

Mi rannicchiai maggiormente tra le braccia di Sebastian. Finché mi amava tanto profondamente quanto lo amavo io, avrei potuto affrontare qualsiasi cosa.

Appoggiando le braccia sul sedile centrale, Zee si piegò in avanti e cominciò a tamburellare un ritmo sulla pelle nera dello schienale, mormorando sommessamente la melodia.

Ash si unì a lui, canticchiando le parole sottovoce e muovendo la testa al ritmo della canzone improvvisata di Zee. Probabilmente non avrei dovuto rimanere sorpresa quando Lyrik, l'uomo che trasudava pericolo e violenza, cominciò a tamburellare le dita sulle sue cosce fasciate da jeans attillati e stracciati, unendosi ad Ash e Zee, come se facessero questo tutte le volte.

Sul serio?

Guardai Sebastian. Lui mi rivolse un sorriso malandrino, abbassò il suo splendido viso verso di me e cominciò a muovere le sue labbra piene.

Il mio bellissimo uomo cominciò a cantare quella melodia calmante con la sua bellissima voce, la bocca a un centimetro dalle mie labbra, come se la stesse dedicando a me.

Ma i suoi intensi occhi grigi luccicavano e scintillavano di malizia e spensieratezza mentre cantava insieme ai ragazzi. Quattro grossi e duri rockettari che si perdevano in una canzone retrò.

Stavano cantando *Leaving Las Vegas* di Sheryl Crow.

Ridacchiando, mi avvinghiai al collo di Sebastian. Fui invasa da un'euforica sensazione quando l'atmosfera nell'auto si fece leggera. Il legame disinvolto tra questi quattro uomini talentuosi mi riempì di gioia, perché sapevo che questa era una parte importante della vita di Sebastian. Ero felice di accompagnarli al concerto, di vivere la loro quotidianità.

Per tanti anni, avevo messo a tacere la mia voce. Come se fosse parte dei segreti che dovevo tenere nascosti. Come se le parole che danzavano sulla punta della mia lingua fossero state sepolte insieme a Delaney Rhoads.

Ma oggi... oggi non riuscii a trattenermi... perché mi sentivo libera.

Scagionata.

E mi lasciai andare.

Alzai la voce e mi unii a loro, proprio nel momento in cui

raggiunsero il ritornello, e cantai a squarciagola. Sebastian strinse le mani sui miei fianchi. La gioia nei suoi occhi era qualcosa che potevo percepire fin nella mia anima.

Quando terminammo la canzone, l'auto cadde in un assordante silenzio.

Come se uno strano turbamento avesse infranto l'atmosfera spensierata.

Tenni la bocca chiusa per l'imbarazzo e mi mordicchiai nervosamente il labbro inferiore mentre seppellivo il volto nel collo di Sebastian, desiderando di poter scomparire.

Cosa mi era passato per la mente?

Poi Ash fischiò. «Accidenti, donna. Quella voce è davvero uscita dalla tua bocca?»

Nascosi il mio cipiglio contro la gola di Sebastian e sentii la vibrazione della sua risatina mentre mi stringeva più forte a sé.

«Te l'ho detto, amico» mormorò Sebastian, tempestandomi la testa di baci.

«Cosa gli hai detto?» chiesi, ritrovando finalmente il coraggio. Sollevai lo sguardo e lui abbassò la testa per incrociare i miei occhi.

Di solito non ero un tipo timido, ma quando cantavo, le mie insicurezze di bambina ritornavano a tutta forza. Il fatto che ero stata una costante delusione per mia madre. Le pressioni che aveva esercitato su di me. Le aspettative che non ero mai riuscita a soddisfare. La sua insaziabile brama di avere di più.

Più popolarità.

Più denaro.

Senza curarsi minimamente delle terribili conseguenze che sarebbero derivate dalle sue azioni avventate.

«Che tu, dolce ragazza, mi fai sembrare un dilettante.»

«Difficilmente» sussurrai in tono serio.

Baz mi strinse di nuovo la coscia e assunse un atteggiamento giocoso. «Fammi un favore. Stasera non cantare nel backstage, okay? Non ho bisogno che tu mi metta in ombra, soprattutto il giorno del mio compleanno. Non penso che il mio ego possa sopportare un colpo simile.»

Allungai il collo per premere un bacio al centro della sua gola muscolosa. Poi mormorai contro il suo pomo d'Adamo, le mie parole dolci e roche. «Non potrei mai metterti in ombra.»

Quest'uomo oscuro e misterioso era diventato la mia luce più luminosa.

Con un sorrisetto, mi ritrassi leggermente. «Inoltre, non sono sicura di poter emettere tutte quelle urla gutturali per cui sei tanto famoso.»

Baz proruppe in una risata profonda e seducente. Mi abbracciò più forte e infilò una mano nei miei capelli. «Anche le tue urla non sono male, piccola. Assicurati solo di gridare unicamente il mio nome.»

Un fremito di desiderio si stabilì tra le mie cosce.

Più tardi.

La sede del concerto si trovava appena fuori la via principale, e l'autista svoltò un paio di volte prima di entrare in un parcheggio e fermarsi davanti all'entrata posteriore dell'auditorium. Tutti scesero in fretta dall'auto. Sebastian non lasciò mai andare la mia mano mentre seguivamo i ragazzi nel vecchio e scuro teatro, salendo tre gradini di cemento fino a una porta nera sorvegliata da una robusta guardia.

L'istante in cui entrammo nell'edificio buio, percepii una scarica di energia sfrigolare nell'aria densa. Come se quell'energia magnetica traesse forza dai ragazzi che la respiravano. Quella sensazione aumentò quando sollevarono il mento e inspirarono a fondo, come se si stessero nutrendo di quella frenesia. L'aria sembrò riempirsi di eccitante trepidazione mentre si preparavano mentalmente per l'imminente show.

I miei occhi sfrecciarono ovunque, catturando ogni dettaglio.

Era strano che mi sentissi leggermente spaesata, perché ero abituata alla musica dal vivo che si suonava al *Charlie's*, all'energia che aleggiava a lungo nell'aria, allo strano senso di impazienza che si respirava quando qualcuno saliva sul palco e dava vita a una canzone.

Ma questo... questo sembrava completamente diverso. Il modo in cui i roadie si affaccendavano dietro le quinte, trasportando attrezzature e sistemandole al loro posto, le prove acustiche, il trambusto che si creava per mettere a punto ogni cosa, le istruzioni gridate a squarciagola, un caos ordinato che non riuscivo a immaginare in nessun altro luogo.

In aggiunta a quella sensazione, c'era il livello assordante di musica rock che sembrava dettare ogni movimento e battito.

Sebastian mi strinse la mano e avvicinò la bocca al mio orecchio. «Tutto bene?» domandò, alzando la voce.

Era impossibile non notare la preoccupazione che turbinava nelle profondità dei suoi occhi perspicaci mentre mi osservava, in cerca di un qualsiasi segno che rivelasse un senso di disagio da parte mia. Di un barlume di rimpianto o di tradimento che avevo subito in un mondo così simile a questo.

Avevamo discusso solo brevemente del dolore che avevo provato, dei sogni che avevo avuto e che non erano mai stati realmente miei, ma che erano ancora custoditi nel profondo della mia anima. E che segretamente desideravo ancora che si avverassero.

Gli avevo tenuto nascosta la verità di quanto amassi ancora suonare.

Quello che Sebastian non sapeva era che nulla di tutto ciò sarebbe mai valso il prezzo che mi era stato chiesto di pagare.

Avrei mentito se avessi detto che non ero nervosa quando ero salita sull'aereo quella mattina, che non mi ero chiesta cosa avrei provato a ritrovarmi di nuovo dietro le quinte, sapendo che nulla di tutto questo sarebbe mai appartenuto a me. Che sarei stata solo una spettatrice che osservava qualcosa di magnifico e stimolante.

Ma no.

Non provavo alcun disagio o fitta di rimpianto, né ero invasa da brutti ricordi.

«Sto più che bene» risposi sinceramente. «Sono solo eccitata di vederti esibire.»

La sua espressione si tinse di una tenerezza che ero certa lasciava intravedere soltanto a me. Mi avvolse nella sicurezza delle sue forti braccia e parlò con voce roca. «Non ho parole per dirti quanto sono felice che tu sia qui. Spero che tu lo sappia, piccola. Ti voglio al mio fianco. Sempre.»

Strinsi le mani intorno ai suoi fianchi. «Ed io sono qui perché è con te che voglio essere. Sempre.»

Il suo viso si illuminò di una profonda soddisfazione. «Andiamo... ci sono un paio di cose di cui devo occuparmi prima di esibirmi. La band che aprirà il concerto salirà sul palco a breve.»

Sebastian mi condusse lungo un corridoio poco illuminato fino a una grossa sala d'attesa sulla sinistra. La luce all'interno era soffusa ma più luminosa che in corridoio e nel backstage.

Lanciai un'occhiata ai divani imbottiti e consunti su cui erano stravaccati dei ragazzi che trasudavano sesso, droga e rock 'n' roll. Stavano bevendo birra, ridendo sguaiatamente e raccontando cazzate come amavano fare i tipi come loro.

Sul serio, l'atmosfera poteva quasi sembrare rilassata se non fosse stato per la lussuria che aleggiava nell'aria. Densa, oscura e minacciosa.

Ragazze che avevano a stento raggiunto la maggiore età ciondolavano ai lati della stanza, chiacchierando e aspettando chiaramente di essere notate. Molte di loro si adattavano perfettamente all'ambiente caotico, i loro abiti scuri come il trucco intorno ai loro occhi.

Ma suppongo che non sarebbe stato un vero concerto se non ci fossero state alcune ragazze che apparentemente avevano dimenticato che le groupie erano passate di moda negli anni ottanta. O forse stavano cercando di riportarle in voga.

Sebastian mi presentò a una manciata di persone, alcuni membri dello staff e il suo tour manager, e qualche amico che li seguiva di spettacolo in spettacolo.

Poi mi sollevò su un tavolo dove i miei stivali ciondolavano a trenta centimetri dal pavimento sporco, prima di porgermi una birra e catturare la mia bocca in un bacio possessivo e perfetto. Dopodiché, lanciò un'occhiata a tutti i presenti nella stanza che ci stavano guardando.

Off limit.

Fu un gesto carino, dolce e protettivo, e non riuscii a trattenere il brivido di eccitazione che mi percorse il corpo mentre ero lì seduta a godermi quel momento. Benché sentissi la mancanza di Kallie, e la costante paura dello scontro che sapevo stava per arrivare fosse sempre presente in un angolo della mia mente, stasera mi sentivo libera e sfrenata. Non avevo dubbi che mia figlia fosse al sicuro e che se la stesse spassando un mondo, giocando ad essere una farfalla e una principessa e vivendo nelle sue favole.

Ricoperta d'amore e d'affetto.

Perciò lasciai andare ogni mia riserva. Mi mossi a tempo di musica quando la band di apertura salì sul palco, e la mia mente vagò verso i fan che potevo sentire gridare attraverso le pareti.

Rimasi seduta da sola per lungo tempo, chiacchierando di tanto in tanto con le poche persone che mi avvicinavano; tutti uomini. Le uniche attenzioni che ricevetti dalle donne furono qualche sogghigno e delle occhiate gelose.

Un'ora dopo, Sebastian apparve davanti a me con un sorriso smagliante e pieno di fanciullesca esuberanza. «Stiamo per salire sul palco, piccola. Sei pronta?»

«Assolutamente sì.»

Mi aiutò a scendere dal tavolo e mi condusse lungo un corridoio fino al lato del palco.

VIP.

«Ecco il tuo posto.»

Gli sorrisi e mi morsi il labbro per cercare di nascondere il tumulto di emozioni che provavo. Non potevo credere di essere qui, a vivere quest'esperienza con lui. Ripensai a tutti i video delle sue esibizioni che avevo guardato notte dopo notte, quando mi era mancato da morire, domandandomi come stesse e che cosa stesse facendo mentre era in tournée.

Ed ora eccomi qui.

«Sebastian» lo chiamò Ash dall'altro lato del backstage dove stava con il resto dei ragazzi. «Porta il culo qui.»

«Torno subito» promise Baz.

Lo osservai mentre si allontanava e provai un tuffo al cuore di fronte alla sua cruda e straordinaria bellezza.

Mi voltai e sbirciai dietro il lungo sipario dov'ero nascosta nell'ombra. L'energia vibrava dalla folla, e fui attraversata da un'altra scarica di nervosismo. Sembrava assurdo che fossi qui, di nuovo circondata dalla musica da cui ero fuggita. Avevo quasi dimenticato cosa si provava nello stare dietro le quinte mentre quel fervore aleggiava intenso nell'aria e la trepidazione diventava sempre più forte mentre i fan aspettavano che la loro amata band salisse sul palco.

Ma questo era diverso da qualsiasi cosa avessi mai sperimentato nei miei giorni come Delaney Rhoads.

C'era una strana energia qui, un furore tra la folla che trasudava sregolatezza e disordine.

Cherosene in attesa di un fiammifero.

La gente era ammucchiata nella sala profonda e cavernosa, dal soffitto alto e dal pavimento inclinato verso il palco. C'erano solo posti in piedi, e i fan sgomitavano per ottenere una posizione migliore e più vicina al palcoscenico.

La sala era immersa nell'oscurità e il suono dei tecnici che testavano l'apparecchiatura rendeva l'atmosfera ancora più selvaggia.

Mi sentivo parte di tutto ciò. Un combustibile per quella frenesia. Come se fossi disperata di vedere Sebastian sul palco più di tutti i fan messi insieme. Anche se avevo fatto scorpacciata di video online dei *Sunder*, assistere a un loro concerto dal vivo era tutt'altra cosa.

Non c'era da stupirsi che Baz avesse bisogno di questo.

Che traesse beneficio da questo.

Che amasse tutto questo.

Presto sarei ritornata a Savannah, e volevo portare quest'esperienza a casa con me. Custodire questo ricordo insieme all'amore che provavo per Sebastian, così che avrei avuto qualcosa con cui sostenermi durante la nostra separazione quando avrebbe continuato il suo tour.

Mentre era lontano, volevo poter chiudere gli occhi e immaginarlo sul palco, sapendo in prima persona ciò che avrebbe sperimentato notte dopo notte.

Un tecnico del suono batté su un tamburo, facendo salire l'adrenalina alle stelle.

Inspirai bruscamente e mi godetti quel momento.

Il mio corpo tremò in segno di riconoscimento quando mani calde e vogliose mi cinsero la vita da dietro, e improvvisamente fui avvolta dal *suo* odore.

Sebastian seppellì il naso nei miei capelli, poi lo sfregò lungo il mio collo e fin dietro al mio orecchio. La mia pelle formicolò in maniera deliziosa e ogni terminazione nervosa si accese al suo tocco.

Fremetti di piacere.

«È il momento» sussurrò contro il mio orecchio sensibile.

Mi posò un lungo bacio sul collo.

«Non muoverti da qui» mormorò contro la mia pelle in tono di avvertimento, circondandomi la vita con le braccia. «Ricorda che ogni singolo stronzo che gironzola qui dietro è esattamente questo. Uno stronzo. Soprattutto quei teppistelli che hanno aperto il nostro concerto. Non voglio dover scendere dal palco durante lo spettacolo per uccidere qualcuno.»

Conoscendolo, era serio al cento per cento.

Scoppiai quasi a ridere. Come se non sapessi cosa succedeva durante un concerto. Dei predatori che si aggiravano nel backstage, luogo che consideravano il loro covo, dove cacciavano, si ingozzavano e divoravano.

Ma quella era la cosa bella di Sebastian. Non mi guardava mai come la ragazza che aveva conosciuto e visto tutto di quel mondo – quella che aveva permesso a se stessa di diventare una preda.

Per lui ero l'innocente ragazza di Savannah, quella che cercava in ogni modo di proteggere.

Era sbagliato che ciò me lo facesse amare ancora di più?

«Ti aspetterò qui» promisi, ondeggiando tra le sue braccia.

«Brava la mia ragazza» bisbigliò, inspirando il mio profumo e carezzandomi con le mani.

«Mmm... cazzo, perché devi avere un odore così maledettamente buono?» gemette.

Fece scivolare le mani sulle mie cosce nude. Pelle contro pelle. Affondò il viso nell'incavo del mio collo, succhiando e baciando, e facendomi tremare le ginocchia. «Sei così deliziosa» mormorò con voce roca. «Mi fai impazzire.»

In realtà, era lui a farmi perdere la testa.

«Aspetta soltanto che torniamo in quella camera d'albergo.»

«Forse voglio solo che tu continui a tornare da me» lo canzonai, rilassandomi contro il suo petto.

«Tornerò sempre da te.»

Lo scappellotto che Ash diede a Sebastian ci strappò al piccolo bozzolo d'intimità che avevamo creato.

I suoi occhi azzurri luccicavano di ilarità. «Concentrati, amico. Tra pochissimo dobbiamo entrare in scena e tu sembri sul punto di trascinare la tua ragazza in un angolo buio. Conosci la regola. Gli amici prima delle donne. Non spezzarmi il cuore costringendomi a prenderti a calci in culo.»

Sebastian gli tirò un debole pugno, innocuo quanto la minaccia di Ash. «Come ti pare, amico. Sappiamo entrambi che ti stenderei in un secondo.»

Ash saltellò sulla punta dei piedi e tirò finti pugni in direzione di Baz, come se volesse dimostrargli che si sbagliava. «Nei tuoi sogni, Stone. Vuoi che ti metta in imbarazzo davanti alla bellissima Shea? Sai che l'unica cosa che otterresti è far innamorare questa bella donna di me. Nessuno potrebbe biasimarla. Sono irresistibile.»

«Stai per oltrepassare il limite, coglione» ringhiò Sebastian, trattenendo una risata.

Risi e lo spinsi via. «Vai» dissi, provando di nuovo quel travolgente senso di spensieratezza.

Con un gemito, Sebastian cominciò a seguire Ash, ma poi sembrò ripensarci. Ritornò da me di corsa e mi baciò teneramente le labbra. Puntò il dito nella mia direzione mentre arretrava verso i ragazzi nascosti dietro le quinte. «Non muoverti.»

Scossi la testa, divertita, promettendo silenziosamente che l'avrei sempre aspettato, ovunque lui fosse. «Sorprendimi, rockettaro» mimai con la bocca.

Sebastian mi rivolse un sorriso mozzafiato.

Scuotendo il mio mondo.

Il mio cuore fece una capriola.

Alla fine, si voltò e portò l'attenzione sulla band e sul concerto che l'attendeva.

I ragazzi formarono un cerchio, avvicinarono le loro teste e sussurrarono parole che non riuscii a udire, dopodiché si diedero delle pacche sulla schiena per darsi la carica.

Tutti e quattro insieme erano una forza della natura.

Audaci, intimidatori e bellissimi come non mai.

Il ruggito della folla accrebbe la mia euforia. Zee superò il sipario e uscì sul palco. Sollevò la mano con cui reggeva le bacchette sopra la testa e guardò il pubblico che gridava come una burrasca che imperversava sull'oceano.

Ash e Lyrik uscirono dopo di lui.

Quel ruggito divenne selvaggio e l'energia che impregnava l'aria crebbe a dismisura, minacciando di traboccare.

Poi sul palco salì Sebastian.

E scoppiò il putiferio.

Urla assordanti riempirono la sala quando Sebastian si mise la chitarra elettrica a tracolla e gridò: «Buonasera!»

Si avvicinò al microfono e batté il piede su un pedale sul pavimento, prima di lanciarsi in una delle loro pazzesche e furiose canzoni. Suonò un ritmo maniacale, muovendo con precisione le sue abili dita su e giù lungo il collo della chitarra.

Brillante e accattivante, e così talentuoso da scuotermi fin nell'anima.

Ma fu quando la sua bocca incontrò il microfono che la sua voce potente mi trafisse.

Ogni cellula del mio corpo prese vita e il mio cuore cominciò a martellare contro le mie costole mentre guardavo l'uomo che amavo più di ogni altra cosa. L'uomo che era il padre di mia figlia in ogni senso che contava. L'uomo che era piombato nella mia vita con una forza dirompente, stravolgendo la mia esistenza.

Colmandola di gioia e amore. Di qualcosa di profondo e significativo.

Gli altri ragazzi erano altrettanto concentrati nei loro ruoli. Lyrik suonava un'altra chitarra elettrica, muovendo il corpo a ritmo della canzone e facendo così svolazzare i suoi capelli scuri e arruffati. Ash aveva il viso sollevato verso il cielo mentre suonava il basso, perso nella musica. Invece Zee suonava freneticamente la batteria su una piattaforma rialzata dietro di loro.

Ai piedi del palco, la gente si dimenava selvaggiamente.

Scatenandosi in maniera incontrollata.

Libera.

Mi ricordai la prima volta che li avevo visti esibirsi, quando mi ero chiusa nell'ufficio di Charlie, quando non ero certa di poter continuare a percorrere una strada che mi avrebbe ricondotto al tipo di vita da cui ero fuggita.

Ma avrei dovuto sapere che qualsiasi strada avessi preso mi avrebbe condotta dritto da Sebastian.

Non importava che lui stesse gridando il testo della canzone e che io *sentissi* le parole più che capirle.

La sua voce mi carezzava comunque.

Insinuandosi dentro di me e diventando un tutt'uno con le mie ossa.

Le parole indecifrabili eppure chiarissime.

Quell'energia mi circondò di nuovo, facendomi librare e cavalcare onda dopo onda di Sebastian Stone.

Lo vidi voltare la testa di lato, la bocca ancora premuta sul microfono. Stava cercando me.

Quando i suoi occhi incrociarono i miei, mi sentii mancare la terra sotto i piedi.

Rimasi rapita dall'intero spettacolo.

Mi persi nel suo spirito.

Annegai nella sua presenza.

Sebastian era la mia aria e la mia speranza, colui che aveva infuso fiducia nella vuota solitudine del mio cuore.

Colui che l'aveva colmato.

I miei occhi si riempirono di lacrime quando fui inghiottita da un'ondata di emozioni. Quest'uomo mi devastava nel modo più sorprendente possibile.

Quando il concerto giunse al termine, Sebastian gettò il suo plettro alla folla e gridò al microfono: «Buonanotte!». Si diresse con disinvoltura fuori dal palco, come se anche lui stesse cavalcando quell'emozione palpitante. Quell'intensità divenne selvaggia, proprio come i suoi strani occhi grigi mentre mi cercavano. La sua energia mi fece quasi cedere le ginocchia l'istante in cui il suo sguardo si posò su di me.

Non c'era esitazione nei suoi passi. Le sue falcate erano lunghe e sicure, fisse su un unico obbiettivo.

Me.

Si avventò su di me, spingendomi contro la superficie solida più vicina, consumandomi con mani, denti e lingua.

Gemetti quando la mia schiena urtò l'enorme altoparlante, ma lui si limitò a baciarmi con più foga, come se stesse cercando di entrare dentro di me. Il suo tocco era disperato e la sua anima vibrava di un'aura oscura. Con ogni bramosa carezza, era come se la stesse trasferendo a me, accendendomi, incitandomi e stimolandomi – una provocazione che andava ben più a fondo della superficie.

«Shea» gemette, quasi in tono sollevato.

Intrecciai le dita nei suoi capelli, avvicinandolo maggiormente a me, baciandolo con più fervore.

Stavo precipitando.

Sembrava non esserci fine. Né alcun principio.

Solo noi, ora e per sempre.

«Avete finito?» La voce di Lyrik infranse la nostra unione.

«Neanche lontanamente» mormorò Sebastian contro la mia bocca, continuando a stringermi con forza.

Una cupa risatina sfuggì dalle labbra di Lyrik. «Lo spettacolo è finito, amico.»

Ovviamente, non si riferiva solo all'esibizione dei *Sunder* sul palco.

Dio, quand'ero con Sebastian perdevo completamente la testa, dimenticavo dov'ero e chi poteva vederci.

Baz si limitò a grugnire, senza smettere di baciarmi. «Va' via.»

«Manco per idea, amico. Devi farti una doccia... abbiamo dei programmi. Ricordi?»

Sebastian gli lanciò un'occhiata torva da sopra la spalla, continuando a stringermi come se volesse fiondarsi di nuovo su di me. «Questo prima che la mia ragazza si presentasse qui e cambiasse i *miei* programmi.»

Lyrik mi guardò. «Anche Shea fa parte dei programmi. Giusto, Shea?»

Fui quasi tentata di negare, perché non desideravo altro che rimanere da sola con Sebastian. Ma in qualche modo mi costrinsi ad annuire. «Sì... faccio parte dei programmi.»

Un sorriso curvò un angolo della mia bocca quando Baz mi guardò ad occhi socchiusi.

«Sei venuta qui per torturarmi, vero, donna?»

«Non lagnarti, amico. Un po' di attesa non ha mai fatto male a nessuno» sbottò Lyrik, passandosi una mano tra i capelli.

«Non definirei quattro settimane un *po'* di attesa» ribatté Baz, guardandomi con un sorriso allusivo sulle labbra. «Dimmi come hai intenzione di farti perdonare.»

Giocherellai con l'orlo della sua maglietta e premetti un altro bacio sulla sua deliziosa bocca. «In qualunque modo tu voglia.»

«Adesso ti stai volutamente cacciando nei guai.»

Non c'erano dubbi. Ma ero disposta ad accettare ogni sua richiesta.

Sebastian si staccò da me e mi aiutò a mettermi dritta su gambe instabili.

Mi lasciò di nuovo ad attenderlo nella piccola saletta, promettendo di tornare in fretta. Infatti fu di ritorno dopo soli cinque minuti. Aveva i capelli umidi e si era cambiato d'abito. Indossava una camicia a maniche lunghe con i polsini arrotolati fino ai gomiti. La sua innegabile forza era evidente nei muscoli che si contraevano sotto l'intricato inchiostro inciso sulla pelle scoperta dei suoi avambracci.

Ogni donna presente si voltò verso di lui, fissandolo con evidente desiderio negli occhi. Era un uomo magnifico che sprizzava sesso e oscurità, avvolto da un velo di mistero. Un enigma di cui solo io conoscevo la risposta.

Ash, fresco di doccia, entrò allegramente nella stanza dopo di lui. «Andiamo!» esclamò, battendo le mani.

Sebastian mi prese per mano mentre Ash parlava con il piccolo gruppo di amici che ci avrebbe raggiunto in discoteca. Poi uscimmo tutti e cinque dalla porta sul retro sotto il cielo notturno di novembre. L'aria era fresca e intrisa di suoni di baldoria.

Il SUV che ci aveva condotto qui era parcheggiato fuori, ma Sebastian si diresse verso la Maserati nera decappottabile situata dietro di esso.

I miei passi vacillarono e la mia bocca si spalancò.

Avrei dovuto essere io ad elargire sorprese questo weekend, non il contrario.

Di fronte alla mia reazione, Sebastian fece spallucce e mi tirò per mano, poi si voltò verso di me e fece qualche passo all'indietro. «Quando ho chiamato per farti portare un po' di roba su in camera, ho fatto una telefonata. Ho pensato che avremmo preferito un mezzo tutto nostro per il fine settimana.»

«Non lo definirei *mezzo*.»

«Perché? Ha le ruote.»

Non avevo dubbi che l'avesse fatto per me, poiché i gusti di Sebastian tendevano chiaramente verso auto più maschili e aggressive e di grossa cilindrata. Questa vettura era elegante, piccola e veloce. Lusso pretenzioso al massimo livello.

«Sei pazzo, Sebastian dalla California.»

Lui scoppiò in una risata spensierata e profonda che mi riempì completamente. I miei polmoni premettero contro le mie costole mentre assaporavo quel suono.

«Non puoi biasimare un uomo per volersi prendere cura della sua ragazza.»

«Direi piuttosto viziarla.»

Lui mi attirò con forza contro il suo petto caldo. Il battito del suo cuore era forte e regolare. «Non mi dispiace viziarti un po'» disse dolcemente, sfiorandomi la mascella con la punta delle dita.

Cedetti, e Sebastian mi aiutò ad accomodarmi sul morbido sedile anteriore in pelle, poi girò davanti all'auto, si sedette al posto di guida e avviò il motore.

Seguimmo il SUV fino al locale dove Ash aveva organizzato la festa per Sebastian, quando quest'ultimo pensava ancora che avrebbe festeggiato solo con i ragazzi e alcuni amici.

Un caleidoscopio di luci illuminava la Strip. Ogni casinò e hotel risplendeva come una torcia che prometteva un appagamento che si poteva trovare solo in questa città. La capote era abbassata e potevo sentire l'aria fredda carezzarmi il viso. Il cuore mi martellava di gioia nel petto. Una delle mie mani era appoggiata sulla coscia di Sebastian, mentre l'altra sporgeva oltre il finestrino abbassato, agitandosi al vento.

Dieci minuti dopo, ci fermammo dietro all'Escalade e davanti al parcheggiatore della discoteca. Sebastian girò intorno all'auto e venne ad aprirmi la portiera. Mi prese per mano e tenne la testa alzata, senza il solito riserbo che tipicamente mostrava davanti ai media. Una sfilza di flash fotografici esplose l'istante in cui ci videro.

Un cordone rosso teneva lontano una fila di festaioli agghindati per fare colpo, nella speranza di riuscire a entrare nel locale. Alcuni di loro gridarono il nome dei *Sunder* mentre la band si dirigeva verso l'entrata. Un paio di persone urlarono il nome di Sebastian per catturare la sua attenzione, sollevando i telefonini e scattando foto. Lui sorrise nella loro direzione, sprizzando gioia ed eccitazione, senza mostrare un briciolo di quell'ostilità che solitamente trapelava quand'era sotto i riflettori.

E mi resi conto che a volte l'amore cancellava parte della rabbia.

Mi strinsi al suo fianco. La potenza del mio sorriso, questa gioia dentro di me, era più di quanto potessi capire.

«Delaney Rhoads!» gridò qualcuno dalla fila.

D'istinto, spostai gli occhi in quella direzione, incerta su cosa fare. Non sapevo se dovessi scappare o nascondermi, o sollevare il mento con orgoglio nello stesso modo in cui sembrava fare Sebastian.

Quest'ultimo mi abbracciò più stretta, sostenendomi silenziosamente. La sua voce era rilassata quando gridò: «Il suo nome è Shea, amico. Non dimenticarlo.»

Qualcuno scoppiò a ridere e urlò il mio nome. Io sorrisi e salutai con un timido gesto della mano, lasciando che Sebastian mi conducesse oltre l'ingresso dell'affollatissimo locale.

Annego in te

All'interno era più buio della notte, eppure più luminoso del giorno. I corpi degli avventori sembravano sagome indistinte sotto le luci degli stroboscopi. Ballerine professioniste erano chiuse in gabbie appese all'alto soffitto a volta mentre la folla faceva baldoria sotto di loro. Divanetti e tavoli appartati erano disposti intorno alla pista da ballo.

Fummo condotti al piano superiore in una saletta privata, dove ci accomodammo su morbidi sofà. Una miriade di luci si rifletteva contro il soffitto a specchi e le pareti di vetro, offrendoci un'ampia visuale delle persone che si dimenavano sulla pista da ballo di sotto.

Sebastian mi attirò contro di sé, ed io mi rannicchiai al suo fianco quando avvolse il braccio intorno alle mie spalle.

Altri amici di Sebastian si unirono a noi per augurargli buon compleanno. Alcuni li avevo incontrati al concerto, altri mi erano completamente sconosciuti, e tutti erano avvinghiati a delle ragazze che indossavano abiti striminziti.

Nessuno era impaziente quanto Ash di dare inizio alla festa.

Ordinò un giro di cicchetti per tutti, e le due cameriere assegnate al nostro gruppo li consegnarono un paio di minuti dopo.

Ash si alzò in piedi e sollevò il bicchiere. «Credo che sia ora di brindare.»

Sebastian borbottò: «Oh, oh.»

Tutti i presenti proruppero in fischi e urla, poi sollevarono i loro bicchierini di tequila bordati di sale e guarniti con fette di lime.

Io feci altrettanto, e sorrisi a Sebastian.

Lui mi guardò con un luccichio giocoso negli occhi.

«Sappiamo tutti che sopporto il tuo patetico culo da parecchio tempo ormai...» cominciò Ash in tono apparentemente desolato, ma dal sorrisetto sul suo viso era evidente che stesse scherzando. «Gli anni volano in fretta e tu continui a diventare più vecchio e più brutto mentre io riesco a mantenere tutto il mio fascino giovanile. Non c'è da sorprendersi, vero?» disse, allargando le braccia nel suo tipico modo arrogante, guardandosi intorno e cercando di convincere tutti i presenti a concordare con lui.

La sala scoppiò a ridere.

Sebastian ridacchiò sommessamente e si strofinò la mano sulla bocca, chiaramente divertito mentre lasciava che il suo amico lo sfottesse come faceva sempre.

Nessun danno.

Nessuna offesa.

Ash continuò a gongolare, ma un'emozione intensa e sincera accentuò le rughe agli angoli dei suoi occhi. «Abbiamo attraversato momenti davvero terribili, fratello... ma anche alcuni fottutamente belli. E la mia speranza è che quest'ultimi continuino ad arrivare sempre di più, perché non conosco nessuno a questo mondo che li meriti più di te. Buon compleanno, Baz.»

I due amici condivisero un momento di silenzio prima che Ash sollevasse il bicchiere verso Sebastian.

«A Sebastian» gridammo in coro. «Buon compleanno.»

Tutti i presenti mandarono giù i propri cicchetti.

Tranne me e Sebastian. Perché lui spostò il suo sguardo intenso sul mio viso, trasferendo a me il momento di profonda emozione che aveva condiviso con Ash. Mi sentii attirata da quella forza e mi mossi nello stesso istante in cui Sebastian mi voltò verso di lui, attirandomi a sé.

Mi misi a cavalcioni sul suo grembo.

Non mi importava che ci fossero un sacco di persone qui che non conoscevo, che non conoscevano me. Non mi interessava delle donne che probabilmente spasimavano per il mio uomo, convinte che fossi solo un altro passatempo passeggero, un'avventura o una scopata o qualunque cosa volessero credere che io fossi.

Perché la verità era che ero sua.

Sebastian mi carezzò il labbro inferiore con il pollice, seguendo il movimento con gli occhi, poi prese una fetta di lime e la passò sullo stesso punto.

Sentii il sangue affluire alla mia bocca e inturgidirmi il labbro.

Poi strofinò la fetta di lime sul labbro superiore, bagnandolo di succo e facendo formicolare la pelle sensibile.

Il profumo di agrumi mi riempì le narici.

Tirai un respiro tremante quando Baz sollevò il bicchierino contro la mia bocca e il sapore di sale mi colpì la lingua un attimo prima della tequila.

Sebastian si piegò in avanti per rubare un assaggio. La sua morbida lingua mi leccò le labbra, poi scivolò delicatamente nella mia bocca.

Assaporando.

Seducendo.

Stuzzicando.

Una promessa di ciò che sarebbe venuto.

Gli cinsi la testa con le braccia mentre mi baciava e sussurrai: «Buon compleanno.»

«È il miglior compleanno di sempre» bisbigliò di rimando.

L'atmosfera era allegra e spensierata, e Sebastian si rifiutò di farmi scendere dal suo grembo mentre parlava con coloro che erano venuti a festeggiarlo.

L'umore si fece ancora più festoso man mano che venivano consumati altri drink. Ash e Lyrik si lasciarono andare come facevano spesso al *Charlie's*, scherzando e vivendo la vita secondo le loro regole.

In qualche modo erano riusciti a creare una pista da ballo nella nostra saletta privata al piano di sopra, dove sempre più persone sconosciute e abbagliate dalle celebrità facevano la loro comparsa. Potevo solo supporre che la maggior parte di esse fossero donne smaniose che avevano adescato al piano inferiore.

«Balla con me.» Le soavi parole di Sebastian mi lambirono come fiamme. Diversamente da quando le aveva pronunciate quella notte al *Charlie's*. La notte in cui avevo temuto che questa speranza stesse scivolando via. Adesso, non ero preda né della tristezza né della paura.

Avrei dovuto rendermene conto a quel tempo.

Avrei dovuto sapere che quello che c'era tra di noi era reale.

Inarrestabile.

Indistruttibile.

Sebastian mi fece scendere dal suo grembo e si alzò in piedi.

Quella strana e intensa energia prese vita mentre mi fissava intensamente. Non disse nulla quando intrecciò le sue dita alle mie, e mi colse completamente e piacevolmente di sorpresa quando, invece di unirsi al suo gruppo di amici, mi condusse lentamente giù per le scale al piano inferiore.

Ad ogni passo, potevo sentire il mio battito cardiaco aumentare, il bum bum bum del mio cuore accelerare mentre mi conduceva in mezzo alla mischia che si scatenava a ritmo della musica.

I movimenti di Sebastian erano lenti. Deliberati. Sensuali ed erotici. Un respiro affannoso mi sfuggì dalle labbra quando si fermò e si voltò verso di me. Riversò il suo calore, il suo cuore e i suoi occhi su di me, facendo svanire il resto del mondo quando mi attirò a sé e mi strinse tra le braccia.

Fece scivolare le mani lungo la mia schiena fino a palpeggiarmi il sedere, prima di spostarle ai lati delle mie cosce. I nostri cuori martellavano all'unisono. I nostri corpi si muovevano in sincronia, seguendo il nostro solito ritmo. Tumultuoso, disperato e bramoso.

Mi baciò senza sosta, canzone dopo canzone.

Finché rimasi senza fiato, eccitata e bagnata, certa di non poter sopportare un secondo di più di quella piacevole tortura.

«Usciamo da qui» mormorò infine Baz contro la mia bocca.

«Dio, sì.»

Lui emise una risatina e, un attimo dopo, si fece largo tra la folla, tirandomi per mano dietro di sé mentre io cercavo di tenere il passo con un uomo che aveva chiaramente un unico obbiettivo in mente.

Ridacchiai e mi aggrappai a lui con maggiore forza, più che pronta ad assecondare i suoi piani.

Diede al parcheggiatore il biglietto per l'auto e riprese a baciarmi mentre aspettavamo il suo ritorno, entrambi incuranti dei paparazzi e degli occhi curiosi degli astanti.

Perché l'unica cosa che importava era questo momento esplosivo.

Quando l'auto si fermò davanti a noi, Sebastian diede al parcheggiatore un'altra delle sue esorbitanti mance, afferrò le chiavi e mi condusse verso la portiera del passeggero. Mi aiutò ad accomodarmi sul sedile e si chinò in avanti per rubarmi un altro bacio.

Lussuria e amore combattevano per avere il sopravvento sulla sua espressione quando si staccò da me. Chiuse la portiera e girò intorno al veicolo per sedersi al posto del guidatore. Senza esitazione, mi voltai e posai una mano sul suo addome piatto e muscoloso mentre lui si immetteva bruscamente sulla strada, facendo stridere gli pneumatici. Gli baciai il collo e gli mordicchiai l'orecchio, giocherellando allo stesso tempo con la cintola dei suoi jeans. Baz gemette e tentò di rimanere concentrato sulla strada.

«Stai cercando di uccidermi, Shea?»

Sussultai quando l'auto sobbalzò e Sebastian fece una svolta brusca e improvvisa, e poi un'altra ancora, prima di fermarsi di botto su una strada laterale deserta.

Una foschia di lussuria mi annebbiò la mente quando mi tirò sul suo grembo, facendomi mettere a cavalcioni su di lui e sfregando il suo pene voglioso contro il cavallo dei miei pantaloncini corti mentre divorava la mia bocca con la sua.

Oddio.

Gemetti e conficcai le dita nelle sue spalle.

Inarcai la schiena e schiacciai i seni contro il suo petto. Mi dolevano di desiderio, ma non era niente paragonato alla bramosia che pulsava tra le mie cosce.

Le sue mani calde mi afferrarono per i fianchi, abbassandomi con foga sul suo turgido membro che tendeva la stoffa dei jeans.

Potevo anche stare sopra, ma era decisamente lui ad avere il controllo.

«Cazzo, piccola... cosa mi hai fatto... Che cosa mi hai *fatto*? Muoio dalla voglia di essere dentro di te. Devo sentirti. Ti desidero disperatamente.»

«Ti appartengo già.»

Mi agguantò il sedere, poi spostò le mani sui miei fianchi per sollevarmi più in alto. Reclinò il capo all'indietro e mi afferrò per la nuca, costringendomi ad abbassare la testa per continuare il suo frenetico assalto di lingua, denti e bocca.

«Ho bisogno di te per sempre. Ho bisogno che tu porti il mio nome e il mio anello» disse in un sussurro confuso e disperato.

Fui travolta dallo shock, e mi pietrificai quando il significato delle sue parole penetrò la mia mente.

Mi scostai leggermente da lui, continuando ad aggrapparmi alle sue spalle.

Avevo l'impressione che il mondo stesse tremando intorno a me quando trovai il coraggio di guardarlo in viso.

Sebastian incrociò i miei occhi.

Il suo sguardo era schietto, risoluto e onesto.

«Sposami.»

La speranza divampò come un incendio, e la mia mente fu invasa da un'immagine dopo l'altra di una vita fantastica che non avevo mai creduto possibile.

Semplici, semplici sogni.

Bruciarono dentro di me.

Deglutii il groppo d'emozione che avevo in gola e mi costrinsi a dire: «Dici sul serio?»

«Con tutto me stesso... con tutto ciò che ho da offrirti. Sposami, Shea Bentley.»

Sbattei le palpebre ripetutamente. «Adesso?»

«Sì, adesso. Quando le cose si sistemeranno, faremo una grande cerimonia. I ragazzi della band mi faranno da testimoni, e tu farai indossare ad April e a Tamar gli abiti più brutti che riuscirai a trovare.»

Una delle sue guance si contrasse in un sorriso appena accennato quando pronunciò l'ultima battuta.

Respirando velocemente, cercai di assimilare quello che mi stava chiedendo.

La sua voce divenne più roca quando continuò. «La nostra Kallie lancerà petali davanti a te e sarà la damigella più carina che abbia mai percorso una navata. Tutti quelli a cui vogliamo bene saranno presenti per assistere al nostro matrimonio. Voglio tutto questo, Shea» disse con enfasi, stringendomi più forte. «Voglio darlo a te. Ma ora? Il giorno del mio compleanno?

Voglio che tu diventi mia moglie. Solo io e te, e un futuro che si spalanca davanti a noi.»

I suoi occhi speranzosi scrutarono il mio viso. «Dimmi che lo vuoi anche tu.»

«Sì» risposi d'impulso, con un'emozione che scaturiva dal profondo di me.

«Sì?»

«Sì... sì... sì» sussurrai in modo quasi frenetico. O forse erano i baci che non riuscivo a smettere di dargli ad essere frenetici. Baci di gioia, intrisi di un sentimento bellissimo e assoluto.

Potevo percepire il sorriso di Sebastian sotto le mie labbra.

Trova l'amore e portalo qui. La voce di mia nonna echeggiò nella mia mente.

L'ho trovato, nonna.

L'ho trovato.

Baz si ritrasse leggermente. «Ti prometto che ti amerò per sempre, Shea. Proteggerò il nostro amore e non lo lascerò mai andare. Sarò il marito che meriti e il padre di cui Kallie ha bisogno.»

«Sebastian» ansimai. Lui mi avvolse il collo tra le mani e mi sfiorò sotto il mento con il pollice.

«Sei la persona che stavo aspettando.»

I miei pensieri andarono a Kallie.

Non avevo il minimo dubbio che le cose meravigliose che Sebastian voleva – le cose che *io* desideravo – le volesse anche lei.

Ogni esitazione svanì.

Questa era la scelta giusta.

Sebastian mi baciò con passione, poi mi spostò sul mio sedile e mi lanciò un sorrisetto sghembo. Rimise in moto la macchina e fece una rapida inversione a U nel bel mezzo della strada, dopodiché premette il riconoscimento vocale sul navigatore per ricevere indicazioni su come raggiungere l'ufficio per le licenze di matrimonio.

Guidò velocemente e con determinazione mentre il mio spirito volava in fretta in avanti.

Toccando quel futuro che si stagliava dinanzi a noi.

Trovammo un posto dove parcheggiare e Sebastian balzò giù dall'auto e mi venne incontro. Ancora una volta, mi dovetti sforzare per stare al passo con lui mentre correvamo nell'edificio, compilavamo il modulo e pagavamo la tassa per la licenza di matrimonio.

Sembrava tutto così folle, eppure completamente perfetto.

Stavo per sposarmi.

Con Sebastian Stone.

Ritornammo di corsa in auto. La risata melodiosa di Sebastian echeggiò nella notte mentre faceva retromarcia. Non riuscii a trattenere il mio entusiasmo. Mi inginocchiai sul sedile e mi allungai oltre la console centrale per tempestargli il viso e il collo di baci. Lo toccai dappertutto.

Sobbalzai quando svoltò bruscamente in uno spiazzato. Il mio ampio sorriso divenne ancora più grande, se possibile.

Non scendemmo neppure dalla macchina. Sebastian guidò lungo la corsia drive-thru dove pagammo un'altra tassa e consegnammo la nostra licenza. L'officiante cominciò a parlare. Noi annuimmo in segno di comprensione quando ci fece un paio di domande per assicurarsi che fossimo consapevoli che stavamo per contrarre un matrimonio legale.

Sì.

Sì.

E sì.

L'uomo cominciò a recitare i giuramenti, e proruppi in una risata quando Sebastian mi tirò a sé, mettendomi di nuovo a cavalcioni sul suo grembo.

Le parole dell'officiante svanirono quando Sebastian mi afferrò il viso e pronunciò la sua personale promessa.

«Ti amerò per l'eternità. Ti rispetterò, ti proteggerò e ti sarò sempre fedele.»

Le mie mani tremarono quando le posai sulla sua mascella.

«Non ti abbandonerò mai né rinuncerò al nostro amore. Il mio per sempre è per sempre. La mia vita ti appartiene.»

Pronunciammo velocemente i nostri «Sì, lo voglio», e ci baciammo come marito e moglie.

Con altrettanta velocità, ci rimettemmo di nuovo in strada e raggiungemmo l'hotel, dove consegnammo l'auto al parcheggiatore. Con il cuore palpitante e l'anima raggiante, attraversammo di corsa l'atrio fino agli ascensori.

Salimmo al nostro piano e uscimmo maldestramente dall'ascensore. Sebastian posò le mani sui miei fianchi e mi sospinse all'indietro verso la porta. Non staccò mai la bocca dalla mia mentre armeggiava con la chiave della suite.

Mi sollevò da terra e mi prese tra le braccia.

Una moglie trasportata oltre la soglia dall'uomo che aveva promesso di tenerla stretta.

Di proteggerla.

Di amarla.

Sebastian sbatté la porta dietro di sé con il piede. I suoi passi pesanti echeggiarono sul pavimento di marmo. Non indugiò né si fermò. Andò dritto verso le scale senza mai smettere di baciarmi mentre saliva i gradini che conducevano alla camera da letto al piano di sopra.

«È reale... è reale» mormorò, cercando di stringermi maggiormente a sé. Mi abbracciò più forte mentre mi carezzava il collo con la bocca. «Tesoro, dimmi che è reale.»

«Sì... è reale. È tutto... reale.»

Noi eravamo reali.

Il cuore mi martellava selvaggiamente nel petto.

Mi sentivo *libera*.

Piena di gioia, luce e vita.

I nostri gesti erano convulsi mentre ci strappavamo gli abiti di dosso, baciando ogni centimetro di pelle che scoprivamo. Le nostre mani erano disperate man mano che ci svestivamo, fino a rimanere completamente nudi ed eccitati.

Il mio bellissimo uomo mi gettò al centro dell'enorme letto. Lui rimase in piedi a fissarmi con un sorriso incantato sul viso e un luccichio predatorio nei suoi occhi color acciaio.

Non c'era mai stato un momento prima d'ora – né ci sarebbe stato in futuro – in cui mi ero sentita in questo modo.

Desiderata.

Totalmente adorata.

Così follemente felice da non capire più nulla, perché Baz

era piombato nella mia vita e aveva dipinto un nuovo inizio, abbattendo le mie difese e alterando la mia realtà.

Stanotte ero diventata la moglie di Sebastian Stone.

«Non riesco a credere che tu sia davvero mia» disse, echeggiando i miei pensieri.

«Sono tua... marito mio.» Sentii un angolo delle mie labbra curvarsi, un tremolio che oscillava tra il giocoso e il meravigliato.

Il suono che lui emise fu simile a un ringhio.

«Marito.»

Pronunciò quella parola come se stesse provando come suonava sulla sua lingua, poi improvvisamente balzò su di me. «Vieni qui, moglie. Sto per prendermi ciò che è mio. Sei pronta per me?»

Una risata mi sfuggì dalle labbra, e inarcai la schiena quando il mio desiderio aumentò, trasformandosi in un dolce e squisito dolore nel mio basso ventre. «Sempre.»

Sebastian fece scorrere una mano lungo la mia coscia. «Hai una vaga idea di quante volte ho fantasticato di essere circondato dalle tue gambe, Shea? Tutte le notti che le ho sognate? Quanto fottutamente fantastico sia sentirle intorno ai miei fianchi? Quante volte mi sono chiesto come abbia fatto ad essere tanto fortunato a trovare qualcuno come te? Adesso sarò avvolto dalle tue gambe per il resto della mia vita.»

Sfregò il naso lungo la mia mascella e mi cinse forte tra le braccia.

«Mi hai reso l'uomo più felice del mondo.»

L'energia tra di noi sfrigolò come un cavo elettrico. Un scarica di gioia e di desiderio.

Alzai gli occhi per incontrare la promessa nel suo sguardo, sfiorandogli il carnoso labbro inferiore con le dita. «Non immaginavo che esistesse una simile felicità. E poi sei arrivato tu.»

E poi sei arrivato tu.

Un minuscolo sorriso affiorò sulla sua bellissima bocca. Erano le stesse parole che avevo sussurrato vari mesi prima e che ci avevano spedito lungo questa rotta di collisione fatta di passione e desiderio, conducendoci a questa devozione sconfinata che nessuno di noi avrebbe mai creduto possibile.

Poi il suo sorriso divenne malizioso e i suoi occhi luccicarono di gioia al pensiero delle cose sconce e deliziose che aveva intenzione di farmi.

Un brivido di lussuria mi attraversò il corpo, e lui rise quando mi sfuggì una risatina, perché mi era impossibile soffocare la mia euforia.

Mi aggrappai alle sue spalle e gettai la testa all'indietro quando mi tempestò il petto di baci e catturò un capezzolo nella sua bocca bollente. Succhiò, stuzzicò e giocherellò mentre la sua mano vagava lungo il mio addome, risvegliando le farfalle nel mio stomaco.

La trepidazione corse furiosamente nelle mie vene.

Sfregò una nocca sopra il mio clitoride, ed emisi un gemito che venne fuori come una risata strozzata quando lui ridacchiò, perché amavo quello sguardo di contagiosa gioia sul suo viso immerso nella penombra. La sua espressione era un misto di bramosia, orgoglio e lussuria, di meraviglia, devozione e amore. Tutte queste emozioni si fondevano in questo euforico momento creato appositamente per noi.

Sebastian si sostenne su una mano sola e con l'altra affondò due dita dentro di me.

Luminose scintille di piacere danzarono davanti ai miei occhi.

Fece scivolare le dita dentro e fuori dal mio sesso e si spostò sopra di me. «Sei così bagnata» disse, sollevandosi sulle ginocchia e muovendosi in avanti. Mi sollevò e divaricò le gambe mentre con le dita mi carezzava più a fondo. «Qualcuno è impaziente, eh? Mi vuoi tanto disperatamente quanto ti voglio io, vero, Mrs. Stone?»

Fui travolta da un'ondata di pura gioia quando mi chiamò con quel nome. Il suo nome. Il nome che mi aveva dato. Feci scorrere le unghie lungo la sua schiena forte e ben definita. «Non hai idea di quanto disperatamente io ti voglia, Mr. Stone.» Sollevai la testa e gli sfiorai l'orecchio con la bocca. «Quanto io abbia bisogno di te.»

Sebastian si afferrò il membro e si posizionò contro la mia

fessura, sorridendo e passandosi i denti sul labbro inferiore mentre mi guardava intensamente.

Gemetti quando fui colta da un pensiero improvviso. Rivolsi un sorrisetto a mio marito, crogiolandomi nella luce che riversava su di me, e lo spinsi delicatamente per le spalle. «Sbrigati... prendi un preservativo. Ho dimenticato le mie pillole, ricordi?» sussurrai come se la mia vita dipendesse da questo.

Probabilmente, non prenderle per un paio di giorni non era un grosso problema, ma il rischio era sempre dietro l'angolo.

Sebastian ridacchiò e sfregò la punta del pene tra le mie pieghe intime. «No. E perché diavolo dovrei avere dei preservativi?»

Oh, giusto.

Mi sfuggì un risolino e agitai la testa sulle lenzuola, ancora in balia di quella vertiginosa onda di piacere mentre lui mi faceva impazzire con la sua tentazione. «Sebastian, mi metterai incinta.»

La mia affermazione venne fuori insieme a una roca risata che fu inghiottita dall'improvvisa intensità che risucchiò tutta l'atmosfera leggera dalla stanza.

Sostituendola con un silenzio carico di tensione e significato.

L'espressione sul viso di Sebastian era intensa e travolgente.

Come se le parole uscite dalla mia bocca avessero scosso le sue fondamenta.

Il mio cuore palpitò e accelerò nel tentativo di stare al passo con il battito erratico del suo.

I suoi occhi si incupirono quando incrociarono i miei. Passò le sue dita tremanti tra i miei lunghi capelli e piegò la testa di lato, guardandomi con espressione estremamente tenera.

«Facciamo un bambino.»

Le mie labbra si spalancarono in un gemito silenzioso e sciocato. Per l'ennesima volta, mi sembrò di ripiombare in quel tunnel di luce accecante, su un treno ad alta velocità che ci catapultava verso un futuro sempre più prossimo.

«Sono un sacco di decisioni importanti da prendere in una sola notte» riuscii infine a rispondere.

Mi strinse più forte a sé. «Quando si tratta di te, tutte le mie decisioni sono già state prese.» Scosse lievemente la testa. «Non ho mai pensato che avrei avuto *questo*, Shea. Che avrei trovato qualcuno che mi emoziona quanto fai tu. Che crede in me come fai tu. Credevo che la solitudine fosse il prezzo da pagare per il successo della band. Invece, no. Eccoti qui, a riempire gli spazi vuoti della mia vita.»

Sbattei le palpebre per trattenere le lacrime mentre quest'uomo fantastico dava voce ai miei pensieri di poco fa.

Un antico dolore attraversò i suoi occhi. «Il tempo scorre inesorabile, perciò voglio dare valore a ogni secondo che trascorro con te. Non voglio aspettare il momento giusto quando *ogni* momento con te è giusto.»

L'emozione mi colmò il petto, un calore che sfiorò ogni angolo della mia anima. L'euforia traboccò dentro di me, proprio come le lacrime nei miei occhi. «Ogni momento. Ogni minuto. Ogni secondo.»

Sebastian emise un respiro profondo e si sollevò su entrambe le mani, torreggiando sopra di me. «Mi vedi, Shea?»

Gli presi il viso tra le mani. «Non distoglierò mai lo sguardo.»

E nessuno di noi lo fece mentre mi riempiva lentamente, senza la solita frenesia e disperazione, ma trattandomi come se fossi fatta di vetro.

Prendendosi il tempo per godersi appieno questo momento.

E custodirlo per *l'eternità*.

Lo accolsi nel mio corpo mentre mi riempiva nella maniera più squisita.

Profondamente.

Completamente.

Tanto da rubarmi il fiato.

Proprio come aveva rubato il mio cuore.

Sbattei le palpebre nel buio della stanza, illuminata solo da spiragli di luce che filtravano attraverso le tende di seta appese alle portefinestre di vetro che davano sul balcone. Da sotto, echeggiavano i deboli suoni della movimentata città.

Mi svegliai in un letto vuoto, ma non ero sola. Potevo percepire la sua presenza che mi circondava. Mi misi seduta e udii le note distanti di una chitarra acustica provenire dal piano inferiore, insieme al flebile mormorio di quella bellissima voce appartenente a un uomo bellissimo.

Eppure era l'unica cosa che sentivo.

Scesi dal letto, mi avvolsi in un lenzuolo e uscii silenziosamente dalla stanza, fermandomi in cima alle scale.

Sebastian era seduto sul pavimento con la schiena appoggiata contro il divano, il viso rivolto dall'altra parte, le spalle nude e la chitarra in grembo.

Le sue parole fluttuavano verso l'alto, insieme al lieve strimpellio delle corde e a una dolce melodia, toccandomi l'anima.

Lentamente, scesi la scala a chiocciola, reggendomi con una mano alla ringhiera e stringendomi il lenzuolo al petto con l'altra.

I muscoli della sua schiena si tesero e si contrassero quando percepì la mia presenza, ma non interruppe la canzone. Quel dolcissimo suono continuò a sospingermi verso di lui.

Poggiai i piedi nudi sul freddo pavimento di marmo e avanzai maggiormente nella zona living. Centimetro dopo centimetro. Girai intorno al divano e mi fermai a pochi passi da lui.

Sebastian alzò lentamente gli occhi su di me, imprigionandomi nell'intensità del suo sguardo.

Le luci lampeggiavano e luccicavano dalle finestre che si affacciavano sulla città, creando giochi di colore sul suo viso dai lineamenti marcati e bellissimi che spiccavano anche nell'oscurità della notte.

Quasi come per istinto, per magia, Sebastian interruppe la canzone che stava componendo, mettendo da parte la chitarra e invitandomi sul suo grembo.

Si era infilato un paio di vecchi jeans consunti, e allargò le gambe abbastanza da farmi spazio. Mi sistemai sul pavimento in mezzo alle sue cosce, la schiena contro il suo petto nudo. Il calore della sua pelle calda che filtrava attraverso il lenzuolo fresco e sottile mi provocò la pelle d'oca.

Sebastian sospirò a quel contatto, il suo battito cardiaco forte e regolare. Posizionò la chitarra sul mio grembo e mi cinse tra le braccia.

L'intricato colore inciso sulle sue braccia sembrava danzare sulla sua pelle, e i suoi muscoli si contraevano come se volessero raccontare la loro storia.

O forse desideravano scriverne una nuova.

Quando poggiò la testa sulla mia spalla, il suo alito mi solleticò il collo e fece svolazzare i miei capelli intorno a noi. Posò le mani sulle mie e le sistemò con attenzione sulla chitarra.

Le mie dita premettero le corde contro i tasti mentre Sebastian le copriva delicatamente con le proprie. Una guida gentile. Un incoraggiamento silenzioso.

I nostri spiriti divennero un tutt'uno.

Come se capisse il mio dolore. Come se fosse l'unica persona capace di sentire il vuoto rimasto dentro di me quando avevo rinunciato ai miei sogni perché non ero stata disposta a pagarne il prezzo.

Non quando il prezzo da pagare era mia figlia.

Ma ciò non significava che il bisogno di creare, di comporre e di suonare non bruciasse dentro di me.

E sapevo. Sapevo. Sapevo.

Sebastian Stone era stato creato per me.

Una scarica di adrenalina percorse le mie terminazioni nervose, perché non suonavo da tantissimo tempo.

Insieme strimpellammo una melodia.

La voce di Sebastian vibrò vicino al mio orecchio, le parole rotte e grezze mentre sussurrava l'inizio di una canzone che metteva a nudo la sua anima.

Tu.
Sei giunta come una tempesta.
Da lontano.

Avvicinandoti sempre più.

Mi sentivo a mio agio e sicura della scelta che avevamo preso.

Del salto che avevamo fatto.

E insieme, precipitammo. Ci perdemmo nella canzone, mentre le nostre dita trovavano il ritmo perfetto sulle corde della chitarra. Ci perdemmo nelle parole, mentre le nostre anime e le nostre lingue si intrecciavano per raccontare la nostra storia.

Precipitammo maggiormente nella bellezza.

In un mare di stelle che mi accecò gli occhi.

Dove galleggiammo verso un luogo che apparteneva soltanto a noi. Un luogo che non apparteneva a questo mondo.

Un luogo dove Sebastian e Shea Stone non avrebbero mai avuto fine.

13

SEBASTIAN

*B*ussai impazientemente sulla porta della camera d'albergo. Feci due passi in una direzione e poi altri due in quella opposta, prima di battere di nuovo il pugno contro il legno.

«Un attimo... un attimo... datti una calmata, amico, sto arrivando» gridarono dall'altro lato della porta.

Si udì un suono metallico, dopodiché la porta si aprì, abbastanza da rivelare il volto del mio fratellino coi capelli in disordine. Un paio di boxer a vita bassa gli cingevano i fianchi stretti ed erano l'unico indumento che copriva il suo corpo alto e dinoccolato. «Dov'è il maledetto incendio?»

Al piano di sopra, ancora addormentata nella mia suite.

Entrai in camera di Austin. «Che c'è? Non posso fare un salto da mio fratello solo per salutarlo?»

«Alle sette e mezza del mattino? Ehm... no.» Si passò una mano tra i capelli arruffati e socchiuse gli occhi, guardandomi con sospetto. «È successo qualcosa?»

«Cosa te lo fa credere?»

Lui proruppe in una risata perspicace. «Non so... magari il fatto che sei piombato qui alle prime fottute luci dell'alba, il giorno dopo il tuo compleanno, bada bene, pieno di brio e con un sorriso ebete spiaccicato sul viso. Secondo me c'è sotto qualcosa.»

Aveva ragione. Non avrei potuto cancellare quel fottuto sorriso dalla mia faccia anche se avessi voluto.

Cosa che non volevo.

Non mi ero mai sentito così bene in tutta la mia vita.

«Sì... hai ragione. È successo qualcosa, e desideravo che tu fossi il primo a saperlo.

Dieci minuti dopo, mi chiusi la porta della camera di Austin alle spalle e trascinai le chiappe verso la mia suite.

Morivo dalla voglia di ritornare dalla mia ragazza.

Inserii la chiave elettronica nella fessura per aprire la porta e scivolai nella stanza, dove fui accolto da una tranquilla quiete. Il sole faceva capolino oltre l'orizzonte, illuminando la città con i suoi raggi. Probabilmente, questo era in assoluto il momento più calmo di tutti.

Pazzesco, considerando che non ero mai stato più gasato di così. La scorsa notte non ero riuscito a chiudere occhio mentre cercavo di assimilare tutto quello che era successo nel corso della serata.

Cazzo, ero al settimo cielo. Ancora elettrizzato per la promessa che ci eravamo scambiati e la musica che avevamo creato insieme, qualcosa di talmente brillante, intenso e reale che l'avevo sentito penetrare dentro di me, diventando un tutt'uno con le mie ossa. Proprio come ieri sera avevo sentito Shea insinuarsi più profondamente nella mia anima, tenendomi prigioniero con la sua voce e liberandomi con le sue parole.

Sicuramente, la gente avrebbe detto che stavamo facendo le cose di fretta. Che non eravamo altro che due sciocchi irresponsabili che si gettavano a capofitto in quest'estasi infinita che non sarebbe durata. Che ci stavamo solo cacciando in un mare di guai.

Non me ne fregava un cazzo di quello che pensavano gli altri.

Non ero certo famoso per vivere secondo le regole.

E quando si trattava di Shea, ero pronto a infrangerle tutte. A sfidare ogni supposizione e previsione, tutti coloro che affermavano che la nostra relazione era destinata a fallire ancor prima di avere la possibilità di prendere il volo.

Lei era la risposta alla mia anima.

Mi diressi dritto verso le scale e salii i gradini in punta di piedi per evitare di svegliarla. A differenza di me, Shea si era accoccolata tra le mie braccia ed era ancora profondamente addormentata quando mi ero districato da lei perché non potevo più ignorare l'insistente sensazione che dovessi parlare con mio fratello.

Mi fermai in cima alle scale quando i miei occhi si posarono sul letto dove per tutta la notte avevamo consumato il nostro amore.

Era vuoto.

E le lenzuola erano scivolate sul pavimento.

Dal bagno proveniva il suono dell'acqua che scorreva da un rubinetto, e il mio cuore saltò un battito.

Shea.

In quattro falcate, attraversai la camera da letto e aprii la porta del bagno.

Mi si serrò il petto, e fui travolto da un'ondata di desiderio, amore e devozione.

Era in piedi davanti allo specchio della toletta, la schiena rivolta verso di me.

Bastò una sola occhiata per farmi eccitare.

Mia moglie.

Non potevo ancora crederci.

Un lenzuolo bianco avvolgeva il suo corpo, rivelando la pelle setosa della sua schiena deliziosa e riversandosi sul pavimento come avorio liquido. I suoi lunghi capelli biondi ricadevano in morbide onde intorno alle sue spalle nude e delicate, incorniciandole il viso e invitandomi ad avvolgerli tra le mani.

Fottutamente splendida.

Talmente splendida da far tremare la terra.

Talmente splendida da eclissare la luce delle stelle.

Sì, splendida fino a quel punto.

Ed era mia.

I suoi occhi color caramello incrociarono i miei quando colse il mio riflesso nello specchio. Avanzai lentamente verso di lei. La sua tempesta acquistò forza. La sua oscurità, luce e vitalità si abbatterono su di me. Come se la mia ragazza fosse circondata da elettricità, una carica di energia che crepitava nell'aria.

L'istante in cui l'avevo vista, non avevo avuto alcun dubbio che avesse il potere di capovolgere il mio mondo.

Avrei dovuto sapere che invece l'avrebbe completamente stravolto.

Aveva ridefinito ciò che ero e ciò che volevo essere.

Mi aveva spogliato di ogni controllo e lasciato nudo.

Aveva trovato un modo di insinuarsi attraverso le crepe del mio cuore ferito e in qualche modo l'aveva risanato.

«Eccoti qui.» La sua voce era roca di appagato piacere, ancora impastata dal sonno.

I miei passi echeggiarono sul pavimento quando mi avvicinai alle sue spalle. Posai le mani sul suo ventre piatto, poi le feci scivolare sopra la delicata curva dei suoi fianchi, prima di riportarle giù. Il tessuto setoso del lenzuolo era l'unica barriera tra di noi quando attirai la sua morbida schiena contro il mio corpo duro.

«Ti sono mancato?» mormorai al suo orecchio.

Shea si umettò il carnoso labbro inferiore con la lingua ed emise un piccolo gemito nell'atmosfera carica di tensione che ci teneva prigionieri in questa stanza, tendendo ancora una volta quel filo invisibile che ci legava.

«Sempre. Mi sono svegliata in un letto vuoto e ho pensato che te la fossi fatta addosso.»

Un angolo della sua bocca si curvò alla sua battuta scherzosa, e una bassa risatina mi sfuggì dalle labbra mentre sfregavo il viso contro la sua gola.

Feci scorrere il naso dal suo orecchio fino alla curva della sua spalla e sussurrai la mia verità. «Mai.»

Il mio desiderio, intenso e viscerale, quasi istintivo, bramava una via di sfogo. Espirai bruscamente, feci un passo indietro e mi sfilai le scarpe, rendendo chiaro il mio intento.

Lo sguardo di Shea era penetrante quanto il mio mentre ci guardavamo attraverso lo specchio, come se si nutrisse di ogni mio gesto. Il suo corpo fu scosso da piccoli tremori man mano che la sua energia acquistava potenza fino a diventare quasi palpabile.

Soffocante.

Afferrai il colletto della mia maglietta e me la sfilai dalla testa, gettandola a terra. Poi feci un altro passo indietro e mi sbottonai i jeans. Shea seguì con attenzione ogni mio movimento, e il mio battito divenne irregolare e selvaggio. Mi tolsi i jeans e i boxer, mettendomi completamente a nudo. Il mio uccello, voglioso come sempre, si rizzò sull'attenti, supplicando di averne ancora, ancora e ancora.

Non ne avrebbe mai avuto abbastanza.

Il desiderio turbinò negli occhi di Shea mentre li faceva vagare sul mio corpo, quasi volesse consumarmi. Affondare dentro di me e scomparire.

Probabilmente, non aveva la minima idea di possedermi già completamente.

Di essere già radicata nel mio cuore e nella mia anima.

«Voltati» le ordinai in tono quasi brusco.

Lentamente, Shea si voltò verso di me. L'aria era carica di trepidazione, e sapevo che si aspettava che mi fiondassi su di lei, per possederla, possederla e possederla.

Ma non lo feci. Al contrario, mi abbassai su entrambe le ginocchia dinanzi ai suoi piedi.

Un solo ginocchio non bastava.

Non per Shea.

Non per mia moglie.

A lei avrei dato tutto me stesso.

Un alone di luce brillava intorno alla mia ragazza avvolta in quel lenzuolo di seta, accendendo i suoi capelli come un fuoco bianco.

La lussuria serpeggiò nelle mie vene e mi serrò lo stomaco.

Shea mi fissò da tentatrice qual era.

Un angelo.

Una dea.

Infilai le mani sotto il lenzuolo e le feci scorrere lungo le sue gambe, inseguendo i fremiti di piacere che formicolavano sotto la sua pelle. Un piacere palpabile e vivo, che scivolò da lei e si insinuò dentro di me.

Tirai un respiro profondo e le agguantai il sedere, spingendola in avanti nello stesso istante in cui premetti il naso contro il suo sesso celato dal tessuto di seta.

Chiusi gli occhi e inspirai a fondo, crogiolandomi nel suo calore e desiderio. Lei ansimò, e quel suono soave e seducente mi spronò.

Incrociando i suoi occhi, separai lentamente i due lembi del lenzuolo per mettere in mostra la sua pelle liscia e dolce come il miele. Diedi uno strattone deciso al tessuto e glielo sfilai di dosso, facendolo fluttuare sul pavimento.

Ed eccola lì, completamente nuda di fronte a me mentre ero in ginocchio davanti a lei, le mani ai lati delle sue cosce.

Una visione.

Buio.

Luce.

Intensità.

Fragilità.

Assolutamente perfetta.

Mia moglie.

«Sei magnifica, Shea. Ogni centimetro di te è splendido. Hai il corpo più bello che esista. E adesso trascorrerò il resto della mia vita ad amarlo. Ad adorarlo. Ad adorare te.»

Ti proteggerò, ti amerò e ti darò tutto me stesso.

Avrei mentito, rubato e lottato per lei.

Avrei ucciso.

Sarei morto.

Avrei fatto qualsiasi cosa per far sì che questa ragazza vivesse la vita che meritava.

Spostando le mani dietro alle sue cosce, la divaricai quel tanto da poter premere la lingua sul suo clitoride.

Cazzo. Non mi sarei mai stancato del suo sapore.

Il suo corpo fu scosso da brividi di piacere, e affondai maggiormente il viso contro il suo sesso, lambendo la sua carne umida con la lingua. Shea afferrò il bancone dietro di sé con le mani, gettando la testa all'indietro e spingendo in avanti le sue tette rotonde e perfette.

«Sebastian» gemette.

Provai una stretta al petto nell'udire la sua bocca supplicare il mio nome, e la divaricai ulteriormente. Diedi e presi, affondando le dita nella sua fessura stretta e bollente. Succhiai e leccai quel bocciolo delizioso che la faceva dimenare di piacere, aumentando il suo desiderio.

«Ti prego» mormorò. Dal contrarsi delle sue pareti intime e dal tremore delle sue gambe, sapevo che era vicinissima al culmine.

«Lo so, piccola. Lo so. Ci penso io a te.»

Ci penso io a te.

Un attimo dopo, Shea proruppe in un orgasmo dirompente che fece scuotere il suo corpo da capo a piedi. Mi afferrò per i capelli, e Dio, adorai quella sensazione. Amavo il sesso selvaggio, amavo quando Shea si lasciava completamente andare. Quelle piccole fitte di dolore al cuoio capelluto mi provocarono brividi di piacere lungo la schiena.

Fiamme di lussuria mi bruciarono le viscere.

Il mio uccello era così duro che riuscivo a malapena a respirare.

Cavalcai il suo orgasmo insieme a lei, continuando a succhiarla dolcemente per prolungare il suo piacere. Il suo incredibile corpo fremette e tremò intorno a me, poi la mia ragazza si accasciò all'indietro, ansimando e cercando di recuperare il fiato.

Balzai in piedi e affondai le mie avide dita nei suoi fianchi, sollevandola velocemente sul bordo della toletta.

Shea emise un gemito gutturale quando feci scivolare le mani su e giù lungo il retro delle sue cosce e poggiò le mani sul bancone per sostenersi.

Mi rivolse uno sguardo di pura e totale distruzione. Era maledettamente sexy sotto le luci del bagno che illuminavano il suo corpo arrossato e ancora scosso da piccoli brividi di piacere. Ma la sua espressione prometteva che era pronta per qualcosa di più.

Problema.

Problema.

Problema.

Questa ragazza sarebbe stata la mia rovina.

La afferrai per le ginocchia e le divaricai le gambe. Posai le labbra sulla pelle sensibile del suo interno coscia, e fui sopraffatto dall'intensa voglia di marchiarla mentre facevo scorrere le dita lungo la sua figa rosea e perfetta.

Shea gemette e si agitò quando succhiai la tenera pelle della sua coscia e cominciai a possederla con le dita.

«Sei così bagnata, cazzo» grugnii, premendo la guancia contro il punto dove avevo appena lasciato il mio marchio. Lei sobbalzò quando sfregai la mia barba corta contro il suo interno coscia.

Accidenti se non morivo dalla voglia di assaggiarla di nuovo.

Feci scorrere la lingua lungo la fessura delle sue natiche fino al suo clitoride turgido.

«Oddio» ansimò lei, affondando le sue mani tremanti nei miei capelli. «Un tuo solo sguardo e dimentico chi sono. Un tuo solo tocco e sono perduta. Sei il mio tutto.»

Sollecitandomi a mettermi dritto, Shea si chinò in avanti e mi sfiorò la mascella con le labbra, poi spostò la bocca sul mio collo e sul mio petto, carezzando dolcemente le mie cicatrici.

Amore.

Devozione.

Bellezza.

Fiducia.

Con le dita, tracciò una scia lungo il mio corpo e sfiorò la scimmia verde immortalata sul mio fianco.

Shea era così maledettamente in sintonia con la mia anima.

Era come se condividesse la mia perdita pur non conoscendo tutti i dettagli. Mi comprendeva appieno.

Ebbi un tuffo al cuore quando pensai alla scimmietta marrone situata sul tavolo al piano di sotto vicino all'ingresso, dono di una bambina dolce quanto sua madre.

Non meritavo nulla di tutto ciò.

Eppure eccomi qui, avvolto dalla luce di Shea, immerso nella sua oscurità, circondato dall'odore del suo piacere, perso nel profondo del suo oceano, dove lei era l'aria. *La mia aria.*

Un oceano in cui annegavo per poter respirare.

«Dio, quanto ti amo... ti amo tantissimo...» dissi, carezzandole la guancia con una mano mentre con l'altra continuavo a stuzzicarla, perché se dovevo precipitare, allora l'avrei trascinata con me.

«Lo so» rispose, come se avesse ricevuto un dono, il suo tono di voce di nuovo riverente. Shea non si faceva ingannare dalle mie stronzate, ma vedeva al di là della mia facciata. «Ti amo... con tutta me stessa.»

Con la punta delle dita, continuò a tracciare il mio ventre che sobbalzò sotto il suo tocco.

Poi chiuse delicatamente la mano intorno alla base del mio membro.

Mi sfuggì un gemito strozzato.

Un angolo della sua bocca si curvò in un sorrisetto di pura seduzione quando mi sfregò con un gesto deciso, passando il pollice sulla punta pulsante del mio sesso.

«Merda» sibilai a denti stretti. Avvolsi la mano intorno alla sua e lasciai che mi sfregasse un'altra volta, prima di prendere il controllo e premere la punta del mio membro contro il suo sesso bagnato, penetrandola di un centimetro.

Il sudore mi imperlò la nuca e tutto il mio corpo si tese per lo sforzo di trattenermi. «Sei pronta per me?» grugnii, quasi in tono di minaccia, perché ogni cellula del mio corpo gridava di *possedere* mia moglie. Le mie viscere erano contorte dal desiderio e le mie gambe tremavano come una maledetta foglia.

Volevo scoparla con la stessa intensità con cui desideravo venerarla.

«Sì» rispose senza fiato.

Affondai in lei con una sola spinta, facendola gridare. Il mio corpo fu scosso da brividi di piacere mentre aspettavo che il suo sesso si adattasse alla mia intrusione.

«Ogni volta... ogni fottuta volta» mormorai, cercando di recuperare la mia compostezza dato che l'avevo persa l'istante in cui avevo varcato la soglia del bagno. Non c'era nulla al mondo migliore di questo. Migliore di lei.

Shea.

Lei gemette e conficcò le dita nelle mie spalle, reggendosi forte a me quando cominciai a muovermi con stoccate frenetiche ed esigenti. Mi cinse la vita con le sue gambe lunghe e toniche, e inarcò la schiena ad ogni mia poderosa spinta.

Avvolsi un braccio intorno alla sua schiena e la tenni ferma per la nuca mentre continuavo a muovere i fianchi a un ritmo selvaggio.

Sentivo il bisogno di consumarla.

Di prendermi tutto.

Con l'altra mano, affondai due dita nel calore umido della sua bocca. Shea gemette e succhiò, facendo vorticare la lingua intorno alle mie dita.

Cazzo, era un sogno, una fantasia divenuta realtà. Simile a un regalo decorato da un grande fiocco rosso, al cui interno c'era qualcosa di prezioso, fragile e delicato. Il suo amore, donato con candida fiducia, mi aveva colpito nel profondo. Facendomi impazzire maggiormente per questa ragazza che possedeva ogni parte di me.

Mossi ripetutamente le dita dentro e fuori dalla sua bocca. «Non hai idea di quanto sexy tu sia. Sei fantastica» dissi con voce strozzata.

Ritrassi le dita e infilai il braccio sotto la sua coscia per spostarla maggiormente sull'orlo del bancone, poi toccai il punto in cui eravamo uniti. Il mio respiro divenne affannoso quando feci scorrere le dita lungo la fessura delle sue natiche. La stanza cadde nel silenzio appena cominciai a disegnare piccoli cerchi intorno al suo ano stretto.

La lussuria contorse la sua espressione e il desiderio rese più scuri i suoi occhi color caramello. Il suo sguardo venne attraversato da un lampo di paura, che fu subito sostituito dal fuoco che bruciava tra di noi. Le sue labbra si schiusero e la sua energia divampò, infiammando i nostri sensi.

«Amo tutto di te» mormorai con voce roca, spingendo due dita dentro.

«Sebastian» gridò Shea. Affondò le unghie nella mia schiena e mi graffiò la pelle, emettendo un gemito acuto e disperato con quella sua deliziosa bocca. La mia ragazza sprizzava sesso da ogni poro, ma allo stesso tempo era completamente innocente.

Vulnerabile.

Disposta ad affidare tutto il suo piacere a me.

Iniziai a pompare le dita al ritmo del mio uccello, e ad ogni spinta la possedetti più a fondo. «Adoro il fatto che tu mi permetta di toccarti... Amo che tu sappia che non ti farei mai del male.»

Lei ansimò. Ogni cosa intorno a noi scomparve finché esisterono solo i nostri respiri, il nostro futuro e l'aria che respiravamo. Shea mi trascinò sotto la superficie, tirandomi sempre più a fondo. Gettò la testa all'indietro, e colsi quell'opportunità per catturare tra le labbra il capezzolo rosa di uno dei suoi seni rotondi e perfetti.

Affondai i denti nella tenera carne, facendola gridare. Shea si serrò intorno al mio membro e alle mie dita, ed entrambi ci lasciammo andare. Lasciammo che il mondo scoppiasse intorno a noi. Il piacere esplose come un luminoso caleidoscopio di colori. La terra scomparve sotto i nostri piedi e il cielo svanì nel nulla.

Per un attimo, ci perdemmo in esso, nelle profondità di quel luogo che apparteneva solo a noi. Nelle ombre e nella luce. Nel potere della sua eterna tempesta.

Shea gemette ripetutamente. E gridò *il mio nome. Il mio nome. Il mio nome.*

I miei fianchi sussultarono e il mio corpo tremò mentre mi riversavo in lei, pregando che il mio seme attecchisse. Forse ero uno sciocco a pensare, anche solo per un secondo, che meritassi qualcosa di simile.

Ma i veri sciocchi erano coloro che rifiutavano i doni che gli venivano dati.

«Shea... piccola... Shea.»

Con un sospiro tremante, si accasciò in avanti e seppellì il viso nel mio petto, mentre io affondai la faccia nei suoi capelli e uscii lentamente da lei.

«Sei incredibile» bisbigliai sopra la sua testa, che baciai. Poi feci scorrere le labbra sulla sua tempia dove potevo sentire il battito forte del suo cuore.

Ritraendomi leggermente, scrutai il suo viso. «Stai bene?»

La sua espressione era di pura meraviglia mentre si mordicchiava il labbro distrattamente, come se non riuscisse a dare un senso al legame che condividevamo più di quanto potessi farlo io. «Non userei mai la parola *bene* per descrivere quello che provo in questo momento» disse con voce carica di emozione.

Ridacchiai, poi la baciai sulla bocca. «Coraggio... diamoci una pulita.»

Sollevai la mia ragazza tra le braccia – stringendola a me come avrei sempre fatto – e mi diressi alla doccia.

Le sue risatine riecheggiavano per la stanza, e quel suono spensierato mi riscaldò il petto. Il sorriso di Shea illuminava l'intera camera mentre lottava per fuggire, scattando di qua e di là, ma fallendo miseramente dal momento che era ancora avvolta nel lenzuolo.

Si trovava al centro del letto, dove l'avevo gettata dopo esserci fatti la doccia.

Non le avevo neppure permesso di vestirsi.

Trovavo che fosse solo una perdita di tempo.

Inoltre, era dannatamente bella mentre rotolava sul letto con addosso nient'altro che un sottile lenzuolo a coprire quel suo corpo da favola.

«Scordatelo, bello» mi avvertì col fiato corto quando la fissai con sguardo predatorio dalla mia posizione ai piedi del letto. Rotolò di lato, schivando i miei tentativi di afferrarla, perciò mi spostai più a destra.

Tenevo il corpo piegato in avanti e le mani poggiate sul materasso mentre seguivo ogni suo movimento, completamente eccitato.

Shea gridò quando l'afferrai per la caviglia e la voltai sulla schiena. Salii sul letto e mi misi sopra di lei, tenendola ferma con il mio peso ma senza schiacciarla.

«Che c'è?» dissi con un sorrisetto, sollevando le sue mani sopra la testa e premendole sul letto.

Altre risatine proruppero dalle sue labbra. Mi sarei assicurato di farla ridere ogni maledetto giorno.

Scosse la testa selvaggiamente, facendo svolazzare i capelli umidi dappertutto, ma il suo sorriso rivelava i suoi reali pensieri. «Sebastian, mi ucciderai» ansimò. «Non ce la faccio a farlo di nuovo.»

«Cosa non puoi fare?» la canzonai.

«Uhm...» gemette, poi scoppiò a ridere quando sfregai il pene contro il suo ventre. «Smettila... sei troppo seducente perché io possa resisterti.»

«Allora perché mi resisti?» Abbassai la testa e le tempestai la gola di baci. Lei reclinò la testa all'indietro e inarcò la schiena, spingendo i suoi seni perfetti dalle punte turgide contro il mio petto. Potevo sentire il battito selvaggio del suo cuore contro il mio.

«Sei indolenzita, piccola? Sarò delicato» sussurrai, cercando di trattenere una risata quando mi rivolse uno sguardo eloquente che rivelava che sapeva esattamente che ero un bugiardo.

«Non sei mai *delicato*.»

«Suvvia, Shea. So essere delicato.»

I suoi occhi scherzosi si spalancarono. «Sono certa che lo sei solo per le occasioni speciali.»

Diedi sfogo alla mia risata, poi premetti maggiormente le sue mani sul materasso e ondeggiai sopra di lei. «Dimmi che non ti piace» dissi in tono roco.

Un suono seducente rimbombò nella sua gola. Inarcò la schiena e sollevò il mento. «Non mi piace.»

Cominciai a corrugare la fronte, ma poi Shea mi sfiorò l'orecchio con le labbra. «L'adoro.»

«Proprio quello che pensavo. Inoltre, abbiamo qualcosa di importante su cui dobbiamo lavorare, non credi?» dissi, agitando le sopracciglia in modo allusivo.

Shea scrollò una spalla, come se ci stesse riflettendo su. «C'è sempre il prossimo mese.»

«E quello successivo» mormorai di rimando. «E quello dopo ancora.»

E tutti i mesi a seguire, per l'eternità.

Ma questo non significava che non lo desiderassi ora.

Lei mi rivolse un altro sorriso smagliante. «Non sperarci troppo, rockettaro. Probabilmente ci vorrà un po' di tempo.»

Grugnii e le rubai un bacio. «Ed io mi impegnerò felicemente finché non accadrà. A partire da adesso.»

Shea ridacchiò di nuovo. «Sono piuttosto certa che tu abbia cominciato la scorsa notte. Proprio qui in questo letto. Poi sul ripiano del bagno stamattina.» La sua voce divenne più profonda man mano che elencava i posti in cui l'avevamo fatto. «Che mi dici della doccia?»

Cacchio, sì. Eravamo partiti col piede giusto.

«Ciò non significa che ho finito con te.»

A quanto pareva, la mia ragazza si era dimenticata della promessa che le avevo fatto ieri quando avevamo varcato la soglia di quest'incredibile suite. Adesso sembrava un momento buono come un altro per ricordargliela.

Uno squillo acuto risuonò nella stanza, e il mio telefonino vibrò sul vetro del comodino.

Gemetti, poi abbassai la testa e le mordicchiai il naso. «Non muoverti.»

Shea piegò la bocca in un sorriso più ampio e rotolò su un fianco, stringendosi il lenzuolo al petto e guardandomi con profondo affetto mentre afferravo il cellulare.

Lyrik.

Mi distesi sulla schiena, incapace di contenere il mio sorriso perché ero stramaledettamente felice.

Accettai la telefonata e mi portai il cellulare all'orecchio. «Lyrik, amico, non puoi richiamare più tardi? Sto cercando di mettere incinta mia moglie.»

«Che hai detto?» Percepii chiaramente la sua attonita incredulità attraverso il telefono, seguita subito dopo dal silenzio. Per alcuni secondi, nessuno di noi disse nulla, poi sentii il sorriso malizioso che tinse la sua voce quando parlò di nuovo. «Dimmi che non ho sentito quello che penso.»

«E cosa pensi di aver sentito?»

«Penso di aver sentito uno dei miei migliori amici del cazzo dirmi che si è sposato senza farcelo sapere. E penso di averlo sentito dire che vuole fare qualcosa di sconcio alla sua dolce ragazza che la legherebbe al suo brutto culo per il resto della vita.»

Il mio sorriso si allargò. «Hai sentito bene.»

«Porco cane.»

«Già.»

La voce tonante di Ash risuonò attraverso la linea, come se stesse gridando verso il telefono che Lyrik reggeva. «Che diavolo succede, amico? Dimmi che Lyrik mi sta prendendo per il culo, perché questa cazzata non è affatto divertente.»

«Nessuna cazzata, fratello... Lo stronzo ci ha scaricato per la sua ragazza» rispose Lyrik.

«Porco cane, davvero.» La voce di Ash si fece ancora più alta. «Stai corrompendo la mia ragazza, amico? Bellissima Shea, sto arrivando!» gridò. «Ti salverò, tesoro!»

Se non avessi saputo che il mio amico del cavolo diceva un sacco di stronzate, l'avrei pestato di botte. Ma noi quattro eravamo fatti così. Ci prendevamo per il culo ad ogni occasione, comportandoci come se ci stessimo scannando quando in realtà ci sostenevamo a vicenda.

Shea stette al suo gioco e gridò verso il microfono del cellulare che cercai inutilmente di coprire. «Salvami, Ash! Sono stata presa contro la mia volontà da un maniaco sessuale che non intende farmi scendere dal letto.»

Si sarebbe ritrovata legata ad esso se avesse continuato con quelle cazzate.

«Arrivo, bambolina!» urlò Ash. Lo sentii azzuffarsi e discutere con Lyrik, e un attimo dopo udii Zee unirsi alla loro conversazione.

Non avevo il minimo dubbio che i miei amici mi avrebbero sostenuto. Che avrebbero appoggiato la mia decisione di rendere Shea una parte permanente della mia vita, perché non sapevo più come continuare a vivere senza di lei.

La mia decisione avrebbe influito anche su di loro? Certamente. Non puoi prendere scelte importanti senza che queste alterino ogni aspetto della tua vita.

Sentii sbattere una porta all'altro capo della linea, poi seguì un momento di silenzio prima che Lyrik parlasse di nuovo, stavolta in tono serio e per nulla canzonatorio. «Cosa farai, amico?»

«Non lo so ancora.»

Altro silenzio.

«Lo capisco, Baz. Lo capisco perfettamente. Fai quello che senti di dover fare. Fa' ciò che ti rende felice.»

«Lo sono già» risposi con totale onestà.

Lanciai uno sguardo a Shea, che mi guardava con occhi luminosi.

Felice.

Per la prima volta, lo ero davvero.

«Ce la caveremo» disse Lyrik in tono d'incoraggiamento misto a preoccupazione.

Per tanto tempo eravamo stati solo noi; io, la band e il mio fratellino. Nient'altro aveva contato in questo fottuto mondo.

Almeno finora.

«Ci sentiamo presto» salutò, prima di riagganciare.

Mi girai su un fianco, la mente piena di domande risvegliate da quelle di Lyrik.

La fronte di Shea si corrugò in un piccolo cipiglio quando percepì il mio cambio d'umore.

Sentendo il bisogno di un contatto fisico con lei, intrecciai le dita alle sue. «Che cosa faremo, Shea?»

Il suo viso assunse un'espressione preoccupata, poi offrì

una risposta che non aveva soluzione. «Ci siamo buttati a capofitto in questa cosa, eh?»

«Sì» ammisi con una lieve risata.

Era inutile mentire a noi stessi.

Avevamo fatto le cose di fretta.

La verità era che stavamo correndo sin dal momento in cui avevo sollevato lo sguardo e l'avevo vista in piedi davanti a me, seduto su quel divanetto a forma di ferro di cavallo al *Charlie's*. Era giunta come un fiume in piena su un arido deserto, spegnendo una sete che non mi ero mai reso conto di avere, portando con la sua vita una ventata di aria fresca nella mia esistenza sterile.

«Ma non lo rimpiango. Neppure per un istante» aggiunsi con voce dolce e carica di sincerità.

Shea si catturò il labbro inferiore tra i denti e scosse lievemente la testa. «Nemmeno io. Neanche un po'.»

Deglutii il nodo che avevo in gola. «So che tu e Kallie state programmando di venire a stare in California per qualche giorno dopo che abbiamo finito il tour.»

Lei annuì, come se stesse seguendo il filo dei miei pensieri incoerenti.

«Subito dopo, dobbiamo andare in studio di registrazione.»

Un altro cenno d'assenso.

La mia voce divenne roca. «Non posso sopportare il pensiero di te e Kallie lontano da me. Di tornare a casa ogni sera e non trovare mia moglie ad aspettarmi. Voglio che tu ti addormenti e ti svegli tra le mie braccia. Vieni. Resta con me per un po'. Ho una stanza in più dove possiamo sistemare Kallie.»

La stanza di Mark. Nessuno di noi quattro ci aveva più messo piede dopo la sua morte. Era come se l'avessimo sprangata, circondandola figurativamente con nastro giallo e segnali di pericolo, perché nessuno di noi era pronto ad affrontare il dolore che sapevamo ci attendeva dietro quella porta. Una volta avevo chiesto a Zee se volesse mettere via le cose di suo fratello, però lui aveva rifiutato, dicendo che non era pronto a farlo.

Ma forse era ora che andassimo avanti.

A.L. JACKSON

«Chiederò ai ragazzi se sono d'accordo. Mi assicurerò che non organizzino nulla di strano mentre ci siete tu e Kallie. Possiamo restare lì finché vogliamo, finché tu ed io non decidiamo cosa fare. Dove vogliamo vivere. Dove vogliamo crescere nostra figlia.»

Dove volevamo mettere su casa. E creare una famiglia.

Dio, il solo pensiero mi riempiva di paura e devozione, del bisogno innato di vedere tutto ciò realizzato, di proteggerle e amarle, e assicurarmi che avessero tutto quello che meritavano di avere.

Il suo viso si illuminò di gioia.

«Cosa c'è?» chiesi sommessamente.

I suoi occhi luccicarono. «Non sai quanto mi renda felice sentirti chiamarla in quel modo.»

Strinsi le sue dita nella mia mano. «Non sai quanto mi renda felice poterla chiamare in quel modo. Non hai idea del dono che mi hai fatto portandola nella mia vita, Shea.»

«Mi piacerebbe venire a vivere con te» disse infine con voce rotta dall'emozione. «Non vedo l'ora di dirlo a Kallie.»

Mi portai la sua mano sinistra alla bocca e le baciai l'anulare. «Per prima cosa, metterò qualcosa di splendido su questo dito. Te l'avevo detto che volevo che indossassi il mio anello. Troveremo qualcuno che crei qualcosa di speciale appositamente per te... Qualcosa di diverso. Qualcosa che puoi mostrare ovunque tu vada, così che le persone sapranno che sei mia e che io sono tuo.»

Qualcosa di unico come la mia ragazza.

La tristezza, in qualche modo intrisa di speranza, contorse i suoi lineamenti, il suo labbro inferiore tremò e il suo sguardo si spostò sulla parete prima di ritornare su di me. «So cosa vorrei.»

«Qualsiasi cosa.»

«Mia nonna...»

L'istante in cui la nominò, una parte nel profondo di me entrò in sintonia con lei, pronta ad ascoltare, perché sapevo che qualunque cosa stesse per uscire dalla sua bocca era importante.

«Sai che mi ha lasciato casa sua.»

Annuii con un lieve cenno del capo, incoraggiandola a continuare.

«Mi ha lasciato anche la maggior parte dei suoi gioielli... ma soprattutto, la sua fede nuziale.»

I suoi occhi si colmarono di lacrime e il suo viso assunse di nuovo quell'espressione di rimpianto e rimorso. Quella che aveva quando condivideva ricordi dolorosi del suo passato. «Lui... l'anello... è stato rubato.» Fece una smorfia e si costrinse a sorridere. «Perderlo mi ha spezzato il cuore.»

Mi sfiorò delicatamente la mascella con la punta delle dita. «Farei di tutto per averne uno identico. Per riavere indietro il significato che incarnava e indossarlo per onorarla. Per onorare entrambi.»

Il suo sorriso tremolò, così pieno d'amore e nostalgia. «Shea» sussurrai, stringendola a me.

«Lei e mio nonno... si amavano come non ho mai visto fare a nessuno, Sebastian. In un modo così puro e bello che ricordo che perfino da bambina speravo di trovare un amore simile un giorno. Mia nonna mi ha sempre detto che le era stata donata una favola. Mi disse di trovarne una tutta mia.»

Reclinò la testa all'indietro per guardarmi negli occhi. «Non ho mai assistito a un amore così bello... finché non mi hai amato tu.»

Provai una stretta al cuore.

Un affetto profondo.

Che mi avvolse completamente.

Non pensavo di essere in grado di amare in questo modo.

Ma questa ragazza?

Mi aveva dimostrato che ne ero capace.

«Nulla mi renderebbe più felice che darti ciò che vuoi, Shea» dissi con un tenero sorriso. La baciai sulla tempia, scendendo fino alla curva delicata della sua mascella. Una parte di me voleva balzare giù dal letto e rintracciare lo stronzo che le aveva rubato l'anello. E riprenderlo.

«Lo ricreeremo.»

Non sapevo se mi riferissi all'anello o al rapporto che c'era tra i suoi nonni.

Ero ben consapevole di quanto li avesse adorati. Di quanto si fosse sentita al sicuro quand'era con loro.

E quello era esattamente ciò che volevo. Che Shea si sentisse al sicuro con me.

Che sapesse che l'avrei sempre protetta. Che l'avrei sempre sostenuta. Che avrei combattuto per lei.

Shea sollevò la mia mano e la guardò fisso, come se stesse immaginando che effetto avrebbe avuto la fede sul mio anulare.

«L'anello di mio nonno era semplice. Solo un cerchietto di platino con la parola "sempre" incisa nella parte interna. Quello di mia nonna... era splendido.» Socchiuse gli occhi, persa nei ricordi. «Antico e delicato, eppure magnifico.»

«Rammenti i dettagli?» chiesi.

«Non li dimenticherò mai.»

«Allora faremo in modo che il tuo desiderio si avveri.»

Al piano di sotto, qualcuno bussò alla porta. Corrugai la fronte, detestando l'idea di spezzare quel momento.

«Ignoralo» le dissi.

Picchiarono di nuovo alla porta, talmente forte che sembrava che una mandria di animali selvaggi stesse cercando di fiondarsi dentro.

Il sorriso rispuntò sul viso di Shea. «Dovremmo andare ad aprire.»

«Dobbiamo proprio?» dissi, fingendo di lamentarmi, nonostante il sorrisetto stampato sulla mia faccia. La nuova raffica di colpi mi fece capire che non avevamo altra scelta.

«Ehm... sì. A questo punto, non sono sicura che una serratura riesca a trattenerli.»

Rassegnato, premetti un bacio sulla bocca di mia moglie e rotolai giù dal letto. Afferrai un paio di jeans dalla valigia e infilai una maglietta pulita, osservando la mia deliziosa ragazza mentre indossava in fretta dei pantaloncini e un top.

Dio, ero spacciato.

Le afferrai la mano e premetti la bocca sulle sue nocche, prima di trascinarla dietro di me giù per le scale verso le voci chiassose dei miei compagni che stavano facendo casino fuori alla suite.

Sbloccai in fretta la serratura e spalancai la porta.

Ash entrò spavaldamente nella stanza con due bottiglie di champagne tra le mani, un sorriso malizioso e compiaciuto sul viso. Zee fece il suo ingresso subito dopo, reggendo vari flûte tra le dita, seguito da Lyrik, circondato dalla sua solita cupa intensità.

Austin entrò per ultimo, con la sua andatura strascicata.

Ash fece come se fosse a casa sua e stappò una bottiglia di champagne. «Penso che i festeggiamenti siano d'obbligo.»

«Per te ogni scusa è buona per festeggiare» dissi sarcasticamente.

Lui mi sorrise, prese un bicchiere e lo riempì. «Lo dici come se fosse una brutta cosa.»

Trascorremmo un paio d'ore a festeggiare con i ragazzi, l'atmosfera leggera e spensierata, e quando infine se ne andarono, inviammo un messaggio ad April per chiederle di avviare una videochiamata su Skype con Kallie.

Le dicemmo che avevamo grandi novità.

Kallie ci sorrise attraverso lo schermo, con i suoi riccioli biondi e selvaggi e quel suo sorriso abbagliante che riempiva il mio cuore e il mio mondo. Corrugò la fronte, confusa, quando le dicemmo che ci eravamo sposati perché pensava che lo fossimo già.

E desiderai di essere lì con lei per avvolgerla tra le mie braccia, perché non c'era niente di meglio a questo mondo dell'innocenza di una bambina. Soprattutto quella di Kallie, che aveva creduto in ciò che eravamo ancor prima che diventasse realtà.

Una famiglia.

La notizia viaggiò in fretta. In breve tempo, ricevetti una telefonata di congratulazione da parte di Anthony, lievemente frustrato per la mia impulsività che mi cacciava sempre nei guai e per essermi dimenticato di stilare un accordo prematrimoniale che comunque non avrei mai chiesto a Shea di firmare. Il mio agente si preoccupava continuamente di me. Ricevetti un messaggio da Kenny, e poi una chiamata da Charlie che si profuse in parole di incoraggiamento e avvertimento.

A quanto pareva, se avessi fatto soffrire la *sua ragazza*, sarebbe venuto a cercarmi e mi sarei ritrovato a pisciare in un sacchetto per il resto della mia vita.

Ne presi nota.

Ma mi limitai a sorridere, ben consapevole che non correvo alcun rischio.

Shea ricevette un messaggio irriverente da Tamar, qualcosa riguardo al fatto di assicurarsi che mi tenesse per le palle.

Missione compiuta.

Diedi a Shea un po' di privacy quando la chiamò April, e rimasero al telefono per quasi mezz'ora. Entrambe piansero. Non rimasi sorpreso, sapevo quanto fosse profondo il loro legame. Erano cresciute insieme e avevano sognato insieme. Avevano sofferto insieme e vivevano insieme da parecchio tempo. Adesso ero arrivato io e avevo scosso le dinamiche della loro vita. Tutte e due sapevano che le cose stavano per cambiare.

A volte, quando si accoglieva qualcosa di nuovo, il vecchio non poteva più rimanere.

Ma conoscevo April abbastanza da sapere che desiderava il meglio per Shea. Il meglio per Kallie. E proprio come i miei amici, avrebbe sostenuto Shea in qualunque decisione avesse preso.

Quando si fece sera, ordinammo la cena in camera, ci sedemmo al grosso tavolo per otto e mangiammo al lume di candela. Ci imboccammo l'un l'altro pezzetti di aragosta, bistecca e cheesecake, comportandoci come una coppia di adolescenti innamorati, il che era proprio come mi sentivo.

Quando finimmo di cenare, spinsi i piatti vuoti da parte e sollevai Shea sul tavolo. Feci l'amore con mia moglie alla fioca luce delle candele che tremolava sul suo viso e che brillava contro le grosse finestre che facevano da cornice alla notte.

Trascorsi il resto del fine settimana a possederla in ogni stanza, su ogni superficie, in ogni modo. La scopai, l'assaggiai e l'adorai.

Poi, proprio come l'avevo avvertita, ricominciai da capo.

Annego in te

Fu il miglior compleanno di sempre.

14

SHEA

«*N*on credi davvero nel principe azzurro, vero, Farfallina?» la canzonò April, portandosi il bicchiere di caffè alla bocca.

Il suono di risatine riempì la fresca brezza pomeridiana quando Kallie gettò la testa all'indietro e rise dolcemente mentre reggeva un bicchiere di cioccolata calda tra le sue paffute manine.

La sua bevanda per adulti.

«Sì, sì, zia April» rispose con tutta la fanciullesca sicurezza di cui era capace.

Era inginocchiata sulla sedia vicino al tavolino di metallo situato sul marciapiede, dove ci stavamo rilassando fuori alla nostra caffetteria preferita nella zona antica di Savannah. Un ombrellone ci proteggeva dal sole e un senso di pace aleggiava nell'atmosfera pittoresca.

«Ci sono tanti tanti tanti principi! Te li farò vedere. Ce ne sono un sacco nei libri che ho nella mia stanza. Io e mamma saliremo su un aereo e voleremo lontano lontano, e andremo in Cowiforna e il mio papà mi porterà a Disneylad dove li incontrerò tutti!»

Il mio petto si colmò così tanto d'amore che ebbi difficoltà a respirare. Ogni volta che la mia preziosa figlia chiamava Sebastian papà, rimanevo senza fiato.

E adesso stava diventando una vera realtà.

Permanente.

Ero a casa da tre giorni. Sposata da quattro. Dio, ancora non riuscivo a crederci.

Ero sposata con Sebastian Stone.

Mi preoccupavo? Temevo che io e Sebastian avessimo fatto le cose troppo di fretta?

Ovviamente sì. Ero un essere umano... e una madre. Una madre che aveva vissuto da sola per parecchi anni. Mi ero aggrappata alle mie vecchie insicurezze per così tanto tempo che a volte trovavo difficile lasciarle andare, soprattutto dopo la ricomparsa di Martin.

Ma stare con Sebastian mi faceva sentire più libera di quanto non mi fossi mai sentita.

E la verità era che credevo in noi.

La vita non valeva la pena di essere vissuta se non coglievi l'occasione di inseguire ciò che ti arrecava più gioia. Se non combattevi per stare con coloro che amavi o non ti impegnavi per le relazioni che portavano felicità nella tua vita.

Sebastian era tutte quelle cose, e ne *valeva la pena*.

Tamar mi rivolse un sorrisetto e mi guardò con uno sguardo malizioso negli occhi blu mentre chiudeva le labbra rosse intorno alla cannuccia del suo cappuccino ghiacciato. Mi dava il tormento sulla mia fuga d'amore sin da quando era venuta a saperlo.

Scrollai una spalla come a dirle: *Che c'è? Se dici anche solo una parola, ti uccido.*

Il mio gesto servì solo ad aumentare il suo divertimento. «Quindi, il famigerato Sebastian Stone è diventato il tuo cavaliere dall'armatura scintillante, giusto, Shea?»

April sogghignò e Kallie ridacchiò come se fosse la cosa più divertente che avesse mai sentito.

«Se calza a pennello...» dissi in modo suggestivo.

«Oh, suvvia, Tamar, sei solo gelosa perché non hai un rockettaro superfigo che bacia la terra dove metti i piedi» si intromise April, bevendo un sorso di caffè e rilassandosi contro lo schienale della sedia.

«Tzè» sbuffò Tamar, alzando gli occhi al cielo, con la sua solita insolenza e sensualità. «Come se avessi bisogno di un ragazzo presuntuoso per sentirmi bene.»

Io ed April scoppiammo in una risata incontenibile. Sapevo che ci stavamo entrambe sforzando di trattenere le risposte inappropriate che avevamo sulla punta della lingua.

«Davvero? A me sembra che la tua teoria stia diventando vecchia, e *in fretta*.» Da sopra il bordo del bicchiere, April agitò le sopracciglia e spostò l'attenzione sulla mano di Tamar.

Mi piegai in avanti e mormorai con fare cospiratorio: «Sarei pronta a scommettere che Lyrik sarebbe più che felice di farsi avanti e occuparsi di quel piccolo problema per te.»

Non mi dispiaceva far arrabbiare la mia amica. Ogni volta che lei e Lyrik erano nella stessa stanza, la tensione sessuale saliva alle stelle.

«Ah! Non ho assolutamente alcun problema di cui dovermi occupare... eccetto uno. Lui. Quel dongiovanni non sembra capire l'antifona. Ogni volta che entra nel pub, pensa di ottenere un pezzetto di *questo*» disse Tamar, agitando il suo corpo formoso sulla sedia. «Non succederà mai.»

«Detto dalla ragazza che una volta mi ha accusata di non vedere affatto quello che stava succedendo tra me e Sebastian.»

«E allora?» chiese in tono difensivo.

«Allora guardati allo specchio, ragazza mia» disse April, sbattendo una mano sul tavolo.

«Ragazza mia?» domandò confusa Kallie, sgranando i suoi grandi occhi marroni mentre cercava di seguire la nostra conversazione. Era così dolce, innocente e adorabile.

Il mio cuore traboccò d'amore.

Come avevo fatto ad essere così fortunata?

Tamar raddrizzò la schiena ed esitò prima di parlare, giocherellando con la cannuccia. «Non riesco a credere che tu te ne vada.»

L'atmosfera allegra e spensierata evaporò. «Nemmeno io

riesco a crederci. È quasi incredibile, tutto è successo così in breve tempo.»

April mi rivolse un piccolo sorriso. «Suppongo che non avrei dovuto fare tutte quelle affermazioni sul fatto che un giorno un uomo sarebbe piombato nella tua vita e ti avrebbe fatta sentire al settimo cielo. Non mi aspettavo certo che ti avrebbe portata in un altro stato.»

Sussultai quando vidi il lampo di tristezza che attraversò i suoi occhi. Eravamo diventate una famiglia. E Kallie era un pezzo fondamentale anche della sua vita.

«Non stai rinunciando a me o a Kallie, April. E solo perché andiamo a Los Angeles, non significa che ci resteremo per sempre. Sebastian deve stare lì adesso. Mentre io...» Esitai, scegliendo le parole giuste da dire. «Non devo stare qui.»

Vero. Una parte di me desiderava restare qui. A casa. Ma la parte più grande di me voleva stare con Sebastian.

Tamar si schiarì la gola. «Penso di parlare a nome di tutti quando dico che voglio solo che tu sia felice.»

April tirò su col naso e distolse lo sguardo, prima di riportare gli occhi su di me e rivolgermi un sorriso forzato ma genuino. «È l'unica cosa che vogliamo.»

Le labbra rosse di Tamar si piegarono verso l'alto. «Beh... tutti a parte Charlie. Non ho mai sentito quell'uomo farneticare e sbraitare come ha fatto quando ha scoperto che saresti andata via. Temevo che gli sarebbe venuto un aneurisma.»

Risi e scossi la testa. «È solo un tantino protettivo.»

Nella sua mente, io e Kallie eravamo *sua* figlia e *sua* nipote, e per quanto mi avesse sempre incoraggiata a seguire i desideri del mio cuore, sapevo che questo nuovo viaggio in cui mi ero imbarcata lo stava distruggendo. La verità era che l'idea di rompere anche solo minimamente il legame che avevamo, spezzava il cuore pure a me.

Quando lunedì ero andata a casa sua e gli avevo detto che non sarei tornata al pub e sarei andata in California, avevo finalmente capito cosa significava quando un uomo perdeva le staffe. La sua preoccupazione paterna si era manifestata a tutta forza in una sfilza di domande, supposizioni e avvertimenti.

Alla fine, mi aveva attirata a sé e mi aveva abbracciata forte, sussurrandomi: «Va', Shea Bear. Vivi la tua vita. Goditi ogni secondo di essa.»

Si era preso cura di me per così tanto tempo, e anche se avrei potuto dirgli che nulla sarebbe cambiato, sapevamo entrambi che non era vero. C'era una piccola parte a cui lui doveva rinunciare, quella di mio protettore e confidente, perché Sebastian aveva assunto quel ruolo.

«Il mio papà doveva andare a lavorare» cominciò a blaterare Kallie, appoggiando i gomiti sul tavolo e unendo le mani, un largo sorriso colmo di speranza e infinita fiducia stampato sul viso. «E quando avrà finito, voleremo alte, alte, alte nel cielo. Vero, mamma?» disse, guardandomi per averne la conferma.

«Sì, Farfallina. Partiremo presto.»

Tra una settimana e mezzo.

Trepidazione e preoccupazione si dibattevano dentro di me. Il mio desiderio di raggiungere Sebastian in contrasto con il mio amore per questo luogo.

Allungai la mano verso Kallie, disperata di sentirla più vicina a me. «Vieni qui, tesoro. Che ne dici se mandiamo al tuo papà qualcosa per farlo sorridere mentre è al lavoro?»

Scostai la sedia all'indietro, facendo stridere le gambe di metallo contro l'asfalto, e mi misi mia figlia in grembo. Kallie sorrise e ridacchiò quando prememmo le nostre guance l'una contro l'altra e scattai un selfie col mio telefonino.

Che importava che gli avessi già mandato un messaggio stamattina per dirgli che mi mancava? Lo feci di nuovo, solo che stavolta lo scrissi sulla foto e gliela mandai con tutta la devozione contenuta nel mio cuore.

Mi manchi.

Sapevo che avrebbe risposto solo stasera sul tardi, dopo il concerto dei *Sunder* a Phoenix. Ma ogni notte, rimaneva fedele alla sua promessa di chiamarmi, di amarmi anche a miglia di distanza.

Fedele.

La verità era che avevo *fiducia* in lui, sotto ogni aspetto.

Tamar lanciò un'occhiata al suo cellulare. «Si sta facendo

tardi. È meglio che vada, prima che Charlie si infuri di nuovo se arrivo tardi al lavoro stasera.»

Si alzò in piedi e diede un bacio sulla guancia ad April, poi si avvicinò a me e a Kallie, tempestando quest'ultima di baci e stringendo me in un abbraccio.

«Ci manchi davvero tanto al locale, Shea. Non è lo stesso senza di te, ma sappiamo tutti che era ora. Charlie più di chiunque altro» mi disse all'orecchio in un sussurro roco.

Un groppo di gratitudine mi serrò la gola e deglutii per mandarlo giù mentre sorridevo alla mia amica, così ruvida all'esterno, ma sapevo che sotto l'inchiostro che ricopriva la sua pelle, nascosta dietro la sua impertinenza e il suo sarcasmo, c'era una persona generosa, gentile e sensibile.

Trattenni un sorriso.

Proprio come Sebastian.

Senza voltarsi indietro, girò sui tacchi e si allontanò.

Presi il portafoglio e lasciai una mancia sul tavolo, poi io e April prendemmo Kallie per mano e la facemmo dondolare tra di noi mentre ci dirigevamo verso l'auto che avevamo parcheggiato lungo la strada.

Sollevai il viso verso il cielo. I rami frusciavano sugli alberi che sfoggiavano i colori più belli che una persona potesse sperare di vedere: arancione intenso, giallo dorato e un rosso così profondo da essere quasi nero.

In autunno, Savannah sembrava possedere una certa calma, una pace e una tranquillità che avevo trovato solo in questo luogo.

Come potevo lasciarlo?

Schiacciai il pulsante sul portachiavi del Suburban di Sebastian.

Adoravo il fatto che mi avesse lasciato la sua auto. Non perché fosse un oggetto di valore da sottrargli. Ma perché sembrava una promessa, un promemoria che eravamo una cosa sola, indipendentemente dal tempo e dalla distanza che ci separavano.

Aiutai Kallie a sistemarsi sul seggiolino e le diedi un rapido bacio sulla testa mentre le allacciavo la cintura. «Pronta?»

Lei alzò le mani in aria, agitandole come una farfalla. «Pronta!»

April si accomodò sul sedile anteriore del passeggero e io su quello del guidatore, e percorremmo la breve distanza fino a casa mia. La casa che amavo. L'unico posto che era stato il mio rifugio da bambina, quando la mia vita era stata così incerta, piena di pressioni, oneri e coercizioni.

Mentre entravo nel vialetto, mi domandai se l'avrei lasciata volentieri. Se avrei potuto. Se avrei dovuto. Se sarei riuscita ad abbandonare questa splendida casa che custodiva i miei ricordi d'infanzia più preziosi, ma che non era più in grado di contenere i miei desideri.

Semplicemente perché il resto del mio cuore mi stava aspettando dall'altra parte del paese.

Trova l'amore e portalo qui.

Le parole di mia nonna attraversarono la mia mente come un'onda gentile. Una dolce rassicurazione che forse non intendeva specificamente questa casa. Che forse l'unica cosa che desiderava *per me* era il tipo di amore che aveva condiviso con mio nonno – un amore eterno e travolgente.

Che *qui* significava casa, ovunque essa fosse.

Qui, con lei. Dove sembrava costantemente aleggiare il suo spirito, e se avessi allungato la mano e agitato le dita nell'aria densa avrei potuto toccarla.

Qui, con mia figlia.

Qui, con Sebastian.

Non importava se qui significasse Savannah o la California.

Spensi il motore, scesi dall'auto e andai ad aprire la portiera a mia figlia, che stava cantando a squarciagola una sciocca canzone con la sua voce argentina e angelica, battendo le mani e agitando i piedi. Le slacciai la cintura di sicurezza e la presi tra le braccia.

In quel momento, ogni parte di me si sentì in pace.

Lo stavo facendo. Stavo voltando pagina. Mi stavo gettando il passato alle spalle e correndo verso il futuro che avevo con Sebastian.

«Shea Bentley?»

Mi pietrificai.

Il terrore mi fece rizzare i peli sulla nuca, e la mia schiena si irrigidì quando fui colpita da un cattivo presagio. Stringendo Kallie a me con un braccio, posai una mano dietro la sua testa e premetti il suo viso sulla mia spalla.

In modo protettivo.

Possessivo.

Lentamente, mi voltai.

L'uomo in piedi davanti casa mia appariva completamente innocuo.

Inoffensivo.

Indossava un paio di pantaloni color cachi e una camicia blu a maniche corte.

Ma dal modo in cui il mio battito cardiaco accelerò, il mio istinto mi disse che era tutt'altro che innocuo.

Stringendo mia figlia contro il mio petto, sollevai il mento in segno di sfida. «Sì?»

L'uomo avanzò verso di me e mi porse una grossa busta gialla. Improvvisamente, l'aria nei miei polmoni parve simile a taglienti schegge di ghiaccio.

Il panico divampò dentro di me come un incendio, bruciandomi le viscere con le sue fiamme. Le mie ginocchia si indebolirono. Mi sentivo come se fossi priva di gravità, persa in uno spazio che non aveva forma o aria o speranza.

Il mio mondo si sgretolò. Si schiantò. Si ruppe in mille pezzi.

Incespicai all'indietro.

«No.»

Lui mi ficcò la busta in mano.

No.

April corse verso di noi, prese Kallie dalle mie braccia tremanti e calmò le sue paure mentre mi guardava con i suoi occhi perspicaci.

«Andiamo dentro» disse a bassa voce, prendendomi per mano e reggendo Kallie con l'altra. Riuscii a malapena ad oltrepassare la soglia d'ingresso prima di crollare in ginocchio sul pavimento di legno duro.

Con mani tremule, armeggiai con il gancetto di metallo e strappai la linguetta. Un mucchio di fogli scivolarono fuori dalla busta.

Ma fu il singolo foglietto che fluttuò a terra a catturare la mia attenzione. Cadde sul pavimento, atterrando a faccia in su.

Sul pezzo di carta erano incise delle parole in una calligrafia decisa che riconobbi immediatamente.

Mi assicurerò il tuo silenzio.

15

SEBASTIAN

«Il pullman parte per Denver domattina alle otto.» Puntai il dito verso Ash, il più irresponsabile dei tre. «Non fate tardi.»

Lui mi rivolse un beffardo saluto militare. «Non preoccuparti, caro Baz Boy. Non ti deluderemo. Me ne assicurerò io.»

Ash al comando?

Fantastico.

Lanciai un'occhiata supplichevole a Zee.

Quest'ultimo sorrise e indicò Lyrik e Ash. «Spiacente, amico, non posso farci nulla. Assumermi la responsabilità di questi due è come dichiararmi colpevole per un crimine che non ho commesso. No, grazie tante.»

Lyrik gli diede uno scappellotto sulla nuca. «Sarò io a commettere un crimine tra cinque secondi se non stai attento a come parli, piccoletto.»

«Piccoletto?» Zee si voltò di scatto, pronto ad attaccar briga. «Ti faccio vedere io chi è il *piccoletto*.»

Scossi la testa e cominciai ad allontanarmi, ansioso di tornare in hotel per poter chiamare Shea. «Sul serio... alle otto in punto.»

Non ero certo di quando fossi diventato la voce della ragione della band, quando avessi cominciato a prendermi la responsabilità per tutti. Suppongo che fosse successo parecchio tempo fa e me ne stessi accorgendo solo ora, incluso la lealtà che questo comportava.

Lyrik mi rivolse un cenno del mento. *Intesi.*

Mi voltai e mi feci largo tra la folla.

Avevamo appena finito un concerto all'aperto a Phoenix, che in tutta onestà era stato un fottuto sballo. Avevamo fatto il tutto esaurito, la folla si era scatenata e la nostra musica aveva riempito l'aria della notte di un'energia quasi violenta.

Adesso, i roadie stavano lavorando in fretta, smontando e impacchettando l'attrezzatura per la partenza di domani mattina verso Denver, dove ci saremmo esibiti fra due giorni. I fan che avevano i pass e alcuni giornalisti gironzolavano nel backstage.

Stavo facendo del mio meglio per non farmi notare così da poter uscire da qui con meno clamore possibile.

Schivai un paio di domande e varie ragazze che volevano chiaramente più di una foto, e mi precipitai fuori per aspettare l'auto che avevo chiamato.

Sollevai il viso verso l'alto e tirai un profondo respiro ristoratore.

Una spolverata di stelle luminose punteggiava la scura volta celeste, vivacizzando quella che prometteva di essere una notte splendida, benché la maggior parte del cielo fosse oscurato dal bagliore delle luci della città. Mi trovavo in una piccola strada laterale, ma le vie principali fremevano ancora di attività, un flusso infinito di auto che serpeggiavano lungo il labirinto urbano. In lontananza, si udiva il ronzio delle macchine che sfrecciavano sull'autostrada e di tanto in tanto il clacson dei camion.

Eppure, l'atmosfera era pervasa da una strana calma.

Un SUV nero si fermò accanto al marciapiede. Saltai su e dissi all'autista il nome dell'hotel in cui alloggiavo.

Emettendo un profondo sospiro, mi rilassai contro lo schienale in pelle mentre l'auto si immetteva sulla strada. Le luci dei lampioni illuminarono i finestrini oscurati appena l'autista si mescolò al flusso di traffico.

Un sorriso curvò gli angoli della mia bocca quando tirai fuori il cellulare dalla borsa e cliccai sui messaggi in arrivo. Sapevo che ci sarebbero stati nuovi messaggi.

C'erano sempre.

Vero, avevo migliaia di fan che gridavano il mio nome sera dopo sera.

Ma questi piccoli gesti che Shea mi rivolgeva? Le semplici parole che mi scriveva per farmi sapere che ero sempre nella sua mente? Risuonavano molto più forte di tutto il resto.

Stasera c'erano tre messaggi.

Sorrisi alla semplicità del primo.

Mi manchi.

Dio, mi chiesi se gli mancassi anche solo la metà di quanto lei mancava a me.

Pazzesco.

L'avevo salutata all'aeroporto appena tre giorni prima, e già mi mancava da morire. Contavo i giorni che mancavano al suo arrivo in California, quando avremmo finalmente potuto cominciare la nostra vita insieme.

Buffo come fossero le piccole cose a mancarmi di più. Stare nella sua cucina e cucinare con le mie due ragazze, infilare Kallie a letto la sera e svegliarmi lentamente tra le braccia di Shea.

Sì, parlavamo al telefono ogni giorno, ma non era come averla accanto.

Il secondo messaggio tramutò il mio sorriso spensierato in uno malinconico. La foto ritraeva Shea e Kallie all'aperto con la città di Savannah come sfondo, i loro visi premuti l'uno contro l'altro e incorniciati da una cascata di riccioli biondi, i loro occhi color caramello dolci e calorosi. Fui travolto da una profonda nostalgia che mi fece star male fisicamente. I loro sorrisi erano talmente larghi che sembravano sfiorarmi nonostante la distanza.

Sulla foto, Shea aveva scritto un messaggio identico al primo.

Mi manchi.

263

Il terzo conteneva solo un testo. *Chiamami quando termina il concerto. Non importa che ore sono. Ho bisogno di sentire la tua voce.*

L'autista si fermò nel vialetto circolare all'entrata sul retro dell'hotel.

«Grazie» dissi, scendendo in fretta dalla macchina.

Mi misi la borsa in spalla e attraversai le alte porte scorrevoli che occupavano l'intera facciata posteriore. Le mie scarpe echeggiarono sul pavimento bianco intarsiato d'oro. Al centro dell'atrio si ergeva una fontana la cui acqua sfrecciava verso l'alto prima di ricadere nella grande vasca di marmo.

L'albergo era incredibilmente pomposo, ma quando trascorrevi la maggior parte del tuo tempo confinato in un pullman con un gruppo di ragazzi, a volte concedersi qualche lusso diventava una necessità. Ero già registrato, perciò presi l'ascensore e salii direttamente al mio piano.

Andai dritto verso la camera di Austin, adiacente alla mia suite, e bussai.

Passarono alcuni secondi prima che udissi un fruscio all'altro lato della porta. I capelli del mio fratellino erano un completo disastro quando finalmente aprì. Strizzò gli occhi e mi guardò. «Che succede, fratello?»

«Volevo solo sapere come stavi.»

Lui mi rivolse un sorrisetto ironico. «Uguale a come quando sei passato a controllarmi prima di andare via.»

Feci un sorriso imbarazzato. Non potevo fare a meno di preoccuparmi per lui costantemente, anche se continuava a dirmi che era ora che risolvesse i suoi problemi da solo. Questo ragazzo era diventato una mia responsabilità parecchio tempo fa. «Hai cenato?»

«Sì, *papà*» rispose Austin, alzando gli occhi al cielo. «Vuoi controllare il mio piatto?»

Che moccioso spiritoso.

Mi sforzai di trattenere una risata.

«Bada a come parli, bello, o ti prendo a calci in culo anziché dirti di non esitare a ordinare il servizio in camera. La prossima volta non sarò così gentile.»

Che male c'era se adoravo momenti come questo? Quando

potevamo scherzare senza la solita tensione che gravava su di noi. Quando sapevo che le cose potevano andare bene per lui e che aveva l'intero mondo ai suoi piedi. Doveva solo trovare il coraggio di fare un passo in avanti. Momenti simili mi ridavano quella speranza che credevo avessimo perso molto tempo fa.

A Los Angeles, non riuscivo a scrollarmi di dosso la preoccupazione che mi affliggeva vedendo il suo umore nero e tetro, la sua espressione piena di ombre, ricordi e soffocante rimpianto. Una volta partiti, il suo umore sembrava essere migliorato, e ogni giorno avevo l'impressione che diventasse più spensierato. Il suo sorriso, ormai raro, riaffiorava più spesso sul suo viso.

Proprio come adesso.

Il suo sorriso si allargò e il suo sarcasmo si accentuò. «Oh, sì. Ecco il fratello maggiore che conosco e che amo. Certe cose non cambiano mai.»

«Contento tu.»

Ma sapevamo entrambi che tutto era cambiato.

Con un gesto del mento, indicai la mia suite mentre tamburellavo le dita sullo stipite della sua porta. «Sarò in camera mia, se avessi bisogno di qualcosa.»

Un enorme sorriso spuntò sulla sua bocca. «Ah... l'avevo immaginato. Sappiamo tutti come si svolgono le serate adesso... I ragazzi se la spassano in giro per la città mentre tu ti ritiri in camera tua. Il grande e cattivo Sebastian Stone schiavo della figa. Non fingere che io non possa vedere il guinzaglio che hai intorno al collo.»

Mi morsi il labbro inferiore per soffocare la risata che ribolliva nel mio petto.

«Attento, fratello, o ti prendo davvero a calci in culo.»

Adoravo vederlo sorridere. Ne avevo bisogno. La vita stava prendendo una piega che non avevo mai creduto possibile. Tutto ciò che per me era importante stava fiorendo. Prosperando. La band, il mio fratellino e un amore mozzafiato che non mi ero aspettato affatto.

«Fatti sotto. Non vorrei che ti arrugginissi» mi pungolò, facendo un passo indietro e spalancando la porta. «L'ultima cosa di cui abbiamo bisogno è che tu ti rammollisca.»

Feci due passi di lato e passai la chiave elettronica nella serratura della mia suite. Mi piegai all'indietro e gli rivolsi un sorrisetto ironico. «Qualcuno di noi deve esserlo.»

«Pensavo che fosse compito di Zee.»

«Touché, fratellino, touché.»

Aprii la porta della mia camera e Austin cominciò a rientrare nella sua. «D'accordo, stronzo, va' pure da tua *moglie*. Che importa che mi sto annoiando a morte qui da solo.»

«Potresti venire dentro e passare un po' di tempo con me» dissi.

«E ascoltare te e Shea ripetervi all'infinito quanto sentite la mancanza l'uno dell'altra, i fottuti bacetti che vi mandate e tutte quelle cazzate sdolcinate? Ehm... no. Vorrei evitare di vomitare, grazie tante. Dobbiamo già sorbirci le vostre smancerie sul pullman» rispose Austin, facendo un altro passo indietro e chiudendo la porta.

«Sei soltanto geloso» gridai, sbattendomi la mia alle spalle.

La sua risposta smorzata echeggiò attraverso la parete. «Potresti aver ragione, fratellone.»

Stavo ancora scuotendo la testa, un sorriso stampato sul viso, quando attraversai la zona living e mi diressi nel bagno fin troppo enorme per me. Entrai nella doccia abbastanza grande da contenere cinque persone e mi lavai velocemente, sciacquando via tutto il sudore del concerto. Poi balzai fuori e mi asciugai con altrettanta rapidità.

Non vedevo l'ora di parlare con la mia ragazza.

Afferrai il cellulare e le inviai un messaggio. *Entra in Skype. Ho bisogno di vedere il tuo viso.*

Due secondi dopo, il mio telefonino trillò. *Ok.*

Corrugai la fronte. Mi aspettavo una faccina sorridente o un cuoricino o un *non vedo l'ora*, ma suppongo che questo avrebbe richiesto più tempo.

Indossai un paio di boxer puliti, sfilai il portatile dalla custodia e mi appollaiai al centro del letto. Morivo dalla voglia di vederla.

Dio, Austin aveva ragione.

Ero andato.

Perso.

Completamente cotto di questa ragazza.

Non avevo una sola possibilità, cazzo.

Quando Shea accettò la mia chiamata, provai una stretta al cuore.

I suoi dolci occhi si fissarono immediatamente nei miei. Ma non brillavano di felicità. Erano tormentati. Gonfi, rossi e colmi di lacrime che stava facendo del suo meglio per trattenere. La piccola lampada sul suo comodino gettava ombre intorno a lei. Ogni lineamento del suo viso era contorto dall'agonia.

La rabbia mi attanagliò le viscere. Il bisogno essenziale di proteggere e difendere fu istantaneo.

Un singhiozzo le sfuggì dalle labbra quando incrociò il mio sguardo. «Sebastian.»

Serrai la mascella. «Cos'è successo?»

I suoi occhi si chiusero e la sua bocca tremò. «Martin.»

Quel nome mi fece scattare su dal letto. Non che non me lo fossi aspettato. Ero certo che sarebbe uscito dalle sue labbra l'istante in cui avevo visto quell'espressione adombrare il suo viso.

Ciononostante, la rabbia infuriò dentro di me, ribollendo nelle mie vene, scottandomi la pelle.

Mi sembrava di bruciare vivo.

Mi afferrai i capelli tra le mani. Freneticamente, mi guardai intorno per la stanza in cerca delle mie cose. Il mio sguardo si socchiuse mentre calcolavo quanto tempo avrei impiegato per salire su un aereo e dare la caccia a quello stronzo.

Erano passate quasi sei settimane dall'ultima volta che l'avevamo sentito, e in quell'arco di tempo mi ero rilassato. Avevo abbassato la guardia.

Realisticamente, sapevo che sarebbe giunto questo momento, tuttavia, ciò non impedì all'odio sconfinato di infiammare ogni mia terminazione nervosa.

E non sapevo neppure che cosa avesse fatto quel pezzo di merda.

Camminai avanti e indietro, guardando Shea, seduta al centro del suo letto, ogni volta che passavo davanti al pc. Eravamo entrambi distrutti.

«Dov'è Kallie?» riuscii a chiedere infine, incerto di poter reggere la risposta. La mia mente immaginò ogni possibile scenario.

«Sta dormendo nella sua stanza.»

Fui travolto dal sollievo. Mi sfregai le mani sul viso e sollevai lo sguardo verso il soffitto. Quella piccola consolazione mi fece accasciare sul bordo del letto, la schiena rivolta a Shea. Mi presi la testa fra le mani. Stavo facendo del mio meglio per mantenere la calma. Ma quegli istinti erano ancora lì. Il bisogno di combattere e difendere.

Con pugni, furia e rabbia inarrestabile.

Di proteggere la mia famiglia.

Di mettere le cose a posto.

«Sebastian.» Udii chiaramente la supplica di Shea. Sapevo che si era accorta delle emozioni che si agitavano dentro di me. Di cosa morivo dalla voglia di fare.

Con riluttanza, la guardai.

«Non farlo» mi implorò in un sussurro.

Deglutii rumorosamente. Tenere a bada la violenza che fremeva sotto la mia pelle era quasi impossibile. Chiusi le mani a pugno, le aprii, poi le serrai di nuovo. Era un gesto che speravo mi avrebbe calmato, invece servì solo a fomentare la mia rabbia.

Mi voltai completamente verso di lei. «Dimmi.»

Le sue labbra tremolarono mentre cercava di soffocare l'emozione, e non desiderai altro che poter attraversare lo schermo e raggiungerla.

Detestavo che fossimo così lontani.

Volevo essere al suo fianco.

Abbracciarla.

Proteggerla.

Non prendevo alla leggera le promesse che le avevo fatto.

La mia attenzione si spostò sulla sua gola delicata, dove il pomo d'Adamo ballonzolò su e giù mentre si sforzava di formulare le parole.

«Mi ha citata in giudizio.» Tirò un respiro profondo e poi

espirò con forza. «Vuole ottenere la custodia esclusiva di Kallie.»

«Cazzo» imprecai, spostando lo sguardo sulla parete. Fui investito dall'amarezza. Agitai la gamba su e giù come un fottuto martello pneumatico fuori controllo. Ogni cellula del mio corpo mi incitava ad alzarmi e agire. A fare qualcosa, cazzo. Perché restarmene seduto qui con le mani in mano non avrebbe risolto nulla di sicuro.

Ce l'eravamo aspettati, no? Il timore che quello stronzo non l'avrebbe mai lasciata vivere in pace era sempre stato presente nella nostra mente come un'inesorabile inquietudine.

Un singhiozzo sfuggì dalle sue labbra, e la sua confessione si abbatté su di me come una frana quando parlò tra le lacrime.

«Ho paura. Dio... sono così spaventata. E... e questo è esattamente ciò che lui vuole. Spaventarmi. Farmi sapere che ha lui il controllo. Vuole rammentarmi che sa come farmi del *male* e non esiterà a farlo.»

«Perché, Shea? Perché cazzo ci tiene così tanto a farti del male?»

Perché cazzo voleva fare del male a tutti noi?

Ero stufo di non capirci nulla. Stufo che Martin usasse il mistero che circondava Mark e Austin per torturarmi. Stufo che Shea gettasse un velo su quello che pensava di dovermi tenere nascosto.

Ma sapevo...

Sapevo che qualunque cosa si celasse sotto era un fottuto incubo.

Shea chiuse gli occhi con forza e scosse freneticamente la testa, il viso rigato di lacrime. «Non capisci? Lui sa come controllare anche te, Sebastian. Conosce le tue debolezze. Studia e prevede esattamente come qualcuno reagirà e usa questo a suo vantaggio. Sa che sei aggressivo. Che sei disposto a proteggere coloro che ami. E questo è esattamente ciò che vuole... *provocarti*, così da poterci separare.»

Scoppiò in una risata priva di umorismo, e la sua voce assunse un tono carico di significato, come se mi stesse dando una dritta. «Ma io... io non ho agito come lui aveva anticipato.

Si aspettava la mia sottomissione e invece l'ho colto di sorpresa.»

Mi passai una mano tra i capelli. «Allora cosa facciamo? Cosa faccio *io*?»

Lei si portò entrambe le mani al petto. «Stammi vicino. Combatti con me. Non lasciarmi mai. Quando verrò in California, ti dirò tutto quello che è successo. E tu mi proteggerai restandomi accanto, mi aiuterai stando al mio fianco quando racconterò ogni cosa all'avvocato e a chiunque ascolterà, e soprattutto, mi proteggerai stando alla larga da lui.»

Aggrottai la fronte, perché questo faceva un male cane. Mi faceva soffrire il pensiero che Shea si trattenesse dal confidarsi con me a causa di ciò che *io* ero. Una fottuta mina vagante. Un uomo incline alla violenza. La stessa violenza che in quel momento ribolliva dentro di me, lambendomi con le sue fiamme e supplicandomi di darle sfogo.

La mia voce era tesa quando parlai. «Ti ho promesso che ti avrei protetta, Shea. Che avrei vissuto per te. E questo è esattamente quello che farò. Tu e Kallie siete la mia vita. *Il mio tutto*. E farò qualsiasi cosa... rinuncerò a ogni cosa... per assicurarmi che voi due stiate insieme. Non gli permetterò di vincere.»

Shea si asciugò le guance bagnate di lacrime col dorso della mano. «Farà di tutto per distruggerci... per separarci. Sa che siamo più deboli da soli. I suoi discorsi sull'annientarci entrambi in una volta sola?»

Scosse la testa con un'espressione carica di amarezza e odio, emozioni così estranee alla mia ragazza, ma sul suo viso vedevo chiaramente le atrocità che Jennings aveva commesso, le cose che Shea si teneva ancora dentro.

Le cicatrici che portava sul cuore mentre io portavo le mie sulla pelle.

«Sono una tattica. Uno stratagemma. Pensa di poterci spaventare con le sue minacce. Di convincere il nostro subconscio nel credere che insieme siamo facili obbiettivi.» Corrugò le sopracciglia, respingendo quell'idea, e dando voce alla sua convinzione. «È un codardo. Un *vigliacco*. Un uomo che lascia compiere i propri crimini agli altri e poi spadroneggia su di loro come se fosse lui ad esercitare il controllo.»

Il mento della mia coraggiosa Shea tremò. «Mi sono sottomessa a lui per così tanto tempo, e mi rifiuto di ritornare ad essere quella ragazza debole. E lo ero, Sebastian. Ero *terribilmente debole*.»

Poi dichiarò con fermezza: «Ma ora non lo sono più. E con te al mio fianco, sono ancora più forte.»

Decisa.

Audace.

Impavida.

«Promettimi che non ti lascerai provocare da lui, Sebastian. Sa esattamente come rovinare le persone. Scova le loro debolezze. Sa che Kallie è il mio punto debole. Come sa che noi due siamo la tua debolezza.»

Deglutii a fatica. «Te lo prometto, piccola.»

Te lo prometto.

Mi sfregai le mani sul viso e mi afferrai i capelli, sopraffatto da un'improvvisa disperazione. «Ti prego, Shea. Ho bisogno che tu mi dica almeno una cosa adesso. Dimmi come diavolo sei finita con lui.»

16

SHEA ~ DICIOTTO ANNI

I riflettori risplendevano luminosi dall'alto e un leggero velo di sudore imperlava la pelle accaldata di Shea. Il suo vestito nero senza spalline, ricoperto interamente da paillette, luccicava sotto le luci abbaglianti, e il tessuto le causava prurito nel punto in cui le fasciava i seni. Un paio di scarpe nere dal tacco vertiginoso le adornavano i piedi, e Shea cercò di non concentrarsi su come la facessero sentire a disagio e immorale, sullo spacco laterale che le arrivava fino alla coscia e che metteva in mostra la calzatura sexy.

Era uscita sul palcoscenico sentendosi come una sciocca imbranata, benché le avessero detto che aveva un aspetto favoloso.

Aveva fatto una sola canzone.

Una sola canzone da portare al country awards show che la presentava come Delaney Rhoads.

Le era stato detto che era un avvenimento senza precedenti comparire sulle scene così in fretta, essere invitati a esibirsi in questo modo.

E per l'ennesima volta, le era stato detto che era bravissima.

Eppure, per qualche ragione, Shea si sentiva un'impostora.

Nonostante ciò, la chitarra nelle sue mani e il microfono contro la sua bocca sembravano la cosa più naturale al mondo.

Lasciò andare le sue preoccupazioni e non prestò attenzione alle persone che riempivano l'auditorium di Nashville. La sala era stracolma, le morbide poltrone bordeaux tutte vendute.

Proprio come lei.

Come se le fosse mai stata data una scelta.

Oggi era il suo compleanno.

Compiva diciotto anni.

Aveva firmato il contratto. Si era seduta in quella grande poltrona in pelle con le viscere in subbuglio e sua madre che le sussurrava all'orecchio: «Ci siamo, tesoro. Ce l'abbiamo fatta. Tutto quello per cui abbiamo lavorato duramente in questi anni è nelle nostre mani. Sei una star.»

Shea aveva scribacchiato la sua firma sul foglio, incapace di fermare il tremore della sua mano, perché ogni parte di lei aveva gridato di non farlo.

Ma stasera?

Su questo palco?

Shea cantò. Lasciò che le sue dita strimpellassero via la tristezza e che la sua voce cancellasse il gusto amaro sulla sua lingua.

Sapeva che sua nonna la stava guardando in TV dal suo letto d'ospizio. La donna che amava di più al mondo era troppo malata per essere lì con lei.

L'unica cosa che Shea voleva era che sua nonna capisse che, anche se le circostanze potevano essere orribili, quando cominciava a cantare, tutto il resto scompariva e sentiva la musica nel cuore.

Proprio come sua nonna le aveva fatto promettere di fare quando era solo una bambina.

Shea voleva renderla orgogliosa.

Non di quello che aveva ottenuto, della celebrità o dei soldi che le erano stati promessi. A lei non interessava nessuna di quelle cose.

Voleva solo che sua nonna sapesse che stava usando il dono che le era stato dato, e che quando cantava, in una parte profonda di sé, sentiva ancora che era *importante*.

La voce di Shea sfumò nel silenzio e, un attimo dopo, la folla proruppe in un fragoroso applauso che echeggiò nell'enorme sala. Tutti gli astanti si alzarono in piedi per una standing ovation.

I suoi occhi si colmarono di lacrime.

Perché anche lei aveva percepito la bellezza che sembrava alimentare l'energia che riempiva il teatro.

Era ciò che l'attendeva dietro le quinte ad essere vile.

«Grazie» sussurrò Shea al microfono, prima di lasciare il palco.

Sua mamma l'aspettava dietro le tende del sipario. «Ecco la mia stella splendente» disse ad alta voce per assicurarsi che la sentissero tutti.

Donny, il viscido fidanzato di sua madre che le era rimasto appiccicato addosso sin da quando avevano messo piede a Nashville, stava quasi sbavando alle sue spalle.

«Vieni qui, tesoro, ci sono alcune persone che devi conoscere» le disse sua madre.

Shea fece del suo meglio per sorridere cordialmente mentre stringeva le mani di coloro che la volevano solo per le cose che non era disposta a dare, come se toccare la sua pelle desse loro un assaggio di gloria quando in realtà lei sapeva, senza ombra di dubbio, che aveva venduto la sua anima al diavolo.

Non perché desiderasse sguazzare nel peccato.

Ma si trovava su quel treno senza freni da troppo tempo, le pressioni e le coercizioni davvero troppe da sopportare, perciò si era semplicemente arresa. Aveva fatto le cose meccanicamente, senza mai dare voce alle sue opinioni o preoccupazioni perché non venivano comunque mai ascoltate. Sua madre aveva il pieno controllo della sua vita e Shea non trovava la forza di combatterla.

Ma adesso si chiese quando sarebbe *crollata* sotto tutto quel peso.

Con cautela, Shea alzò lo sguardo nell'istante in cui sentì un paio d'occhi fissarla intensamente. Un bruciante calore di predatoria lussuria. Si sentì scottare da essa, e non in modo piacevole, ma piuttosto come se l'inferno avesse allungato i suoi artigli verso di lei.

Rabbrividì.

Sua madre la sospinse all'indietro e si sollevò in punta di piedi per mormorarle all'orecchio. «Va' da lui, figliola. Ti aspetta.»

Quando esitò, percepì l'irritazione di sua madre, come se stesse parlando a una bambina che non aveva idea di quello che si dovesse fare per sopravvivere nel mondo reale.

Shea non era sicura di saperlo.

«Realizzare i propri sogni richiede sacrifici, Shea.»

In quel momento, odiò sua madre più che mai. L'aveva venduta con così tanta facilità, usandola solo per un tornaconto personale. Shea aveva trascorso anni ad impegnarsi duramente, pensando che se fosse riuscita ad arrivare in cima, sua madre l'avrebbe finalmente vista come la stella che voleva che fosse. Aveva passato tutta la vita ad essere plasmata e modellata in ciò che era adesso, diventando una persona irriconoscibile.

Ma l'immagine esteriore era completamente in disaccordo con la donna che voleva essere.

«Inoltre» continuò sua madre con un sorriso perverso, «insieme formate una splendida coppia. È quello che il mondo vuole vedere. Una bella ragazza al braccio di un affascinante uomo di successo. Ha corso un grande rischio per te, ed è ora che tu gli mostri un po' di gratitudine.»

Gratitudine?

Shea sentì la bile agitarsi nel suo stomaco e temette che avrebbe vomitato.

Sapeva che Martin Jennings era attraente. Non era cieca. Ma durante l'anno in cui l'aveva conosciuto, aveva anche sentito qualcosa di oscuro aleggiare intorno a lui, qualcosa di brutto che sprizzava dai suoi pori come un cattivo presagio.

Ogni cellula del suo corpo la implorava di stargli alla larga.

Invece, si costrinse a muove i piedi verso di lui, che stava in disparte come uno spettro contro la parete più lontana.

Abbassò timidamente la testa quando si fermò davanti a lui.

«Magnifica» disse Martin con la sua voce raffinata e mellifua. Quando le carezzò la guancia, Shea trattenne il fiato e cercò di non sussultare. «Hai idea dell'effetto che hai avuto sulla folla, Delaney Rhoads? Ogni singola persona lì fuori era creta nelle tue mani. Sei magica.»

I suoi pensieri andarono alla sua fragile nonna, costretta a letto.

Anche lei pensava che l'esibizione fosse stata *magica*?

Cosa avrebbe pensato ora?

Martin fece scivolare i polpastrelli lungo il suo braccio e intrecciò le dita alle sue. Brividi di disagio le percorsero il corpo, provocandole la pelle d'oca, ma non oppose resistenza, proprio come non si era ribellata due giorni prima quando l'aveva spinta contro la parete del suo ufficio e le aveva baciato il collo e la bocca.

Ma stasera, quando la trascinò lungo un tortuoso labirinto di corridoi nel backstage e la condusse in un ufficio vuoto nascosto sul retro del teatro e immerso nella penombra, non si fermò. La sistemò sulla scrivania e le sollevò la gonna dell'abito.

Le lacrime le bagnarono il viso, e Martin le asciugò le guance. «Sei troppo bella per piangere, Delaney Rhoads.» Le sfiorò gli angoli della bocca con la sua, e lei piagnucolò.

«Shh... sei mia ora.»

Shea tremò violentemente e desiderò pronunciare il *no* che aveva sulla punta della lingua, ma non sapeva come dar voce a quella piccola parola. Proprio come non aveva saputo dirla ogni volta che sua madre l'aveva condotta su un sentiero che lei non voleva.

Dillo, Shea. Di' di no. Ti prego, dillo, implorò mentalmente a se stessa, prima di voltarsi verso di lui e supplicarlo silenziosamente. *No. No. No.*

Un suono metallico echeggiò nella stanza quando Martin si slacciò la cintura e si abbassò i pantaloni lungo le cosce. Shea andò nel panico e cominciò a spingerlo via e a colpirlo al petto mentre il suo respiro diventava affannoso per via della paura.

«Shh» sussurrò lui di nuovo, bloccandole entrambi i polsi

con una mano e strattonandola verso il bordo della scrivania. Poi si sistemò tra le sue cosce.

Shea gridò di dolore quando la penetrò con forza.

Singhiozzò, e i suoi respiri divennero strozzati mentre lui si muoveva dentro di lei.

La musica di un'altra esibizione filtrava nella stanza, e Shea cercò con tutta se stessa di concentrarsi su quei suoni piacevoli e non sui grugniti che uscivano dalla bocca di Martin. Ma non c'era nulla di bello in questo momento. La tristezza e il dolore la schiacciarono. Buffo come un uomo la stesse toccando per la prima volta nella sua vita, eppure non si era mai sentita più sola di così.

E Shea... Shea odiò quest'uomo con tutta l'anima. Odiò sua madre più di quanto avesse mai fatto finora. Ma neanche lontanamente quanto odiò se stessa.

17

SEBASTIAN

*E*ro fermo nel corridoio davanti alla porta della camera di Mark. Il mio petto si gonfiò quando tirai un profondo respiro incoraggiante e la mia mano tremò sulla maniglia mentre cercavo il coraggio di aprire la fottuta porta.

Il silenzio echeggiava nell'enorme casa. Tutti i ragazzi erano usciti e Austin era rintanato in camera sua, situata all'altra parte del corridoio.

Eravamo tornati a Los Angeles da due giorni, e Shea e Kallie sarebbero arrivate qui domani, perciò questo doveva essere fatto oggi.

Avevamo deciso di andare avanti con i nostri piani originali perché ci rifiutavamo di cedere alle minacce di Jennings. Inoltre, pensavamo che fosse più sicuro per loro stare qui. Con me.

Dio solo sapeva che avrei dormito meglio.

Kenny, un altro avvocato e altri loro colleghi qui a Los Angeles stavano scavando a fondo nella vita di Jennings per riuscire a trovare qualcosa da usare contro quel pomposo bastardo. Qualcosa che non avesse nulla a che fare con i Sunder, con Shea e con nessuno di noi. Prove schiaccianti che l'avrebbero mandato dritto all'inferno, perché sapevamo che le sue avide mani erano state lì.

Quello che Shea non sapeva era che avevo un asso nella manica. Un piano di riserva. Che avrei volentieri incriminato me stesso pur di far sparire Jennings dalla nostra vita.

Per sempre.

In un modo o nell'altro, ci saremmo assicurati che non avrebbe avuto alcuna voce in capitolo nel futuro di Kallie.

Adesso dovevo solo riuscire a oltrepassare questa porta. Ma non credevo che sarebbe stato così maledettamente difficile.

Un brivido di freddo mi percorse il braccio quando strinsi la mano intorno alla maniglia di metallo, e serrai gli occhi, costringendomi a girarla. La porta si aprì con un cigolio dopo essere stata inutilizzata tanto a lungo.

L'odore che permeava la stanza abbandonata mi colpì come un macigno.

Strinsi gli occhi con più forza, cercando di resistere, poi lasciai andare il fiato che avevo trattenuto e tirai un profondo respiro tremante.

L'aria sapeva di chiuso e muffa, ma anche di lui, come l'odore di quella vecchia giacca di pelle che aveva sempre indossato e delle sigarette alle erbe che aveva sempre fumato.

Il dolore rinchiuso dentro di me si dibatté per liberarsi, concentrandosi come un temporale nel mio petto. Intensificandosi lentamente. Serrandomi la gola.

La scomparsa di Mark era stata così improvvisa e traumatica che certe volte mi sembrava ancora irreale. A volte immaginavo di alzare gli occhi e vederlo svoltare l'angolo con quel sorriso timido e insicuro che aveva sempre sul viso e che si trasformava in qualcosa di genuino e onesto quando mi guardava.

Dio, era stata un'anima persa.

Così dannatamente persa.

Tuttavia, ciò non significava che il legame tra noi cinque non fosse solido. Pezzi distorti e deformati che in qualche modo si allineavano e combaciavano perfettamente. La mia famiglia incasinata. Ma forse il legame tra me e Mark era stato ancora più forte perché anch'io mi ero sentito maledettamente perso.

Disorientato, avanzai verso il centro della stanza, percependo con più intensità il peso della perdita del mio amico. I raggi del sole filtravano attraverso le fessure delle veneziane, fendendo l'oscurità. Il grande letto era sfatto, un groviglio di lenzuola e coperte che rivelavano uno spirito inquieto. Il pavimento era disseminato di fogli di carta su cui Mark aveva riversato le parole che fin troppo spesso erano rimaste taciute.

Mi avvicinai alla sua scrivania e passai le dita sulla foto incorniciata che ci ritraeva tutti insieme, ognuno di noi con le braccia gettate sulle spalle dell'altro e una birra in mano. C'erano anche Zee e Austin. L'immagine fece affiorare un sorriso malinconico sul mio viso, e scossi la testa, domandandomi come diavolo avrei fatto a liberare la camera.

Ma dovevo.

C'era una bambina pronta a far brillare la sua luce in questa stanza desolata.

Strappai le lenzuola dal letto e le ficcai in una busta della spazzatura, poi recuperai uno degli scatoloni vuoti che avevo lasciato in corridoio e cominciai a sgomberare la scrivania dalle sue cose. Avrei semplicemente sigillato lo scatolone con dello scotch. E l'avrei messo da parte. Sapevo che un giorno Zee avrebbe voluto rovistare tra le cose di suo fratello, quando il suo cuore spezzato fosse stato pronto a compiere quel passo.

I cassetti erano pieni di vecchie audiocassette e CD su cui era incisa la nostra musica, e di fogli scribacchiati. Mark era sempre stato svelto a buttar giù le parole di una canzone quando eravamo stati colti dalla giusta ispirazione.

La tristezza mi serrò il petto.

Santo cielo, faceva un male cane.

I miei occhi si offuscarono di lacrime mentre riempivo uno scatolone dopo l'altro, costringendomi a continuare.

Quando finii di liberare la sua scrivania, andai nella sua cabina armadio e premetti l'interruttore della luce. La lampadina lampeggiò prima di accendersi, e sbattei gli occhi per adattarmi a quell'improvvisa luminosità. Era uno stanzino lungo e stretto con abiti appesi su entrambi i lati, scarpe consunte infilate nei

rispettivi scomparti e oggetti vari messi alla rinfusa sugli scaffali.

Una risatina affettuosa mi sfuggì dalle labbra. Mark non era
mai riuscito a buttare via nulla.

Unii insieme varie camicie, le rimossi dall'armadio con tutte
le grucce e le gettai sul pavimento della camera da letto. Sgom-
berai prima un lato e poi l'altro, finché non si formò una montagna di vestiti al centro della stanza.

Un negozio dell'usato avrebbe avuto una giornata grandiosa
con questi abiti.

Cominciai a portare fuori gli scatoloni, sentendomi schiacciato dall'angoscia mentre lo facevo, perché avevo l'impressione che stessi cancellando definitivamente la presenza di Mark
dalla nostra vita.

Sapevo che era questo il motivo per cui avevo indugiato
tanto a lungo.

Volevo un'ultima cosa a cui aggrapparmi, anche se finora
non avevo avuto la forza di mettere piede nella sua stanza.

Mi inginocchiai e tirai fuori alcune scatole che Mark aveva
infilato sotto gli scaffali nell'angolo più lontano della cabina
armadio. Sollevai un coperchio e sbirciai dentro.

Fotografie.

Mi sedetti a terra e ne estrassi una manciata. Fui travolto da
un'ondata di nostalgia, dolore e rimpianto, e dalla consapevolezza che il nostro eterno legame non sarebbe mai potuto essere reciso. Sfogliai un'immagine dopo l'altra di quando eravamo
adolescenti e trascorrevamo ore nel garage di Ash, quando volevamo prendere il mondo per le corna e non c'era nulla che
avrebbe potuto fermarci dall'avere successo.

Molto prima che lasciassimo che questo stile di vita ci consumasse e che le infinite feste ci conducessero lungo sentieri
che non avremmo mai dovuto prendere.

Provai una stretta allo stomaco nel vedere alcuni dei volti ri-
tratti nelle foto, uomini che avevamo chiamato amici ma che
invece non erano altro che spacciatori che nutrivano la feroce
frenesia di poveri disgraziati. Il bisogno di sentire qualcosa che
alla fin fine non esisteva.

Perché l'unica cosa che restava era solo un senso di vuoto.

Quello che mi faceva incazzare di più era che alcuni di loro fossero strettamente legati a Jennings.

Feci una smorfia quando vidi una foto di Donny, uno dei bracci destri di Jennings. Fissai i suoi occhi blu strafatti e quel suo sorriso viscido stampato sul viso.

Pareva che da quando Mark aveva cominciato a frequentare quel verme, fosse stato risucchiato in una spirale che non aveva avuto modo di fermare. Era inciampato in un pozzo nero che sarebbe stato la sua rovina. Era sprofondato verso il basso, fino a toccare il fondo. Aveva cominciato a nascondere le cose. Anche a me. A quel tempo, Donny era continuamente tra i piedi, presentandosi ad ogni nostro concerto e comportandosi come se quello fosse il suo posto. Ma io sapevo la verità. Stava fornendo la roba a Mark.

Frugai un po' più a fondo nella scatola, scartando via altre foto. Ebbi l'improvviso desiderio di comprendere meglio il Mark di quel periodo. Desiderai aver prestato maggior attenzione. Di aver fatto di più prima che fosse troppo tardi.

Un voluminoso diario rilegato in pelle era nascosto in un angolo della scatola. Lo tirai fuori, sentendomi uno stronzo nell'invadere la sua privacy. Ma accidenti, era stato il mio miglior amico. E mi *mancava*. Mi mancava così tanto da star male fisicamente. Avevo l'impressione che il mio petto potesse crollare sotto il peso nel mio cuore, e volevo aggrapparmi al suo ricordo ancora per un po'.

Sciolsi il laccetto di pelle e aprii il diario alla prima pagina. Riconobbi subito la sua calligrafia. La data riportata di lato ricordava quasi sette anni fa.

Il cammino è duro. Specialmente in notti come questa, quando tutti dormono intorno a me. Io non riesco mai a chiudere occhio. Chi avrebbe mai immaginato che il momento di maggior solitudine al mondo fosse quello prima del sorgere del sole? Notte dopo notte, incontro quel momento intimamente. Lo conosco bene come un'amante, anche se non c'è conforto nel suo tocco. Ma ne vale la pena. La band ne vale la pena. Eppure, ho la sensazione che non saprò mai che cosa significa essere a casa.

Mi sfregai una mano sul viso e cercai di soffocare l'irrefrenabile impulso di piangere. Mi uccideva sapere che si era sentito in questo modo. Sfogliai altre pagine, molte delle quali echeggiavano lo stesso sentimento. A volte passavano mesi tra un'annotazione e l'altra, e diventavano man mano più disperate col passare degli anni.

Ci ho provato. Ci ho provato sul serio, cazzo. Baz è uscito di galera e si è disintossicato. Ci ho provato. Ci ho provato.

Perché non avevo fatto qualcosa? Perché non ero intervenuto?

Vacillai. Una parte di me voleva chiudere il maledetto diario e dimenticare. Ma un'altra parte di me si sentiva in dovere di andare avanti. Sfogliai altre pagine in cui Mark aveva appuntato quanto si fosse sentito perduto.

Quando voltai un'altra pagina, i miei occhi si focalizzarono sulla calligrafia che era diventata confusa, frenetica e leggermente storta.

Ho fatto una cazzata. Una cazzata tremenda. Donny mi aveva detto che Martin gli aveva assicurato che si sarebbe trattato solo di una volta. Una volta sola. Sarebbe dovuta finire lì.

Che cazzo voleva dire?
Stava parlando di Jennings.
Il battito del mio cuore accelerò. Raddrizzai la schiena e strinsi le dita intorno al diario mentre continuavo a leggere.

Fanculo Donny e fanculo la sua fottuta bocca. Non volevo sapere nulla. Non volevo farne parte. Sapevo che Martin era un uomo disgustoso. Lo erano entrambi. Ma non credevo fino a questo punto. L'ho detto a Martin. Gli ho detto di andare all'inferno quando ha preteso i soldi che gli devo. Ho minacciato di raccontare tutto alla polizia. Lo farò comunque, e al diavolo i soldi. Sapevo cosa aveva ordinato a Donny di fare a quella ragazza. Sapevo cosa aveva intenzione di fargli fare. Lei era una mina va-

gante. Un ostacolo. Proprio come me. Chiamatemi pure spione. Non me ne frega. Voglio solo che il bastardo bruci all'inferno.

Un oscuro e minaccioso presentimento si insinuò nella mia mente. Avevo l'impressione di non riuscire a respirare mentre giravo disperatamente pagina. Alcune foto scivolarono via dal diario e caddero sul pavimento, ma la mia attenzione si concentrò subito su quello che Mark aveva scritto.

Donny è morto. Annegato in acqua. Io sarò il prossimo. Lo so. Me lo sento. Ho paura? Sì. Sono terrorizzato. Ho ingannato Martin. Gli ho fatto credere di aver spifferato informazioni. Di aver fatto la spia su di lui e Lester. Pensa che io lo stia ricattando, ma non ho nulla a parte la parola di Donny. E la parola di Donny vale quanto una puttana da dieci dollari. La mia unica intenzione era stata quella di rovinare i suoi piani di fare di nuovo del male a quella ragazza. Stavolta definitivamente. Spregevole. Fottutamente spregevole. Non potrei vivere in pace con me stesso se ciò accadesse, perciò preferisco morire nel tentativo di fermarlo. Suppongo di aver finalmente fatto qualcosa di importante nella mia vita.

L'annotazione era datata due giorni prima che morisse di overdose.

Un terrore gelido mi serrò il cuore, che sembrò stesse pompando ghiaccio nelle mie vene.

L'ha ucciso lui.

Oh mio Dio. Mi girò la testa. *L'ha ucciso lui.*

Con dita tremanti, raccolsi una delle foto che erano cadute a faccia in giù sul pavimento, restio a scoprire cosa si celava, ma consapevole di non potermi tirare indietro.

L'immagine ritraeva Mark, Donny e mio fratello Austin ad una festa, completamente ubriachi e strafatti.

Ma fu la donna seduta sul grembo di Donny a scuotermi nel profondo. Un viso così maledettamente familiare che mi strappò il fiato dai polmoni.

Avevo visto quel volto sulla parete al piano di sopra della casa di Shea più volte di quanto riuscissi a contare. In vecchie fotografie incorniciate in cui era molto più giovane rispetto a com'era in quest'immagine. La stessa donna che aveva tormentato e oppresso Shea, rendendo la sua infanzia un'orribile storia di manipolazione e avidità.

Sua madre.

Mi afferrai la testa fra le mani mentre cercavo di elaborare il tutto. Ero in balia della confusione, della rabbia e di una totale devastazione.

Mark, Jennings, Austin e quella cazzo di Chloe Lynn.

Lei era una mina vagante. Un ostacolo. Proprio come me.

A chi si riferiva? Non volevo accettare la possibilità che potesse essere Shea. Ma sapevo... Sapevo che era così, cazzo.

Ruggii e scattai in piedi. Fui assalito da un'altra ondata di vertigini che mi fece perdere l'equilibrio e sbattere la spalla contro il muro. Il mio mondo stava andando in pezzi. Inciampai sulla roba che bloccava l'entrata della cabina armadio nella mia fretta di uscire da lì con in mano una delle foto. Mi fiondai fuori dalla stanza di Mark e lungo il corridoio. Non esitai neppure davanti alla porta della camera di mio fratello, la spalancai e basta, facendola andare a sbattere contro il muro.

Austin balzò su dal letto nello stesso istante in cui io mi precipitai dentro.

Una rabbia furibonda mi rodeva le viscere, spronandomi in avanti.

«Baz» disse il mio fratellino mentre la sua espressione sbalordita si tingeva di confusione e nervoso dubbio. Senza fermarmi, lo afferrai per il colletto della camicia e lo spinsi contro la parete. Digrignai i denti e l'espressione sorpresa sul suo viso si tramutò in paura.

«Dimmi che non mi hai mentito quando hai giurato di non sapere cos'è accaduto la notte in cui Mark è morto.»

I suoi occhi allarmati si accesero di comprensione quando ricordò il giorno che l'avevo affrontato in questa stessa stanza dopo la fallita mediazione con Jennings.

Il giorno in cui il bastardo aveva iniziato a sputare veleno su Mark, definendolo patetico.

«Dimmelo» sibilai con voce disperata, scuotendolo.

No. Non gli avrei fatto del male. Mai. Ma per nulla al mondo avrei lasciato questa stanza senza conoscere la verità.

«Baz» mi supplicò Austin.

Staccando una mano dal colletto della sua camicia, gli spinsi in faccia la foto spiegazzata. «Dimmi che cazzo ci fate tu e Mark con la mamma di Shea.»

Il suo viso divenne bianco cadaverico.

Colpa.

Colpa.

Colpa.

Il terrore mi attanagliò lo stomaco. «Mi hai mentito. È per questo che ti comporti in modo così strano quando parlo di Shea?» dissi a denti stretti, le parole grondanti di tradimento.

Le lacrime riempirono i suoi occhi e traboccarono lungo le sue guance. La sua reazione fu come un pugno nello stomaco. Sapevo che era intrappolato tra il bambino tormentato di cui mi ero assunto la responsabilità e l'uomo che cercava di emergere.

Ma ciò non era una scusante.

«Dimmi che cosa ci fai in questa foto con la mamma di Shea, Austin. Dimmi di che diavolo stava parlando Mark nel suo diario... tutte quelle cose su Donny e Jennings e i guai in cui era. La ragazza a cui ha fatto del male.» L'ultima frase venne fuori come una supplica.

Austin deglutì rumorosamente, come se stesse racimolando il coraggio. «Non so ogni cosa, Baz. Te lo giuro.» Le parole uscirono dalla sua bocca come un fiume in piena. «Tutto quello che so è che Mark era nei guai fino al collo. Doveva a Jennings un mucchio di soldi. Sul serio, non conosco tutti i dettagli. So solo che erano parecchi. Abbastanza da non sapere come tirarsene fuori. Ed è stato Donny a coinvolgerlo.»

Spostò lo sguardo sulla parete opposta, riflettendo su cosa dire, prima di riportare l'attenzione su di me. «Avevo visto la madre di Shea... Chloe Lynn... un paio di volte alle feste a cui andavamo. Non avevo idea di chi fosse. Almeno fino alla notte in cui Donny era strafatto di coca.»

Le labbra di Austin si arricciarono in una smorfia di disgusto. «Si comportava sempre da duro. Voleva che tutti pensassero che lo fosse. Quella notte cominciò a vantarsi di tutte le merdate che Martin gli faceva fare. Di tutti i traffici di droga che gestiva, delle pestate che dava quando qualcuno non rigava dritto.»

Mi sforzai di aggrapparmi a quel briciolo di controllo che mi era rimasto mentre Austin chiudeva gli occhi con forza. «Rideva quando cominciò a raccontare di come anni prima era stato mandato a dare una *lezione* a Delaney Rhoads. Disse qualcosa riguardo al "sistemare la situazione". Poi derise Chloe Lynn per essere la madre di una cantante country finita.»

Inspirai bruscamente, accecato dall'odio, e strinsi la presa sulla sua camicia. Mi tremavano le gambe mentre tutto dentro di me cominciava a sgretolarsi.

«Lui *cosa*!?» sbottai con voce carica di afflizione, orrore e shock quando cominciai a intuire la vastità della carneficina che era stata commessa.

Che cosa aveva fatto?

Che cosa aveva fatto?

Mark.

Shea.

Avevo affermato di sapere esattamente di cosa era capace Martin Jennings.

Adesso scoprivo che quello che sapevo non si avvicinava neanche lontanamente alla realtà.

«Chloe Lynn era al corrente di cos'era successo... di cosa lui aveva fatto?»

Austin annuì, il viso contorto in una smorfia triste. Mi guardò con un'espressione carica di dolore. «Mark... tu lo *conoscevi*, Baz. Meglio di tutti noi. Per quanto fosse incasinato, era un bravo ragazzo. Quello che Donny disse lo sconvolse. Lo dilaniò. La notte in cui morì di overdose... ti ho già detto che si comportava in modo strano e paranoico. Era la verità. Ma quello che non ti ho detto è che camminava ansiosamente avanti e indietro per il pullman, blaterando che avrebbe raccontato alla polizia di Delaney Rhoads. Disse che non poteva stare zitto mentre veniva fatto del male a una ragazza innocente.... che non si sarebbe tenuto quel segreto.»

Austin singhiozzò e continuò con voce strozzata. «So che Martin è il responsabile di quello che è successo a Mark, Baz. *Lo so.* Donny è scomparso senza lasciare traccia, e poco dopo, Mark è morto.»

Il corpo del mio fratellino cominciò a tremare nella stretta furiosa delle mie mani, trasudando terrore puro da ogni poro.

«Ero così fottutamente spaventato, Baz. Così maledettamente impaurito. Tu mi costringesti ad andare subito in riabilitazione, e anch'io lo desideravo. Volevo sbarazzarmi di quella vita. Fuggire da essa. Pensavo che forse... forse sarei finalmente riuscito a liberarmi di tutte le cose orribili a cui permettevo di rovinarmi la vita. Avevo deluso Mark. Ma per una volta, non avrei deluso te. Promisi a me stesso che mi sarei disintossicato e che le cose sarebbero andate meglio. Ci saremmo gettati Martin alle spalle e saremmo andati avanti con le nostre vite.»

Si umettò nervosamente le labbra con la lingua. «Ma poi lui si è presentato sul pullman del tour in cerca di informazioni, chiedendomi che cosa sapessi su Delaney Rhoads. Gli ho detto che non sapevo *nulla.* La sua risposta è stata quella di darmi tre pasticche. Sapeva che non potevo resistere. Sapeva che ero debole.»

Conosce le nostre debolezze. L'affermazione di Shea si abbatté su di me con forza. La rabbia pompò furiosamente nelle mie vene, alimentando l'ostilità.

«L'ultima cosa che ricordo è di essermi svegliato in ospedale. L'ho preso come un avvertimento di tenere la bocca chiusa, ed è ciò che ho fatto per tutto questo tempo.»

«Sai che cosa intendesse dire Mark nel suo diario?» chiesi, schiacciando il naso contro il suo. Magari, se mi fossi avvicinato abbastanza, sarei riuscito a entrare nella sua testa e a scoprire il segreto che si teneva dentro da fin troppo tempo. «A proposito di una ragazza che era una mina vagante.»

Gli diedi una scrollata. «Una per cui era disposto a morire.»

Austin corrugò le sopracciglia con espressione confusa, chiaramente ignaro di cosa stessi parlando. Ma fu evidente quando giunse alla mia stessa conclusione, perché i suoi occhi si sgranarono, diventando due pozze nere di paura.

Ritrassi le mani di scatto, come se mi fossi scottato, e Austin cadde in ginocchio sul pavimento.

Shea.

Mio fratello chinò la testa in avanti e biascicò: «Non odiarmi, Baz. Ti prego, non odiarmi. Ero spaventato. Così spaventato. Per favore, non odiarmi. Sei l'unica persona che mi è rimasta. Quando ho scoperto che Shea era Delaney, volevo dirtelo... davvero... ma non potevo rischiare.... non potevo correre il rischio che tu perdessi di nuovo il controllo. Non posso perdere anche te.»

Un suono stridulo e inarticolato, carico di furia, mi sfuggì dalla gola.

«Non potrei mai odiarti.»

Mai.

Tutti i sacrifici che avevo fatto erano sempre stati per i membri della mia famiglia. Avevo lottato per loro. Li avevo difesi.

Mi precipitai fuori dalla stanza e lungo il corridoio mentre Austin gridava il mio nome. Ma non riuscivo a smettere di muovermi.

I miei piedi batterono sui gradini delle scale.

Una nebbia rossa mi appannò la vista.

Ero accecato dall'odio.

Che cosa ha fatto?

Le ha fatto del male.

Come a Mark. Come al mio fratellino.

Ebbi un attacco di vertigini e mi afferrai la testa, cercando di rimanere in piedi.

Signore, aiutami.

Che cosa significava?

Mark era una minaccia e per questo l'aveva fatto fuori?

Austin era una minaccia?

Anche Shea lo era?

Barcollai sotto il peso schiacciante di quella consapevolezza.

Avevo sempre saputo che era un tipo pericoloso.

Ma questo?

Una rabbia bruciante ribolliva sotto la mia pelle. Avevo la

sensazione che ogni parte di me si stesse sgretolando, cadendo a terra in mille pezzi, mentre uscivo dalla porta d'ingresso e mi dirigevo al mio pick-up. Girai la chiave nell'accensione e il motore si avviò con un rombo. Schiacciai il piede sul pedale dell'acceleratore e uscii dal vialetto, immettendomi sulla strada.

Sbattei ripetutamente le palpebre, stringendo gli occhi con forza e poi spalancandoli. Cercando di vedere attraverso la *sua* tempesta.

Buio, buio, buio.

Promettimelo.

Le parole di Shea fluttuarono nella mia mente come sbuffi di fumo, e mi premetti una mano sull'occhio, spalancando la bocca in un grido silenzioso mentre cercavo di concentrarmi sui lampi della *sua* luce accecante.

Come potevo voltare le spalle a quello che sapevo e a quello che dovevo ancora scoprire? Come potevo rimanere in disparte senza fare niente?

Quello non ero io.

E Shea...

Shea aveva sempre visto il vero me stesso. Comprendeva l'uomo che si celava sotto la mia facciata dura e sfregiata.

E questo ero *io*.

Suppongo che lo sapesse sin dall'inizio.

Le avevo promesso che avrei fatto l'impossibile, rinunciato a tutto per mettere le cose a posto.

E l'avrei fatto.

D'istinto, sfrecciai giù per le strette strade che conducevano fuori dalle Hills. Quando raggiunsi le vie congestionate di West Hollywood, accelerai, districandomi nel traffico e zigzagando tra le corsie. Tutto intorno a me divenne una macchia sfocata mentre mi concentravo unicamente sulla mia destinazione.

I pneumatici stridettero quando svoltai bruscamente a destra nel pretenzioso quartiere di Beverly Hills, frenando di botto nel viale davanti casa sua.

Inspirai. Espirai. Cercai di ricompormi. Di recuperare un briciolo di sanità mentale in questa situazione assurda.

Sembrava che mi cacciassi sempre in circostanze simili.

Problemi.

Mi seguivano ovunque andassi.

Ma stavolta stavo perdendo la battaglia.

Scesi dal veicolo, tirai fuori il cellulare e attivai il registratore prima di rimettermelo in tasca. Se lo stronzo era in casa, avrei catturato ogni sua parola.

Inspirai. Espirai.

Promettimelo.

Cazzo. *Non posso, Shea. Non posso lasciar correre.*

Inspirai. Espirai.

Scavalcai la bassa recinzione in ferro battuto e atterrai sul prato.

Stavo tremando.

Merda, stavo tremando sul serio.

L'acqua scorreva nella fontana e gli uccelli frusciavano tra i rami.

Il luogo era tranquillo.

La calma prima della tempesta.

Ma la tempesta era lì, in agguato, acquistando forza e fomentando la pazzia che mi sospingeva in avanti.

Posai la mano sulla maniglia ornata delle doppie porte e rimasi sorpreso quando una delle due ante si aprì.

Strinsi le labbra ed emisi un sospiro soffocato. Ogni muscolo del mio corpo era rigido per lo sforzo di mantenere il controllo, i miei movimenti guardinghi e furtivi mentre scivolavo nella quiete dell'enorme casa senza essere visto.

La pace, la tranquillità e la calma del luogo erano in contrasto con le violente emozioni che mi contorcevano le viscere. Odio, vendetta e rivincita.

Ogni cosa era di un colore bianco asettico: le pareti, i pavimenti e l'alto soffitto.

Avevo sentito dire che faceva freddo all'inferno.

Attraversai l'ingresso tenendomi vicino alla parete, poi girai un angolo e avanzai lungo il salotto, inoltrandomi più a fondo nella casa. Mi ritrovai in un enorme atrio fiancheggiato da alti pilastri che ricordavano il castello di un dio greco, precisamente quello che il bastardo pensava di essere.

La sala dava su un ampio spazio che ospitava la cucina e un soggiorno che si affacciava sul giardino e la piscina.

Ma nulla di tutto ciò catturò la mia attenzione.

Jennings sedeva con disinvoltura su uno sgabello al bancone del bar in granito, la schiena reclinata all'indietro e una caviglia sollevata sul ginocchio opposto. *Bastardo compiaciuto.* Tamburellava le dita sul bancone come se nessuna preoccupazione scombussolasse il suo mondo distorto e perverso. Nell'altra mano reggeva un bicchiere contenente un liquido ambrato.

Guardandomi, bevve un sorso di liquore, poi piegò la testa di lato e parlò con espressione beffarda e maligna sul suo lurido viso. «Mi chiedevo quando saresti venuto. Devi sempre fare l'eroe, eh?»

Le pareti si chiusero intorno a me.

Figlio di puttana.

Sapeva che mi sarei presentato qui.

Proprio come Shea.

Tanto valeva che mi avesse accolto con il tappeto rosso.

Serrai le mani a pugno, cercando per una volta nella mia fottuta vita di mantenere il controllo.

Sistemerò tutto.

Quella era una promessa che potevo mantenere, e mi uccideva il pensiero di stare senza Shea. Di deluderla. Perché l'amavo da impazzire. Così tanto da offuscare la ragione. Così tanto che ero disposto a rinunciare a tutto per tenerle al sicuro. Quante volte l'avevo promesso? Solo che non immaginavo che trovarmi di fronte alla reale possibilità di perderle, di vedere questa eventualità attraverso i malvagi occhi della depravazione, sarebbe stato così straziante. Come un doloroso colpo al centro del petto che mi lacerava e spezzava in due.

«Questa storia finisce qui.»

Jennings sbuffò e si passò i denti sul labbro inferiore.

«E in che modo, *Mr. Stone?*»

«Mi dirai che cos'hai fatto a tutti loro. Cosa hai fatto a Shea. A Mark. A mio fratello.»

Quando pronunciai i loro nomi, un frammento della compostezza a cui mi stavo a malapena aggrappando volò fuori dalla finestra. Rivelando come mi sentivo dentro.

Vulnerabile.

Martin se ne accorse e mi rivolse un sorriso velenoso. «Faccio sempre ciò che dev'essere fatto.»

«Non è sufficiente» ringhiai. Tutto quello di cui avevo bisogno era una prova. Qualcosa che lo condannasse in modo schiacciante, così che potessi mandarlo dritto all'inferno, il luogo a cui apparteneva. Dove sarebbe marcito. Anche se sarei marcito insieme a lui.

Lo stronzo bevve un altro sorso del suo drink.

«Cosa vuoi sentire, *Mr. Stone*? Che il tuo miglior amico non era un tossico incallito? Che aveva qualche altra ragione per soccombere alla droga che scorreva nelle sue vene, succhiandogli lentamente via la vita fino a lasciarlo lì a terra stecchito a faccia in giù sul pavimento come spazzatura in decomposizione? Perché sappiamo entrambi che questo è esattamente ciò che era. Proprio come tuo fratello.»

Puntini di un odio incandescente baluginarono davanti ai miei occhi, e sentii un terremoto far tremare la terra sotto i miei piedi.

Lottai per mantenere l'equilibrio e restare in piedi sul terreno instabile.

Jennings sogghignò. Gongolò. Pungolandomi come un ferro rovente. «Ma ci sono alcune cose che le persone non dovrebbero sapere.»

Stava girando intorno ai dettagli, attirandomi nella sua distorta gabbia e costringendomi su un ring fatto di reti metalliche, filo spinato e lame taglienti da cui nessuno usciva vivo.

«Che cosa hai fatto?»

Lui ignorò la mia domanda, scuotendo lentamente la testa come se fosse perso nei suoi pensieri. «Alcuni lo definirebbero coraggioso. Altri stupido. Proprio come Delaney... che ha ficcato il naso dove non doveva e ha cercato di usare ciò contro di me.» Fece un sorrisetto. «Sì. Suppongo che lo definirei stupido anch'io.»

Il suo ghigno malvagio si allargò quando vide il brivido che mi percorse il corpo, un'altra reazione che non avevo alcuna possibilità di controllare.

Allungò la mano e inclinò il bicchiere verso di me, come se fossimo due cari amici che stavano condividendo una battuta che potevamo capire solo noi. Poi emise una risatina allusiva. «Ma quella Delaney Rhoads. Mmm... È una gran bella scopata, eh? Posso capire perché sei così ossessionato da lei. *Quelle gambe...* Ovviamente, ha urlato come una puttanella la prima volta che me la sono fatta. L'ho strappata come un regalo nuovo di zecca, proprio come me l'aveva offerta la sua *mammina.*»

Furia.

Mi investì come un fulmine caduto su un albero secco e avvizzito.

Una forza della natura. Un atto di Dio.

Sfrenata e incontrollata.

Non mi resi neppure conto che mi stessi muovendo finché il mio corpo non entrò in contatto con il suo.

Mi fiondai su di lui come il rombo di un tuono. Lo sgabello si schiantò sul pavimento, e crollammo entrambi su di esso.

Io e Jennings eravamo un groviglio di membra, aggressività e odio tremendo.

Mi dimenai e mi misi sopra di lui. Gli agguantai la gola e strinsi, togliendogli il respiro. Dio solo sapeva che non volevo altro che risucchiargli via la vita.

Come lui aveva fatto con Mark.

Digrignai i denti.

I suoi occhi depravati si oscurarono e furono attraversati da un'emozione vile e malvagia che mi trascinò nelle profondità della sua sterile anima.

Serrai le mani intorno al suo collo con più forza, respirando affannosamente. «Che cosa hai fatto a Mark? A mio fratello? *A Shea?*» sibilai con voce grondante di rabbia.

Ero disperato.

Jennings affondò le dita nel dorso delle mie mani mentre si dibatteva sotto di me.

«Sai chi sono? Che cosa ti farò?» grugnì.

Niente se concludevo la faccenda adesso.

«Chi è Lester e cosa intendeva fermare Mark?»

Quella domanda suscitò il primo barlume di paura nei suoi occhi. Il suo viso sbiancò, una reazione che non aveva nulla a che fare con l'aria che stavo strappando dai suoi polmoni.

Finalmente avevo trovato la sua debolezza.

«Dimmi... chi cazzo è Lester e in che modo è coinvolto con Shea e Mark?»

Tutto quello che mi serviva era una sola fottuta parola.

Un pugno mi colpì improvvisamente alla tempia. Il colpo fu abbastanza forte da stordirmi e cogliermi di sorpresa, e diede al bastardo il tempo di spingermi via e mettersi in piedi barcollando.

Ma un attimo dopo balzai anch'io su e mi fiondai in avanti con tutto il mio peso.

Ci schiantammo l'uno contro l'altro.

Una pioggia di vetro esplose intorno a noi quando andammo a sbattere contro la porta scorrevole e crollammo a terra sul patio. I muscoli mi bruciarono per lo sforzo fisico e la pietra scavò nella mia carne, ma registrai a malapena le lancinanti fitte di dolore che mi provocò.

Servì solo ad alimentare la mia ira come benzina sul fuoco.

Lo picchiai ripetutamente, un colpo brutale dopo l'altro. «Dimmi cosa hai fatto! Ammettilo, pezzo di merda. Ammettilo! Dimmi, che cosa le hai fatto? Chi è Lester? Hai ucciso tu Mark? Hai fatto del male a Shea?»

Le sue ossa scricchiolarono e il suo sangue schizzò ovunque.

La rabbia mulinò, vorticò e turbinò fino a risucchiarmi in un posto dove la mia oscurità e la mia brutalità regnavano incontrastate. Quel posto dove Shea aveva brillato così luminosamente da averlo oscurato. Da averlo quasi gettato nel dimenticatoio. Un posto che avevo cominciato a fingere che non esistesse. Era un luogo così buio che non riuscivo a vedere. Un luogo in cui echeggiavano grida di un dolore così profondo da cancellare ogni pensiero logico.

Un luogo così ripugnante da cancellare la mia umanità e annullare la mia missione.

L'obbiettivo che avevo voluto raggiungere venendo qui.

Perché eliminare Jennings sarebbe stato ancora meglio.

«Fermo dove sei!»

Quell'ordine rimbombò più forte del fischio nelle mie orecchie. Ogni cosa rallentò. La mia mente registrò a malapena gli uomini che accorsero sulla scena. Divenni consapevole delle pistole puntate nella mia direzione.

Scattai freneticamente in piedi. Sbattei le palpebre per scacciare via la sete di sangue che mi annebbiava la vista e cercai di concentrarmi sul gran numero di poliziotti che oltrepassavano la porta rotta e su quelli che sbucavano dal retro della casa per circondarmi.

«Giù! Mani dietro la testa!» gridò uno di loro.

Lentamente, mi misi in ginocchio e sollevai le mani in segno di resa, prima di piegarmi in avanti e portarle dietro la testa.

Gli agenti di polizia mi accerchiarono.

Quando fui spinto a faccia a terra, inarcai la schiena, ancora preda dell'irrefrenabile violenza che mi scorreva nelle vene.

Fui travolto da un'ondata di nausea.

Un ginocchio fu spinto tra le mie scapole, le mie braccia furono strattonate all'indietro e un paio di manette mi serrarono i polsi.

«È in arresto. Ha il diritto di...»

La realtà di ciò che avevo fatto mi colpì come un pugno allo stomaco.

Un poliziotto mi tirò in piedi, pronunciando parole a cui la mia mente cercava di dare un senso. «... rimanere in silenzio. Qualunque cosa...»

Attraverso la confusione di voci, dolore e rammarico, alzai lo sguardo su Jennings che si stava sollevando sulle ginocchia nel tentativo di mettersi in piedi. Il suo viso era macchiato di sangue.

Ma non c'era sgomento nella sua espressione. Nessun rimpianto o timore di negative conseguenze.

Mi guardò con un luccichio malvagio e soddisfatto negli occhi mentre afferrava il mio cellulare, situato accanto a lui sul prato. Mi era caduto dalla tasca.

Cazzo.

Lo voltò verso di me. Lo schermo si era rotto in mille pezzi. Ma il puntino rosso, che indicava che stava registrando, era ancora visibile. *Il bastardo sapeva.*

Il mio corpo fu percorso dai brividi quando mi fissò con sguardo malevolo.

Con le labbra, mimò una sola parola.

«Sì.»

Una silenziosa ammissione di colpa che nessuno avrebbe mai udito.

Poi si infilò il mio cellulare nella tasca posteriore dei pantaloni e, con la stessa disinvoltura, indicò le telecamere montate sul muro.

Probabilmente anche in casa c'erano delle telecamere.

Mi chiedevo quando saresti venuto.

Jennings aveva portato a termine la sua missione.

Togliermi dai piedi così da poter arrivare a Shea.

Quella fottuta azione legale con cui chiedeva la custodia di Kallie. Tutte le volte che mi aveva istigato.

Faceva tutto parte del suo piano. Mi aveva incitato, provocato e sfidato finché non ero caduto nella sua trappola.

Aveva tolto di mezzo Mark.

E adesso aveva trovato il modo migliore per togliere me di mezzo.

Shea aveva ragione.

Scovava le debolezze altrui.

Sapeva esattamente come causare rovina e distruzione.

Sapeva che Kallie era la debolezza di Shea.

E senza ombra di dubbio, sapeva che Shea era la mia.

18

SHEA

La risata di Kallie risuonò contro le pareti della sua camera da letto, abbastanza squillante e vivace da lenire il dolore che avevo dentro. Abbastanza da sostenermi e incoraggiarmi quando una parte di me voleva solo crollare a pezzi.

Mi diede il coraggio di sconfiggere l'insidiosa paura e andare avanti con la nostra vita.

Una vita che mi ero ripromessa di dare a mia figlia. Solo che adesso quella promessa si estendeva anche a me.

Spinsi da parte ogni pensiero su Martin e sorrisi nel vedere April infilare una grossa ciocca di capelli ricci dietro l'orecchio della mia preziosa bambina, che era tutta sorridente per via delle battute di April.

«Ah... ora capisco come stanno le cose. Voi due non vi fate scrupoli a mollarmi appena vi si presenta qualcosa di meglio.» La mia migliore amica scosse la testa fingendosi offesa, e infilò qualche altra maglietta nella valigia di Kallie.

Diedi ad April un colpetto con l'anca, rivolgendole un grosso sorriso. «Sai che te la spasserai un mondo. Avrai questa grande casa tutta per te per chissà quanto tempo. Forse è ora che anche tu inizi a *divertirti* un po'.»

Mentre eravamo via, la mia cara amica sarebbe rimasta qui a prenderci cura della mia preziosa casa.

April raddrizzò la pila di vestiti e ne aggiunse altri, scuotendo la testa. «Solo se riesco a trovare un uomo qui a Savannah che sia bello almeno la metà del tuo.»

Il mio battito accelerò al solo sentir parlare di Sebastian e il mio ventre fremette di desiderio al pensiero di essere di nuovo carezzata da lui. «Mmm... hai visto mio marito? Non credo che una cosa simile sia possibile.»

Erano trascorse quasi due settimane dall'ultima volta che l'avevo visto. Ogni giorno era sembrato durare un'eternità e quello successivo ancora di più. Avevano finalmente terminato il tour e due giorni fa erano tornati in California. Domani mattina presto, io e Kallie saremmo salite su un aereo per ricongiungerci con lui.

Fremiti di trepidazione mi scaldarono il petto in un mix di desiderio e conforto.

Non avrei mai pensato che un uomo come lui potesse darmi entrambe le cose.

Era un uomo duro, rigido e audace, eppure così incredibilmente tenero.

Dio, non vedevo l'ora di essere circondata dalla sicurezza delle sue braccia.

Negli ultimi mesi, avevo trovavo un altro caro amico. Avevo anche recuperato parte della fiducia in me stessa. Da quando ero tornata a Savannah, avevo conosciuto la gioia. Il vero senso della famiglia.

Ma era Sebastian ad aver completato quella famiglia.

Ciò non significava che le mie emozioni non fossero scombussolate. Stamattina ero scesa dal letto sentendomi eccitata come non mi sentivo da tanto tanto tempo, poi questo pomeriggio ero caduta in ginocchio ed ero scoppiata a piangere mentre stringevo al petto una trapunta che aveva fatto mia nonna.

Lasciare questa casa, anche se solo temporaneamente, mi dava l'impressione che mi stessi lasciando dietro un pezzo di me.

Ma tutte le relazioni importanti richiedevano sacrifici.

E io avrei fatto questo sacrificio volentieri, sia che fosse stato per breve tempo o per sempre.

Speravo che alla fine saremmo tornati a vivere qui? In questa casa che amavo con tutta me stessa? Con il suono della voce di Kallie e le risate dei bambini che avremmo avuto che echeggiavano tra le sue pareti?

Sì.

Ma l'amore che provavo per Sebastian era molto più grande di qualsiasi posto. Quello che sentivo per lui non poteva essere contenuto tra mura, pareti o soffitti.

April ridacchiò mentre continuava a sistemare le cose di Kallie. «Come sei carina. Prima alimenti le mie speranze e poi fai scoppiare la mia bolla di felicità, riportandomi coi piedi per terra. Che bella amica che sei. Ti accaparri i ragazzi migliori e non lasci niente a noi altre.»

«Ah! Quel branco di selvaggi? Sono ben lungi dall'essere *miei*.»

«Oh, per favore» sbuffò, alzando affettuosamente i suoi occhi marroni verso il cielo. «Ognuno di quei ragazzi si butterebbe tra le fiamme per te. Come ci sei riuscita?»

Indicai Kallie, che era profondamente concentrata nel riempire il suo zainetto di cose con cui intrattenersi durante il volo. «Sono piuttosto certa che sia merito di Kallie. Pendono tutti e quattro dalle sue labbra.»

I ragazzi l'adoravano.

Sarebbe stato strano vivere con loro nella casa dei *Sunder* mentre io e Sebastian decidevamo cosa fare? Avrei dovuto essere preoccupata di portarla in una casa di bagordi ed eccessi, rischiando di esporla a cose che non doveva vedere?

In un certo senso sì, ma fondamentalmente no. Perché Sebastian mi aveva assicurato che i ragazzi erano pronti. Avevano promesso di seguire una nuova serie di regole per il bene della mia bambina.

E se avessimo deciso di restare a Los Angeles, non saremmo rimasti in quella casa per sempre.

Sarebbe stata una dimora temporanea, finché non avessimo

trovato una nuova casa. Nuove mura tra cui creare un milione di splendidi ricordi. Nuovi pavimenti su cui costruire una vita bellissima e mozzafiato.

Avevo fede in tutto questo.

Che la mia preziosa figlia si sarebbe ritrovata dove doveva essere. Con me e Sebastian. In una famiglia che l'amava più di ogni altra cosa. Dove io e Sebastian ci amavamo l'un l'altro con altrettanta forza. Indistruttibili fondamenta che non sarebbero mai state abbattute o sconfitte.

Una nota canzonatoria tinse la mia voce. «Sono certa che potremmo fare in modo che uno di loro penda dalle tue labbra. Nessuno dei ragazzi è brutto da vedere.»

Eufemismo dell'anno. Ognuno di loro era attraente a modo suo, aveva un fascino particolare.

April sbuffò. «Ehm.. no, grazie. Preferisco ragazzi un po' più docili. Se non lo trovo in libreria, allora non lo voglio.»

Sorrisi. «Dai! Non vuoi aggiungere un po' di eccitazione nella tua vita?»

Le sue sopracciglia scomparvero dietro la sua frangetta dritta. «Intendi guai?»

Scoppiai a ridere. La mia migliore amica aveva decisamente ragione.

Sentii il mio cellulare squillare nella mia camera da letto. «Vado a rispondere. Torno subito.»

«Nessun problema. Io e Kallie continuiamo a fare le valigie. Giusto, Farfallina?»

«Sì!» gridò la mia bambina, seduta sul pavimento a infilare quanti più libri possibili nella sua borsa.

Quando le passai accanto, le sfiorai la testa con la punta delle dita in una delicata dimostrazione d'affetto, perché non erano mai troppe. Mi precipitai nella mia stanza. Un piccolo cipiglio mi corrugò la fronte quando vidi il numero di Lyrik illuminare lo schermo, e sentii un inaspettato brivido percorrermi il corpo.

«Pronto?» risposi, con esitazione e urgenza.

«Shea.»

Il tono della sua voce bastò a farmi cadere in ginocchio.

Io e Kallie atterrammo in California nel tardo pomeriggio di sabato. Anthony ci venne a prendere all'aeroporto e ci accompagnò a casa di Sebastian a Hollywood Hills.

Appoggiai la fronte contro il finestrino e fissai senza vederla la città che sfrecciava davanti ai miei occhi, macchie indistinte di grigio, colore e asfalto che si mescolavano insieme per formare una nube scura.

La mia bambina sedeva dietro di me nel suo seggiolino, anche lei con lo sguardo fisso sulla città, ma la sua curiosità e le sue costanti domande erano assenti dalle sue labbra.

Mi faceva male dappertutto; la testa, lo stomaco e questo dolore al petto che mi dava l'impressione di non poter respirare.

I miei polmoni erano schiacciati.

Sotto le macerie che erano diventate la mia vita.

Perché l'aveva fatto?

Un insopportabile silenzio riempiva l'auto. Domande che supplicavano di essere pronunciate erano imprigionate dal dolore e dalla straziante consapevolezza che nessuno di noi aveva le risposte.

L'umore era così diverso da quello che mi ero immaginata meno di ventiquattro ore fa. Invece del felice benvenuto colmo di risate, baci e cuori palpitanti di gioia, avevo l'impressione che il mio fosse schiacciato.

Mi premetti una mano sullo stomaco e cercai di fermare l'agitazione che avevo dentro, l'insistente malessere che gemeva nel profondo di me.

Semplici, semplici sogni.

Perché, Sebastian?

Perché?

Il silenzio era carico di esitazione. Percepii chiaramente la preoccupazione nello sguardo di Anthony quando spostò gli occhi su di me, prima di riportarli rapidamente sulla strada. Alla fine parlò, il tono carico di apprensione. «Non sapevo se saresti venuta.»

Mi voltai a guardarlo. Il mio mento tremò. «Come potevo non venire?»

In risposta, lui scrollò le spalle con fare impotente, continuando a tenere il volante con entrambe le mani. «Le persone reagiscono in modo diverso. Si spaventano. Si arrendono. Non ero certo di quale sarebbe stata la tua reazione.»

«Come hai potuto pensare una cosa simile? È mio marito.» Le mie parole vennero fuori con veemenza, il pensiero di perderlo era più doloroso di quanto potessi sopportare.

E anche se non fosse stato mio marito, se la notte del suo compleanno si fosse conclusa in modo differente, sarei comunque stata qui. Con lui e per lui, lottando con tutta me stessa.

Proprio come nel profondo di me sapevo che anche lui stava combattendo per me.

Le labbra di Anthony si strinsero in una linea sottile e la tristezza piegò un angolo della sua bocca verso il basso.

Si schiarì la gola. «Ti prego... non prenderla male. Ho visto persone mollare gli amici quando meno me l'aspettavo. Ma onestamente? Sarei rimasto sorpreso... scioccato in realtà... se tu non fossi venuta.»

La sua voce si addolcì ed emise una risata sommessa. «Non avrei mai pensato che Baz avrebbe amato qualcuno nel modo in cui ama te.»

Lanciò un'occhiata a Kallie attraverso lo specchietto retrovisore e abbassò ulteriormente la voce. «Nel modo in cui ama lei. Suppongo che questa sia la cosa che mi ha scioccato più di tutte.»

Spostò lo sguardo nella mia direzione, poi lo riportò sulla strada e deglutì con difficoltà, come se quel gesto gli provocasse dolore. «Ho sempre desiderato questo per lui. Ma allo stesso tempo, mi terrorizzava il pensiero che se avesse trovato qualcuno...» Mi lanciò un altro sguardo supplichevole. «Qualcuno come te... sarebbe diventato più pericoloso che mai. Baz ama

con profonda passione, Shea, e quella passione è probabilmente la cosa più forte che io abbia mai visto. È il tipo di ragazzo
che combatte fino alla morte per ciò a cui tiene. Lo è sempre
stato e lo sarà per sempre. Quelli di noi che lo amano, l'hanno
accettato.»

Il mio sorriso era pieno di dolore e ammirazione. Comprendevo al cento per cento le sue parole. L'avevo accettato
anch'io. Ma ciò non significava che non avessi cercato di proteggere Sebastian da se stesso, perché questo era parte di ciò
che ero.

Fui travolta dall'emozione e la disperazione si insinuò nelle
mie parole. «Qualcuno ha scoperto qualcosa di più?»

Anthony scosse la testa con rammarico. «No. Questo ha
colto tutti di sorpresa, Shea, non solo te. Non siamo ancora
riusciti a parlare con lui e Kenny pensa che non sarà possibile
farlo prima di lunedì.»

Lunedì?

Esitò di nuovo, spostando lo sguardo su Kallie, sulla strada
e poi su di me. Come se stesse valutando cosa dire. Decidendo
se aveva la forza di infliggermi altra sofferenza.

«Dimmelo e basta» lo supplicai, perché non potevo sopportare di rimanere all'oscuro.

La sua voce era misurata e calma, come se potesse proteggere le piccole orecchie di Kallie dalla magnitudine delle sue
parole.

«Le accuse sono pesanti, Shea. Ha infranto l'ordine restritti-
vo andando lì, che probabilmente è la minore delle sue preoccupazioni. È accusato di aggressione e percosse. Di violazione
di domicilio con effrazione. Reati che possono costargli caro,
soprattutto con la sua fedina penale. Per la prima volta, le pre-
visioni di Kenny sono sconfortanti.»

Si passò una mano tra i capelli, un gesto che trasudava rabbia, frustrazione e preoccupazione. «Questa sarà una battaglia
che non sono sicuro potremo vincere.»

La disperazione invase ogni cellula del mio corpo.

Anhony serrò le mani intorno al volante e parlò con voce
rotta dal tormento. «Ma bisogna sempre lottare per le cose che

valgono di più, Shea. Tutto ciò che è importante ha un prezzo. Non ci rendiamo sempre conto di quanto sia vero perché non combattiamo per le cose che non ci interessano realmente. Secondo la mia esperienza, le cose migliori si ottengono attraverso la tribolazione. Ciò che viene forgiato nel fuoco esce fuori sempre più forte.»

Deglutii il groppo che avevo in gola.

Sebastian era il fuoco.

«Grazie» sussurrai, notando solo in quel momento che ci eravamo fermati in un viale di fronte a una maestosa casa.

«Sono qui per te. Se hai bisogno di qualunque cosa, chiedi pure, ok?»

Annuii.

Anthony ci aiutò a portare i bagagli in casa. Nei recessi della mia mente, notai che era incredibilmente bella, così diversa dalle linee moderne ed appariscenti che mi ero aspettata. Invece era una splendida struttura in stucco dalle calde tonalità, ampie finestre e rifiniture in legno scuro e accogliente, un paradiso toscano nascosto nella lussureggiante vegetazione delle Hills.

Ma non avevo la forza di apprezzare tutto questo. Ogni parte di me era stata stroncata, incatenata dalla paura e da un senso di perdita che vorticava rapidamente e ferocemente, confondendosi con una speranza che mi rifiutavo di abbandonare.

Tenevo duro.

L'unico modo che conoscevo per non crollare a pezzi.

Tutti i ragazzi erano in casa per accoglierci, ma l'umore era decisamente tetro.

Zee mi abbracciò per lunghissimo tempo, la sua stretta così colma di compassione che mi fece venir voglia di cedere alle lacrime. Come se percepisse il mio stato d'animo, si ritrasse e prese Kallie per mano, chiedendole se volesse fare una passeggiata intorno alla piscina e in giardino, tentandola con i diversi tipi di farfalle che avrebbe trovato.

Mi lanciò un'occhiata solidale, promettendomi tacitamente che si sarebbe preso cura della mia bambina. Mi stava offrendo un attimo di tregua in mezzo a quel tumulto interiore. Un momento per rimettere insieme i pezzi che si stavano ancora sgretolando.

Rivolgendomi uno stoico gesto del mento, Lyrik mi guardò con tristezza e comprensione mentre si appoggiava contro il muro, le mani infilate nelle tasche. Al di sotto della sua rigida calma, vidi il luccichio di astio e caos nei suoi occhi, un baluginio oscuro, minaccioso e alimentato dalla rabbia. Non avevo dubbi che morisse dalla voglia di dare sfogo alle sue emozioni, di andare da Martin e prendersi la sua vendetta, proprio come aveva fatto Sebastian.

«Vieni, bellissima Shea» disse Ash, senza il suo solito tono malizioso e canzonatorio, prendendo le mie valigie. «Ti accompagno nella tua stanza. Devi essere esausta.»

Lo ero.

Ero completamente esausta.

Emotivamente.

Mentalmente.

Ma sapevo bene che non avrei chiuso occhio.

Questa sarà una battaglia che non sono sicuro potremo vincere.

Lo seguii al piano di sopra. In cima alle scale c'erano due corridoi. Imboccammo quello sulla destra. Ash mi condusse verso la stanza in fondo a tutto sulla sinistra, chiusa da un'alta porta a doppio battente. Girò la maniglia e spalancò la porta.

Sebastian.

La sua presenza mi investì come uno tsunami.

Fu completamente inaspettato e mi strappò il fiato dai polmoni. La stanza era pervasa da un odore speziato, mascolino e da un'oscura seduzione.

I miei occhi osservarono avidamente ogni dettaglio.

La luce naturale filtrava nella stanza attraverso le porte finestre che si affacciavano sulla piscina e che erano incorniciate da spesse tende scure.

La chitarra che avevamo suonato insieme la nostra prima notte di nozze era appoggiata contro la parete vicino al letto, come se si fosse seduto lì contro la testiera in pelle e le sue dita avessero suonato le corde dello strumento.

Pensando a me.

Potevo quasi sentire la sua bellissima voce riempire l'aria,

profonda e ruvida e carezzevole sulla mia pelle, simile al piacevole sfregamento delle nostre unghie sui nostri corpi mentre ci
perdevamo l'uno nell'altra.

Premetti una mano contro il muro per sostenermi, sopraffatta dal peso schiacciante di tutte quelle sensazioni.

Ash mi guardò con apprensione. «Stai bene?»

Scossi la testa. «No.»

Era inutile mentire, perché non stavo bene.

Sotto ogni aspetto.

Lui annuì, chiaramente a disagio. Una parte di me voleva
ridere, perché pensavo che se avessi versato una singola lacrima, questo rockettaro se la sarebbe data a gambe. I ragazzi
come lui non sapevano come comportarsi di fronte a una donna che piangeva. Eppure, eccolo lì.

Dalla sua espressione si capiva chiaramente che desiderava
che ci fosse qualcosa che potesse fare. Un modo per sistemare
il casino in cui Sebastian si era cacciato.

Senza la sua solita baldanza o spavalderia, indicò la stanza
con un gesto della mano. «La tana di Baz, ovviamente.»

Anche se sembrava stupido, mi mancava la sua arroganza
perché amplificava tutto quello che mancava. Tutto ciò che era
assente.

Sebastian.

Sebastian.

Sebastian.

Il suo nome vorticò nella mia testa come una girandola,
provocandomi le vertigini.

«Il bagno è lì» disse Ash, indicando la stanza annessa. «La
camera di Austin è proprio di fronte, mentre la mia è la prima
sulla sinistra. Sono a tua disposizione se ti serve qualcosa.»

Esitò di nuovo, poi emise un respiro teso verso il soffitto
prima di riportare lo sguardo su di me. «Baz aveva cominciato
a sgomberare la camera di Mark per Kallie... Si trova in fondo
all'altro corridoio, l'ultima porta sulla destra. Kallie può sistemarsi lì. Con tutto quello che è successo, non so se vogliate
stare separate, inoltre la stanza è ancora in disordine, ma è a tua
disposizione se vuoi. Possiamo aiutarti a metterla a posto se lo

desideri. Nessuno se l'è sentita di finire il lavoro.»

Annuii. «Grazie.»

Lui piegò la bocca in un sorriso sghembo. «Figurati.» Poi si diresse verso la porta e io avanzai ulteriormente nella stanza di Sebastian per permettergli di uscire. Si fermò qualche istante sulla soglia prima di voltarsi verso di me. «Voglio che tu sappia che sei la benvenuta qui, Shea. Questa è casa tua adesso, per tutto il tempo che desideri, indipendentemente da quello che accadrà a Baz.»

I miei occhi si colmarono di nuovo di lacrime, perché fui sopraffatta dal senso di perdita, dall'amore e dall'incrollabile sostegno che mostravano l'uno per l'altro.

«Sei parte della famiglia ora» disse Ash, battendo le nocche della mano contro lo stipite della porta, quasi volesse sottolineare il concetto.

Poi scomparve in corridoio e mi lasciò nella sconcertante solitudine. Sembrava impossibile che un luogo così vuoto potesse essere tanto vivo, eppure era così.

Sentendomi persa, mi avvicinai al letto, dove passai le dita sulle fredde lenzuola, poi presi la coperta e me la portai al naso per inspirare il suo odore.

Sebastian.

Volevo essere arrabbiata. Maledirlo per essere stato tanto sconsiderato.

Ma lo vedevo per ciò che era.

Un protettore.

Inquieta, mi guardai per la stanza vuota, consapevole di non poter restare ferma. Di dover fare *qualcosa*.

Il nervosismo che mi scuoteva dentro mi suggeriva che questo qualcosa fosse combattere.

Uscii fuori in corridoio, per qualche motivo attirata verso la camera di Mark.

Ieri, io e Sebastian ci eravamo scambiati vari messaggi. Nonostante il peso della minaccia di Martin gravasse sulle nostre spalle, ci eravamo messi a flirtare e a scherzare, eccitati al pensiero di stare di nuovo insieme.

L'ultimo messaggio che avevo ricevuto da lui era stato carico dello stesso tipo di eccitazione.

Bingo. Ho trovato un sacco di cose carine per la stanza di Kallie. Vado a sistemarla così da farle una sorpresa domani. Non vedo l'ora di vedere la sua faccia. Mi metto all'opera. Ti amo.

Nessun avvertimento o indicazione che qualcosa non andasse.

Avanzai lentamente nella direzione che Ash mi aveva indicato, facendo scorrere la punta delle dita lungo la parete. Il silenzio regnava sovrano, come se l'immensa casa fosse immobile e stesse sussurrando un avvertimento sommesso. I miei passi rallentarono per l'apprensione mentre attraversavo il pianerottolo ed entravo nel corridoio opposto.

Fuori alla stanza di Mark c'erano un mucchio di borse degli acquisti. Mi avvicinai ulteriormente. La porta era spalancata. Reggendomi al muro, allungai la testa oltre la soglia e sbirciai dentro.

Una montagna di vestiti era accatastata sul pavimento al centro della stanza, mentre ai piedi del letto c'erano vari sacchi della spazzatura, colmi di roba e legati con un nodo.

Con cautela, entrai dentro. Il mio battito cardiaco accelerò.

Luce soffusa filtrava attraverso le fessure delle veneziane, uno spesso velo di polvere ricopriva ogni superficie, e l'energia che aleggiava qui era più intensa che nel resto della casa.

Doveva essere stato così difficile per Sebastian entrare in questa stanza. Il mio bellissimo e coraggioso uomo.

I miei occhi si posarono ovunque, cercando di catturare qualcosa, una sensazione o una vibrazione che avesse spinto Sebastian a uscire da qui di corsa e fiondarsi tra le grinfie di Martin.

Attraversai la stanza fino alla scrivania, dove passai le dita sulle poche foto rimaste lassù, come se Sebastian non fosse riuscito a separarsene. Il mio spirito cadde preda di una profonda tristezza mentre vagavo nel vuoto che la tragica scomparsa di Mark si era lasciata dietro. Con un peso sul cuore, voltai le spalle alla scrivania e girai intorno alla pila di vestiti. La mia attenzione fu attirata dalla grande cabina armadio dove una singola luce era ancora accesa.

Sbirciai dentro. Le aste e metà delle mensole erano state sgomberate.

Un brivido di disagio mi percorse il corpo.

Un lavoro lasciato a metà.

Inspirai bruscamente quando fui pervasa da un senso di inquietudine e feci qualche passo incerto nella cabina armadio.

Vari scatoloni erano disseminati sul pavimento, alcuni erano stati spinti verso la soglia, come se Sebastian avesse avuto intenzione di liberarsene o conservarli altrove, mente altri erano ancora situati sugli scaffali e nei ripostigli.

In fondo a tutto, sul pavimento, c'era un grosso contenitore di plastica con il coperchio leggermente spostato di lato. Davanti ad esso, c'erano alcune foto sparpagliate e un diario capovolto dalle pagine spiegazzate, come se fosse stato gettato a terra da qualcuno.

Caddi in ginocchio, le mani tremanti e il respiro fuori controllo mentre afferravo con cautela il diario.

Odiavo il pensiero di invadere la privacy di una persona scomparsa da molto tempo, ma sapevo che qualunque cosa avesse scoperto Sebastian, adesso era stretta tra le mie mani malferme.

Un altro pezzo di me si sgretolò per un uomo che non conoscevo mentre leggevo la pura e completa desolazione incisa su quelle pagine. Pagina dopo pagina di disperazione e vergogna. Il cuore e la mente di un'anima terribilmente persa.

I miei occhi si colmarono di lacrime mentre continuavo a sfogliare il diario in cerca di qualcosa. Qualche indicazione su cosa avesse potuto spingere Sebastian verso un destino che sapevo non desiderava.

La mia attenzione fu catturata da un'annotazione verso la fine del diario, in un punto in cui la calligrafia di Mark, solitamente disordinata, era diventata quasi violenta. Frenetica.

Fanculo Donny e fanculo la sua fottuta bocca.

Donny?

Un brutto presentimento si insinuò dentro di me, accendendo nella mia mente un lampo di riconoscimento. Non avrei mai dimenticato quei malvagi occhi blu. Strinsi il diario tra le mani e lessi più velocemente che potevo.

Non volevo sapere nulla. Non volevo farne parte. Sapevo che Martin era un uomo disgustoso. Lo erano entrambi. Ma non credevo fino a questo punto. L'ho detto a Martin. Gli ho detto di andare all'inferno quando ha preteso i soldi che gli devo. Ho minacciato di raccontare tutto alla polizia. Lo farò comunque, e al diavolo i soldi. Sapevo cosa aveva ordinato a Donny di fare a quella ragazza. Sapevo cosa aveva intenzione di fargli fare. Lei era una mina vagante. Un ostacolo. Proprio come me. Chiamatemi pure spione. Non me ne frega. Voglio solo che il bastardo bruci all'inferno.

Quella ragazza.
Quella ragazza.
Quella ragazza.
Quella ragazza.
Oh mio Dio.
Si riferiva a me?
Una mina vagante. Un ostacolo?
Quel brutto presentimento mi trascinò a fondo, sommergendomi con le sue acque nere.
Voltai pagina. Il respiro mi si mozzò in gola e mi sentii soffocare. La stanza vorticò quando fui sopraffatta dalle vertigini.

Donny è morto. Annegato in acqua. Io sarò il prossimo. Lo so. Me lo sento. Ho paura? Sì. Sono terrorizzato. Ho ingannato Martin. Gli ho fatto credere di aver spifferato informazioni. Di aver fatto la spia su di lui e Lester. Pensa che io lo stia ricattando, ma non ho nulla a parte la parola di Donny. E la parola di Donny vale quanto una puttana da dieci dollari. La mia unica intenzione era stata quella di rovinare i suoi piani di fare di nuovo del male a quella ragazza. Stavolta definitivamente. Spregevole. Fottutamente spregevole. Non potrei vivere in pace con me stesso se ciò accadesse, perciò preferisco morire nel tentativo di fermarlo. Suppongo di aver finalmente fatto qualcosa di importante nella mia vita.

Orrore e odio si scontrarono in un cataclisma di paura

quando lessi quel nome.

Lester.

E capii. Capii. Capii.

Mi piegai in avanti, reggendomi sulle mani e sulle ginocchia mentre annaspavo in cerca d'aria.

Avevo sempre creduto che la minaccia che avevo fatto a Martin avesse salvato la mia vita e quella di Kallie. Che ci avesse permesso di vivere nel modo in cui lui non ci avrebbe mai concesso di fare. Ma ora mi chiedevo se fosse stata la cosa più stupida che avessi mai fatto.

E Sebastian... era così protettivo, portava sulle sue spalle la vergogna, il rimpianto e il biasimo della morte di Mark. Un solo fattore scatenante sarebbe bastato a farlo accendere come un fiammifero. Una combustione di scintille, fiamme e benzina che l'avrebbe fatto esplodere.

Spedendolo oltre il bordo del precipizio su cui era continuamente in bilico.

Era un uomo volubile ed esplosivo.

Proprio come aveva sostenuto Anthony... chiedendomi di accettarlo per ciò che era.

Sebastian non amava mai a cuor leggero.

Questo era quello che Martin aveva voluto, no? Quello su cui aveva contato.

Dividere e conquistare.

Isolare e sabotare.

Il suo unico intento era di allontanare Sebastian da me. Di lasciarmi il più vulnerabile possibile.

Non aveva idea che avrei combattuto contro di lui fino alla morte.

Il mio corpo fu percorso dai brividi, e cercai di deglutire il grosso nodo che avevo in gola mentre allungavo la mano e raccoglievo una delle fotografie cadute a faccia in giù sul pavimento.

Mi portai di scatto una mano alla bocca per soffocare un grido.

Oh mio Dio.

Oh mio Dio.

Mark, Austin, Donny e *mia madre.*

Improvvisamente, un grido profondo e gutturale riecheggiò tra le pareti della cabina armadio, un urlo che rispecchiava la devastante tristezza che provavo.

Sussultai e lanciai uno sguardo alle mie spalle.

Austin.

Si reggeva al telaio della porta con entrambe le mani, spezzato e distrutto sia nel corpo che nello spirito. Mi guardò come se mi stesse supplicando di vederlo. «È colpa mia. È sempre stata colpa mia» confessò in un sussurro appena decifrabile.

Mi voltai goffamente verso di lui, sollevandomi sulle ginocchia. «Austin... cosa significa questo? Dimmi che cosa sai» farfugliai, mostrandogli il diario.

Lui sussultò come se quella vista gli procurasse dolore fisico. «Lo sapevamo, Shea. Io e Mark... lo sapevamo. Donny ci disse quello che Martin ordinò loro di farti.»

Sapevano.

Austin scosse la testa ed emise una risata carica di disprezzo. «Non c'è mai una fottuta prova, vero, Shea? Gli stronzi continuano senza sosta a fare del male e non ci sono mai prove. Ma a Mark non importava. Disse che sarebbe andato lo stesso alla polizia. E poi d'un tratto non c'era più... Mark non c'era più, Shea» disse con un tono intriso di sottintesi.

Oh mio Dio. Martin. Era stato lui a uccidere Mark.

Tutto intorno a me vorticò quando fui sopraffatta di nuovo dalle vertigini.

Austin continuò a piangere e le parole uscirono dalla sua bocca in una confessione che si portava dentro da troppo tempo. «Baz ha scoperto tutto quello che Mark gli aveva tenuto nascosto... Ha preteso di sapere cosa diavolo sapessi. Non ho potuto più tenerglielo segreto, Shea. Non ho potuto. Mi dispiace così tanto, cazzo. Mi dispiace tantissimo.»

Mi si serrò la gola di fronte alla realtà di quello che Sebastian aveva scoperto. Di ciò che era venuto a sapere. Il mio ultimo segreto. Quello che avevo tenuto nascosto per proteggerlo.

Mi alzai barcollando su gambe instabili, incapace di elaborare tutto quello che Austin stava cercando di dirmi. La mia attenzione era concentrata su un'unica cosa. Spinsi la foto verso di lui. «Quando... quando è stata scattata questa fotografia?»

«Non lo so... forse un anno e mezzo fa. Poco prima che Mark morisse.»

Tra l'aria pesante e stantia, il caos della stanza e la catastrofica scoperta, sentii la bile salirmi su per la gola. Avevo la pelle fredda e appiccicosa.

Feci un passo disperato in avanti.

«Dov'è lei?»

19

SHEA~DICIOTTO ANNI

I tacchi degli stivali di Chloe Lynn ticchettavano sul pavimento di piastrelle mentre camminava avanti e indietro, le braccia incrociate sul petto. Con indosso attillati jeans griffati e una camicetta larga, sua madre sembrava pronta a conquistare il mondo, mentre Shea sapeva di avere un aspetto assolutamente orribile, gli occhi arrossati e le guance segnate dalle lacrime.

«Ti prego, mamma, ho bisogno del tuo aiuto.»

L'aveva tenuto segreto finché aveva potuto.

Quattro mesi, e ormai era impossibile nasconderlo.

Shea sostenne lo sguardo disgustato di sua madre. Freddo. Freddo. Freddo.

Voleva farsi piccola piccola e arretrare per la paura, ma si rifiutava di continuare ad essere quella ragazza anche solo per un altro giorno. Non si sarebbe più piegata e sottomessa. Ma ciò non significava che il terrore non le scuotesse le ossa.

«Cosa vuoi che faccia esattamente, Delaney?»

Shea fece una smorfia. «Non chiamarmi così» disse con voce roca.

«Perché? È ora che tu accetti chi sei.»

«E se non fosse quello che voglio essere?»

Sussultò quando sua madre proruppe in una risata bassa, amara e sarcastica. «È un po' tardi adesso, non credi? Hai firmato dei contratti. Devi registrare degli album e andare in tournée. Hai degli obblighi. Non ti dirò nulla di diverso da quello che ti ha detto Martin. Ingoierai il rospo e ti comporterai da donna adulta. Asciugati quelle orrende lacrime dalla faccia e occupati di ciò di cui devi occuparti, e chiudiamo qui l'argomento.»

Il petto di Shea fu trafitto dal dolore, una sofferenza che si portava dentro da tanti anni.

«Ho fatto di tutto per te. Ho trascorso tutta la vita prendendo lezioni e facendo un'audizione dopo l'altra. Ho corso sempre più veloce perché tu eri dietro di me a spingermi, spingermi e spingermi.»

«E tu pensi che adesso che finalmente abbiamo ottenuto quello per cui abbiamo lavorato tanto duramente, io mi faccia da parte e ti lasci gettare tutto al vento? Ti fai mettere incinta e pensi che questo cambi qualcosa? Non ti lascerò rovinare la mia vita. Non di nuovo.»

Il viso di Shea si contorse dall'agonia alle sue parole. «È questo che sono stata per te? Un errore?»

Alla fine, sua madre le aveva inflitto il colpo di grazia.

Ridendo come se Shea fosse una vera sciocca, sua mamma scosse la testa, afferrò la bottiglia di vino mezza vuota e si versò il liquido rosso nel bicchiere. «È ora di crescere, Delaney. Apri gli occhi. Tutti quei sogni sull'amore e su una famiglia felice a cui hai sempre tenuto tanto? Le sciocchezze che tua nonna ti ha messo in testa? Non esistono. Torna da Martin. Ti sta aspettando» disse, prima di voltarle le spalle e uscire dalla porta ad arco.

Shea rimase immobile al centro della cucina di sua madre a Nashville, la paura per la creatura che portava in grembo e il dolore per la perdita di sua nonna la fecero quasi crollare a terra in mille pezzi. L'opulenza che la circondava era stata pagata con ogni canzone che Shea aveva cantato, il costo di una vita che non voleva vivere.

In quel momento, sentì l'ultimo brandello della dedizione che provava per sua madre sgretolarsi.

Freneticamente, Shea strappò le magliette dalle grucce e le ficcò in una valigia situata sul pavimento al centro della cabina armadio. L'adrenalina, il terrore e lo schiacciante desiderio di fuggire via scorrevano furiosamente nelle sue vene.

Lui avrebbe cercato di fermarla. Sapeva che l'avrebbe fatto. Ma lei non gliclo avrebbe permesso.

Era giunto il momento e stavolta non sarebbe tornata indietro.

Aveva sentito quello che non avrebbe dovuto sentire. Martin era in affari con Lester Ford, un uomo di mezza età disgustoso quanto lui. Altrettanto pretenzioso. Altrettanto falso. Corrotto. Uno degli uomini più ricchi di Nashville, venerato nel loro ambiente.

Ma adesso Shea sapeva la verità.

Aveva già intuito che i loro affari vertevano verso attività losche, ma non aveva idea di quanto sordide fossero.

Martin stava finanziando la campagna elettorale di Lester con denaro sporco.

Tutto questo... era solo una facciata. Martin non era altro che uno spregevole trafficante di droga che mandava soldi ad ovest nascondendosi dietro a un completo da cinquemila dollari.

L'aveva colta a origliare nell'ombra. L'aveva spinta contro il muro, stringendole la gola con una mano e premendole una pistola nel fianco con l'altra.

«Pensi di sapere cosa stia succedendo?» aveva sbraitato. «Non dirai a nessuno quello che hai sentito. Chiaro? Ti ho creata io. Sei in debito con me, e riscuoterò il mio debito. Non ti libererai mai di me, Delaney Rhoads. Ti posseggo. Apri bocca e tutto ciò che conosci e ami svanirà. Capisci quello che ti sto dicendo?»

Pietrificata, era riuscita solo ad annuire.

«Mi assicurerò il tuo silenzio» le aveva sussurrato, con tutta la malvagità presente nella sua anima nerissima.

Questo era ciò che le aveva detto, ed era stato a quel punto che Shea aveva deciso di non poter sopportare oltre.

Martin bramava i soldi... i soldi del contratto discografico che Shea aveva firmato. I milioni che sarebbero dovuti andare a lei, invece, per colpa della sua ingenuità, aveva firmato contratti che di fatto assegnavano tutta quella somma a sua madre e a Martin. Lui doveva quei soldi a Lester... gli servivano per ripagare un debito.

Alla sua minaccia di andarsene, lui aveva replicato minacciandola di ucciderla.

Shea non pensava che l'avrebbe fatto davvero.

Voleva solo spaventarla.

Forse avrebbe dovuto essere più timorosa.

E forse lo era.

Ma si rifiutava di vivere questa vita.

Martin credeva che avesse abortito. Che si fosse arresa come aveva sempre fatto.

Ma no.

Shea non avrebbe più permesso a se stessa di essere prigioniera di quest'incubo. Sarebbe scappata prima che avesse finito di distruggerla e le avesse strappato via l'unica cosa per cui valeva la pena vivere.

Riempì la valigia al massimo, cadde in ginocchio e grugnì mentre si sforzava di chiudere la cerniera. Un'altra ondata di terrore le inviò una scarica di adrenalina nelle vene.

Disperatamente, sussurrò alla creatura che cresceva nella sua pancia: «Mi prenderò cura di te. Ti prometto che sarò la migliore mamma che potresti mai avere. Saremo solo io e te.»

Solo io e te.

Shea si alzò in piedi ed estrasse il cellulare dalla tasca posteriore dei jeans. Aveva bisogno di sentire la voce di una persona assennata. Qualcuno che le ricordasse che non era completamente sola in questo mondo che minacciava di farla a pezzi.

Che la rassicurasse che stava facendo la cosa giusta.

Digitò velocemente il numero di suo zio Charlie.

Lui rispose al primo squillo. «Shea Bear.» Il sollievo era evidente nel profondo sospiro che emise. «Ti sei messa in viaggio, tesoro?»

«Quasi...»

Shea si guardò intorno nella cabina armadio, valutando cosa poteva prendere nel breve lasso di tempo che aveva. «Devo mettere in valigia un altro paio di cose e poi mi metto in marcia. Dovrei essere lì per domattina.»

Il viaggio in macchina da Nashville a Savannah durava poco meno di otto ore.

«Sta' attenta, tesoro. Io sarò qui ad aspettarti.»

«Grazie» sussurrò, una semplice parola carica di immensa gratitudine verso l'uomo che la stava salvando da questa vita.

Shea terminò la chiamata e trascinò la valigia stracolma in camera da letto.

I raggi della luna filtravano attraverso le tende diafane nella stanza immersa nell'ombra, nei ricordi e nei rimpianti.

Il suo sguardo scivolò con avversione sul soffice letto coperto da lenzuola satinate. Fu sopraffatta dalla nausea al pensiero di averlo *condiviso* con Martin Jennings.

Ma avrebbe portato con sé l'unica cosa buona nata da questa terribile situazione.

Alla fine, la creatura che portava in grembo era la sola cosa che contava.

Afferrò il grande borsone che aveva già preparato e se lo mise in spalla, poi trascinò la valigia sullo spesso tappeto fino al cassettone situato contro la parete opposta.

In cima ad esso c'era il suo portagioie.

Era pieno di diamanti, oro e gemme – tutti pegni di questa vita falsa e appariscente. Ma le uniche cose che le interessavano erano i cimeli di famiglia che sua nonna le aveva lasciato quando era morta: la fede nuziale e la collana abbinata che suo nonno le aveva dato il giorno del loro matrimonio.

Aprì l'ultimo cassetto dove li conservava.

All'improvviso, udì un rumore provenire dall'altro lato della casa. A quel suono, Shea alzò la testa di scatto. Un brivido gelido le corse lungo la spina dorsale.

Poi quel rumore fu seguito da un silenzio funesto.

No.

Shea deglutì e si voltò lentamente mentre le si rizzavano i peli sulla nuca. Tendendo l'orecchio, concentrò tutta la sua attenzione al di là della camera da letto.

E ascoltò.

La paura le percorse il corpo, provocandole la pelle d'oca.

Poteva percepirlo.

Sentirlo nell'aria.

Il fetido odore del male.

Qualcosa di malvagio che avanzava verso di lei.

Proprio fuori la porta della camera da letto, le assi del pavimento di legno scricchiolarono. Il suo corpo fu scosso da brividi incontrollabili. Arrancò all'indietro e andò a sbattere contro il cassettone.

Il portagioie sferragliò.

Quel suono ebbe lo stesso effetto di una scintilla vicino a un fiammifero.

La porta si spalancò e il suo cuore prese a martellare furiosamente.

C'erano tre uomini, tutti vestiti di nero e dai volti celati da maschere, che la guardavano con occhi selvaggi nella tetra penombra della stanza. Lentamente, si avvicinarono a lei.

Un piccolo gemito di terrore le sfuggì dalle labbra e i suoi occhi guizzarono da un uomo all'altro. Uno di loro fece un passo avanti, staccandosi dagli altri, e un grido sciocciato proruppe dalla sua bocca quando l'uomo la fissò con i suoi perfidi occhi blu.

L'intenso desiderio di proteggere la sua bambina corse nelle sue vene sotto forma di panico, accendendo il suo istinto di sopravvivenza.

Si voltò di scatto e si fiondò verso il bagno. Tutto quello che doveva fare era raggiungerlo e chiudersi la porta alle spalle.

C'era una finestra nel bagno... la sua via di fuga.

Shea corse più velocemente che poté.

Annego in te

Ma l'uomo davanti fu più veloce.

L'afferrò per i capelli e la strattonò all'indietro, voltandola. Nello stesso istante, le assestò un pugno alla tempia con l'altra mano.

Il dolore le trafisse la testa e la sua vista si oscurò.

Shea si sforzò di rimanere cosciente, a malapena consapevole di essere scaraventata a terra.

Eppure, in qualche modo, i suoi occhi sgranati e scioccati registrarono ogni cosa come un film al rallentatore.

Si rannicchiò in posizione fetale sul pavimento.

«Fatelo!» gridò l'uomo al comando agli altri due che la guardavano a bocca aperta.

La sua voce era così familiare.

«Fatelo!» sbraitò di nuovo.

I due uomini scattarono in azione e cominciarono a tirare via le coperte dal letto che lei odiava, a strappare le tende dalle finestre, ad aprire cassetti e gettare i vestiti sul pavimento.

Il capobanda le assestò un pugno sull'occhio, facendola ansimare per l'agonia.

Ma fu il calcio che le sferrò allo stomaco che quasi la uccise.

Fisicamente.

Emotivamente.

Il dolore era talmente profondo che era certa che le toccò l'anima.

Shea piagnucolò.

L'oscurità cercò di trascinarla sotto, e lei voleva soccombere, arrendersi, ma sapeva che non poteva farlo.

Doveva combattere.

E lo fece.

Si sforzò di sollevare le ginocchia, di proteggersi con le braccia e con le mani, e per tutto il tempo pregò più intensamente di quanto avesse mai fatto in tutta la sua vita.

«No» gemette. «Per favore.»

Scavò nel profondo di sé per trovare la forza di resistere e rannicchiarsi in una piccola palla.

Ma l'uomo... continuò a darle calci, calci e calci.

Pestandola finché Shea non sentì sanguinare i tagli e le ferite che le inflisse sulle braccia e sulle gambe, finché il sangue non le sgorgò dalla bocca e dal naso, scorrendo sul pavimento.

E tuttavia, lottò finché non divenne insensibile.

I suoi sensi offuscati da quell'insopportabile dolore.

Era debole.

Perché stava perdendo la battaglia.

La stretta delle sue braccia si allentò e il suo stomaco sussultò quando fu colpito da un altro calcio.

«No» mugolò tra le lacrime. Annaspò e si ritrasse sotto la forza di quel colpo, rotolando su un fianco con un gemito silenzioso. Con la guancia premuta sul tappeto e lo stomaco sotto sopra, vomitò sul pavimento.

«Basta così» disse l'uomo, come se avesse bisogno di convincere se stesso.

La stanza continuò a vorticare con la sua paura, con il suo odio, con il violento shock che sembrava averla inghiottita del tutto.

Osservò con occhi spalancati l'uomo che l'aveva picchiata scavalcarla come se fosse spazzatura gettata al centro della stanza. Chinandosi davanti al cassettone, prese alcuni gioielli sparpagliati sul pavimento, poi agguantò l'anello e la collana di sua nonna e se li infilò in tasca.

Shea voleva gridare, supplicarlo di non sottrarle un'altra cosa così preziosa per lei, ma la sua lingua era gonfia e dolorante, e le parole rimasero bloccate nella sua gola in un grido silenzioso.

I tre uomini uscirono velocemente dalla stanza, sbattendosi la porta sul retro alle spalle.

Un silenzio inquietante piombò sulla casa.

Echeggiando la sua resa.

La sonnolenza voleva prendere il sopravvento sui suoi sensi, il dolore troppo grande da sopportare. Aveva una gran voglia di chiudere gli occhi e non svegliarsi mai più.

No.

In qualche modo trovò la forza di rotolare sulla pancia. Un dolore agonizzante trafisse ogni centimetro del suo corpo quando cercò di alzarsi in piedi, ma le sue gambe non ressero, e ricadde di nuovo a terra.

Gemiti sommessi uscirono dalla sua bocca mentre si trascinava sui gomiti attraverso la stanza, attirata come da un faro dalla luce del suo cellulare caduto sul pavimento.

Allungò le dita insanguinate verso di esso. Le mani le tremavano terribilmente. I suoi occhi erano offuscati. Eppure, in qualche modo, riuscì a effettuare la chiamata.

«911. Qual è la sua emergenza?»

Shea non riuscì a fare altro che piangere.

20

SHEA

Scesi di corsa le scale stringendo in mano l'indirizzo che Austin mi aveva dato. Una frenesia si era accesa nel mio cuore, una disperazione radicata così profondamente dentro di me che mi spinse ad agire senza pensare al alcuna conseguenza.

Immaginai che ieri fosse successa la stessa cosa a Sebastian. Probabilmente era stato sopraffatto dall'innato bisogno di proteggere e difendere. Di rimediare ai torti che erano stati commessi tanto tempo fa.

Quei torti erano cominciati quando ero stata gettata ai piedi di un uomo vile e malvagio. Si erano moltiplicati, alimentati dagli errori fatti nel corso degli anni. Lasciando tutti noi vulnerabili all'avidità e alle crudeli manipolazioni di Martin. Mark, Austin e Sebastian erano caduti in un vortice fatto di eccessi, odio per se stessi e dello schiacciante desiderio di soffocare il dolore, diventando prigionieri del loro stesso passato che in qualche modo si era intrecciato al mio.

Ma questa volta...

Questa volta avrei sistemato ogni cosa.

I miei piedi atterrarono sul pavimento del silenzioso soggiorno. Alte finestre offrivano una vista perfetta sulla splendida piscina e sul giardino dove la mia preziosa bambina saltellava da un piede all'altro sull'erba, i suoi riccioli biondi liberi e selvaggi, e un sorriso innocente sulla sua adorata faccia.

Adorata.

Zee le stava accanto con fare protettivo, le mani infilate nelle tasche e un lieve sorriso sulle labbra.

Adorata.

Questa bambina che era stata l'origine di tutto. Un ostacolo ai piani di Martin. Un intralcio che aveva cercato di eliminare quando mi ero rifiutata di fare ciò che voleva.

Quando, per la prima volta nella mia vita, mi ero rifiutata di cedere.

Adorata.

L'emozione mi serrò il petto. Troppo intensa. Troppo grande.

Faticai a respirare, perché non sapevo più come farlo senza Sebastian nella mia vita.

Mi aveva donato tutto quello che pensavo non avrei mai avuto.

Semplici, semplici sogni.

Mi precipitai verso la cucina e mi fermai di botto sulla soglia, sostenendomi con entrambe le mani al telaio della porta. Lyrik e Ash erano appoggiati contro il bancone in granito scuro, sorseggiando una birra e rimuginando tristemente su quello che era accaduto.

«Auto.» La richiesta uscì dalle mie labbra alla velocità di un siluro.

Lyrik raddrizzò la schiena e aggrottò la fronte, poi si passò il dorso della mano sulla bocca mentre cercava di dare un senso a quello che avevo detto.

Ash si voltò verso di me e posò la bottiglia sul bancone, guardandomi nello stesso modo in cui avrebbe guardato un animale selvaggio intrappolato in un angolo.

Onestamente, quella percezione non era molto lontana da come mi sentivo.

«Cosa succede, tesoro?» domandò Ash, con una punta della

sua solita impudenza nella voce.

«Ho bisogno di un'auto. Adesso.» Non avevo tempo per le spiegazioni, non volevo alimentare false speranze, le stesse che ardevano come un fuoco dentro di me.

Ash lanciò uno sguardo perplesso a Lyrik, prima di voltarsi di nuovo verso di me con una scrollata di spalle e frugare nella sua tasca. Un attimo dopo, mi lanciò un mazzo di chiavi che afferrai al volo con un tintinnio metallico.

«La BMW bianca. Fa' attenzione con la mia piccola» mi gridò dietro quando scattai in azione.

Senza salutarli, uscii di corsa dalla cucina e mi fiondai fuori. I miei stivali batterono sul calcestruzzo mentre correvo verso il viale acciottolato, scrutando la fila di auto finché il mio sguardo non si posò sulla M5 bianca parcheggiata in fondo a tutto.

Sbloccai lo sportello e balzai dentro.

Avviai il motore che vibrò con un profondo rombo, innescai la marcia e partii con un sobbalzo, per nulla abituata al cambio manuale. Ma non mi sarei lasciata scoraggiare. Grattai le marce finché non trovai la giusta trazione. Al primo semaforo rosso, accesi il navigatore e inserii l'indirizzo.

Il nervosismo mi dilaniò durante tutto il tragitto di quarantacinque minuti nel traffico di Los Angeles, scombussolandomi lo stomaco.

L'ultima volta che l'avevo vista mi trovavo in un letto d'ospedale, ricoperta da bende e stecche che tenevano insieme i pezzi rotti del mio corpo.

Avevo sanguinato.

Ma in qualche modo... in qualche modo Kallie ce l'aveva fatta.

Avevo rilasciato una dichiarazione alla polizia. Avevo affermato che Martin era il responsabile della mia aggressione, che avevo riconosciuto Donny, certa nel mio cuore che non si era trattato di un semplice furto come gli investigatori avevano sospettato a causa dei gioielli rubati e del modo in cui la stanza era stata messa a soqquadro.

«Stupida ragazza» aveva sibilato mia madre chinandosi sopra di me.

Charlie era uscito dall'ombra in cui era rimasto di guardia e aveva rimosso fisicamente sua sorella dalla stanza. L'aveva avvertita che non ero più una sua preoccupazione e che non gliela avrebbe fatta passare liscia se si fosse rifatta viva.

Probabilmente mia madre aveva voluto insultarmi, ma ero sicura che era stata quella *stupida ragazza* a salvarmi la vita. Benché non ci fossero prove che Martin era coinvolto, proprio come aveva detto Austin, avevo comunque sollevato il dubbio. Adesso ci sarebbe sempre stato un fascicolo con il suo nome scritto sopra. Ero certa che era stato questo a rimandare la vendetta di Martin per tutti questi anni.

Lacrime incontrollabili mi scorsero lungo le guance quando entrai nel parcheggio del vecchio caseggiato a due piani fatto di mattoni bianchi, sporchi e sbiaditi. Una ringhiera di scadente metallo nero correva per tutta la lunghezza del secondo piano e dei gradini esterni.

Era un luogo impoverito e decaduto.

Parcheggiai l'auto di Ash in un posto vacante e spensi il motore. Mi asciugai freneticamente le guance bagnate e tirai su col naso mentre cercavo di ricompormi prima di affrontare una donna che amavo e odiavo allo stesso tempo.

Afferrai la maniglia e aprii lentamente la portiera. Ogni cellula del mio corpo fremeva di rabbia, risolutezza e determinazione. La mia anima era un mare in tempesta nel quale echeggiavano i sogni di una bambina il cui cuore fiducioso aveva desiderato credere con tutto se stesso. Che si era fidato ciecamente.

Sollevai il mento e mi costrinsi a muovere un piede davanti all'altro. Le mie mani tremavano quando mi aggrappai alla ringhiera per sostenermi mentre salivo gli scalini esterni. Ad ogni passo, il cuore sembrava esplodermi nel petto. Schiacciandomi con il suo peso.

Nervosamente, lanciai un'altra occhiata al foglietto di carta spiegazzato che reggevo in mano.

2706.

Ingoiai il nodo che avevo in gola e sollevai il pugno. Poi serrai gli occhi, colta da un attimo di indecisione, e rimasi con la mano sospesa in aria prima di bussare alla porta.

Si udì un fruscio al di là del legno sottile, e mi preparai spiritualmente ad affrontare ciò che avrei trovato dietro. Sapevo che l'indirizzo era vecchio e che Austin era stato qui solo un paio di volte, ma dovevo comunque provare a vedere se viveva ancora qui.

I cardini cigolarono e il legno raschiò quando la porta si aprì di uno spiraglio. Una sottile catena di metallo impediva che si aprisse del tutto. Attraverso la stretta fessura, un paio di occhi marroni mi fissavano con le palpebre socchiuse.

Il nodo alla base della mia gola pulsò.

Lei emise un sospiro rassegnato prima di chiudere la porta e sbloccare del tutto il chiavistello a catena. La porta si aprì e la vidi allontanarsi dalla soglia, dandomi le spalle. Era come se la mia presenza non la toccasse minimamente.

Si lasciò cadere sul divano rivolto verso la soglia dove ero immobile, sbigottita.

Afferrando il pacchetto di sigarette sul tavolino lì accanto, piegò la testa di lato e si accese una sigaretta, senza mai staccare i suoi occhi marroni da me. Le sue labbra sottili erano contornate da rughe, e le sue braccia e gambe erano smunte e fragili.

La tristezza mi avvolse. Mia madre appariva consumata come l'edificio che la circondava.

Tirò una profonda boccata di sigaretta e trattene il fiato, poi sollevò il viso verso il soffitto e buttò fuori l'aria lentamente. Una piccola nuvola di fumo si sollevò come una foschia sopra la sua testa.

«È passato molto tempo» disse infine, scrollando la sigaretta in un posacenere.

«È passato molto tempo?» ripetei incredula, incapace di celare la rabbia nella mia voce.

Lei scoppiò in una risata cupa. «Cosa ti aspettavi, Shea? Una festa di benvenuto? Palloncini e confetti e una dannata torta? Hai sempre avuto la testa fra le nuvole.»

«Hai ragione... suppongo che avrei dovuto aspettarmi il peggio.»

Scosse la testa, quasi divertita, e parlò con tono carico di sarcasmo. «Ho sentito che hai accalappiato una rockstar. Brava la mia ragazza. Ho sempre saputo che ne eri capace.»

Sentir menzionare Sebastian mi trafisse come un coltello, e racimolai il coraggio per parlare.

«Non hai il diritto di farlo.» Feci un passo in avanti, corrugando la fronte. «Non hai il diritto di sminuire quello che c'è di buono nella mia vita.»

E Dio, tutto ciò che circondava Sebastian era così buono e così tanto, tanto cattivo. Il mio bellissimo uomo.

Il pensiero di vivere senza di lui era più di quanto potessi sopportare. Il fatto che fosse stata questa donna ad aver innescato gli eventi anni prima, che fosse in parte responsabile della rovina di Sebastian, peggiorava notevolmente la situazione.

Le mie labbra tremarono e combattei una futile battaglia contro il dolore che stava aumentando di potenza, sommergendomi come un fiume in piena carico di dolore, rifiuto e devastazione. Tirai un respiro strozzato quando la consapevolezza mi travolse.

«Questo è quello che hai sempre fatto, vero?» Sbattei le palpebre per scacciare via il velo di lacrime che mi impediva di vederla. «È sempre stato questo il tuo obbiettivo? Prendere tutto ciò che c'era di buono e puro nella mia vita e rovinarlo?»

Mia madre sogghignò alla mia insinuazione. Feci un altro passo in avanti, spinta da anni di bruciante rabbia repressa.

«È così?» insistetti. Mi portai una mano sul petto mentre le parole fluivano dalla mia bocca con voce rotta. «Volevo *cantare*, e tu hai preso il dono che mi era stato dato, qualcosa di splendido che mi recava gioia, e l'hai trasformato in qualcosa di brutto. Volevo crescere e innamorarmi, e tu hai manipolato questo mio desiderio in qualcosa di sporco e osceno.»

La sua espressione si indurì, così come la sua postura e il suo tono di voce. «Ho preso ciò che era mio e l'ho trasformato in quello che volevo che fosse.»

Afferrai il vaso dozzinale contenente un bouquet di fiori morti dal tavolino accanto a me e lo scagliai all'altro lato della stanza.

Attenzione.

Era tutto ciò che volevo.

Per una volta, volevo che questa donna mi *guardasse*. Che mi vedesse come una persona e non come il mezzo per realizzare i suoi maledetti sogni.

Il vaso si schiantò contro la parete dietro di lei, schizzando schegge di vetro e acqua sul divano e sul pavimento.

I miei occhi si offuscarono di lacrime mentre tutto quello che avevo tenuto rinchiuso dentro di me per tutti questi anni si riversava fuori. «Hai lasciato che mi picchiassero, vero? Lo sapevi, e hai lasciato che mi facessero del male. A me, *tua figlia*. Non è così?»

Dietro la sua dura facciata, la vidi sussultare.

«Quei contratti che mi hai fatto firmare? So che mi hai sfruttata. Li hai fatti stilare in modo tale che tu e Martin foste gli unici a guadagnarci finanziariamente mentre io ero costretta a rimanere sotto il vostro controllo.»

«E guarda dove mi ha portata. Dopo tutto quello che ho fatto per te» sbottò con puro disprezzo.

Angustiata, deglutii e feci un passo indietro, mentre un dolore antico e profondo mi attanagliava il petto.

Mamma.

Mamma.

Mamma.

La mia anima pianse per lei, e i miei sogni di bambina si confusero con questa malata realtà. Mi ero sforzata così tanto. Le avevo dato tutto ciò che avevo, mentre lei aveva continuato solo a prendere, prendere e prendere. L'avevo amata così incondizionatamente, mi ero fidata di lei finché quella fiducia non aveva dimostrato quanto cieco potesse essere l'amore.

«E sai una cosa? Quando mi guardo indietro, non è neppure quella la cosa che mi fa più male. Ciò che mi ferisce maggiormente è il modo in cui mi hai voltato le spalle quando avevo più bisogno di te. Ti volevo bene» dissi, scuotendo la testa, le mie parole un miscuglio di tristezza e amaro umorismo. Mi misi a nudo, esprimendo liberamente i miei sentimenti, ancora una volta completamente a mie spese. «Suppongo che mi renda una sciocca il fatto che te ne voglia ancora.»

Lei inspirò bruscamente.

Mi asciugai le lacrime dal viso con la punta delle dita, ma altre presero il loro posto. «So che sai che Martin è tornato e che sta cercando di distruggere la mia vita.» Feci una smorfia a quel pensiero. «E sono piuttosto sicura che volesse venire a cercarmi anche in passato... che intendesse farmi del male quando meno me l'aspettavo, ma in qualche modo... un ragazzo che non conoscevo neppure...»

Mark.

La mia anima sanguinò per lui e pregai che fosse finalmente in pace.

«...in qualche modo ha fermato qualunque cosa Martin avesse intenzione di farmi.»

Le mie parole vennero fuori aspre e cariche di sottintesi. «E so che sai che Sebastian, l'uomo che amo con tutto ciò che ho... con *tutta me stessa*... si trova dietro le sbarre in questo momento perché ha cercato di proteggermi. Perché ha cercato di proteggere la sua famiglia.»

Mia madre aveva già dimostrato in precedenza che non se ne fregava nulla di tutto ciò.

Della famiglia.

Della lealtà.

Del sacrificio.

Ma mia nonna mi aveva insegnato a vedere il meglio nelle persone. A credere anche quando sembrava che non ci fosse nulla in cui valeva la pena credere.

Sollevai il mento tremante. «E so che sai abbastanza da risolvere ogni cosa. Se mi hai mai amata... se ti è mai importato qualcosa di me... se ti è rimasto anche solo un briciolo di decenza, *aggiusterai tutto*.»

Kallie gettò la testa all'indietro e si apprestò a lanciarsi giù per lo scivolo. Gioiose risatine risuonavano nella dolce brezza e gli alberi intorno a noi frusciavano nell'aria fresca mentre mia figlia giocava nel piccolo parco giochi in fondo alla collina su cui era situata la casa di Sebastian.

«Guardami, mamma!»

Mi avvolsi le braccia intorno al petto e mi spiaccicai un sorriso sul viso, facendo tutto il possibile per restare in piedi.

«Ti vedo, Farfallina. Sei bravissima.»

Kallie si gettò giù per lo scivolo e, appena i suoi piedini toccarono il terreno, ritornò di corsa verso la scaletta per farlo di nuovo.

Quello che si diceva sui bambini doveva essere vero.

Avevano una grande capacità di recupero.

Era evidente nell'enorme sorriso che illuminava il viso di mia figlia.

Nei teneri abbracci che mi dava nei momenti in cui ero certa di non poter resistere un secondo di più.

Nel modo sicuro e indiscutibile con cui mi prometteva: «Andrà tutto bene, mamma. Non piangere.»

Anche se eravamo lontanissime da casa.

Circondate da tante persone eccetto quella per cui eravamo venute qui.

Soffocate dalle domande, dall'agonia e dalla flebile speranza che Sebastian sarebbe tornato da noi.

L'animo di mia figlia dava prova della più grande dimostrazione di forza.

Io cercavo disperatamente di aggrapparmi ad essa.

Continuando ad avere fede.

Ma era difficile farlo quando ci imbattevamo unicamente in intoppi, ostacoli e delusioni.

Erano trascorsi quattro giorni da quando ero andata da mia madre. Quattro giorni da quando l'avevo lasciata, senza ricevere alcuna notizia da parte sua. Quattro giorni che Kenny si faceva in quattro e Anthony non smetteva di incoraggiarmi. Quattro giorni che i ragazzi ci stavano vicini, cercando di far sentire me e Kallie a casa quando non mi ero mai sentita più sola di così.

Quattro giorni che vivevo come un'automa. Che *fingevo* di poter superare questo momento.

E in tutto questo tempo, non mi era stato neppure concesso il permesso di fargli visita.

Dio. Volevo soltanto vedere il suo volto. Carezzare i suoi lineamenti, le sue curve, le sue cicatrici. Vedere che stava bene, così magari anch'io sarei potuta stare bene.

La parte peggiore in assoluto? Durante quei quattro giorni mi ero anche preoccupata di quello che Martin stesse progettando di fare, guardandomi costantemente le spalle, terrorizzata di scoprire che le mie paure erano fondate.

Ma per qualche ragione ero certa che avrebbe aspettato il momento opportuno, restio a colpire nel bel mezzo di questa battaglia pubblica.

Adesso noi stavamo facendo tutto il possibile per colpire per primi.

«Sta' attenta, Kallie» l'avvertii, quando cominciò ad arrampicarsi su una scaletta di metallo che conduceva a un ponte traballante sospeso tra due torri.

Mia figlia si fermò sul terzo scalino e mi sorrise. «Sono molto, molto attenta, mamma. Non sai che devo imparare a salire in alto verso il cielo perché è lì che volano le farfalle e che tra poco andrò alla scuola per bambine grandi? Non ho per niente, niente paura.»

Okay.

Immagino che non avrei dovuto sorprendermi che nonostante le tante difficoltà che stavo attraversando, mia figlia avesse ancora il potere di far spuntare un sorriso sul mio viso.

«È bellissima.» La voce roca proveniente dalle mie spalle mi gelò il sangue. Mi irrigidii quando la sentii avvicinarsi, il mio istinto di salvaguardare e proteggere si mise in massima allerta.

Ma in qualche modo percepii la rassegnazione nei suoi passi.

La resa.

Tenni l'attenzione fissa su mia figlia mentre mia madre cancellava la distanza tra di noi e si fermava proprio accanto a me.

Ciocche dei suoi capelli sfibrati frustarono nel vento.

Nessuna di noi due disse nulla per lunghissimo tempo. Il silenzio rimbombava con tutto il dolore che mi aveva causato, e il cuore mi doleva come mai prima d'ora.

La sua voce risuonò spezzata nell'aria dicembrina. «Non avrebbero *mai* dovuto farti del male.»

Il mio corpo tremò alle sue parole inaspettate.

«Non avrei mai dato l'okay per una cosa simile. Avrebbero solo dovuto scuoterti un po'. Spaventarti e spingerti a prendere la decisione giusta.»

Chiusi gli occhi, come se questo potesse proteggermi dalla brutalità della sua rivelazione.

Lo sapeva.

Ma questo l'avevo già intuito, no? Eppure, averne la conferma fu come ricevere una cinghiata.

Un senso di impotenza si insinuò nel suo tono. «A quel punto, c'ero dentro fino al collo.» La sua bocca si arricciò come se quella confessione fosse acido sulla sua lingua. «Mi sono ritrovata invischiata in cose che non avrei mai immaginato, ma quando mi sono resa conto di cosa stava accadendo, era già troppo tardi.»

Scossi la testa, rifiutando qualsiasi giustificazione.

Lei mi guardò come se potesse leggere i miei pensieri. «Non sto dicendo questo per giustificarmi, Shea. Sono qui per prendermi la responsabilità di ciò che ho fatto.»

«Perché ora? Perché ha deciso di farmela pagare proprio adesso?»

Mia madre spostò l'attenzione su mia figlia, come se non potesse sopportare di guardarmi mentre pronunciava le parole successive. «Martin Jennings ti ha sempre considerata una minaccia. Un filo scucito che doveva essere tagliato. Avendone passate tante con lui in tutti questi anni, la mia ipotesi è che quando ha scoperto che stavi con Sebastian Stone, ha pensato che fosse il momento di agire. Martin non poteva restare in disparte e aspettare di vedere cosa sarebbe successo sapendo il legame che c'era tra Sebastian e Mark. Non sapeva cosa quest'ultimo avesse rivelato a lui o a chiunque altro. Non sapeva se Sebastian ti avesse cercata per via di qualcosa che Martin gli aveva detto. Doveva rompere la tua relazione con Sebastian ad ogni costo. E quale modo migliore per farti fuori se non attraverso tua figlia?»

Scosse la testa. «Adora instillare la paura nelle persone e controllarle con essa. Per qualche strano e perverso motivo, ci prova gusto.»

Sbuffai col naso, emettendo una risatina incredula. Come se non avessi sperimentato in prima persona la sua malvagità.

La voce di mia madre mi trafisse come dardi di ghiaccio quando continuò. «Ma credimi, si sarebbe già sbarazzato di te se non fosse per il fatto che non sapeva se o con chi ti fossi confidata. O se non avessi fatto quella denuncia alla polizia.»

Le lanciai uno sguardo pieno di un antico odio.

Lei afferrò al volo il mio stato d'animo. «Sì... ti dissi che era stupido. È stato sciocco da parte tua andartene quando lui non ci avrebbe pensato due volte a farti del male. Ma ti ha dato un vantaggio che non si aspettava. Tuttavia, non ho dubbi che questo non sia bastato a impedirgli di pianificare... tramare e trovare un modo per cancellare la minaccia che per lui rappresentavi. Finché quel ragazzo, Mark, non si è messo in mezzo.»

Sbuffò come se fosse una cosa di poco conto. «Avrebbe fatto fuori anche me parecchio tempo fa se non fosse convinto che sono corrotta proprio come lui.» Una risata autoironica scaturì dalle sue labbra, il suono simile a un rintocco funebre. «E non nego di esserlo.»

Rimasi lì immobile, sbigottita, cercando di capacitarmi del baratro in cui mia madre mi aveva trascinato, dove la sua avidità e il suo egoismo avevano condotte entrambe.

Quando Kallie scese giù per lo scivolo, mia madre emise un singhiozzo strozzato e cambiò radicalmente atteggiamento.

«Ho fatto così tante cose brutte» disse in tono amaro. «Credimi, ho ottenuto quello che mi merito. Non ho un bel niente. Assolutamente nulla. Neanche un centesimo di quei soldi che bramavo tanto, e di sicuro non ho la famiglia di cui non mi ero neppure resa conto di aver bisogno. Ma ormai è troppo tardi, e adesso otterrò anche il resto.»

La guardai, mentre il vento mi pungeva il viso bagnato di lacrime.

Lei incrociò i miei occhi e sollevò il mento.

«Sei venuta nel mio squallido appartamento e hai preteso di sapere se ti avessi mai amata... se mi fosse mai importato di te. Mi hai chiesto se mi fosse rimasto un briciolo di decenza. La verità è che non ne ho mai avuta tanta sin dal principio.»

La sua voce divenne sottile e flebile. «Ma ti voglio bene, Shea. Te ne ho sempre voluto. Tuttavia, il mio affetto per te è andato in secondo piano rispetto a tutto quello che pensavo di dover avere, e poi è stato completamente dimenticato quando ho dovuto trascorrere ogni giorno cercando di sopravvivere alla mia deplorevole vita.»

«L'unica cosa che volevo era renderti orgogliosa.»

Mia madre annuì lentamente. «E avevi ragione. Ho rovinato anche quello. Ma ho finito di rovinare tutto.»

Con occhi carichi di rammarico, si voltò a guardare mia figlia che rideva e giocava, poi si girò di nuovo verso di me con espressione afflitta. «Tu sei l'unica cosa veramente bella che abbia mai fatto.»

Inspirai bruscamente, incanalando una profonda boccata d'aria. Allora perché ogni azione che aveva fatto dimostrava l'opposto? Volevo gridare, perché? Perché si era comportata in modo così vile quando le avrei dato felicemente ogni cosa?

Si schiarì la gola e raddrizzò la schiena. «Appena vado via da qui, andrò dritto alla polizia. Mi costituirò. Dirò loro tutto quello che so, ogni nome e ogni dettaglio. Andrò in prigione, Shea. Sempre che ci arrivi. Immagino che Martin starà dentro più a lungo di me. Volevo solo che tu lo sapessi.»

Sentii qualcosa dentro di me spezzarsi, liberando un antico dolore e risentimento. Per quanto la sua dichiarazione mi recasse un profondo sollievo, non provavo alcuna soddisfazione.

Nulla che potesse mitigare l'enormità di quello che aveva fatto. Il pericolo in cui aveva messo la sua stessa figlia, peggio ancora, permettendo che ciò andasse avanti anno dopo anno.

Avrebbe potuto fermare tutto questo parecchio tempo fa.

Improvvisamente, Kallie si precipitò di corsa verso di noi, con i suoi riccioli biondi selvaggi come un uragano e il suo sorriso luminoso come il sole. «Mamma!»

Mi afferrò per mano e dondolò sui talloni, sollevando lo

sguardo verso la donna che aveva fatto di tutto per impedire che venisse al mondo.

«Ciao» disse, con la sua tipica curiosità da bambina.

Mia madre le sorrise.

Dolcemente.

Frammenti di un ricordo lontano mi attraversarono la mente, e pensai che forse... forse una volta aveva guardato anche me in quel modo.

«Come ti chiami?» le chiese mia madre, piegandosi verso il basso per guardarla dritto negli occhi.

Il tono di mia figlia era tinto da un pizzico di timido interesse quando rispose. «Mi chiamo Kallie Marie.»

«Beh... è un onore conoscerti, Kallie Marie.»

Chloe Lynn non si presentò a lei come mia madre o sua nonna, o una vecchia amica.

Perché sapevamo entrambe che Kallie non l'avrebbe mai più rivista.

Per un brevissimo istante, mia madre carezzò la guancia di mia figlia, quasi con esitazione, prima di raddrizzare la schiena.

La tristezza era incisa su ogni ruga del suo viso stanco. «Addio, mia stella splendente.»

Poi si voltò e se ne andò.

La notte echeggiava intorno a me mentre ero in piedi sul balcone della camera da letto di Sebastian. Le luci della città brillavano e luccicavano in fondo alla valle, la piscina sotto di me cambiava continuamente colore e il ronzio degli insetti permeava l'aria fredda della notte.

Un venticello frizzante mi carezzò la pelle, facendo fluttuare spesse ciocche dei miei capelli e il tessuto setoso della mia corta camicia da notte nella gentile brezza. Proprio come fece gonfiare le tende diafane appese ai lati delle porte finestre aperte, che riversavano l'oscurità della stanza verso l'esterno.

Il mio spirito si agitò e afferrai la ringhiera fredda con entrambe le mani, sollevando il viso verso l'alto e rivolgendo al cielo una preghiera silenziosa.

Un grazie.

Mia figlia era al sicuro e addormentata nella camera in fondo al corridoio opposto.

Protetta.

Permanentemente.

Grazie a mia madre, colei che aveva fatto così tanti danni e causato così tanto dolore, Martin Jennings non avrebbe più rappresentato una minaccia per mia figlia.

Non avrebbe più rappresentato una minaccia per me.

Ieri, era stato emesso un mandato di perquisizione. La DEA aveva perlustrato ogni centimetro della sua pretenziosa casa.

Tre ore dopo, era stato arrestato.

Per frode, furto e traffico illecito.

Era tutto lì, nascosto in casseforti, documenti e computer.

Arrogante, stupido uomo.

Io e Kallie eravamo libere, finalmente.

Ma il mio cuore... il mio cuore era incatenato. Legato all'unico futuro che riuscivo a vedere.

Il vento si alzò, ululò e si agitò.

Un brivido mi percorse la pelle quando fui travolta da un'ondata di quell'energia familiare.

Schiacciandomi.

Consumandomi.

Le mie mani si serrarono intorno alla ringhiera e il mio corpo oscillò. Il mio orecchio si tese al suono di una porta che si apriva e il mio battito cardiaco accelerò quando udii dei passi muoversi sul pavimento della camera da letto.

Lenti eppure carichi di intensità.

E potei percepirlo. Tutto ciò che lui era. Tutto ciò che volevo noi fossimo. In piedi proprio dietro di me.

Mi si mozzò il fiato in gola quando mi guardai alle spalle e vidi quel magnifico uomo.

Il mio magnifico uomo.

Il peso del suo sguardo era quasi soffocante mentre mi fissava con quei suoi strani occhi grigi.

L'oscurità avvolgeva le curve definite del suo viso, mettendo in risalto le sue linee dure, la sua bellezza deturpata e il mistero che lo circondava.

I miei occhi carezzarono ogni centimetro del suo corpo maestoso e imponente, si posarono sulle sue labbra piene e leggermente sghembe da un lato, sulla vecchia cicatrice che tagliava in due il suo sopracciglio destro, poi si spostarono su un altro sfregio sul mento. C'era un nuovo taglio chiuso da una fila di punti sopra il suo zigomo sinistro, testimonianza del fatto che si era battuto per me.

No, quest'uomo non era perfetto.

Solo bellissimo, oscuro e un po' spaventoso.

Colui che aveva dato inizio alla catena di eventi che ci avevano liberati, finalmente.

«Mi vedi, Shea?» La sua domanda mi colpì come un pugno in pieno petto.

Potente.

Inesorabile.

Una forza a cui non avrei mai potuto resistere.

Avevo pensato di non aver tempo per le distrazioni. Che non ci fosse spazio per interferenze o turbamenti nella vita appartata e solitaria mia e di Kallie.

Ma lui era l'uomo che non sapevo di stare aspettando.

Lentamente, mi voltai. Il mio corpo era illuminato dal chiaro di luna mentre quello di Sebastian era immerso nelle ombre tremolanti che danzavano sul suo splendido viso come luci stroboscopiche.

«Sì» sussurrai, deglutendo il nodo di emozione che mi serrava la gola.

Non avevo mai visto nessuno così chiaramente.

Una persona che era disposta a dare tutto.

«Non mi scuserò» disse con voce dura e roca. I suoi occhi lampeggiarono. «L'ho fatto per te. Sarei morto per te. Avrei ucciso per te. Sarei marcito in quella cella se necessario. Avrei fatto qualsiasi cosa affinché tu e quella bambina foste al sicuro.»

Era stato disposto a rinunciare a tutto per fare in modo che io e Kallie potessimo vivere in pace.

Proprio come aveva fatto mia madre.

Dopo tutto quello che era successo, si era sacrificata e aveva preso consapevolmente il posto di Sebastian. Le accuse contro di lui erano cadute questo pomeriggio sul tardi quando le prove in possesso di mia madre si erano accumulate contro Martin.

Kenny Lane si era impegnato al massimo per sostenere la difesa di Sebastian e affrettare le pratiche legali, citando un altro contorto caso di autodifesa. Per tenere Kallie lontana dalla frenesia dei media, Anthony era andato a prenderlo e l'aveva portato a casa sua così che potesse farsi una doccia e cambiarsi gli abiti sporchi di sangue.

E adesso Sebastian era qui.

Alcuni avrebbero potuto dire che quello che aveva fatto mia madre era troppo poco e troppo tardi.

Che le azioni che aveva commesso erano imperdonabili.

Ma io avrei ribattuto che non esisteva una cosa del genere.

Dove c'è pentimento, c'è sempre spazio per la misericordia.

No.

Non le avrei fatto visita o forgiato un legame rotto tanto tempo fa.

Ma non mi sarei più aggrappata all'amarezza e al dolore.

Le sarei stata grata e avrei voltato pagina.

Sebastian fece un passo in avanti, uscendo dall'ombra e entrando nella luce.

Dio.

Avevo pensato che non fosse mai esistito un uomo più brutalmente bello di lui.

Ed era vero. Ma quella bellezza selvaggia andava ben al di là della superficie. Ed io non mi limitavo a vederla. La vivevo.

La sua lealtà incondizionata.

La sua fedeltà impeccabile.

Quest'uomo potente era disposto a rendersi vulnerabile per noi.

Il mio cuore batté freneticamente. Selvaggiamente.

Un impeto di desiderio e un attacco di lussuria.

Devozione e passione.

Assoluzione.

«Vieni qui» mi ordinò, la voce bassa e seducente.

Come se avessi mai potuto dirgli di no.

Lentamente, mi avvicinai. Inspirai. Espirai. Respirando lui. Respirando me.

Sebastian mi avvolse il viso in una mano, carezzando col pollice il punto pulsante sul mio collo. «Shea.»

Osservai il movimento del suo pomo d'Adamo quando fece un passo indietro e mi fissò intensamente, stringendo tra le mani il tessuto setoso della mia camicia da notte all'altezza dei miei fianchi. Con lentezza, mi sfilò l'indumento di dosso. L'aria fredda della notte mi sfiorò la pelle nuda. I miei capelli ricaddero in lunghe onde intorno alle mie spalle, carezzandomi i seni.

Il mio corpo si ricoprì di pelle d'oca, perché quest'uomo era in grado di toccarmi ovunque anche quando non mi toccava affatto.

Un sussulto mi sfuggì dalle labbra quando mi sollevò, avvolgendo un braccio intorno al mio sedere e facendo scivolare l'altro lungo la mia schiena per afferrarmi la nuca.

Gli cinsi la vita con le gambe.

«Shea.»

La sua deliziosa bocca si abbatté sulla mia.

Selvaggia.

Cruda.

Implacabile.

Mi divorò con la lingua e con i denti.

Riversò la sua disperazione in me, recando a entrambi sollievo, salvezza e liberazione.

Non smise mai di baciarmi mentre mi portava nella stanza per posarmi delicatamente al centro del suo letto.

Strinsi la coperta tra le mani e inarcai la schiena.

Lentamente, Sebastian cominciò a spogliarsi.

Si tolse le scarpe e si sfilò la maglietta, mettendo in mostra i potenti muscoli che fremevano sotto tutta quella gloriosa pelle mentre mi squadrava dalla testa ai piedi.

Le parole che uscirono dalla sua bocca erano grondanti di sesso. «Ogni fantasia che abbia mai avuto è proprio qui davanti a me. Mia moglie nuda ed eccitata sul mio letto. Bagnata per me. Vogliosa di me.»

Presi fuoco.

Sebastian si slacciò i jeans e se li tolse insieme alla biancheria intima. Il desiderio si agitò nel mio ventre alla vista del suo corpo nudo.

Scivolò sul letto e si posizionò tra le mie cosce. Mi afferrò le mani e le premette sul materasso sopra la mia testa.

Mi guardò intensamente.

E precipitai.

Precipitai.

Precipitai.

Ero stata così terrorizzata di scoprire dove sarei atterrata.

Non potevo immaginare che sarei caduta per sempre nella sicurezza delle sue braccia.

Sorretta, adorata, senza mai toccare terra.

Nuotando in un mare di oscurità e luce.

In una beatitudine eterna.

Sebastian strinse entrambi i miei polsi in una sola mano. Con l'altra, mi carezzò il viso con i polpastrelli, poi li fece scivolare lungo il mio collo, fino a sfiorarmi i capezzoli che si inturgidirono e fremettero di piacere.

Le sue dita scesero più in basso, premendo tra le mie cosce e insinuandosi tra le pieghe intime del mio sesso bagnato.

Rabbrividii, e un piccolo gemito mi sfuggì dalla gola mentre Sebastian mi trafiggeva con l'intensità dei suoi occhi perspicaci.

Si afferrò il membro e si posizionò all'entrata del mio sesso, penetrandomi con la punta e infiammandomi di desiderio.

Ogni mia terminazione nervosa prese vita.

Non distolse mai lo sguardo dal mio viso quando cominciò a spingersi dentro di me, riempiendomi completamente e togliendomi il respiro.

Le mie labbra si schiusero a quell'intensa sensazione.

Sebastian si immobilizzò, il corpo rigido mentre cercava di mantenere il controllo.

E gridò silenziosamente la sua promessa.

Per sempre.

Per sempre.

Per sempre.

E lo sentii.

Quel totale e assoluto senso di completezza.

«Shea» sussurrò di nuovo, prima di cominciare a muoversi.

Sfrenatamente e appassionatamente.

Il sudore imperlò la nostra pelle. Gemiti e grugniti riempirono l'aria crepitante di energia.

E capii. Capii. Capii.

Sebastian mi aveva segnato nel modo più splendido possibile.

Scintille di piacere accesero il mio corpo e Sebastian mi catapultò nell'estasi.

Cantilenai il suo nome mentre lui ripeteva il mio, e cademmo entrambi in un'accecante beatitudine.

Poggiò la fronte contro la mia, sforzandosi di recuperare fiato.

Avvolsi le braccia intorno al suo collo e lo abbracciai stretto. «Ce l'abbiamo fatta» bisbigliai.

Sebastian si ritrasse leggermente, un lieve sorriso sul viso, e spostò il peso di lato. Poi posò la sua grande mano sulla mia pancia. «Ce l'abbiamo fatta.»

21

SEBASTIAN

Corsi su per la ripida collina, asciugandomi il sudore dalla fronte mentre svoltavo nel vialetto di casa. Non vedevo l'ora di tornare dalle mie ragazze dopo la mia corsa pomeridiana.

In alto, gli uccelli cinguettavano tra gli alberi i cui lunghi rami, nonostante l'avvicinarsi dell'inverno, continuavano a creare un piacevole gioco di luci e ombre lungo il sentiero.

Inspirai la calma che mi circondava.

Per la prima volta nella vita, mi sentivo completamente in pace.

Erano passati tre giorni da quando ero stato rilasciato e avevamo finalmente spedito Martin dritto all'inferno.

Esattamente dove sarebbe sempre dovuto essere.

Percorsi il viale a lunghe falcate e oltrepassai la porta d'ingresso, dove fui accolto dal silenzio.

La luce del pomeriggio filtrava attraverso le finestre, illuminando il grande soggiorno come una torcia e gettando gli angoli, le nicchie e i corridoi nell'ombra.

Mi diressi in fretta verso le scale.

Frenai bruscamente quando vidi la figura solitaria seduta

sull'ultimo gradino in fondo.

Aveva il cappuccio tirato sopra la testa, le braccia strette intorno alle ginocchia sollevate contro il petto e i piedi piantati sul pavimento mentre oscillava piano avanti e indietro.

Austin.

Un enorme borsone era situato a terra davanti a lui.

Quando mi vide, alzò la testa di scatto.

La sua angoscia mi colpì dritto al cuore.

Assurdo come, nonostante tutta la pace che mi circondava e lo scopo che adesso avevo nella vita, il pensiero del mio fratellino mi provocasse ancora un senso di devastazione.

Si alzò lentamente quando mi avvicinai.

«Austin» mormorai a bassa voce, percependo la domanda che accompagnò il suo nome. L'ansia mi attanagliò le viscere, accendendo un sentimento feroce e protettivo dentro di me.

Austin deglutì rumorosamente e incrociò il mio sguardo con i suoi occhi grigi.

Rimorso.

Vergogna.

Tristezza.

Il mio cuore sussultò e si contrasse. Con apprensione, abbassai lo sguardo sulla consunta scimmietta di peluche che stringeva in una mano lungo il fianco.

Merda.

Questo ragazzo... quest'incredibile ragazzo.

«Austin» ripetei, stavolta con cautela.

La sua bocca tremolò quando proruppe in una risata strozzata e angosciata. «Sapevo che ce l'avevi nascosta da qualche parte.»

Una lacrima cadde dall'angolo di uno dei suoi occhi. Lui la scacciò via con rabbia. «Vivo con il senso di colpa da tutta la vita. È l'unica cosa che sento da così tanto tempo che ormai non riconosco nient'altro.»

«Aust...»

«Lasciami finire, Baz. Hai bisogno di sentire ciò che ho da dirti. Forse tanto quanto me.»

Esitò prima di pronunciare le successive parole. «Perdere

Julian ha ucciso qualcosa dentro di me, Baz.»

Mi guardò dritto negli occhi. «E so che tu gli volevi bene. Non voglio sminuire i tuoi sentimenti. So che lo amavi nello stesso modo in cui ami me. Ma non credo tu possa capire il tipo di legame che è stato reciso quel giorno. La parte di me che è morta con Julian, perché lui era parte integrante di me. In tutti questi anni ho cercato qualcosa... qualsiasi cosa per riempire il vuoto che lui aveva lasciato. Poi ho cominciato a fare di tutto per mascherare il dolore quando mi sono reso conto che quel vuoto non sarebbe mai scomparso.»

Cazzo.

Volevo andare da lui.

Stringerlo tra le braccia e cancellare la sua sofferenza.

Proprio come avevo tentato di fare per anni.

Vederlo così avvilito mi distruggeva. Ma rimasi in silenzio, rispettando il suo volere.

«Ma questo è servito solo ad aumentare il mio senso di colpa. Ogni decisione che ho preso ha solo ferito qualcun altro. Le bugie che ho detto. I segreti che ho tenuto nascosti.»

Il disgusto contorse il suo viso. «Da quando avevo otto anni, ho gettato tutto sulle tue spalle. Tu ti sei accollato quel peso e l'hai portato come se fosse tuo, ed io te l'ho permesso perché credevo che non avessi nient'altro da dare.»

Sollevò lo sguardo verso il soffitto. «Poi Shea è comparsa nella tua vita e ti ha dato finalmente qualcosa per cui vale davvero la pena combattere. Qualcuno che ti *apprezza* veramente. Qualcuno che ti dà tanto quanto riceve. Questo mi ha fatto capire che c'è molto di più là fuori, Baz. Mi ha aperto gli occhi su tutte le cose che mi sto perdendo e su tutto quello che ti costa la mia presenza qui. Shea e Kallie... meritano di avere tutto te stesso.»

Abbassò gli occhi sul borsone a terra. «Devo andare.»

Il dolore mi serrò la gola. «No, Austin. Devi sapere che sei importantissimo per me. Solo perché la mia famiglia si è ingrandita non significa che non c'è più spazio per te nella mia vita. Non posso sopportare il pensiero che tu mi lasci.»

Un sorriso mesto affiorò sulle sue labbra. «Non ti sto lasciando, Baz. Ma è tempo che io trovi me stesso. Ricordi quando ti ho parlato del modo in cui Shea ti guarda? Un giorno... un giorno voglio che una ragazza mi guardi nello stesso modo. E quando accadrà, voglio essere forte. Qualcuno che possa difenderla proprio come tu difendi Shea. E non sono quel ragazzo, Baz. Non ancora. Non sono altro che un ragazzino spezzato intrappolato in questo corpo e che finge di essere un uomo.»

La sua voce si incrinò. «Devo trovare un modo per essere quell'uomo o *non ce la farò*. Non posso continuare ad andare avanti così.»

L'espressione sul suo viso mi trafisse come una lama smussata e avvelenata.

Ero sbalordito dall'innocente speranza e dal profondo dolore che turbinavano in questo giovane ragazzo.

Dalla sua violenta disperazione.

Mi spaventava a morte pensarlo là fuori da solo, in questo mondo incasinato.

Ma finalmente compresi. Capii quello che aveva cercato di dirmi in passato.

I miei piedi sembravano di piombo quando feci due passi in avanti e attirai il mio fratellino tra le mie braccia. Lui emise un profondo sospiro e seppellì il viso nel mio petto. Cinsi le braccia intorno alla sua testa e lui si aggrappò alla mia vita, singhiozzando.

Per un istante, mi sembrò di abbracciare di nuovo quel bambino di otto anni che aveva pianto quel giorno. Quel fottuto e devastante giorno in cui avevamo perso tutto. Il giorno in cui tutto era andato a rotoli e avevamo capito che le cose non sarebbero più state le stesse.

Proprio come lo sapevamo adesso.

Nulla sarebbe mai più stato lo stesso.

Infine, Austin si staccò da me, gli occhi rossi e velati di lacrime.

Quando tirò su col naso, gli avvolsi le mani intorno al collo e gli diedi una lieve stretta per dare enfasi alle mie parole. «Non importa dove ti condurrà questo mondo, non importa dove andrai, io sarò sempre la tua casa.»

Lui mi cinse i polsi. «Lo so.»

Fece un passo indietro, si chinò per prendere il borsone e se lo mise in spalla, stringendosi la consunta scimmietta di peluche al petto.

Poi mi girò intorno, lo sguardo rivolto verso il pavimento.

«Solo...» dissi, sentendo una parte di me staccarsi, come se lui la stesse strappando via. Come se mio fratello sentisse il bisogno di portare via con sé una parte di me.

E Dio, se questo era ciò di cui aveva bisogno per *liberarsi* del suo passato, allora glielo avrei lasciato fare.

«Teniamoci in contatto» dissi alla fine. «Ho bisogno di sapere che stai bene. Dove sei. Per il bene della mia sanità mentale.»

Per un attimo, Austin si fermò con la mano sulla maniglia della porta, poi si girò indietro e mi guardò da sopra la spalla.

Il sorriso che mi rivolse era tenero, grato e risoluto.

Annuì con un cenno della testa.

Dopodiché, il mio fratellino uscì dalla porta e se ne andò.

Epilogo

SEBASTIAN

Mi fermai accanto al marciapiede e spensi il motore. Un manto di stelle risplendeva nel cielo buio, facendo capolino attraverso i rami adornati dalle poche foglie rimaste che da tempo erano diventate rosse e dorate. Quei maestosi alberi si estendevano verso l'alto fino a sfiorare il tetto della storica casa bianca situata nel cuore di Savannah.

Fui pervaso da una sensazione di pace e appartenenza. Come se tutto ciò che c'era di sbagliato fosse stato improvvisamente messo al posto giusto.

Si potrebbe pensare che dopo anni trascorsi a viaggiare, ad andare in tour e a vivere in un maledetto furgone cercando di avere successo, cinque giorni siano troppo pochi per far sentire a un uomo nostalgia di casa.

Beh, sarebbe sbagliato.

Luci provenienti dall'interno illuminavano le finestre della vecchia e imponente casa. La vista del dondolo sul portico, dove avevo trascorso tante sere a massaggiare i piedi di Shea e a parlare al suo pancione dopo aver infilato Kallie a letto, fece accelerare il battito del mio cuore. La porta d'ingresso mi attirava a sé come se il mio midollo fosse ormai radicato nel legno.

Scesi dal Suburban nello stesso istante in cui la porta di casa si spalancò.

Una cascata di selvaggi riccioli biondi si precipitò giù per il vialetto, risplendendo come fiamme dorate al chiaro di luna.

«Papà!»

Il cuore mi scoppiò quasi nel petto.

Girai intorno al muso del pick-up e sollevai Kallie tra le braccia l'istante in cui mi raggiunse. La feci volteggiare per aria, amando la sensazione di far volare la mia coccinella.

Lei strillò e si aggrappò al mio collo. «Papà, non osare farmi cadere!»

La strinsi a me, abbracciandola forte. «Mai.»

Kallie smise di agitarsi e si rannicchiò contro il mio petto, come se provasse un profondo senso di conforto. Potevo sentire il suo cuoricino fare bum, bum, bum mentre anche lei ritrovava la sua pace.

«Mi sei mancata tantissimo» mormorai tra le ciocche dei suoi capelli ribelli.

«Anche tu» sussurrò di rimando.

Mi rivolse uno dei suoi sorrisi smaglianti, anche se adesso a quel sorriso mancavano due denti davanti. Considerando che Natale era alle porte, non potevo fare a meno di prenderla in giro costantemente cantandole la famosa canzoncina.

Ma non era affatto colpa mia.

Aveva cominciato *Zio Ash*.

Pensa un po'.

Mi sistemai Kallie su un fianco e lasciai vagare il mio sguardo avido verso la soglia di casa.

Shea era appoggiata contro lo stipite della porta.

Indossava una canotta e uno di quei pantaloncini da notte cortissimi che amava mettere. I capelli biondi le ricadevano in una cascata lungo le spalle, le seducenti ciocche qualche centimetro più lunghe rispetto a quando l'avevo sposata poco più di un anno fa.

Le sua espressione adorante rivelava tantissime cose. *Mi sei mancato. Ho bisogno di te. Casa... questo è il luogo a cui appartieni.*

Come se anche l'asse del suo mondo fosse tornato al posto *giusto*.

Mia moglie reggeva nostro figlio tra le braccia, cullandolo dolcemente.

Piegò la testa di lato in segno di benvenuto e curvò la sua dolce e sexy bocca in un lieve sorriso.

Shea.

Shea.

Shea.

Il mio spirito non si stancava mai di canticchiare il suo nome.

Con Kallie ancora stretta al mio fianco, cominciai a muovermi.

Attirato da lei.

Lo ero stato sin dall'istante in cui l'avevo vista.

Solo che all'epoca non avevo avuto idea che essere attirato dalla sua oscurità, dalla sua luce, intensità e fragilità, mi avrebbe riportato in *vita*.

I miei stivali batterono sui gradini di legno, echeggiando il battito del mio cuore, mentre attraversavo il portico.

Teneramente, carezzai la testolina di mio figlio prima di spostare la mano sul collo di Shea, dove la sua vena pulsava con contentezza e fervore sotto il mio tocco.

Emise un sospiro carico di sollievo, un mix di gioia, conforto e perfetta armonia.

«Hai la vaga idea di quanto tu mi sia mancata, tesoro?» chiesi con voce roca, intrisa di un desiderio represso da cinque giorni.

Lei mi guardò da sotto le sue folte ciglia, facendomi impazzire con il suo sorriso giocoso e civettuolo. «Mmm... circa la metà di quanto mi sei mancato tu?»

Ridacchiai e feci scorrere il pollice lungo la sua mascella, divorando il suo meraviglioso viso con i miei occhi famelici.

Un familiare fremito di devozione mi corse nelle vene. «È così che la pensi?» domandai, abbassando la voce.

«Mmhmm. Considerando che non ho smesso di pensarti neanche per un secondo mentre eri via, penso che concederti la metà sia piuttosto generoso.»

Mia moglie mi stava canzonando con il suo dolce e seducente accento del sud.

Mi irrigidii da capo a piedi pensando a quanto incredibilmente sublime sarebbe stato perdermi nel suo corpo.

Avviluppato dalle sue sinuose gambe e carezzato dalle sue avide mani.

Diventando un tutt'uno con lei.

Corpo e anima.

Non vedevo l'ora.

«Mi dispiace dirti che ti sbagli, Mrs. Stone. Sono arrivato a Los Angeles e ho dovuto aspettare altre tre ore per rincontrare la mia famiglia. Un vero tormento.»

Sogghignai. Fuso orario e tutto il resto.

Shea proruppe in una risata sensuale e cominciò a ondeggiare nella mia stretta mentre continuava a cullare nostro figlio nel bozzolo protettivo delle sue braccia.

«E noi abbiamo dovuto aspettare altre tre ore prima di riaverti qui stasera. Una vera tortura» ribatté con un altro sorriso.

Quelle farfalle di cui Kallie amava tanto parlare svolazzarono nel mio stomaco.

Ma la sensazione che provavo adesso?

Era un selvaggio battito d'ali.

Un martellante ritmo di lealtà, devozione e desiderio.

Posandole un dito sotto il mento, le sollevai il viso verso il mio e abbassai la testa per baciare *l'unica* persona che aveva visto *quello* che si celava dentro di me.

Qualcuno che valeva più di sesso, droga e rock 'n' roll. Qualcuno che meritava più di un'avventura di una notte, che era molto più che un'anima vuota.

L'unica che aveva riposto fiducia in ciò.

Che aveva creduto in tutto questo.

Shea ricambiò il mio bacio con le sue dolci e morbide labbra carnose, carezzandomi brevemente con la sua lingua vogliosa. Indugiai sulla sua bocca, baciandola con più ardore di quanto probabilmente fosse appropriato. Ma cazzo, chi poteva biasimare un uomo che aveva una donna così?

Kallie ridacchiò, agitando il suo corpicino nella mia presa e distogliendo i miei pensieri dalla direzione lasciva che avevano preso.

«Papà» mi sgridò con la sua preziosa voce melodiosa. «Troppi baci.»

Le rivolsi un sorriso colpevole ma per nulla contrito prima di appoggiare la fronte contro quella di mia moglie.

Fui travolto dall'emozione quando spostai lo sguardo sul bambino che avevamo creato.

Dio.

Era incredibile.

Un miracolo.

Connor Julian Stone.

Posai un rapido bacio sulla tempia di Kallie. «Lasciami salutare il tuo fratellino, okay, coccinella?»

Non volevo assolutamente che pensasse che adesso venisse per seconda. Che contasse di meno quando ciò era impossibile.

Lei annuì con comprensione e disse dolcemente: «Ok.»

La misi giù e mi voltai verso mio figlio.

Due grandi occhi grigi incrociarono i miei, e Connor emise un suono gorgogliante e mi rivolse un sorriso sghembo.

Buon Dio, li sentii entrambi al centro del mio petto.

«Ehi, piccolino» dissi sommessamente, prendendolo dalle braccia di Shea.

Lo tenni di fronte a me, sentendo il bisogno di osservarlo da capo a piedi.

Poi me lo portai al petto e gli baciai delicatamente un angolo della bocca.

Connor affondò le sue piccole dita nel mio viso, emettendo una di quelle risatine che aveva imparato a fare e che mi riscaldavano puntualmente il cuore.

Gioia.

Così tanta gioia.

«Hai fatto il bravo con la mamma?» sussurrai dolcemente.

Non potevo fare a meno di vezzeggiarlo.

I miei figli mi avevano completamente stregato, avvolto e legato in nastrini azzurri e fiocchi di farfalle rosa.

Una delicata risata scaturì dalla gola di Shea. «Fa sempre il bravo... appena finisce la poppata delle due del mattino.»

Detestavo sapere che le cose non erano state semplici per la mia ragazza mentre ero stato via. Inarcai un sopracciglio con fare interrogativo, cullando dolcemente Connor che era rannicchiato come un ranocchio contro il mio petto. «April ti ha fatto compagnia mentre io non c'ero, vero?»

Dopo che io e Shea ci eravamo sposati ed Austin se n'era andato per la sua strada, non avevamo impiegato molto a capire che Los Angeles non sarebbe stato il luogo in cui avremmo cresciuto i nostri figli. I ragazzi erano sempre stati attenti con le mie ragazze, proteggendole come ero certo che avrebbero fatto, dandosi una regolata e comportandosi da adulti responsabili quando Shea e Kallie erano nei paraggi.

Non c'erano dubbi che io e Shea avremmo potuto creare una famiglia ovunque la vita ci avrebbe portati. Ma queste vecchie mura ci avevano richiamato a sé, echeggiando i suoni dell'infanzia di Shea e gridando a squarciagola la speranza del nostro futuro.

Come se Shea avesse Savannah nel sangue e, di conseguenza, Savannah si fosse insinuata dentro di me.

Era qui che volevamo stare.

April aveva trovato un posto tutto suo a circa tre chilometri di distanza. Di solito, era più che entusiasta di stare con la mia famiglia quando io ero fuori città.

«Sì, per la maggior parte del tempo.» Shea inarcò un sopracciglio e sgranò gli occhi, come se stesse tenendo per sé tutti i dettagli succulenti, poi aggiunse sommessamente: «Ha conosciuto un ragazzo.»

«No!» esclamai, incredulo.

«Sì» ribatté, quasi fosse la cosa più scandalosa in voga su Facebook.

Accanto a me, Kallie prese a saltellare e mi tirò il braccio per catturare la mia attenzione. «Sì! Sì! Sì! Zia April è rimasta con noi due giorni interi e ha dormito con me dato che Connor dorme nella sua vecchia stanza.»

Il suo tono si fece serio. «Ma ha detto che non le è dispiaciuto. Neanche un po'!» Cominciò a parlare come una mitraglietta. «È stato super divertente! Mi sono divertita quasi come quando ho dormito da Marley. Papà, sai che ho preso l'autobus di Marley fino a casa sua?»

Le parole uscirono dalla sua bocca alla velocità della luce, un'adorabile raffica di eccitazione, avventura ed esuberanza del sud. Adesso che andava all'asilo, le sue chiacchiere sembravano non avere fine, e i giorni che trascorreva con le nuove amiche le fornivano un'infinità di nuove storie da raccontare.

Qualcuno avrebbe potuto chiedersi se a lungo andare mi sarei stufato della sua parlantina.

Se avrei perso la pazienza, diventando scontroso e irritato.

Diamine, no.

Ogni singola parola che usciva dalle sue labbra era preziosa.

Non mi era mai dispiaciuto essere risucchiato dal vortice che era Kallie Marie Stone.

Beh.

Quasi Stone.

Le pratiche che l'avrebbero resa legalmente mia figlia erano già state avviate.

Due mesi prima, il tribunale aveva finalmente revocato la potestà genitoriale di Jennings, reputandolo un padre inadeguato. D'altronde, anche se non avesse dovuto trascorrere il resto della sua miserabile vita dietro le sbarre, quel bastardo non avrebbe mai voluto assumersi quel ruolo.

Kallie non smise di parlare, continuò a saltellare al mio fianco mentre entravamo in casa, sorridendomi per tutto il tempo. «E sua mamma ci ha aiutate a preparare la pizza, ci ha permesso di mangiare il gelato e siamo rimaste sveglie quasi tutta la notte. Marley dice che Tommy è il suo fidanzato, ma mamma ha detto che sono troppo piccola per avere un fidanzato, perciò io non ce l'ho. Non finché farò tredici anni. Giusto, mamma?»

Lanciai a Shea un'occhiata di avvertimento. *Manco morto.* Diamine, probabilmente non glielo avrei permesso neanche allora.

Shea scoppiò a ridere. «Non preoccuparti, papà orso. Manca ancora parecchio tempo.»

«Non abbastanza» borbottai.

Lei si alzò in punta di piedi e mi sfiorò la bocca con un bacio. «Perché non infili questi due a letto mentre io finisco di lavare i piatti?»

«Uffa! Devo proprio?» si lamentò Kallie.

Shea scosse la testa. «Ti ho permesso di restare alzata un'ora in più così che potessi salutare tuo padre quando sarebbe tornato a casa, e tu mi ha promesso che saresti andata subito a letto dopo averlo visto. Ricordi?» disse, carezzandole la guancia con le nocche in un gesto di incoraggiamento. «Domattina devi alzarti presto per andare a scuola.»

«Lo so» ammise Kallie.

Sapevo che sarei arrivato tardi, ben oltre l'ora di Kallie per andare a letto, ma avevo lasciato Los Angeles appena avevo potuto, impaziente di tornare a casa. Disperato, in verità.

«Che ne dici di mettere il tuo fratellino a letto e di leggermi una storia?» le proposi.

I suoi boccoli ondeggiarono quando annuì. «D'accordo, papà!»

Facendo un passo avanti, chinai il capo e diedi a Shea un altro bacio e una rapida stretta sul fianco. «A dopo» sussurrai.

Shea mormorò deliziata.

Avrei mostrato a mia moglie quanto maledettamente mi fosse mancata. Ero pronto a scommettere che avrebbe corretto la sua affermazione sul fatto che mi fosse mancata la *metà* di quanto io ero mancato a lei.

Salii le scale tenendo Kallie per mano e reggendo mio figlio contro il petto, un braccio avvolto in modo protettivo intorno alla sua schiena e alla sua testolina.

Una volta raggiunto il pianerottolo, la mia attenzione andò sulle fotografie appese alla parete che non avevo potuto fare a meno di osservare la prima mattina che mi ero svegliato nel letto di Shea. La mattina in cui avevo avuto ogni intenzione di fuggire via.

Non potevo sapere che sarei ritornato di corsa da lei.

Trova l'amore e portalo qui.

Quelle parole erano incise in corsive lettere nere lungo la parte superiore del muro, come una dichiarazione esplicita di quello che proclamavano quegli scatti incorniciati.

Le foto originali erano ancora tutte lì.

Un'immagine del matrimonio dei nonni di Shea era situata al centro della parete e circondata da altre che ritraevano le persone che Shea amava. Persone che l'avevano aiutata a diventare la donna magnifica, amorevole e gentile che era oggi.

Sorrisi osservando una foto di Charlie da giovane, quando era a malapena un uomo e non il vecchio barbuto che attualmente serviva drink nel suo bar in fondo alla strada.

Ovviamente, c'era quella in cui Shea era ritratta di profilo con Kallie neonata tra le braccia. La prima volta che avevo visto quella foto ero stato sopraffatto dalla paura che stessi contaminando un luogo sacro con tutta la mia bruttezza.

Macchiandolo, sfregiandolo e rovinandolo.

Ma Shea aveva trasformato completamente quella visione.

Desiderando di più, di più e di più.

Riempiendomi di bellezza. O forse l'aveva semplicemente portata alla luce.

Cullai dolcemente mio figlio mentre spostavo lo sguardo sulla foto della madre di Shea ancora appesa alla parete. Vero, era stata responsabile di tanta negatività nella vita di Shea. Ma alla fine era stata lei ad aver rimesso le cose a posto. Colei ad essersi sacrificata e a prendersi le sue responsabilità. Colei ad aver fornito informazioni sufficienti affinché il giudice rilasciasse un mandato per perquisire la casa di Martin. Colei ad aver testimoniato nel processo contro quel disgustoso bastardo.

Colei che stava scontando dieci anni in un carcere femminile in California.

La sua testimonianza era servita a incriminare Martin Jennings per traffico di droga ed estorsione. Ma queste nefandezze non sfioravano nemmeno la punta dell'iceberg. Il resto delle sue losche attività si erano celate appena sotto la superficie dell'acqua.

Jennings era stato condannato all'ergastolo per l'omicidio di

Donny Alstinger.

La cosa che non riuscivo ancora a digerire? Quella che mi avrebbe ossessionato per sempre?

Avevano trovato le prove dei piani che aveva messo in atto per *eliminare* Shea, il primo dei quali era stato fermato dall'intervento di Mark.

Il secondo tentativo era iniziato quando aveva cercato di liberarsi di me per potersi avvicinare facilmente a lei. Con Lester che si era candidato come governatore, non potevano rischiare che le prove schiaccianti che Shea aveva contro di loro venissero a galla.

Solo il pensiero, la *possibilità* di perderla, mi provocava fitte di rabbia e paura lungo tutto il corpo.

Lester Ford stava attualmente affrontando il suo processo.

In aggiunta a questo?

Martin Jennings era stato condannato anche per l'omicidio di Mark Nathanial Kennedy.

Che fottuta agonia.

La verità era che era sempre stata un'agonia. Non importava come Mark fosse stato strappato a questa terra. Non era con noi, e in qualche modo dovevamo imparare a convivere con quella realtà.

Martin aveva creduto di essere intoccabile. Irraggiungibile. Al di sopra della legge.

Nel mio cuore sapevo che era stato Mark ad averlo sconfitto infine.

Scoprire che Martin era responsabile della morte di Mark aveva intensificato il mio odio e la mia amarezza. Ma sapere che aveva difeso Shea, che aveva osato cercare di proteggere una ragazza che non conosceva neppure – colei che era diventata tutta la mia vita – placava qualcosa dentro di me.

Mi riempiva di una malinconica gratitudine con cui avrei ricordato il mio migliore amico per il resto dei miei giorni. Benché fosse stato un'anima dannatamente persa, c'era sempre stato qualcosa di luminoso dentro di lui. Una luce che non aveva mai lasciato risplendere. Una bontà che non aveva mai liberato. Una pace che non aveva mai trovato. Non finché aveva trovato qualcosa di buono per cui valeva la pena combattere.

Suppongo che io e lui avessimo parecchio in comune, dopotutto.

Nonostante tutte le prove trovate contro Jennings, non ce n'erano state abbastanza per accusarlo per ciò che aveva fatto a mio fratello.

Ma a Austin andava bene così.

Voleva solo voltare pagina.

Crescere.

Senza dubbio, era quello che stava facendo ora là fuori da solo mentre cercava di comprendere chi voleva essere.

Circa una volta al mese, ricevevo una lettera da parte sua. Ogni volta che le leggevo, le sue parole afflitte mi spezzavano il cuore in due. Eppure, allo stesso tempo, guarivano una parte di esso. Su quelle pagine, mi raccontava delle sue lotte interiori e delle gioie appena trovate, mettendo a nudo la sua anima e confessando tutti i suoi pensieri, le sue preoccupazioni e speranze.

Talvolta, affrontare il nostro passato era più doloroso che lasciare aperte vecchie ferite. Era più facile seppellirlo sotto anni di calli e cicatrici che non sarebbero mai guarite del tutto. Perché strappare via quelle croste avrebbe esposto ciò che si celava al di sotto; emozioni putrefatte, schiacciate e pronte a scoppiare.

Ma sotto quella decomposizione si agitava uno spirito pronto a fiorire.

Assurdo che, nonostante non lo vedessi da quando aveva lasciato la casa a Los Angeles, che da allora ci fossimo sentiti solo per lettere, mi sentivo più vicino a lui ora di quanto mi fossi mai sentito prima.

I miei occhi si spostarono sulle foto più recenti appese alla parete.

Ce n'era una stampata su un'enorme tela che ritraeva la mia famiglia. Era stata scattata nel giorno del nostro *secondo* matrimonio e ritraeva me e Shea nella vecchia chiesa dove sua nonna era solita portarla la domenica mattina, in quel posto speciale dove la mia ragazza si era innamorata del canto.

Eravamo in piedi sui gradini appena fuori le porte ornate in legno della chiesa. Io indossavo un completo scuro, mentre Kallie sembrava una principessa nel suo svolazzante abito bianco con un mucchio di fiorellini intrecciati nei suoi capelli ricci.

E Shea...

Shea.

Portava un bianco abito di seta senza spalline, i capelli raccolti sulla testa con ciocche sciolte che le ricadevano sulle spalle sottili. La sua pancia era tonda perché portava in grembo il nostro bambino e la felicità sul suo viso era la cosa più brillante che avessi mai visto.

Così meravigliosa da essere quasi devastante.

Non importava quante volte guardassi quella foto... quante volte guardassi lei... la reazione era sempre la stessa.

Intensa e travolgente.

Connor si agitò e lo dondolai dolcemente tra le braccia per farlo acquietare. «Credo che sia ora di mettere il tuo fratellino a letto. Tu che ne pensi, coccinella?»

Ci avviammo verso la sua stanza. Kallie rimase incollata al mio fianco e sussurrò: «Lo penso anch'io. Dev'essere tanto, tanto stanco. Mamma l'ha tenuto sveglio finora perché sapeva che tu avresti voluto dargli dei bacetti prima che andasse a nanna.»

Le rivolsi un sorriso, poi premetti tanti teneri baci sul viso di Connor.

«Intendi così?»

«Sì, proprio così.»

Un lume da notte brillava all'interno della camera, le cui pareti erano dipinte di un blu chiaro e decorate da note musicali e strofe di ninne nanne.

Appropriato, eh?

Misi mio figlio al centro della culla. Un piccolo lamento proruppe dalle sue labbra, e lo coprii con la sua copertina preferita, quella che doveva avere a tutti costi. Lui la strinse tra le sue manine e se la premette sul viso, avvolgendola tra le gambe come se le stesse dando un abbraccio di benvenuto.

Assolutamente adorabile.

Gli carezzai la testolina e lui si crogiolò nel mio tocco, guardandomi con occhi assonnati. «Buonanotte, ometto.»

Mano nella mano, io e Kallie uscimmo in punta di piedi dalla stanza. L'istante in cui oltrepassammo la porta, la sollevai tra le braccia. Il modo in cui cercò di soffocare il suo gridolino, le risate dolci e sommesse che sfuggirono dalle sue labbra, mi scaldarono un altro po'.

Questa bambina aveva la capacità di sciogliermi continuamente il cuore.

Era sempre così premurosa.

Così buona.

Proprio come sua madre.

Ogni maledetto giorno continuavo a chiedermi come fossi stato così fortunato.

«Ti sei lavata i denti?» le domandai.

Kallie spalancò gli occhi, poi scosse la testa come se avesse commesso un crimine imperdonabile. La misi a terra. «Corri a lavarli.»

«Sarò velocissima.»

«Non troppo veloce» l'ammonii, fermandomi sulla soglia del bagno con le braccia incrociate sul petto e osservandola salire sullo sgabello.

Mi venne quasi un colpo quando scivolò.

Un'enorme parte di me voleva intervenire e rassicurarla. Proteggerla da qualsiasi cosa e da chiunque potesse farle del male. Dare di matto e supplicarla di dirmi che stava bene.

Ma non lo feci. Tenni a bada la mia preoccupazione e lasciai che affrontasse da sola quella piccola caduta che chiaramente non l'aveva ferita. Lasciai che imparasse da sola, perché quando risalì, lo fece con più attenzione.

Forse era qualcosa che avevo imparato dal mio fratellino. *Non possono spuntarti le ali se ti viene proibito di volare.* Aveva avuto ragione quando aveva detto che lo avevo protetto, protetto e protetto fino a diventare soffocante. Che a volte l'avevo inibito piuttosto che sostenuto.

E Dio, l'unica cosa che volevo a questo mondo era che la

mia famiglia crescesse. Che sperimentasse la vita nel miglior modo possibile.

Con me continuamente al loro fianco piuttosto che davanti a loro.

Ma quando avrebbero avuto bisogno di me, ci sarei stato. A prescindere dal ruolo che avrei assunto. Sia che fosse stato con occhio vigile o con la furia di un padre, sarei stato lì per loro.

Kallie finì di lavarsi i denti, corse nella sua stanza e saltò sul letto.

Mi inginocchiai al suo fianco e ascoltai questa fantastica bambina pronunciare con voce melodiosa le parole che stava appena imparando, il libro sulle farfalle poco più che un volume illustrato con qualche semplice parola da leggere.

«Fine!» esclamò con enfasi, voltando con orgoglio l'ultima pagina.

«Wow! Hai letto tutto il libro? Quando sei diventata così grande?»

«Papà» mi rimproverò, «sto crescendo in fretta. Lo sai che fra quattro mesi farò sei anni e andrò in prima elementare e starò a scuola tutto il giorno.»

Ridacchiai.

Il mio piccolo uragano.

Misi il libro da parte e le rimboccai le coperte fin sotto il mento.

«Buonanotte, coccinella» dissi, dandole un bacio sul nasino.

Lei mi rivolse un sorriso smagliante. «Buonanotte, papà coccinella.»

Il mio cuore saltò un battito.

Apparentemente, avevo ottenuto una promozione.

«Ci vediamo domattina, tesoro.»

Kallie strinse la coperta tra le mani e mi sorrise di nuovo. «Okay.»

Spensi la luce e lasciai la porta aperta di uno spiraglio, come facevamo sempre, poi mi diressi verso le scale. Morivo dalla voglia di andare da mia moglie.

Quando giunsi al piano terra, percorsi il breve corridoio e aprii lentamente la porta a vento della cucina.

Annego in te

Ed eccola lì, che ballava a piedi nudi mentre puliva il bancone, canticchiando sommessamente con la sua magnifica voce.

Silenziosamente, entrai in cucina, mi avvicinai alle sue spalle e la cinsi tra le braccia. Lei sussultò, colta di sorpresa, ma poi si rilassò subito nella mia stretta.

Piegai la testa in avanti e accostai la guancia alla sua, dopodiché feci scorrere la bocca lungo il suo collo e poi risalii su fino a sfiorarle l'orecchio. «Quante donne ci saranno al mondo? Eppure in qualche modo... in qualche modo ho trovato quella destinata a me.»

Shea emise un mugolio di piacere e reclinò la testa all'indietro, sfiorandomi il mento con i suoi capelli e intrappolandomi nel calore dei suoi occhi. Le parole fluirono dalla sua bocca con la sua splendida e incrollabile fede. «Non ho mai detto di non credere nell'anima gemella. Non dimenticare mai che sei mio» disse, facendo aderire il suo corpo al mio.

La sua affermazione mi riempì di un'euforia che rimbombò dentro di me come l'eco di un tuono distante.

«Vieni qui. Ho qualcosa per te» sussurrai, scostandole una ciocca di capelli dal viso.

Lentamente, Shea si voltò tra le mie braccia, curvando le sue carnose labbra in un sorriso adorante.

Emise un gridolino quando improvvisamente la sollevai e la feci volteggiare per aria, prima di appoggiarla sull'isola centrale e sistemarmi tra le sue ginocchia.

Esattamente dove volevo essere ogni momento.

Presi la sua mano sinistra nella mia e sfiorai con le labbra l'intricato anello di platino e diamanti che portava all'anulare.

Non era una copia di quello che aveva richiesto la mattina successiva al nostro matrimonio.

Era l'originale.

La fede nuziale di sua nonna.

Faceva parte delle prove trovate nella cassaforte di Martin Jennings. La conferma che era il responsabile dell'aggressione subita da Shea.

L'ennesima accusa a carico di quello stronzo. Era stato così pieno d'orgoglio e presunzione, così narcisista, che l'aveva tenuto conservato come un premio nella cassaforte nel suo studio.

Shea abbassò lo sguardo sull'anello. «È bellissimo.»

Lo baciai di nuovo. «Su di te lo è ancora di più.»

Lei sorrise e piegò la testa di lato, guardandomi con lieve stupore, come se la sua adorazione per me fosse profonda quanto la mia per lei.

Ancora non riuscivo a credere che ci fosse qualcuno che mi volesse per ciò che ero veramente.

Infischiandosene dei soldi, della fame e di tutte le altre stronzate.

Shea non voleva nulla di tutto quello.

Voleva me.

«Allora, qual è questa sorpresa?» chiese con un luccichio malizioso ed eccitato negli occhi.

Tirai fuori il cellulare dalla tasca posteriore dei pantaloni e cliccai sul file, continuando a tenere una mano sul suo fianco. Le rivolsi un lieve sorriso, alzai il volume al massimo e posai il telefono accanto a lei sul bancone.

Poi schiacciai *play*.

Nella cucina risuonarono le morbide note della mia chitarra acustica.

Shea rimase senza fiato quando riconobbe la canzone. I suoi occhi, finora incollati sul mio cellulare, scattarono verso i miei.

Il suo sguardo era colmo di adorazione e amore.

«Sebastian.»

Mi sfiorò il viso con la punta delle dita, e il suo tocco fu come fuoco sulla mia pelle e conforto per la mia anima.

Premette la bocca sulla mia. Nulla di osceno. Solo una delicata pressione delle sue labbra contro le mie mentre manifestava la sua meraviglia.

Santo cielo, era così dolce.

Così maledettamente dolce.

Poco a poco, gli accordi si intensificarono, e la musica mutò, echeggiando l'elettricità statica che permeava l'aria densa della stanza.

Quell'energia vibrante e pulsante.

Era la versione rifinita della canzone che era scaturita dal profondo di noi la nostra prima notte di nozze. Come se fosse sempre rimasta nascosta in un angolo remoto dei nostri cuori, in attesa del momento giusto per uscire.

La canzone che io e Shea avevamo scritto insieme e che avevamo finito di registrare con il resto dei ragazzi vari mesi fa, prima che ci trasferissimo permanentemente qui a Savannah.

Tu sarebbe stata nel nostro nuovo album in uscita fra due mesi.

Sunder ft. Shea Stone.

No.

Non Delaney Rhoads.

Proprio come Shea aveva detto a Martin, Delaney Rhoads era morta tanto tempo fa.

Questa canzone era completamente diversa da quelle che i *Sunder* incidevano di solito. Non c'era rabbia né odio. Nessuna strofa assordante o ritmo martellante.

Era soave venerazione.

Sublime incanto.

Amore.

Puro e assoluto amore.

La mia voce risuonò dal telefonino, intrecciandosi alla musica. Profonda. Nuda. Vulnerabile.

Tu.
Sei giunta come una tempesta.
Da lontano.
Avvicinandoti sempre più.
Tu.
Mi hai accolto per intero.
I miei pezzi rotti.
Li hai incollati perfettamente.

Mi avvicinai maggiormente a Shea e cominciai a canticchiare il ritornello, la mia voce un roco e supplichevole mormorio.

I nostri respiri si mescolarono, diventando ansiti irregolari, mentre ci perdevamo nella promessa di quelle parole.

Non voglio voltarmi indietro.
Non voglio andare avanti.
Voglio restare qui.
Con te.
Per sempre.
Voglio restare qui.
Con te.
Per sempre.

Il mio corpo fu attraversato da una scarica di estasi quando la voce da sirena di Shea risuonò bassa e seducente dall'altoparlante, ripetendo per tre volte *Con te per sempre.* La sua voce si intrecciò alla mia in una variopinta e melodiosa armonia.

Un rossore le corse su per il collo quando il suo canto riempì la stanza, colorando le sue guance di deliziosa innocenza, modestia e candido stupore. Quasi impercettibilmente, cominciò a muovere le labbra, poi sollevò il viso verso il mio e cantammo insieme le strofe della canzone, dedicandocele a vicenda.

Non importava quante volte l'avessi ascoltata. Sentii comunque l'asse del mio mondo spostarsi quando il ritornello terminò e cominciarono i delicati versi cantati da Shea.

Tu.
Simile a sabbie mobili.
Sei scivolato lentamente in me.
Sempre più a fondo.
Tu.
Sei tutto ciò che mi mancava.
I miei spazi vuoti e solitari.
Li hai colmati divinamente.

Strinsi i capelli di Shea in una mano, le reclinai la testa all'indietro e avvicinai il viso al suo, naso contro naso, respiro contro respiro. Quell'intensità che non si sarebbe mai affievolita divampò tra di noi. Le nostre voci si fecero più profonde e, nello stesso istante, acquistarono potenza, intrecciandosi e attorcigliandosi l'un l'altra man mano che il ritmo della musica aumentava, riempiendosi del rullo dei tamburi e del battito del basso, un furore martellante che tremò nell'aria e vibrò sulle nostre lingue.

Non voglio voltarmi indietro.
Non voglio andare avanti.
Voglio restare qui.
Con te.
Per sempre.
Voglio restare qui.
Con te.
Per sempre.

Quando la canzone raggiunse il ponte, la voce di Shea si innalzò al di sopra della mia. Era il suo tempo di brillare. Audace. Gloriosa. Splendidamente bella. Un fiume di serenità. Una voce diversa da qualsiasi altra cosa io e i miei compagni avessimo mai sentito.

Rimani qui, con me, per l'eternità.
Rimani qui, con me, per l'eternità.

Una stella splendente sempre così contenta di rimanere nell'ombra.
Ma no.
Non oggi.
Non domani.
Non quando il mondo avrebbe avuto un vero assaggio di quest'incredibile ragazza.
Cosa ci riservava il futuro?
Non ne avevo idea.
Per qualche motivo, sentivo che il mio tempo con i *Sunder* stava scadendo.

Erano cambiate tante cose nell'ultimo anno. Le nostre vite avevano imboccato sentieri che nessuno di noi si era aspettato. Karl Fitzpatrick mi aveva avvertito che sposare Shea sarebbe stata la rovina dei *Sunder*.

Forse era vero, perché nessuno di noi sapeva che fine avrebbero fatto i *Sunder* dato che le nostre vite avevano preso strade diverse da quelle che avevamo previsto.

La verità era che preferivo restare *qui*.

Per creare della meravigliosa musica con mia moglie.

Per crogiolarmi nella verità delle nostre parole.

Per assaporare la melodia dei nostri baci.

Per deliziarmi del crescendo dei nostri corpi.

Preferivo restare qui.

A scrivere il testo di una canzone senza fine.

Ringraziamenti

Grazie mille per aver letto Annego in te! Spero vi sia piaciuto, e vi sarei infinitamente grata se lasciaste una breve recensione. Scrivere mi reca una gioia così grande che non ho parole per descriverla, e provo una sensazione incredibile nel sapere che vi innamorate delle mie storie tanto quanto me. Vi ringrazio dal profondo del mio cuore per aver dedicato il vostro tempo ai miei personaggi!

Continuate ad amare e continuate a leggere ~ Amy